FOLIO SCIENCE-FICTION

Ted Chiang

EXPIRATION

Traduit de l'anglais (États-Unis)
par Théophile Sersiron

Denoël

Cet ouvrage a été précédemment publié dans la collection Lunes d'encre aux Éditions Denoël.

Titre original :
EXHALATION

Ted Chiang est né en 1967 à Port Jefferson (État de New York). Il vit actuellement dans la région de Seattle, où il travaille dans l'industrie informatique. Révélé en 2002 avec *La tour de Babylone*, son premier recueil de nouvelles, il s'est imposé comme une figure incontournable de la science-fiction. Sa nouvelle « L'histoire de ta vie », adaptée au cinéma par Denis Villeneuve sous le titre *Premier contact*, lui a valu une reconnaissance internationale. Aujourd'hui traduit dans une vingtaine de pays, Ted Chiang a reçu quatre fois les prix Hugo et Nebula, et six fois le prix Locus. *Expiration* regroupe ses neuf nouvelles les plus récentes, dont trois prix Hugo.

Pour Marcia

LE MARCHAND
ET LA PORTE DE L'ALCHIMISTE

Ô puissant calife et grand commandeur des fidèles, je suis honoré de me trouver en votre illustre présence ; nul homme ne peut en sa vie espérer bénédiction plus grande. L'histoire que j'ai à vous conter est bien étrange et, si l'on parvenait à en tatouer le récit entier au coin d'une paupière, une telle prouesse n'émerveillerait pas davantage que les événements qui y sont narrés, car cette histoire est un avertissement pour ceux voulant être avertis et une leçon pour ceux prêts à apprendre.

Mon nom est Fuwaad ibn Abbas, et je suis né ici à Bagdad, dans la Cité de la Paix. Mon père était marchand de céréales, mais j'ai moi-même longtemps fait commerce de fines étoffes, soie de Damas, lin d'Égypte ou étoles du Maroc brodées de fil d'or. J'avais bonne fortune, mais le cœur triste, et ni le luxe ni l'aumône ne parvenaient à l'apaiser. Aujourd'hui, je me tiens devant vous sans un seul dirham en bourse, mais le cœur en paix.

Allah est le commencement de toutes choses mais, avec la permission de Votre Majesté, je commence mon histoire au jour où je me suis promené dans le quartier des forgerons. Il me fallait acheter un cadeau pour un homme avec qui je devais faire affaire, et l'on m'avait dit qu'il pourrait apprécier un plateau fait d'argent. Après avoir cherché pendant une demi-heure, je remarquai qu'une des plus grandes échoppes du marché était occupée par un nouveau commerçant. C'était un emplacement convoité, dont l'acquisition avait dû être coûteuse, et j'y entrai donc pour examiner la marchandise.

Jamais je n'avais vu un assortiment d'objets aussi extraordinaire. Près de l'entrée, un astrolabe doté de sept tympans incrustés d'argent jouxtait une pendule à eau qui sonnait l'heure juste et un rossignol en cuivre qui chantait sous le souffle du vent. Plus loin se trouvaient d'autres mécanismes plus ingénieux encore, et je les observais comme un enfant scrutant les gestes d'un jongleur, lorsqu'un vieil homme s'avança par une porte du fond.

« Bienvenue dans mon humble échoppe, monseigneur, dit-il. Mon nom est Bashaarat. En quoi puis-je vous être utile ?

— Ces objets sont remarquables. Je traite avec des vendeurs de chaque coin du monde, et je n'ai pourtant jamais rien vu de tel. Dites-moi, je vous prie, où donc avez-vous acquis votre marchandise ?

— Je vous suis obligé de ces aimables paroles. Tout ce que vous voyez ici a été fabriqué dans mon atelier, par mes soins ou par mes assistants, sous ma direction. »

Je fus impressionné que cet homme ait pu faire preuve d'un tel savoir dans tant de domaines. Je lui posai des questions sur les divers instruments de sa boutique et l'écoutai discourir avec érudition d'astrologie, de mathématiques, de géomancie et de médecine. Nous parlâmes durant plus d'une heure, et en moi perça une fascination mêlée de respect, telle une fleur réchauffée par les lueurs de l'aube, jusqu'à ce qu'il mentionne ses expérimentations alchimiques.

« De l'alchimie ? » demandai-je. J'étais surpris, car il ne me paraissait pas être le genre d'homme à faire des promesses de brigand. « Vous voulez dire que vous savez transformer un vil métal en or ?

— En effet, monseigneur, bien que ce ne soit en réalité pas ce que la plupart des gens cherchent à travers l'alchimie.

— Et que cherchent-ils, alors ?

— Ils cherchent une source d'or qui soit moins coûteuse que l'extraction du minerai. L'alchimie décrit bien une méthode pour fabriquer de l'or, mais le procédé est si complexe que, par comparaison, creuser les entrailles d'une montagne semble aussi simple qu'aller cueillir des pêches dans un verger. »

Je souris. « Habile réponse. Personne ne pourrait contester votre érudition, mais j'ai assez de bon sens pour ne pas croire aux pouvoirs de l'alchimie. »

Bashaarat m'observa et réfléchit. « J'ai récemment construit quelque chose qui pourrait vous faire changer d'avis. Vous seriez la première personne à qui je le montrerais. Aimeriez-vous le voir ?

— Ce serait un grand plaisir.

— Suivez-moi, s'il vous plaît. » Il me fit passer la porte à l'arrière de son échoppe. La pièce attenante était un atelier, équipé d'appareils dont les fonctions m'étaient impossibles à deviner – des barres de métal enveloppées d'assez de fil de cuivre pour atteindre l'horizon, des miroirs montés sur une plaque de granit ronde flottant dans du vif-argent –, mais Bashaarat les dépassa sans même y jeter un regard.

Il me conduisit vers un lourd piédestal, arrivant à hauteur de poitrine, où un solide anneau métallique était fixé à la verticale. Cet anneau était aussi large que deux mains ouvertes, et tellement massif que même l'homme le plus fort aurait peiné à le soulever. Le métal était noir comme la nuit, mais si parfaitement poli qu'il aurait pu servir de miroir s'il avait été d'une autre couleur. Bashaarat me demanda de me placer de manière à voir l'anneau de côté, tandis que lui se tenait près de l'ouverture.

« Observez, s'il vous plaît », dit-il.

Bashaarat enfonça son bras par le côté droit de l'anneau, mais le membre ne ressortit pas du côté gauche. C'était en fait comme s'il avait été sectionné au coude, et Bashaarat agita ce moignon de haut en bas avant de ressortir son bras intact.

Je n'avais pas pensé qu'un homme si érudit puisse accomplir un tour d'illusionniste, mais c'était bien exécuté et j'applaudis poliment.

« Attendez un instant », commanda-t-il en reculant d'un pas.

J'attendis, et voilà qu'un bras sortit du côté gauche de l'anneau sans qu'aucun corps ne soit là pour le soutenir. La manche qu'il portait correspondait à la robe de Bashaarat. Le bras s'agita de haut en bas, puis se retira dans l'anneau jusqu'à disparaître.

J'avais jugé le premier tour comme celui d'un habile mime, mais cette démonstration me sembla bien supérieure, car le piédestal et l'anneau étaient de toute évidence trop fins pour y dissimuler une personne. « Très adroit ! m'exclamai-je.

— Merci, mais il ne s'agit pas d'un simple tour de passe-passe. Le côté droit de l'anneau précède le gauche de plusieurs secondes. Passer à travers l'anneau, c'est franchir cette durée instantanément.

— Je ne comprends pas.

— Laissez-moi répéter la démonstration. »

À nouveau il enfonça son bras à travers l'anneau et le fit disparaître. Il sourit et le tira d'avant en arrière comme s'il jouait au tir à la corde. Puis il sortit à nouveau son bras et me présenta sa main, paume ouverte. Une bague que je reconnus y reposait.

« C'est ma bague ! » Je vérifiai ma main et vis que le bijou entourait toujours mon doigt. « Vous avez fait apparaître une copie.

— Non, il s'agit bien de votre bague. Attendez. »

À nouveau, un bras sortit du côté gauche. Brûlant de découvrir le mécanisme d'un tel tour, je me précipitai pour en saisir la main. Ce n'était pas une fausse main, mais une main chaude et vivante comme la mienne. Je tirai dessus, et elle tira à son tour. Puis, avec l'habileté d'un voleur, la main fit glisser le bijou de mon doigt, et le bras se retira dans l'anneau, s'effaçant entièrement.

« Ma bague a disparu ! m'exclamai-je.

— Non, monseigneur, dit-il. Elle est là. » Et il me

donna la bague qu'il tenait. « Pardonnez mes facéties. »

Je l'enfilai à mon doigt. « Vous aviez la bague avant qu'elle ne me soit dérobée. »

À cet instant, par le côté droit de l'anneau cette fois, un bras se tendit. « Qu'est-ce ? » m'exclamai-je. À nouveau, je reconnus le bras de mon hôte à sa manche, avant qu'il ne se retire, bien que je ne l'aie pas vu le plonger à l'intérieur.

« Rappelez-vous, répondit-il, le côté droit de l'anneau précède le gauche. » Il se dirigea alors vers le côté gauche de l'anneau et y plongea son bras, qui disparut à nouveau.

Votre Majesté l'a certainement déjà compris, mais je ne le compris qu'alors moi-même : ce qui se passe du côté droit de l'anneau se retrouve complété, quelques secondes plus tard, par un événement du côté gauche. « Est-ce là de la sorcellerie ? demandai-je.

— Non, monseigneur, je n'ai jamais rencontré de djinn et, si cela m'était arrivé, je ne lui aurais pas confié l'exécution de mes tâches. Il s'agit d'une forme d'alchimie. »

Il offrit une explication : il avait cherché les minuscules pores sur la peau de la réalité, comme les trous que les vers percent dans le bois, et après en avoir trouvé un il avait réussi à l'élargir et à l'étirer, comme un souffleur de verre transforme une goutte de verre fondu en une pipe à long tuyau. Alors il avait laissé le temps s'écouler par une des bouches comme de l'eau, avant de s'épaissir comme du sirop par l'autre. Il me faut avouer que ses paroles n'étaient pas des plus limpides et qu'il m'est impossible d'attester leur véracité. Tout ce que je pus dire en réponse fut : « Vous avez créé quelque chose de proprement stupéfiant.

— Merci, mais ce n'est qu'un prélude à ce que je désirais vous montrer. » Il me demanda de le suivre dans une autre pièce, plus au fond. Au milieu se trouvait une porte circulaire dont le cadre imposant était façonné du même métal noir et poli.

« Ce que je vous ai montré à l'instant était une Porte des Secondes, dit-il. Ceci est une Porte des Années. Les deux côtés de la porte se trouvent séparés par une durée de vingt ans. »

Je confesse n'avoir pas immédiatement compris sa remarque. Je l'imaginai plonger son bras par le côté droit et attendre vingt ans avant qu'il n'émerge de la gauche, et cela me paraissait un étrange tour de magie. Je lui en fis part, et il rit. « C'est un usage possible, mais imaginez ce qu'il se passerait si vous veniez à franchir vous-même le seuil de cette porte. » Se tenant devant le côté droit, il me fit signe de m'approcher, puis d'un geste de la main m'indiqua l'intérieur. « Regardez. »

J'obtempérai et observai que les tapis et les coussins de l'autre côté de la pièce semblaient différents de ceux que j'avais aperçus en entrant. Je passai ma tête sur le côté et compris qu'en regardant par la porte je voyais une pièce différente de celle dans laquelle je me tenais.

« Vous voyez la pièce telle qu'elle sera dans vingt ans », dit Bashaarat.

Je clignai des yeux, comme j'aurais pu le faire face à un mirage dans le désert, mais la scène restait identique. « Et vous dites que je pourrais la traverser ? demandai-je.

— Vous le pourriez. Et ainsi, vous pourriez visiter le Bagdad de vingt ans dans l'avenir. Vous pourriez trouver votre moi futur et avoir une conversation avec lui. Après quoi, vous pourriez repasser la Porte des Années et revenir dans le présent. »

Je chancelai en écoutant ces mots. « Vous l'avez fait ? lui demandai-je. Vous l'avez franchie ?

— Je l'ai fait, tout comme nombre de mes clients.

— Vous m'avez dit tout à l'heure que j'étais le seul à qui vous aviez montré ces inventions.

— Cette Porte-ci, tout à fait. Mais pendant de nombreuses années j'ai tenu une échoppe au Caire, et c'est là que j'ai, pour la première fois, construit une Porte des Années. Nombreux furent ceux à qui j'ai montré cette Porte, et qui l'utilisèrent.

— Qu'ont-ils appris en parlant à leur moi futur ?

— Chaque personne apprend une chose différente. Si vous le souhaitez, je peux vous raconter l'histoire de l'une d'entre elles. » Bashaarat commença alors son récit, et si Sa Majesté le désire je m'en vais le conter ici.

LE CONTE DU CORDIER FORTUNÉ

Il était un jeune homme prénommé Hassan qui était cordier. Il passa la Porte des Années pour voir Le Caire de vingt ans dans l'avenir et à son arrivée s'émerveilla de ce que la ville avait grandi. Il avait l'impression d'avoir pénétré dans une scène brodée sur une tapisserie et, bien que la ville ne fût ni plus ni moins que Le Caire, il observa les spectacles les plus ordinaires comme autant de merveilles.

Il déambulait près de la porte Zuwayla, animée par les danseurs de sabre et les charmeurs de serpents, quand un astrologue le héla : « Jeune homme ! Souhaitez-vous connaître l'avenir ? »

Hassan rit. « Je le connais déjà, répondit il.

— Vous désirez certainement savoir si la richesse vous attend, n'est-ce pas ?

— Je suis cordier. Je sais qu'elle ne m'attend pas.

— Pouvez-vous en être aussi certain ? Que dire alors du célèbre marchand Hassan Alhalbbal, qui a débuté comme cordier ? »

Piqué par la curiosité, Hassan demanda autour de lui si d'autres avaient eu vent de ce riche marchand et découvrit que ce nom était connu. On lui dit qu'il vivait dans le quartier cossu, près de Birkat al-Fil. Hassan s'y rendit alors et demanda qu'on lui indique sa maison, qui se révéla être la plus imposante de la rue.

Il frappa à la porte, et un domestique l'accompagna jusqu'à un hall spacieux et richement meublé, décoré d'une fontaine en son centre. Hassan patienta tandis que le domestique allait chercher son maître mais, en regardant l'ébène et le marbre lisse autour de lui, le cordier sentit qu'il n'avait pas sa place dans de tels lieux. Il était sur le point de partir lorsque son moi futur apparut.

« Te voilà enfin ! s'exclama l'homme. Je t'attendais !

— Vous m'attendiez ? répondit Hassan, stupéfait.

— Bien entendu, car j'ai rendu visite à mon moi futur comme tu me rends visite aujourd'hui. Cela remonte à si longtemps que j'avais oublié le jour exact. Viens, dîne avec moi. »

Ils se dirigèrent vers une salle à manger, où des domestiques apportèrent du poulet fourré aux pistaches, des beignets gorgés de miel et de l'agneau grillé accompagné de grenades aux épices. Le vieil Hassan donna peu de détails sur sa vie : il mentionna des intérêts commerciaux variés, mais n'expliqua pas comment il était devenu marchand ; il mentionna une femme, mais prétendit qu'il était encore trop tôt pour que le jeune homme la rencontre. En revanche, il pria le jeune Hassan de lui rappeler les farces qu'il avait faites enfant, et il rit d'entendre ces histoires qui s'étaient effacées de sa propre mémoire.

Finalement, le jeune Hassan demanda au plus vieux : « Comment as-tu réussi à faire si bien tourner ta chance ?

— Voici tout ce que je te dirai pour l'instant : lorsque tu vas acheter du chanvre au marché, et que tu empruntes la rue des Chiens-Noirs, ne prends pas le côté sud comme à ton habitude. Marche du côté nord.

— Est-ce là ce qui me permettra d'améliorer ma situation ?

— Fais simplement ce que je te dis. Maintenant rentre chez toi ; tu as de la corde à fabriquer. Tu sauras quand me rendre visite à nouveau. »

Le jeune Hassan retourna à son époque et fit ce qu'on lui avait ordonné, restant du côté nord de la rue même lorsqu'il n'y avait pas d'ombre. Quelques jours plus tard, il aperçut un cheval fou et déchaîné qui galopait du côté sud de la rue, juste en face de lui ; l'animal heurta plusieurs passants, en blessa un en renversant sur lui une lourde jatte d'huile de palme, et en piétina même un autre de ses sabots. Une fois l'agitation retombée, Hassan pria Allah pour que les blessés trouvent le chemin de la guérison et le mort celui de la paix, puis il remercia Allah de l'avoir épargné.

Le lendemain, Hassan franchit la Porte des Années et se mit à la recherche de son moi futur. « As-tu été blessé par le cheval lorsque tu es passé ? lui demanda-t-il.

— Non, car j'ai tenu compte de l'avertissement de mon moi futur. N'oublie pas, toi et moi ne formons qu'un ; tout ce qui t'est un jour arrivé m'arrive à moi aussi. »

C'est ainsi que le vieil Hassan donna des instructions au plus jeune, et que le plus jeune les suivit. Il s'abstint de prendre ses œufs chez son épicier habituel, évitant ainsi la maladie qui frappa les clients après qu'ils eurent mangé les œufs d'un panier avarié. Il acheta du chanvre supplémentaire et eut ainsi assez de matériel pour travailler lorsque les autres souffrirent d'une pénurie causée par le retard d'une caravane. Suivre ainsi les consignes de son moi futur épargna bien des ennuis à Hassan, mais il se demandait pourquoi ce dernier refusait de lui en dire plus. Qui épouserait-il ? Comment deviendrait-il riche ?

Un jour qu'il avait vendu toute sa corde au marché, et rentrait la bourse particulièrement pleine,

Hassan bouscula un garçon dans la rue. Il chercha sa bourse de la main : elle avait disparu. Il se retourna en hurlant, fouillant la foule du regard pour retrouver son voleur. Entendant le cri de Hassan, le garçon s'élança aussitôt au milieu des passants. Hassan remarqua que la tunique du garçon portait une déchirure au coude, mais il le perdit rapidement de vue.

Hassan fut un moment choqué qu'une chose pareille ait pu arriver sans un avertissement de son moi futur. Mais sa surprise fut vite remplacée par la colère, et il se lança à la poursuite du fuyard. Il courut à travers la foule, vérifiant les coudes des tuniques des garçons, jusqu'à tomber par chance sur le vaurien accroupi sous un chariot de fruits. Hassan se saisit de lui et se mit à crier à la cantonade qu'il avait attrapé un voleur, demandant qu'on aille chercher un garde. Le garçon, craignant d'être arrêté, lâcha le sac de Hassan et se mit à pleurer. Hassan le dévisagea longuement, alors sa colère s'estompa et il le relâcha.

Quand il vit à nouveau son moi futur il lui demanda : « Pourquoi ne m'as-tu pas averti pour le voleur ?

— N'as-tu pas apprécié l'expérience ? » répliqua son moi futur.

Hassan était sur le point de dire non, mais il s'arrêta. « Si, je l'ai appréciée », admit-il. En poursuivant ainsi le garçon, sans même savoir s'il allait réussir ou échouer, il avait senti son sang battre dans ses veines comme il ne l'avait pas fait depuis de nombreuses semaines. Voir les larmes de l'enfant lui avait rappelé les enseignements du Prophète sur la valeur de la miséricorde, et Hassan s'était senti vertueux dans son choix de le laisser s'en aller.

« Aurais-tu donc préféré que je t'en prive ? »

De la même manière que la maturité nous amène à comprendre le sens de coutumes qui nous paraissent inutiles dans notre jeunesse, Hassan comprit qu'il y avait parfois autant de mérite à taire une information qu'à la partager. « Non, fit-il, je suis content que tu ne m'aies pas prévenu. »

Le vieil Hassan vit que la leçon avait porté. « Maintenant, je vais te dire quelque chose de très important. Loue un cheval. Je te donnerai les indications pour te rendre à un endroit au pied des collines à l'ouest de la ville. Là, au milieu d'un bosquet, tu trouveras un arbre frappé par la foudre. Autour de cet arbre cherche la pierre la plus lourde que tu puisses retourner, puis creuse en dessous.

— Que dois-je chercher ?

— Tu le sauras quand tu auras trouvé. »

Le lendemain, Hassan se rendit au pied des collines et se mit en quête de l'arbre. Le sol qui l'entourait était couvert de rochers, Hassan en retourna un pour creuser en dessous, puis un autre, puis encore un autre. Enfin, sa pelle heurta autre chose que la roche et le sol. Il dégagea la terre et découvrit un coffre en bronze rempli de dinars en or et de bijoux. Hassan n'avait jamais rien vu de pareil de toute sa vie. Il chargea le coffre sur le cheval et s'en retourna au Caire.

Lorsqu'il parla à son moi futur la fois suivante, il lui demanda : « Comment as-tu su où était enfoui le trésor ?

— Je l'ai appris par moi-même, répondit le vieil Hassan, comme tu viens de le faire. Quant à savoir comment nous avons connu son emplacement, je n'ai pour cela aucune explication si ce n'est que c'était la volonté d'Allah, et quelle meilleure explication que cela ?

— Je promets de faire bon usage des richesses dont Allah m'a fait grâce, dit le jeune Hassan.

— Et je renouvelle cette promesse, dit le plus vieux. C'est la dernière fois que nous nous parlons. Tu trouveras ton propre chemin désormais. Que la paix soit avec toi. »

Alors Hassan rentra chez lui. Avec l'or, il put acheter du chanvre en grande quantité et engager des ouvriers, leur payer un salaire honorable et réaliser de confortables bénéfices en vendant de la corde à tous ceux qui en désiraient. Il épousa une femme belle et intelligente, et sur ses conseils se mit à faire du commerce d'autres biens jusqu'à devenir un marchand riche et respecté. Tout cela en donnant généreusement aux pauvres et en vivant en honnête homme. Hassan vécut ainsi la plus heureuse des vies jusqu'à ce qu'il soit finalement emporté par la mort, briseuse de liens et destructrice de plaisirs.

*

« Quelle histoire remarquable, dis-je. Pour quelqu'un qui se demande s'il lui faut utiliser la Porte, c'est la meilleure des invitations.

— Tu es sage d'être sceptique, déclara Bashaarat. Allah récompense ceux qu'il souhaite récompenser et châtie ceux qu'il souhaite châtier. La Porte ne change en rien l'estime qu'il a pour toi. »

J'acquiesçai, pensant avoir compris. « Ainsi, même si l'on parvenait à éviter l'infortune rencontrée par son moi futur, rien ne peut nous assurer que nous n'en rencontrerions pas d'autres.

— Non, pardonne à un vieil homme d'avoir manqué de clarté. Utiliser la Porte n'est pas jouer à un jeu de hasard, un tirage au sort où le numéro gagnant varie à chaque tour. Utiliser la Porte, c'est comme emprunter un passage secret dans un palais, un passage qui te fait pénétrer dans une pièce plus rapidement qu'en empruntant le couloir. La pièce reste la même, quelle que soit la porte que tu choisisses pour y entrer. »

Je fus surpris. « L'avenir est donc figé ? Aussi immuable que le passé ?

— On prétend que la repentance et l'expiation font table rase du passé.

— C'est aussi ce que j'ai entendu, mais je n'ai jamais trouvé de vérité à cela.

— Je suis désolé de l'apprendre, répondit Bashaarat. Tout ce que je peux te dire c'est qu'il en est de même pour l'avenir. »

Je réfléchis un moment. « Alors si l'on apprend sa propre mort dans vingt ans, on ne pourra rien faire pour l'empêcher ? » Il acquiesça. Cela me parut d'abord très décourageant, puis je me demandai si cela n'offrait pas également une garantie. Je lui dis : « Supposons que l'on apprenne que l'on est encore en vie dans vingt ans. Rien ne pourrait donc nous tuer pour les vingt années à venir. Notre survie étant ainsi assurée, nous pourrions nous lancer dans des batailles sans la moindre retenue.

— C'est possible, jugea-t-il. Il est aussi possible qu'un homme qui compterait sur une telle garantie ne trouve pas son moi futur en vie lorsqu'il utiliserait la Porte pour la première fois.

— Ah ! m'exclamai-je. Alors est-ce que seuls les prudents rencontrent leur moi futur ?

— Laisse-moi te raconter l'histoire d'une autre personne qui utilisa elle aussi la Porte, et tu pourras décider par toi-même si elle a été prudente ou non. »

Bashaarat commença son histoire et, si cela sied à Votre Majesté, je vais la conter ici.

LE CONTE DU TISSERAND QUI SE VOLA LUI-MÊME

Un jeune homme du nom d'Ajib gagnait modestement sa vie comme tisserand de tapis bien qu'il désirât ardemment goûter au luxe dont jouissaient les plus riches. Après avoir entendu l'histoire de Hassan, Ajib franchit aussitôt la Porte des Années pour partir en quête de son moi futur, qui, il en était certain, serait aussi fortuné et généreux que le vieil Hassan.

Une fois arrivé dans Le Caire de vingt ans dans l'avenir, il se dirigea vers le riche quartier de Birkat al-Fil et demanda la résidence d'Ajib ibn Taher. Il était préparé, s'il venait à rencontrer quelqu'un qui connaissait l'homme et remarquait la similitude de leurs traits, à s'identifier comme étant le fils d'Ajib, fraîchement arrivé de Damas. Mais il n'eut jamais l'occasion de présenter son histoire, car aucune des personnes qu'il interrogea ne connaissait ce nom.

Il décida finalement de retourner dans son ancien quartier afin de voir si, là-bas, quelqu'un savait où il avait déménagé. Lorsqu'il parvint dans son ancienne rue, il arrêta un garçon et lui demanda s'il savait où trouver un homme prénommé Ajib. Le garçon le dirigea vers l'ancienne demeure d'Ajib.

« C'est ici qu'il a vécu, lui dit Ajib. Mais où vit-il à présent ?

— S'il a déménagé depuis hier, je ne sais pas pour où », répondit le garçon.

Ajib le regarda d'un air incrédule. Se pouvait-il que son moi futur habite encore la même maison, vingt ans plus tard ? Cela voudrait dire qu'il ne s'était jamais enrichi, et que son moi futur n'aurait aucun conseil à lui offrir, ou du moins aucun dont Ajib pourrait tirer profit. Comment son destin pouvait-il être si différent de celui du cordier fortuné ? Dans l'espoir que le garçon se soit trompé, Ajib attendit à l'extérieur de la demeure et observa.

Il finit par voir un homme sortir de la maison, et le cœur lourd reconnut son moi futur. Le vieil Ajib était suivi par une femme qu'il présuma être son épouse, mais il n'y fit guère attention, obnubilé qu'il était par son échec à se créer une vie meilleure. Il considéra avec consternation les vêtements ordinaires portés par le vieux couple jusqu'à ce qu'il les perde de vue.

Poussé par cette curiosité qui incite les hommes à regarder les têtes des condamnés à mort, Ajib s'approcha de la porte de sa maison. Sa propre clef tournait toujours dans la serrure et il entra. Les meubles avaient changé mais demeuraient simples et abîmés, et Ajib fut affligé de les voir. Après vingt ans, n'était-il pas en mesure de s'offrir de nouveaux coussins ?

Sur un coup de tête, il s'avança vers le coffre en bois où il conservait en temps normal ses économies et le déverrouilla. Il souleva le couvercle et vit que le coffre était rempli de dinars d'or.

Ajib était stupéfait. Son moi futur avait un coffre rempli d'or, et pourtant il portait des vêtements si simples et habitait la même petite maison depuis vingt ans ! Quel homme avare et triste devait-il être, pensa Ajib, d'avoir tant de richesses et de ne pas en jouir. Ajib savait depuis longtemps qu'il était impossible d'emporter ses biens dans la tombe. Serait-ce quelque chose qu'il allait oublier en vieillissant ?

Ajib décida qu'un tel trésor se devait d'appartenir à quelqu'un qui l'apprécierait, et qui d'autre que lui ? Prendre la richesse de son moi futur ne serait pas du vol, raisonna-t-il, car il en ferait lui-même usage. Il hissa le coffre sur son épaule, et au prix de grands efforts le rapporta par la Porte des Années dans Le Caire qu'il connaissait.

Il confia une partie de sa nouvelle fortune à un banquier, mais garda toujours sur lui une bourse remplie d'or. Il s'habilla de tuniques de Damas, de chaussons de Cordoue et d'un turban Khurasani serti d'un joyau. Il loua une maison dans le quartier riche, la meubla de sublimes tapis et divans, et engagea un cuisinier pour lui préparer de somptueux repas.

Puis, il alla trouver le frère d'une femme qu'il convoitait depuis longtemps, prénommée Taahira. Le frère était apothicaire, et Taahira l'aidait dans sa boutique. Ajib s'y rendait occasionnellement pour acheter un remède, et ainsi lui parler. Une fois, il avait vu son voile glisser, elle avait les beaux yeux sombres d'une gazelle. Le frère de Taahira n'aurait jamais consenti à ce qu'elle épouse un tisserand, mais Ajib pouvait désormais se présenter comme un bon parti.

Le frère de Taahira approuva et Taahira elle-même consentit sans réserve, car elle aussi convoitait Ajib. Ajib ne recula devant aucune dépense pour leur mariage. Il loua un des chalands de plaisance qui flottaient sur le canal au sud de la ville et organisa un festin avec musiciens et danseurs, au cours duquel il offrit à sa femme un magnifique collier de perles. La célébration fut le sujet de bavardages dans tout le quartier.

Ajib se délectait du bonheur que leur apportait l'argent et, pendant une semaine, ils vécurent tous les deux la plus délicieuse des vies. Puis un jour, Ajib rentra chez lui et trouva sa porte forcée et l'intérieur de sa maison pillé de tout objet d'argent et d'or. Le cuisinier terrifié sortit de sa cachette et lui dit que des voleurs avaient enlevé Taahira.

Ajib pria Allah jusqu'à ce qu'épuisé d'inquiétude, le sommeil l'emporte. Le lendemain matin il fut réveillé par des coups à sa porte. Un étranger l'y attendait. « J'ai un message pour vous, fit l'homme.

— Quel message ? s'enquit Ajib.

— Votre femme est en sécurité. »

Ajib sentit la peur et la rage s'agiter dans son ventre comme une bile noire. « Quelle est votre rançon ? demanda-t-il.

— Dix mille dinars.

— C'est plus que tout ce que je possède ! s'exclama Ajib.

— Ne marchandez pas avec moi, rétorqua le voleur, je vous ai vu dépenser de l'argent comme d'autres versent de l'eau. »

Ajib tomba à genoux. « J'ai trop gaspillé. Je jure sur le nom du Prophète que je ne possède pas une telle somme. »

Le voleur le regarda avec attention. « Réunissez tout l'argent que vous possédez, dit-il, et apportez-le ici demain, à la même heure. Si je pense que vous en avez gardé, votre femme mourra. Si j'estime que vous êtes honnête, mes hommes vous la rendront. »

Ajib n'avait pas d'autre choix. « Entendu », céda-t-il, et le voleur s'en alla.

Le lendemain il se rendit chez le banquier et retira tout l'argent qu'il lui restait. Il le donna au voleur, qui jugea le désespoir dans les yeux d'Ajib et fut satisfait. Le voleur fit ce qu'il avait promis, et au soir Taahira lui fut rendue.

Après qu'ils se furent étreints, Taahira dit : « Je ne pensais pas que tu paierais une telle somme pour moi.

— J'aurais été bien incapable d'en profiter sans toi », répondit-il, et il se surprit à constater que c'était la vérité. « Mais je regrette à présent de ne pouvoir t'acheter ce que tu mérites.

— Tu n'auras plus jamais besoin de m'acheter quoi que ce soit. »

Ajib baissa la tête. « J'ai l'impression d'avoir été puni pour mes méfaits.

— Quels méfaits ? » demanda Taahira, mais Ajib resta silencieux. « Je ne te l'ai jamais demandé, mais je sais que tu n'as pas hérité de tout l'argent que tu as gagné. Dis-moi : l'as-tu volé ?

— Non, répondit Ajib, refusant d'avouer la vérité, à elle comme à lui. Il m'a été donné.

— Un prêt, alors ?

— Non, il n'est pas nécessaire de le rembourser.

— Et tu ne souhaites pas le rendre ? » Taahira était choquée. « Ainsi, tu te satisfais que cet autre homme ait payé pour notre mariage ? Qu'il ait payé ma rançon ? » Elle semblait au bord des larmes. « Suis-je donc ta femme, ou celle de cet autre homme ?

— Tu es ma femme, dit-il.

— Comment pourrais-je l'être, alors que je dois ma vie à un autre ?

— Je ne te laisserai pas douter de mon amour, la rassura Ajib. Je te jure de rembourser l'argent, jusqu'au dernier dirham. »

Ainsi, Ajib et Taahira retournèrent habiter dans l'ancienne maison d'Ajib et commencèrent à mettre leur argent de côté. Ils allèrent tous deux travailler pour le frère de Taahira, l'apothicaire, et quand par la suite ce dernier devint parfumeur pour les riches Ajib et Taahira reprirent la vente de remèdes pour les malades. Ils gagnèrent confortablement leur vie, mais dépensèrent aussi peu qu'ils le pouvaient, vivant modestement et réparant leurs meubles endommagés plutôt que d'en acheter des neufs. Pendant des années, Ajib sourit chaque fois qu'il laissait tomber une pièce dans le coffre, disant à Taahira que c'était un rappel de la valeur qu'elle avait à ses yeux, que même une fois le coffre plein cela resterait une bonne affaire.

Mais ce n'est pas chose facile que de remplir un coffre en ajoutant seulement quelques pièces à la fois, et ce qui avait commencé comme de l'épargne se transforma peu à peu en misère, et les décisions prudentes se virent remplacées par d'autres prises d'une main de fer. Pire encore, l'affection d'Ajib et de Taahira s'effaça avec le temps, et chacun finit par en vouloir à l'autre de cet argent qu'ils ne pouvaient dépenser.

C'est ainsi que les années passèrent et qu'Ajib vieillit, attendant pour la deuxième fois que son or lui soit dérobé.

*

« Quelle étrange et triste histoire, dis-je.

— En effet, acquiesça Bashaarat. Trouvez-vous qu'Ajib a agi prudemment ? »

J'hésitai avant de parler. « Ce n'est pas à moi d'en juger. Il lui faut assumer les conséquences de ses actes, tout comme il me faut assumer les miennes. » Je restai silencieux un moment, puis ajoutai : « J'admire la candeur d'Ajib de vous avoir raconté tout ce qu'il avait fait.

— Oh, mais ce n'est pas le jeune Ajib qui m'a raconté cela, expliqua Bashaarat. Il sortit de la Porte en tenant le coffre, et je ne le revis pas avant vingt ans. Ajib était déjà un homme âgé lorsqu'il revint me voir. Il était rentré chez lui et avait découvert que son coffre avait disparu. Le fait de savoir qu'il avait ainsi payé sa dette l'incita à me narrer ce qui lui était arrivé.

— Est-ce donc ainsi ? Le vieil Hassan de votre première histoire est-il venu vous voir lui aussi ?

— Non, c'est par le jeune Hassan que j'ai entendu son histoire. Le vieil Hassan, lui, n'est jamais revenu dans ma boutique, mais j'ai reçu à sa place un autre visiteur, qui me fit part d'une histoire sur Hassan que celui-ci n'aurait jamais pu me raconter lui-même. » Bashaarat se mit alors à me faire le récit de cette visite et, si cela sied à Votre Majesté, je vais la conter ici.

LE CONTE DE LA FEMME ET DE SON AMANT

Raniya était mariée à Hassan depuis de nombreuses années, et ils vivaient ensemble la plus heureuse des vies. Un jour, elle vit son mari à table avec un jeune homme qu'elle reconnut comme l'image même de Hassan à l'époque où elle l'avait épousé. Si grand fut son étonnement qu'elle dut se retenir de s'immiscer dans leur discussion. Une fois le jeune homme parti, elle ordonna à Hassan de lui dire qui il était, et Hassan lui raconta une histoire incroyable.

« Lui as-tu parlé de moi ? lui demanda-t-elle. Savais-tu ce qui nous attendait lorsque nous nous sommes rencontrés ?

— J'ai su que je t'épouserais au moment où je t'ai vue, répondit Hassan en souriant, mais pas parce qu'on me l'avait dit. Assurément, ma chère femme, tu ne voudrais pas lui gâcher ce moment ? »

Alors Raniya n'adressa pas la parole au jeune Hassan, et ne fit qu'espionner leur conversation en volant quelques regards à la dérobée. Son pouls s'accélérait à la vue des traits pleins de fraîcheur ; parfois nos souvenirs nous trompent par leur douceur mais, lorsqu'elle vit les deux hommes assis l'un en face de l'autre, elle put constater sans exagération la beauté généreuse du plus jeune. La nuit, elle restait allongée les yeux ouverts à se la remémorer.

Quelques jours après que Hassan eut dit adieu à son moi passé, il quitta Le Caire pour aller faire affaire avec un marchand de Damas. Pendant son absence, Raniya trouva l'échoppe que Hassan lui avait décrite et passa la Porte des Années vers Le Caire de sa jeunesse.

Elle se souvenait de l'endroit où il avait vécu à l'époque et put ainsi facilement retrouver le jeune Hassan et le suivre. Elle ressentit en l'observant un désir qu'elle n'avait pas ressenti depuis des années pour le vieil Hassan, si vifs étaient ses souvenirs de leurs ébats d'autrefois. Elle avait toujours été une épouse loyale et fidèle, mais c'était là une opportunité qui ne se représenterait plus jamais. Résolue à l'idée d'assouvir son désir, Raniya loua une maison et, dans les jours qui suivirent, acheta de quoi la meubler.

Une fois la maison prête, elle suivit discrètement Hassan, essayant de réunir assez de courage pour l'approcher. Au marché des bijoutiers, elle le regarda s'avancer vers l'un d'eux et lui montrer un collier incrusté de dix pierres précieuses. Il lui demanda le prix qu'il lui en donnerait. Raniya reconnut le collier, c'était celui que Hassan lui avait offert dans les jours qui avaient suivi leur mariage ; elle n'avait jamais su qu'il avait un jour essayé de le vendre. Elle s'installa à quelques pas et écouta, faisant mine d'examiner des bagues.

« Rapportez-le demain, et je vous paierai mille dinars », proposa le bijoutier. Le jeune Hassan accepta le prix, et partit.

Tandis qu'elle le regardait s'éloigner, Raniya entendit deux hommes parler tout près :

« Tu as vu ce collier ? C'est l'un des nôtres.

— Tu en es sûr ? demanda l'autre.

— Oui. C'est lui, la canaille qui a déterré notre coffre.

— Allons prévenir le capitaine. Une fois que ce type aura vendu son collier nous lui prendrons son argent… et bien plus. »

Les deux hommes s'en allèrent sans remarquer Raniya, qui se tenait debout, le cœur battant mais le corps immobile, comme un daim après le passage d'un tigre. Elle comprit que le trésor déterré par Hassan devait appartenir à une bande de voleurs dont ces deux hommes faisaient partie. Ils surveillaient désormais les bijoutiers du Caire pour identifier la personne qui leur avait dérobé leur butin.

Raniya savait que, puisqu'elle possédait le collier, le jeune Hassan ne pouvait pas l'avoir vendu. Elle savait aussi que les voleurs ne pouvaient pas avoir tué Hassan. Mais la volonté d'Allah ne pouvait être qu'elle reste passive. Allah avait dû la mener ici afin de faire d'elle son instrument.

Raniya retourna à la Porte des Années, revint à son époque, et une fois chez elle trouva le collier dans sa boîte à bijoux. Puis elle passa à nouveau la Porte des Années mais, au lieu d'y entrer par le côté gauche, elle y entra par le côté droit, pour y visiter Le Caire de vingt ans dans l'avenir. Là, elle chercha son moi futur, à présent une vieille femme. La vieille Raniya l'accueillit chaleureusement et récupéra le collier dans sa propre boîte à bijoux. Les deux femmes imaginèrent alors comment elles viendraient en aide au jeune Hassan.

Le lendemain, les deux voleurs étaient de retour, accompagnés d'un troisième homme que Raniya présuma être leur capitaine. Ensemble, ils observèrent Hassan qui présentait le collier au bijoutier.

Tandis que le marchand étudiait le bijou, Raniya s'approcha et dit : « Quelle coïncidence ! Bijoutier, je désire vendre un collier comme celui-là. » Et elle le sortit d'une bourse qu'elle portait.

« C'est remarquable, admit l'homme, je n'ai jamais vu deux colliers plus semblables. »

Puis la vieille Raniya s'approcha. « Mais que vois-je ? Mes yeux me trompent, assurément ! » Et sur ce, elle sortit un troisième collier identique. « Le marchand me l'a vendu en m'assurant qu'il était unique. Cela fait de lui un menteur.

— Peut-être devriez-vous le rendre, suggéra Raniya.

— Cela dépend », dit la vieille Raniya. Elle demanda à Hassan : « Combien vous en donne-t-il ?

— Mille dinars, répondit Hassan, stupéfait.

— Vraiment ! Bijoutier, voudrais-tu donc acheter celui-ci également ?

— Il me faut reconsidérer mon offre », dit le commerçant.

Alors que Hassan et la vieille Raniya négociaient avec le bijoutier, Raniya recula juste assez pour entendre le capitaine réprimander les autres voleurs. « Bande d'idiots. C'est un collier ordinaire. Vous vouliez nous faire tuer la moitié des bijoutiers du Caire et que la garde nous tombe dessus. » Il leur envoya une claque sur la tête et ils s'éloignèrent à sa suite.

Raniya reporta son attention vers le bijoutier, qui avait retiré son offre pour le collier de Hassan. La vieille Raniya dit : « Très bien. Je vais tenter de le rendre à l'homme qui me l'a vendu. » Alors que la vieille femme s'éloignait, Raniya pouvait voir qu'elle souriait sous son voile.

Raniya se tourna vers Hassan. « Il semble qu'aucun de nous ne vendra de collier aujourd'hui.

— Un autre jour, peut-être, dit Hassan.

— Je m'en vais rapporter le mien chez moi pour le mettre en lieu sûr, proposa Raniya. Voudriez-vous m'accompagner ? »

Hassan accepta et accompagna Raniya jusqu'à la maison qu'elle avait louée. Là elle le fit entrer et lui offrit du vin, et après qu'ils eurent tous deux bu elle le conduisit jusqu'à sa chambre. Elle couvrit les fenêtres de lourds rideaux et souffla toutes les lampes afin que la pièce soit aussi noire que la nuit. Ce n'est qu'alors qu'elle retira son voile et le mena au lit.

Raniya avait attendu ce moment avec une impatience fébrile et fut donc surprise de voir que les mouvements de Hassan étaient gauches et maladroits. Elle se souvenait avec clarté de leur nuit de noces; il avait été sûr de lui, et sa délicatesse lui avait coupé le souffle. Elle savait la première rencontre entre Hassan et la jeune Raniya imminente et, l'espace d'un instant, ne put comprendre comment ce garçon malhabile pourrait changer en si peu de temps. Et puis, bien sûr, la réponse lui apparut.

Ainsi, chaque après-midi pendant plusieurs jours, Raniya retrouva Hassan dans sa maison louée et lui enseigna l'art de l'amour, et ce faisant elle démontra que, comme il est souvent dit, les femmes sont la création la plus merveilleuse d'Allah. Elle lui expliqua : « Le plaisir que tu donnes t'est rendu dans le plaisir que tu reçois », et elle sourit intérieurement en pensant à quel point ses mots étaient vrais. Bientôt, il eut acquis le savoir-faire dont elle se souvenait, et elle y prit plus de plaisir encore qu'elle n'en avait pris dans ses jeunes années.

Bien trop vite, le jour arriva où Raniya annonça au jeune Hassan qu'il était temps pour elle de partir. Il avait assez de bon sens pour ne pas la pousser à lui dévoiler ses raisons, mais il lui demanda s'ils se reverraient un jour. Elle lui répondit, doucement, non. Puis elle vendit les meubles au propriétaire de la maison et traversa la Porte des Années vers Le Caire de sa propre époque.

Quand le vieil Hassan revint de son voyage à Damas, Raniya l'attendait à la maison. Elle l'accueillit chaleureusement, mais garda ses secrets pour elle.

*

J'étais perdu dans mes pensées après que Bashaarat eut fini son récit. Jusqu'à ce qu'il dise : « Je vois que cette histoire vous intrigue davantage que les autres.

— Vous voyez juste, admis-je. Je comprends à présent que, même si notre passé reste immuable, l'imprévisible peut nous y attendre lorsque nous le visitons.

— Tout à fait. Comprenez-vous désormais pourquoi j'affirme que l'avenir et le passé ne forment qu'un ? Nous ne pouvons en changer aucun, mais nous pouvons chacun les connaître plus pleinement.

— Je comprends ; vous m'avez ouvert les yeux, et je souhaiterais maintenant utiliser la Porte des Années. Donnez-moi votre prix. »

Il balaya ma phrase d'un geste de la main. « Je ne vends pas le droit de passage par la Porte. Allah guide ceux qu'il désire jusqu'à ma boutique, et je me contente d'être l'instrument de sa volonté. »

Si cela avait été un autre homme, j'aurais pris ces mots pour un moyen de négociation, mais après tout ce que Bashaarat m'avait raconté je fus certain de sa sincérité. « Votre générosité est aussi grande que votre savoir », dis-je, et je m'inclinai. « S'il y a jamais un service qu'un marchand de tissu puisse vous rendre, s'il vous plaît, venez me quérir.

— Je vous en remercie. Parlons à présent de votre voyage. Il y a des choses dont il nous faut discuter avant que vous ne visitiez le Bagdad de vingt ans dans l'avenir.

— Je ne souhaite pas visiter l'avenir, lui annonçai-je. Je voudrais traverser dans l'autre direction et revisiter ma jeunesse.

— Oh, mes plus sincères excuses, mais cette Porte ne vous y conduira pas. Voyez-vous, cela ne fait qu'une semaine que je l'ai construite. Il y a vingt ans, il n'y avait donc ici aucun endroit dont vous pourriez sortir. »

Mon désarroi était si grand que je dus avoir l'air d'un enfant désemparé. Je lui demandai : « Mais où mène l'autre côté de la Porte ? » et je fis le tour de la porte circulaire pour faire face au côté opposé.

Bashaarat vint se placer à mes côtés. La vue à l'intérieur de la porte semblait identique à celle du dehors mais, lorsqu'il tendit la main pour la traverser, elle fut arrêtée net comme par un mur invisible. Je regardai de plus près et vis une lampe en cuivre posée sur une table. Sa flamme ne vacillait pas, mais restait fixe et immobile comme si la pièce avait été prise dans le plus pur des ambres.

« Ce que vous voyez ici est la pièce telle qu'elle apparaissait la semaine passée, expliqua Bashaarat. Dans une vingtaine d'années, le passage s'ouvrira de ce côté de la Porte, permettant alors aux gens d'y pénétrer dans ce sens et de visiter leur passé. Ou bien, poursuivit-il alors qu'il me raccompagnait du côté de la porte qu'il m'avait d'abord montré, nous pouvons entrer par le côté droit dès maintenant et leur rendre visite par nous-mêmes. Mais j'ai bien peur que cette Porte-ci ne permette jamais de visiter l'époque de votre jeunesse.

— Et qu'en est-il de la Porte des Années que vous aviez au Caire ? demandai-je.

— Cette Porte existe toujours. C'est mon fils qui tient désormais cette échoppe.

— Je pourrais donc faire le voyage jusqu'au Caire et utiliser la Porte pour visiter Le Caire d'il y a vingt ans. De là, je pourrais revenir à Bagdad.

— Oui, vous pourriez faire un tel voyage, si c'est là ce que vous désirez.

— Oui, c'est bien ce que je désire. Pourriez-vous m'indiquer comment trouver votre boutique au Caire ?

— Il nous faut tout d'abord parler de certaines choses, répondit Bashaarat. Je ne vous questionnerai pas sur vos intentions, et me contenterai d'attendre que vous soyez prêt à me les communiquer. Mais je vous rappellerai que ce qui est fait ne peut être défait.

— Je l'ai compris.

— Et que vous ne pouvez éviter les épreuves qui vous incombent. Ce qu'Allah vous envoie, vous devez l'accepter.

— Je me le rappelle chaque jour de ma vie.

— Alors c'est un honneur pour moi de vous aider de quelque manière que ce soit », dit-il.

Il sortit du papier, une plume et un encrier et se mit à écrire.

« Je vais rédiger une lettre pour vous assister dans votre voyage. » Il plia la lettre, fit couler un peu de cire sur le bord du papier, et y pressa sa bague. « Lorsque vous atteindrez Le Caire, donnez ceci à mon fils et il vous laissera traverser la Porte des Années, là-bas. »

Un marchand comme moi se doit d'être versé dans l'art d'exprimer sa gratitude, mais je n'avais encore jamais été aussi démonstratif que je le fus envers Bashaarat. Il me donna les indications pour me rendre à la boutique du Caire, et je lui promis de tout lui raconter à mon retour. Alors que j'étais sur le point de le quitter, une pensée me vint. « Puisque la Porte des Années que vous avez ici s'ouvre sur l'avenir, vous êtes assuré que la Porte, tout comme ce magasin, sera encore ici dans vingt ans.

— Oui, c'est vrai », dit Bashaarat.

Je fus sur le point de lui demander s'il avait rencontré son moi plus âgé, mais je ravalai mes mots. Si la réponse était non, c'est que son moi plus âgé était mort, et ce serait alors lui demander s'il connaissait la date de sa propre mort. Qui étais-je pour poser une telle question, alors que cet homme m'offrait une bénédiction sans même s'enquérir de mes intentions ? Je vis à son expression qu'il savait ce que je m'étais apprêté à lui dire, et je baissai humblement la tête en guise d'excuses. D'un hochement de la sienne, il me fit signe qu'il les acceptait, et je retournai chez moi faire les préparatifs nécessaires.

Il fallut deux mois à la caravane pour atteindre Le Caire. Quant à ce qui m'occupa l'esprit pendant le trajet, Votre Majesté, je vais à présent vous conter ce que je n'avais alors pas dit à Bashaarat. Vingt ans plus tôt, j'avais été marié à une femme nommée Najya. Son corps avait la grâce d'un rameau de saule, et son visage le charme de la lune, mais c'est sa nature tendre et douce qui emprisonna mon cœur. Ma carrière de marchand débutait à peine lorsque nous nous mariâmes, et nous n'étions pas riches, mais nous ne ressentions pas le manque.

Nous étions mariés depuis un an seulement lorsqu'il me fallut me rendre à Bassora pour rencontrer le capitaine d'un navire. J'avais l'opportunité de tirer profit de la traite d'esclaves, mais Najya n'approuvait pas ce commerce. Je lui rappelai que le Coran n'interdit pas la possession d'esclaves tant qu'ils sont bien traités, et que même le Prophète en possédait. Mais elle me rétorqua qu'il n'y avait vraiment aucun moyen pour moi de savoir comment mes acheteurs traiteraient leurs esclaves, et qu'il était préférable de vendre des marchandises plutôt que des hommes.

Le matin de mon départ, Najya et moi nous disputâmes. Je lui parlai durement, avec des mots auxquels j'ai honte de repenser, et je prie Votre Majesté de me pardonner si je ne les répète pas ici. Je la quittai en colère et ne la revis jamais. Elle fut grièvement blessée dans l'effondrement du mur d'une mosquée, quelques jours après mon départ. On l'emmena au bimaristan, où les médecins ne purent la sauver, et elle mourut peu après. Je n'appris sa mort qu'à mon retour une semaine plus tard, et j'eus l'impression de l'avoir tuée de ma propre main.

Les tourments de l'enfer peuvent-ils être pires que ceux que j'endurai au cours des jours qui suivirent ? Il me sembla possible que je le découvrisse, tant mon chagrin me poussa aux portes de la mort. Et certainement l'expérience en est analogue, car, comme le feu des enfers, le deuil brûle mais ne consume pas ; il rend au contraire le cœur vulnérable à davantage de souffrance.

Ma période de lamentation finit par arriver à son terme, et j'en sortis en homme vidé, un sac de peau sans entrailles. Je libérai les esclaves dont j'avais fait l'acquisition et devins marchand de tissu. Au fil des ans je m'enrichis, mais ne me remariai jamais. Certains hommes avec qui j'ai pu faire affaire essayèrent de me faire rencontrer une sœur ou une fille, me disant que l'amour d'une femme peut faire oublier les peines. Peut-être ont-ils raison, mais jamais il ne pourra vous faire oublier la peine causée à un autre. Chaque fois que je m'imaginais épouser une autre femme, je me rappelais l'expression de douleur dans les yeux de Najya la dernière fois que je la vis, et mon cœur demeura fermé aux autres.

J'allai parler à un mollah de ce que j'avais fait, et c'est lui-même qui me confia que la repentance et l'expiation font table rase du passé. Je me repentis et expiai du mieux que je pus ; pendant vingt ans je vécus en homme droit, je priai et jeûnai, je fis l'aumône aux moins fortunés et un pèlerinage à La Mecque, et je restai malgré tout hanté par la culpabilité. Allah est grand dans sa miséricorde, je savais donc que cet échec était le mien.

Si Bashaarat me l'avait demandé, je n'aurais su lui dire ce que j'espérais entreprendre. Il était clair, d'après ses histoires, qu'il m'était impossible de modifier ce que je savais être déjà arrivé. Personne n'avait empêché mon jeune moi de se disputer avec Najya lors de notre dernière conversation. Mais l'histoire de Raniya, dissimulée au cœur du récit de la vie de Hassan sans même qu'il le sache, m'avait offert un mince espoir : peut-être pourrais-je jouer un rôle dans les événements pendant que mon moi passé serait en voyage d'affaires.

Ne se pourrait-il pas qu'il y ait eu une erreur, et que ma Najya ait survécu ? Peut-être était-ce le corps d'une autre femme qu'on avait enveloppé d'un linceul et enterré pendant mon absence. Peut-être pourrais-je sauver Najya et la ramener avec moi dans le Bagdad de mon époque. Je savais l'idée folle ; les hommes d'expérience disent : « Il y a quatre choses qui ne reviennent jamais : la parole exprimée, la flèche lancée, la vie vécue et l'occasion manquée », et je comprends la vérité de ces mots mieux que la plupart. Et pourtant, j'osais espérer qu'Allah avait jugé mes vingt années de repentance suffisantes, et qu'il m'offrait à présent une chance de retrouver ce que j'avais perdu.

Le voyage en caravane se déroula sans incident et, après soixante levers du soleil et trois cents prières, j'atteignis Le Caire. Là, il me fallut trouver mon chemin dans les rues de la ville, qui sont un labyrinthe déroutant comparé au tracé harmonieux de la Cité de la Paix. Je me dirigeai vers Bayn al-Qasrayn, l'artère principale qui traverse le quartier fatimide du Caire. De là, je pus trouver la rue de la boutique que je cherchais.

J'expliquai au commerçant que j'avais parlé à son père à Bagdad et je lui tendis la lettre que Bashaarat m'avait donnée. Après l'avoir lue, il me conduisit dans une arrière-salle, au centre de laquelle se dressait une autre Porte des Années, et il me fit signe d'y entrer par le côté gauche.

Me tenant devant l'énorme anneau de métal, je sentis un frisson me parcourir et me réprimandai pour ma nervosité. Je pris une profonde inspiration et m'avançai pour me retrouver dans la même pièce, où seuls les meubles avaient changé. Je n'aurais, sans cela, pas pu savoir que la Porte était différente d'une porte ordinaire. Puis je compris que le frisson qui m'avait parcouru était simplement la fraîcheur de l'air dans cette pièce, car la journée ici n'était pas aussi chaude que celle que j'avais laissée derrière moi. Je pouvais sentir sur mon dos la chaleur de son souffle traverser la Porte comme un soupir.

Le commerçant s'avança derrière moi et cria : « Père, vous avez de la visite. »

Un homme entra dans la pièce, nul autre que Bashaarat, vingt ans plus jeune que lorsque je l'avais vu à Bagdad. « Bienvenue, monseigneur, m'accueillit-il. Je suis Bashaarat.

— Vous ne me connaissez pas ? demandai-je.

— Non, vous avez dû rencontrer mon moi futur. En ce qui me concerne, il s'agit là de notre première rencontre, mais c'est un honneur de vous servir. »

Votre Majesté, comme il se doit dans cette chronique de mes défauts, il me faut avouer que je m'étais trouvé si profondément plongé dans mes propres malheurs, lors de mon voyage depuis Bagdad, que je n'avais pas encore pris conscience que Bashaarat m'avait certainement reconnu au moment même où j'avais franchi la porte de son magasin. Il savait déjà, alors que j'admirais sa pendule à eau et son oiseau en cuivre, que je ferais le voyage jusqu'au Caire, et savait aussi probablement si j'avais pu atteindre mon but.

Le Bashaarat à qui je parlais désormais ne savait rien de tout cela. « Je vous suis doublement reconnaissant de votre gentillesse, monsieur, dis-je. Mon nom est Fuwaad ibn Abbas, nouvellement arrivé de Bagdad. »

Le fils de Bashaarat prit congé, et Bashaarat et moi nous entretînmes ; je lui demandai le jour et le mois, confirmant qu'il me restait bien assez de temps pour faire le trajet retour jusqu'à la Cité de la Paix, et lui promis que je lui raconterais tout à mon retour. Son moi passé était aussi courtois que son moi futur. « Je serai heureux de converser avec vous à votre retour et de vous aider à nouveau dans vingt ans », dit-il. Ses paroles me donnèrent à réfléchir. « Aviez-vous prévu d'ouvrir un magasin à Bagdad avant aujourd'hui ?

— Pourquoi demandez-vous cela ?

— Je m'émerveille de la coïncidence de notre rencontre à Bagdad, juste à temps pour que je puisse effectuer le voyage jusqu'ici, utiliser la Porte, et faire la route du retour. Mais je me demande désormais si tout cela est bien une coïncidence. Mon arrivée ici aujourd'hui n'est-elle pas la raison de votre déménagement pour Bagdad dans vingt ans ? »

Bashaarat sourit. « La coïncidence et l'intention sont les deux faces d'une même tapisserie, monseigneur. Vous pouvez en trouver une plus agréable au regard que l'autre, mais vous ne pouvez pas prétendre que l'une est vraie et l'autre non.

— Aujourd'hui plus que jamais, vous m'avez donné beaucoup à réfléchir », dis-je.

Je le remerciai et lui fis mes adieux. En quittant son magasin, je dépassai une femme qui entrait d'un pas quelque peu précipité. J'entendis Bashaarat la saluer et prononcer le nom de Raniya et, surpris, je me figeai.

Juste de l'autre côté de la porte, je pouvais entendre la femme dire : « J'ai le collier. J'espère que mon moi futur ne l'a pas égaré.

— Je suis certain que vous l'aurez gardé en sécurité, en prévision de votre visite », lui répondit Bashaarat.

Je compris qu'il s'agissait bien de la Raniya de l'histoire que Bashaarat m'avait contée. Elle était en chemin pour retrouver son moi futur afin qu'elles puissent retourner à l'époque de leur jeunesse, tromper des voleurs avec un collier dédoublé et sauver leur mari. Un instant je fus incapable de savoir si je rêvais ou si j'étais éveillé, car j'avais l'impression d'avoir pénétré dans un conte, et l'idée de pouvoir interagir avec ses personnages et de prendre part à ses événements me parut vertigineuse. Je fus tenté de parler et de voir si un rôle caché m'était destiné, puis me rappelai que j'avais un rôle caché à jouer dans mon propre conte. Alors je m'éloignai sans un mot et allai organiser ma traversée auprès d'une caravane.

Il est dit, Votre Majesté, que le Destin se moque bien du dessein des hommes. Et je me sentis d'abord le plus chanceux de tous, car une caravane en direction de Bagdad allait partir dans le mois, et je fus en mesure de la rejoindre. Mais au cours des semaines suivantes je commençai à maudire ma chance lorsque le voyage fut frappé de retards. Les puits d'une ville proche du Caire étaient à sec, et une expédition fut renvoyée pour quérir de l'eau. Dans un autre village, les soldats protégeant le convoi contractèrent la dysenterie, et il nous fallut attendre des semaines avant qu'ils ne soient rétablis. Chaque retard me forçait à revoir mon estimation de notre arrivée à Bagdad, accroissant mon anxiété.

Puis, comme un avertissement d'Allah, vinrent les tempêtes de sable, qui ancrèrent en moi un doute profond quant à la sagesse de mes actions. Nous eûmes la bonne fortune d'avoir fait halte dans un caravansérail à l'ouest de Kufa lorsque celles-ci frappèrent pour la première fois, mais notre halte s'étendit de jours en semaines alors qu'invariablement le ciel s'éclaircissait, avant de s'assombrir à nouveau aussitôt les chameaux rechargés. Le jour de l'accident de Najya approchait à grands pas et mon désespoir, lui, grandissait.

Je sollicitai les chameliers chacun à leur tour, espérant en trouver un qui accepterait de m'emmener seul, mais sans succès. Je réussis finalement à en trouver un prêt à me vendre un chameau pour un prix qui m'aurait semblé exorbitant dans toute autre circonstance, mais que j'étais alors bien trop heureux de payer. Et ainsi, je m'élançai seul.

Vous ne serez pas étonné d'apprendre que je fis d'abord peu de progrès dans la tempête mais, dès que les vents se furent calmés, j'adoptai un rythme plus rapide. Cependant, sans les soldats qui accompagnaient la caravane, j'étais devenu une cible facile pour les bandits et, sans surprise, je fus arrêté après deux journées de route. Ils emportèrent mon argent et le chameau que j'avais acheté, mais épargnèrent ma vie ; que ce fût un geste de pitié ou simplement qu'ils n'eussent pas voulu se donner la peine de me tuer, je n'en sus rien. Je repris le chemin inverse en direction de la caravane, mais le ciel me tourmentait à présent par son absence de nuages, et je souffris de la chaleur. Lorsque le groupe me trouva, ma langue était gonflée et mes lèvres aussi craquelées que de la boue cuite par le soleil. Après cela, je n'eus plus d'autre choix que d'accompagner le convoi à son rythme habituel.

Comme des pétales tombant un à un d'une rose fanée, mes espoirs s'amenuisaient chaque jour un peu plus. Quand la caravane atteignit enfin la Cité de la Paix, je savais qu'il était déjà trop tard mais, lorsque nous franchîmes les portes de la ville, je demandai aux gardes si on leur avait parlé de l'effondrement d'une mosquée. Le premier garde à qui je m'adressai n'avait rien entendu de tel, et un bref instant j'osai espérer m'être trompé dans la date de l'accident, et être arrivé à temps.

Puis un autre garde m'indiqua qu'une mosquée s'était bien effondrée la veille dans le quartier de Karkh. Ses mots me frappèrent comme la hache d'un bourreau. Je n'avais fait un si long voyage que pour me voir annoncer la pire nouvelle de ma vie une seconde fois.

Je pris la direction de la mosquée et vis les tas de briques là où un mur s'était dressé. C'était une scène qui avait hanté mes rêves depuis vingt ans, mais à présent, les yeux ouverts, l'image demeurait toujours, avec une clarté plus nette que je ne pouvais le supporter. Je me détournai et marchai sans but, aveugle à tout ce qui m'entourait, jusqu'à me trouver devant mon ancienne maison, celle où Najya et moi avions vécu. Je me tenais dans la rue face à elle, plein de souvenirs et de douleur.

Je ne sais pas combien de temps s'écoula avant que je ne prenne conscience qu'une jeune femme s'était approchée de moi. « Monseigneur, dit-elle, je cherche la maison de Fuwaad ibn Abbas.

— Vous l'avez trouvée.

— Êtes-vous Fuwaad ibn Abbas, monseigneur ?

— C'est moi, et je vous prie, s'il vous plaît, de me laisser tranquille.

— Monseigneur, je vous demande pardon Mon nom est Maimuna, et j'aide les médecins au bimaristan. Je me trouvais au chevet de votre femme avant sa mort. »

Je me tournai pour la regarder. « Vous étiez à son chevet ?

— Oui, monseigneur. J'ai juré de vous délivrer un message de sa part.

— Quel message ?

— Elle souhaitait que je vous dise que ses dernières pensées étaient pour vous. Elle souhaitait que je vous dise que, bien que courte, sa vie a été rendue heureuse par le temps passé en votre compagnie. »

Elle vit les larmes couler sur mes joues et ajouta : « Pardonnez-moi, monseigneur, si mes paroles vous font souffrir.

— Il n'y a rien à pardonner, mon enfant. J'aurais tant aimé pouvoir vous payer ce que ce message vaut pour moi, mais une vie passée à vous remercier me laisserait encore en dette à votre égard.

— Le deuil ne garde pas de dette. Que la paix soit avec vous, monseigneur.

— Que la paix soit avec vous », répondis-je.

Elle s'en alla, et j'errai à travers les rues pendant des heures, pleurant des larmes de délivrance. Et je me rappelai alors la vérité des paroles de Bashaarat : le passé et l'avenir ne forment qu'un, et nous ne pouvons changer ni l'un ni l'autre, mais nous pouvons connaître chacun plus pleinement. Mon voyage dans le passé n'avait rien changé, c'est ce que j'y avais appris qui avait tout changé, et je compris qu'il n'aurait pu en être autrement. Si nos vies sont les contes que raconte Allah, alors nous en sommes à la fois le public et les acteurs, et c'est en vivant ces contes que nous recevons leurs leçons.

La nuit tomba, et c'est ainsi que les gardes de la ville me trouvèrent, errant dans les rues après le couvre-feu, vêtu d'habits poussiéreux, et qu'ils me demandèrent quel était mon nom. Je le leur dis ainsi que là où j'habitais, et les gardes me conduisirent à mes voisins afin de voir s'ils me connaissaient, mais ils ne me reconnurent pas, et je fus emmené en prison.

Je racontai mon histoire au capitaine de la garde, il la trouva divertissante, mais ne lui accorda aucun crédit, car qui aurait pu me croire ? Et puis je me souvins de quelques informations remontant à ma période de deuil vingt ans plus tôt, et je lui annonçai que le petit-fils de Votre Majesté allait naître albinos. Quelques jours plus tard, la nouvelle de l'apparence du nourrisson parvint au capitaine, qui me fit alors conduire au gouverneur du quartier. Quand le gouverneur entendit mon histoire il m'amena ici, au palais, et quand votre chambellan entendit à son tour mon récit il me conduisit ici, dans la salle du trône, afin que j'aie l'immense privilège de le répéter à Votre Majesté.

Mon conte a désormais rattrapé le cours de ma vie, s'étreignant l'un l'autre, et là où ils iront à présent c'est à Votre Majesté d'en décider. Je sais de nombreuses choses qui vont arriver ici à Bagdad au cours des vingt années à venir, mais rien du sort qui m'attend désormais. Je n'ai plus d'argent pour payer mon retour vers Le Caire et sa Porte des Années, et je me considère pourtant comme touché par une chance inestimable car j'ai eu l'opportunité de revoir mes erreurs passées, et d'apprendre quels remèdes offrait Allah. Je serais honoré de vous faire part de tout ce que je sais de l'avenir si Votre Majesté juge bon de me le demander, mais pour ma part le savoir le plus précieux que je possède est celui-ci :

Rien n'efface le passé. Nous avons la repentance, nous avons l'expiation, et nous avons le pardon. C'est tout, mais c'est bien assez.

EXPIRATION

Il est dit depuis longtemps que l'air (que d'autres appellent argon) est la source de vie. Ce n'est en réalité pas le cas, et je grave ces mots afin de décrire comment je suis venu à comprendre la véritable source de vie et, par conséquent, de quelle manière celle-ci finira par s'arrêter un jour.

Tout au long de notre histoire, cette idée que la vie venait de l'air nous a semblé une telle évidence qu'elle était inutile à démontrer. Nous consommons chaque jour deux poumons remplis d'air ; chaque jour nous retirons les poumons vides de notre poitrine et les remplaçons par des pleins. Si, par inadvertance, un individu laisse son niveau d'air descendre trop bas, il se met alors à ressentir la lourdeur de ses membres et un besoin croissant de se réapprovisionner. Il est extrêmement rare qu'une personne ne soit pas en mesure de se procurer au moins un poumon de remplacement avant que sa paire installée ne se soit vidée ; dans les cas malheureux où cela a pu se produire – où cette personne s'est retrouvée coincée, incapable de bouger, et privée d'assistance –, elle meurt quelques secondes après l'épuisement de son air.

Mais dans la vie courante, notre besoin d'air n'occupe pas nos pensées, et beaucoup diraient d'ailleurs que satisfaire à ce besoin est l'élément le moins important d'un arrêt aux stations de remplissage. Car les stations sont les premiers lieux d'interactions sociales, des endroits d'où nous tirons notre nourriture émotionnelle autant que physique. Nous conservons tous chez nous des paires de poumons pleins, mais c'est lorsque nous sommes seuls qu'ouvrir sa poitrine pour remplacer ses poumons tend à devenir une corvée. En présence d'autrui, nous en faisons une activité commune, un plaisir partagé.

Si l'on est terriblement occupé ou peu sociable, on peut simplement récupérer une paire de poumons pleins, les installer et laisser ses poumons vides à l'autre bout de la pièce. Si l'on a quelques minutes devant soi, il est poli de connecter les poumons vides à un distributeur d'air et de les remplir pour la personne suivante. Mais la pratique de loin la plus courante est de s'attarder un peu et de profiter de la compagnie des autres, de discuter des nouvelles du jour avec des amis ou des connaissances et, en passant, de proposer une paire de poumons fraîchement remplis à son interlocuteur. Bien que cela ne constitue peut-être pas un partage d'air au sens propre, une certaine camaraderie se dégage néanmoins de la conscience que tout notre air provient d'une même source, car les distributeurs ne sont que les embouts apparents des conduits qui s'étendent depuis le réservoir d'air dans les profondeurs de la terre, le grand poumon du monde, la source de toute notre alimentation.

Le lendemain, de nombreux poumons sont retournés à la même station de remplissage, mais ils sont autant à circuler vers d'autres stations lorsque les gens se rendent dans les districts alentour ; les poumons sont tous identiques, des cylindres d'aluminium lisses, il est donc impossible de savoir si un poumon ne s'est jamais éloigné de chez lui ou s'il a voyagé sur de longues distances. Ces échanges de poumons entre personnes et entre districts permettent de faire circuler les informations et potins. Il nous est ainsi possible de recevoir des nouvelles de lointains districts, même de ceux du bout du monde, sans avoir besoin de partir de chez nous. Bien que j'aime personnellement beaucoup voyager. Je me suis d'ailleurs rendu tout au bout du monde, et j'ai vu le mur de chrome massif qui s'étend du sol jusqu'aux cieux infinis.

C'est dans l'une des stations de remplissage que j'entendis pour la première fois les rumeurs qui lancèrent mon enquête et menèrent par la suite à ma prise de conscience. Tout commença, assez innocemment, par la remarque du crieur public de notre district. À midi, au premier jour de chaque année, la tradition veut que le crieur récite une ode composée il y a longtemps pour cette célébration annuelle, un verset qui met précisément une heure à être récité. Le crieur mentionna qu'au cours de sa toute dernière prestation la tour de l'horloge avait sonné l'heure avant qu'il n'ait pu terminer, ce qui ne lui était jamais arrivé auparavant. Une autre personne fit remarquer qu'il devait s'agir d'une coïncidence, car elle revenait tout juste d'un district voisin où le crieur public s'était plaint de la même incongruité.

Personne ne prêta plus d'attention à ce phénomène qu'il n'en méritait. Ce n'est que quelques jours plus tard, lorsque nous eûmes vent d'un décalage similaire entre le crieur et la tour de l'horloge d'un troisième district, qu'il fut suggéré que ces différences pouvaient être la preuve d'un défaut dans le mécanisme commun à toutes les horloges, un défaut par ailleurs curieux puisqu'il les faisait avancer au lieu de les retarder. Les horlogers examinèrent les appareils en question, mais leur inspection ne releva aucune imperfection. Et même, lorsqu'elles furent comparées aux montres normalement utilisées pour ce type de calibrage, il apparut que les horloges indiquaient toujours l'heure exacte.

Je trouvais moi-même la question plutôt curieuse, mais j'étais trop occupé à mes propres études pour me consacrer à d'autres sujets. J'étais, et je suis toujours, chercheur en anatomie, et afin de replacer mes actions à venir dans un certain contexte je vous présente ici un bref descriptif de ma relation avec ce domaine.

La mort est rare, heureusement, car nous sommes durables, et les accidents mortels sont peu fréquents, mais cela rend toute étude anatomique difficile, d'autant plus que de nombreux accidents suffisamment sérieux pour causer le trépas laissent les restes du défunt trop endommagés pour qu'ils soient examinés. Lorsque des poumons pleins se retrouvent percés, la force de l'explosion peut réduire le corps en lambeaux, déchirant le titane aussi facilement que du fer-blanc. Autrefois, les anatomistes concentraient leur attention sur les membres, qui étaient plus susceptibles de demeurer intacts. Lors du tout premier cours d'anatomie auquel j'ai assisté, il y a un siècle de cela, le maître de conférences nous présenta un bras coupé dont l'enveloppe avait été retirée pour révéler l'épaisse colonne de vérins et de pistons enfermée à l'intérieur. Je me souviens avec clarté de la façon dont, après qu'il eut connecté les conduits artériels à un poumon qu'il gardait fixé au mur de son laboratoire, il fut capable de manipuler les vérins saillants à la base du bras déchiqueté, et comment, en réponse, la main s'ouvrit et se referma par intermittence.

Depuis ces années-là, notre domaine a progressé au point que les anatomistes sont aujourd'hui en mesure de réparer les membres endommagés et, parfois, de réassembler un membre sectionné. Nous avons parallèlement développé notre étude de la physiologie des vivants ; j'ai moi-même donné une version de ce premier cours, durant laquelle j'ai ouvert l'enveloppe de mon propre bras et dirigé l'attention de mes élèves sur les vérins qui se rétractaient et s'étendaient lorsque j'agitais mes doigts.

Malgré ces avancées, un grand mystère anatomique subsistait : la question de la mémoire. Bien que nous connaissions un peu la structure du cerveau, sa physiologie reste notoirement difficile à étudier du fait de son extrême fragilité. C'est par exemple le cas dans les accidents mortels où, lorsque le crâne se retrouve fracturé, le cerveau jaillit dans un nuage d'or, sans rien laisser d'autre que des morceaux de filament et de feuille déchiquetés dont rien d'utile ne peut être extrait. Pendant des décennies, la théorie dominante sur la mémoire voulait que toutes les expériences d'une personne soient gravées sur des feuilles d'or ; c'étaient ces feuilles, déchirées par la force de l'explosion, qui étaient la source des minuscules éclats retrouvés après les accidents. Les anatomistes en collectaient alors les morceaux – si fins que la lumière prend une teinte verte en les traversant – et passaient des années à reconstruire les feuilles d'origine dans l'espoir de déchiffrer un jour les symboles qui avaient permis d'écrire les expériences récentes du défunt.

Je ne souscrivais pas à cette théorie, dite *hypothèse d'inscription*, pour la simple raison que, si toutes nos expériences étaient bel et bien enregistrées, pourquoi nos souvenirs étaient-ils incomplets ? Les partisans de l'hypothèse d'inscription avaient avancé une explication – suggérant qu'au fil du temps les feuilles d'or finissaient par se désaligner sous la pression du stylet de lecture des souvenirs, jusqu'à ce que les feuilles les plus anciennes perdent tout contact avec lui –, je n'avais jamais trouvé cette thèse convaincante, mais je pouvais facilement en comprendre l'attrait ; j'avais moi aussi consacré de nombreuses heures à examiner les fragments d'or au microscope et je pouvais imaginer comme il serait gratifiant de tourner la vis micrométrique et de voir apparaître des symboles lisibles.

Plus que cela, ne serait-il pas merveilleux de déchiffrer le plus vieux souvenir d'un défunt, un de ceux qu'il avait lui-même oubliés ? Aucun d'entre nous n'a de souvenirs remontant au-delà de cent ans, et les archives écrites – les comptes rendus que nous avons nous-mêmes gravés mais dont nous n'avons que peu de souvenirs – ne remontent qu'à quelques siècles. Combien d'années avons-nous vécu avant le commencement de l'histoire écrite ? D'où venons-nous ? C'est la promesse de découvrir les réponses que contiennent nos propres cerveaux qui rend l'hypothèse d'inscription si séduisante.

J'étais partisan de l'école de pensée concurrente, qui défendait l'idée que nos souvenirs étaient stockés sur un support dont le processus d'effacement était aussi facile que celui d'enregistrement : il pouvait s'agir de la rotation d'engrenages, ou du positionnement d'une série d'interrupteurs. Cette théorie impliquait que tout ce que nous avions oublié était bel et bien perdu, et que nos cerveaux ne contenaient pas d'histoires antérieures à celles de nos bibliothèques. Un des avantages de cette théorie, c'était qu'elle expliquait mieux pourquoi, lorsque l'on installe des poumons dans les personnes mortes en raison d'un manque d'air, elles reviennent à la vie dénuées de tout souvenir et, à peu de chose près, écervelées : le choc de la mort aurait en quelque sorte réinitialisé leurs engrenages ou leurs interrupteurs. Les inscriptionnistes soutenaient, eux, que le choc aurait simplement décalé les feuilles d'or, mais personne n'était prêt à tuer quelqu'un de vivant, même un imbécile, pour clore ce débat. J'avais imaginé une expérience qui pouvait me permettre de déterminer la vérité une bonne fois pour toutes, mais elle était risquée et demandait une réflexion poussée avant que je puisse m'y atteler. J'étais encore indécis lorsque de nouvelles informations sur l'anomalie des horloges me parvinrent.

Nous eûmes vent du crieur public d'un district encore plus lointain qui avait lui aussi entendu sa tour de l'horloge sonner l'heure avant la fin de son récital du Nouvel An. Ce qui rendait cet événement si important était que l'horloge de son district utilisait un mécanisme différent qui indiquait l'heure par écoulement de mercure dans un bol. L'écart n'était donc plus imputable au même défaut mécanique. On soupçonna une fraude, une farce perpétrée par quelques malfaiteurs. Mais j'avais une autre suspicion, plus sombre, que je n'osais exprimer, mais qui força ma décision : j'allais mener mon expérience.

Le premier outil que je construisis fut très simple : j'installai dans mon laboratoire quatre prismes montés sur des supports minutieusement disposés de sorte que leurs apex forment les coins d'un rectangle. Une fois les prismes arrangés ainsi, un faisceau lumineux dirigé sur l'un des prismes inférieurs se trouvait réfléchi vers le haut, puis vers l'arrière, puis vers le bas, puis de nouveau vers l'avant, formant ainsi une boucle quadrilatérale. Par conséquent, une fois assis et les yeux placés au niveau du premier prisme, je bénéficiais d'une vue dégagée sur l'arrière de ma propre tête. Ce périscope solipsiste constituait la base de tout ce qui allait suivre.

Des vérins, eux aussi disposés en rectangle, permettaient qu'un transfert d'action accompagne le transfert de vision rendu possible par les prismes. La batterie de vérins était bien plus large que le périscope, mais d'une conception relativement simple ; ce qui se trouvait attaché à l'extrémité de ces mécanismes respectifs était en revanche bien plus complexe. Au périscope, j'ajoutai un microscope binoculaire fixé sur une armature capable de pivoter d'un côté à l'autre et de haut en bas. Aux vérins j'ajoutai une série de manipulateurs de précision – bien qu'une description si succincte ne rende pas justice à ces chefs-d'œuvre de l'art mécanique. Combinant l'ingéniosité des anatomistes et l'inspiration née des structures corporelles qu'ils étudiaient, ces manipulateurs permettaient à leur opérateur d'accomplir les tâches qu'il aurait normalement été en mesure d'accomplir de ses propres mains, mais à une échelle bien plus réduite.

Il me fallut des mois pour assembler tout cet équipement, mais je n'avais pas d'autre choix que d'être le plus méticuleux possible. Une fois les préparatifs terminés, je plaçai mes mains sur un ensemble de boutons et de leviers contrôlant deux manipulateurs situés derrière ma tête et utilisai le périscope pour voir ce sur quoi ils allaient opérer. J'allais enfin pouvoir disséquer mon propre cerveau.

Une idée qui doit sembler pure folie, j'en suis conscient, et mes collègues auraient certainement essayé de m'arrêter si je leur en avais parlé. Mais je ne pouvais demander à personne de risquer sa vie pour la recherche anatomique et, souhaitant effectuer la dissection moi-même, je ne pouvais me contenter d'être le sujet passif d'une telle opération. L'autodissection était la seule option.

Je réunis une douzaine de poumons pleins et les branchai sur un collecteur. Je fixai cet assemblage sous la table de travail où j'allais être assis et plaçai un distributeur que je connectai directement aux entrées bronchiques sur ma poitrine. Un dispositif qui m'offrait six jours d'air. Dans l'éventualité où je n'aurais pas terminé mon expérience dans ce laps de temps, j'avais planifié la visite d'un collègue à la fin de cette période. Je supposais toutefois que ma mort seule, ainsi provoquée, pouvait m'empêcher de finir l'opération dans le temps imparti.

Je commençai par retirer la plaque fortement incurvée qui formait l'arrière et le haut de ma tête ; puis les deux plaques plus légèrement incurvées qui en formaient les côtés. Seule ma plaque faciale restait, mais elle était maintenue dans un support de fixation, et il m'était impossible de voir sa surface intérieure depuis mon périscope ; ce que je voyais mis à nu était mon propre cerveau. Il se composait d'une douzaine de sous-ensembles ou plus, dont les parties extérieures étaient couvertes de coques finement moulées ; en positionnant le périscope près des interstices qui les séparaient, je pus avoir un avant-goût alléchant des fabuleux mécanismes à l'intérieur. Du peu que j'en voyais, je pouvais déjà dire qu'il s'agissait là de l'engin le plus divinement complexe que j'avais jamais contemplé, si loin de toute autre machine construite par l'homme que son origine divine me semblait incontestable. C'était une vision à la fois exaltante et vertigineuse, et je pris de longues minutes pour en savourer la beauté esthétique avant de poursuivre mes explorations.

L'hypothèse généralement émise était que le cerveau se divisait en un moteur placé au centre de la tête et effectuant l'action de cognition à proprement parler, entouré par une série de composants où étaient stockés les souvenirs. Ce que j'observai était en cohérence avec cette théorie, puisque les sous-ensembles périphériques avaient tous l'air de se ressembler, tandis que le sous-ensemble central paraissait différent, plus hétérogène et composé d'un plus grand nombre de pièces mobiles.

Cependant, les composants étaient trop tassés pour que j'observe bien leur fonctionnement ; si je voulais en apprendre davantage, il allait me falloir aller au cœur des choses.

Chaque sous-ensemble contenait un réservoir d'air local, alimenté par un conduit sortant du régulateur à la base de mon cerveau. Je concentrai mon périscope sur le sous-ensemble le plus reculé et, à l'aide des manipulateurs à distance, déconnectai rapidement le conduit de sortie et en installai un plus long à la place. Je m'étais entraîné à cette manœuvre un nombre incalculable de fois afin d'être capable de l'exécuter en quelques instants ; mais je n'étais toujours pas certain de pouvoir terminer la connexion avant que le sous-ensemble n'ait épuisé son réservoir local. Ce n'est que lorsque je me fus assuré que le fonctionnement du composant n'avait pas été interrompu que je pus continuer ; je repositionnai le long conduit pour avoir une meilleure vue de ce qui se trouvait dans l'interstice derrière lui : encore d'autres conduits qui le connectaient à ses composants voisins. En plongeant la plus fine paire de manipulateurs dans l'étroite fente, je remplaçai un à un les conduits par des substituts plus longs. Je finis par faire le tour du sous-ensemble et remplacer toutes les connexions au reste de mon cerveau. J'étais désormais capable de détacher ce sous-ensemble du cadre qui le soutenait et de tirer la section tout entière hors de ce qui avait été l'arrière de ma tête.

J'avais conscience d'avoir pu endommager mes facultés mentales et d'être incapable de m'en rendre compte, mais quelques tests arithmétiques de base me laissèrent penser que j'étais indemne. Avec un sous-ensemble maintenu en l'air sur une potence, j'avais désormais une meilleure vue sur le moteur cognitif au centre de mon cerveau, mais pas assez de place pour approcher l'extension de mon microscope et me lancer dans un examen plus approfondi. Si je voulais vraiment examiner son fonctionnement, j'allais devoir retirer au moins une demi-douzaine de sous-ensembles.

Laborieusement, méticuleusement, je répétai la même procédure, remplaçant les conduits des autres sous-ensembles, en repositionnant un plus au fond, deux autres plus haut, encore deux autres sur les côtés et les suspendant tous les six sur la potence au-dessus de ma tête. Lorsque j'eus terminé, mon cerveau ressemblait à une explosion figée en l'air une infinitésimale fraction de seconde après la détonation, et en me l'imaginant je fus à nouveau pris de vertiges. Mais le moteur cognitif était enfin exposé, soutenu par une colonne de conduits et de vérins qui descendaient en plongeant dans mon torse. J'avais à présent la place de faire pivoter mon microscope à trois cent soixante degrés et de passer mon regard sur les faces intérieures des sous-ensembles que je venais de déplacer. Ce que je découvris était un microcosme de machines auriques, un paysage fait de minuscules rotors tournants et de cylindres alternatifs miniatures.

Et en contemplant cette vue, je me demandai où se trouvait réellement mon corps. Les conduits qui déportaient ma vision et mon action à travers la pièce étaient en principe semblables à ceux qui connectaient mes yeux et mes mains à mon cerveau. Pendant la durée de cette expérience, ces manipulateurs n'étaient-ils pas par essence devenus mes mains ? Les lentilles grossissantes à l'extrémité de mon périscope n'étaient-elles pas par essence mes yeux ? J'étais une personne disséquée, avec mon corps minuscule et fragmenté situé au centre de mon propre cerveau distendu. C'est dans cette configuration improbable que j'entrepris de m'explorer.

Je tournai mon microscope vers l'un des sous-ensembles mémoriels et commençai à en examiner la conception. Je ne m'attendais pas à pouvoir déchiffrer mes souvenirs, seulement à deviner par quels moyens ils étaient enregistrés. Comme je l'avais prédit, aucune rame de feuilles d'or n'était visible, mais à ma grande surprise je ne vis pas non plus de rangées de rouages ou d'interrupteurs. Au lieu de cela, le sous-ensemble semblait être presque exclusivement composé d'une rangée de tubules d'air et dans les interstices entre les tubules je pus discerner comme des ondulations à l'intérieur de la rangée.

Après une inspection minutieuse et une augmentation du grossissement, je pus voir que les tubules se ramifiaient en de minuscules capillaires d'air, qui s'entrelaçaient dans un épais maillage de câbles sur lesquels s'articulaient des feuilles d'or. Sous l'effet de l'air qui s'échappait des capillaires, les feuilles étaient maintenues dans diverses positions. Il ne s'agissait pas d'interrupteurs au sens classique du terme, car ils ne pouvaient rester en position sans un courant d'air pour les maintenir, mais j'émis l'hypothèse que c'était là les interrupteurs que je cherchais, le support d'enregistrement de mes souvenirs. Les ondulations que j'avais vues devaient être des actes de remémoration, un agencement de feuilles avait été lu puis renvoyé vers le moteur cognitif.

Armé de cette nouvelle perspective, je dirigeai alors mon microscope vers celui-ci. Je découvris là aussi un maillage de câbles, mais qui ne maintenaient pas de feuilles en position ; ici, les feuilles oscillaient d'avant en arrière presque trop rapidement pour que cela soit visible à l'œil nu. En effet, presque tout le moteur semblait en mouvement, composé d'un maillage bien plus que de capillaires d'air, et je me demandai comment l'air pouvait atteindre toutes les feuilles d'or de manière cohérente. Je scrutai les feuilles pendant de nombreuses heures, jusqu'à ce que je finisse par comprendre qu'elles jouaient elles-mêmes le rôle de capillaires ; les feuilles formaient des conduits et des valves temporaires qui existaient juste assez longtemps pour aider à leur tour à rediriger l'air vers d'autres feuilles, avant de disparaître aussitôt. C'était un moteur en perpétuelle transformation, qui se modifiait lui-même par son fonctionnement. Le maillage n'était pas tant une machine qu'une page sur laquelle la machine était écrite, et sur laquelle la machine elle-même écrivait sans relâche.

On pouvait dire que ma conscience était encodée dans la position même de ces feuilles minuscules, mais il était plus juste de dire qu'elle se trouvait encodée dans les configurations continuellement changeantes de l'air qui animait ces feuilles. En regardant les oscillations de ces éclats d'or, je compris que, contrairement à ce que nous avions toujours pensé, l'air ne fournissait pas seulement l'énergie au moteur qui donne corps à nos pensées, mais qu'il était en réalité le support même de nos pensées. Nous ne sommes que des configurations d'air en mouvement. Mes souvenirs étaient inscrits non pas dans les sillons gravés sur une feuille d'or, ni même dans la position d'interrupteurs, mais dans les courants continus d'argon.

Dans les instants qui suivirent la révélation de la nature de ce mécanisme, une série d'intuitions pénétrèrent ma conscience en cascade. La première, et la plus triviale, concernait l'or, le plus malléable et ductile de tous les métaux : c'était le seul matériau qui pouvait composer notre cerveau. Seules les feuilles d'or les plus fines pouvaient se mouvoir assez rapidement pour un tel mécanisme, et seuls les filaments les plus délicats pouvaient les articuler. En comparaison, les copeaux de cuivre soulevés par mon stylet gravant ces mots et balayés de la feuille à la fin de chaque page sont aussi lourds et grossiers que des morceaux de ferraille. Il s'agissait vraiment d'un support permettant d'effacer ou d'enregistrer rapidement, bien plus rapidement qu'avec n'importe quelle série d'engrenages ou d'interrupteurs.

Il m'apparut alors évident qu'installer des poumons pleins dans une personne morte d'un manque d'air ne pourrait ramener ce support à la vie. Les feuilles contenues dans le maillage étaient maintenues en équilibre par des coussins d'air ininterrompus. Cet agencement leur permettait de voleter rapidement d'avant en arrière, mais, par là même, si le flux d'air venait à s'arrêter, tout serait perdu ; les feuilles retomberaient en s'affalant, effaçant les configurations, et avec elles la conscience qu'elles représentaient. Rétablir l'approvisionnement en air ne peut pas recréer ce qui s'est effacé. C'est là le prix de la vitesse ; stocker les configurations sur un support plus stable obligerait nos consciences à fonctionner bien plus lentement.

C'est alors que je perçus la solution à l'anomalie de l'horloge. Je compris que la vitesse de mouvement des feuilles variait en fonction de leur soutien par l'air ; avec un flux d'air suffisant, les feuilles pouvaient s'agiter presque sans friction. Si elles s'agitaient plus lentement, en revanche, c'est qu'elles étaient sujettes à une plus grande friction, qui ne pouvait se produire que si les coussins d'air qui les supportaient étaient plus fins et que l'air circulant dans le maillage se déplaçait avec moins de force.

Ce n'était pas que les horloges tournaient plus vite. Ce qui était en train de se passer, c'est que nos cerveaux s'étaient mis à tourner plus lentement. Les tours d'horloge sont actionnées par des pendules dont le tempo ne varie jamais, ou par le flux du mercure à travers un conduit, qui reste lui aussi inchangé. Mais nos cerveaux dépendent du passage de l'air, et lorsque cet air circule plus lentement nos pensées ralentissent, nous donnant l'impression que les horloges fonctionnent plus vite.

J'avais craint que nos cerveaux ne puissent être en train de ralentir, et c'est cette intuition qui m'avait poussé à entreprendre mon autodissection. Mais j'avais supposé que nos moteurs cognitifs – bien que propulsés par l'air – étaient malgré tout de nature mécanique, et qu'une partie du mécanisme se déformait graduellement sous l'effet de l'usure, causant ainsi ce ralentissement. Cela aurait été terrible, mais il restait toujours l'espoir que nous puissions réparer le mécanisme et ramener nos cerveaux à leur vitesse de fonctionnement initiale.

Mais si nos pensées n'étaient que des configurations d'air et non un agencement de roues dentées, le problème était beaucoup plus sérieux. À quoi ce ralentissement du mouvement de l'air dans l'ensemble de nos cerveaux était-il dû ? Impossible qu'il s'agisse d'une diminution de la pression dans les distributeurs de nos stations de remplissage ; la pression de l'air dans nos poumons est telle qu'elle doit être diminuée à l'aide d'une série de régulateurs avant qu'il n'atteigne nos cerveaux. Cette baisse de pression, je le compris alors, ne pouvait venir que d'un phénomène opposé : la pression de notre atmosphère augmentait.

Comment l'expliquer ? À peine la question posée, la seule réponse possible m'apparut : notre ciel n'était pas infini. Quelque part au-delà de notre champ de vision, les murs de chrome qui entourent notre monde doivent se courber vers l'intérieur pour former un dôme ; notre univers est une chambre scellée et non un puits ouvert. Et l'air s'accumule graduellement dans cette chambre, jusqu'à atteindre la même pression que celle du réservoir en dessous.

C'est pour cette raison qu'en commençant cette gravure j'ai affirmé que l'air n'était pas la source de vie. L'air ne peut être ni créé ni détruit ; la masse d'air totale de l'univers reste constante et, si l'air était tout ce dont nous avions besoin pour vivre, nous ne mourrions jamais. Mais en vérité, la source de vie est *une différence dans la pression de l'air*, c'est le flux de l'air des espaces où il est dense vers ceux où il est plus rare. L'activité de nos cerveaux, le mouvement de nos corps, l'action de chaque machine que nous avons pu construire sont tous entraînés par le passage de l'air, la force exercée par une différence de pression cherchant à s'équilibrer. Lorsque la pression sera égale en tout point de l'univers, l'air deviendra entièrement immobile et inutile ; nous serons un jour entourés par de l'air immobile et nous retrouverons incapables d'en tirer un quelconque bénéfice.

Nous ne consommons pas réellement d'air. La quantité d'air que je tire de ma nouvelle paire de poumons quotidienne est exactement égale à la quantité d'air qui s'échappe par les articulations de mes membres et les fentes de mon enveloppe, exactement égale à la quantité d'air que j'ajoute à l'atmosphère autour de moi ; je ne fais que convertir de l'air hautement pressurisé en air dépressurisé. À travers chaque mouvement de mon corps, je contribue à l'égalisation de la pression de notre univers. À travers chacune de mes pensées, j'accélère l'arrivée de ce fatal équilibre.

Si j'étais parvenu à cette même conclusion dans n'importe quelle autre circonstance, j'aurais sauté de ma chaise et couru dans la rue, mais dans ma position actuelle – le corps bloqué dans un support de fixation, le cerveau suspendu à travers mon laboratoire – cela m'était tout simplement impossible. Je pouvais voir les feuilles de mon cerveau s'agiter plus vite sous l'effet du tumulte de mes pensées, amplifiant mon trouble de me savoir ainsi coincé et immobile. Paniquer à ce moment-là aurait pu causer ma mort, un paroxysme cauchemardesque où j'aurais à la fois été pris au piège et privé de repères, luttant contre mes entraves jusqu'à finir par manquer d'air. Par chance, mais avec une sorte de volonté propre, mes mains ajustèrent les commandes afin de détourner mon regard périscopique du maillage, de sorte que je ne pus voir que la surface lisse de ma table de travail. Ainsi délivré de l'obligation d'observer et d'amplifier mes propres appréhensions, je parvins à me calmer. Ayant un peu recouvré mon sang-froid, je commençai le long processus de réassemblage de mon cerveau. Je réussis finalement à lui redonner sa configuration compacte d'origine, à replacer les plaques sur ma tête et à me libérer du support de fixation.

Les autres anatomistes refusèrent d'abord de me croire mais, dans les mois qui suivirent mon autodissection initiale, ils furent de plus en plus nombreux à être convaincus par ma découverte. D'autres examens de cerveaux furent effectués, d'autres mesures de pression atmosphérique furent prises, et tous les résultats confirmèrent mes affirmations. La pression atmosphérique de fond de notre univers était bel et bien en train d'augmenter, ralentissant par là même nos pensées.

Un mouvement de panique généralisée se déclencha lorsque la vérité fut diffusée. Les gens affrontaient pour la première fois l'idée que leur mort était inévitable. Nombreux furent ceux qui appelèrent à une réduction drastique de nos activités afin de minimiser l'épaississement de l'atmosphère ; des accusations d'air gaspillé dégénérèrent en violents combats, provoquant des morts dans certains districts. Ce fut la honte ressentie devant ces morts, ainsi que le rappel que de nombreux siècles s'écouleraient encore avant que la pression de notre atmosphère ne soit égale à celle du réservoir souterrain, qui finit par calmer la population. Nous ne savons pas exactement combien de siècles cela prendra ; des mesures et des calculs additionnels sont en train d'être réalisés et vérifiés. Dans l'intervalle, la façon dont il nous faudrait passer le temps qu'il nous reste est l'objet de nombreux débats.

Une secte s'est donné pour but d'inverser l'égalisation des pressions et accueille une foule d'adhérents. Parmi eux, des mécaniciens ont construit un moteur qui prend l'air de notre atmosphère et le contraint à entrer dans un plus petit volume, un procédé qu'ils appellent la compression. Leur moteur a redonné à l'air la pression qu'il avait à l'origine dans le réservoir, et ces Inversalistes ont annoncé avec excitation que cela formerait la base d'un nouveau type de station de remplissage, qui – pour chaque poumon rempli – revitaliserait non seulement les individus, mais aussi l'univers lui-même. Hélas, un examen plus approfondi de la machine a révélé un défaut majeur. Le moteur était lui-même alimenté par l'air du réservoir et, pour chaque poumon qu'il remplissait d'air, l'appareil ne consommait pas seulement la quantité d'un poumon d'air, mais un peu plus. Il n'inversait donc pas le processus d'égalisation mais, comme toute chose au monde, l'exacerbait.

Même si certains adhérents claquèrent la porte, désenchantés par ce revers, le groupe des Inversalistes ne se découragea pas pour autant. Il s'attela à la conception d'un autre compresseur alimenté par la tension de ressorts ou le mouvement de poids. Ces mécanismes n'eurent pas plus de succès. Chaque ressort remonté représente de l'air relâché par la personne qui l'a remonté ; chaque poids reposant au-dessus du niveau du sol représente de l'air relâché par celui qui l'a soulevé. Il n'existe en fin de compte dans l'univers aucune source d'énergie qui ne dérive pas d'une différence de pression d'air, et il ne peut exister aucun moteur dont le fonctionnement ne réduira pas, au final, cette différence.

Les Inversalistes continuent leurs travaux, persuadés qu'ils construiront un jour un moteur générant plus de compression qu'il n'en utilise, une source d'énergie perpétuelle qui redonnera à l'univers sa vigueur perdue. Je ne partage pas leur optimisme ; je crois que le processus d'égalisation est inexorable. Tout l'air de notre univers finira par être uniformément distribué, ni plus dense, ni plus raréfié à un endroit qu'à un autre, incapable d'actionner un piston, de faire tourner un rotor, ou d'agiter une feuille d'or. Ce sera la fin de la pression, la fin de la force motrice, la fin de la pensée. L'univers aura atteint un équilibre parfait.

D'aucuns relèvent avec une certaine ironie que l'étude de nos cerveaux nous a révélé non pas les secrets de notre passé, mais ce que l'avenir nous réserve. Mais je maintiens toutefois que nous avons bien appris là quelque chose d'important sur le passé. L'univers a commencé comme un énorme souffle retenu. Qui sait pourquoi, mais quelle qu'en soit la raison, je suis content que ce soit le cas, car je dois mon existence entière à cet événement. Mes désirs, mes ruminations ne sont ni plus ni moins que des courants générés par l'expiration graduelle de notre univers. Et jusqu'à ce que cette grande expiration soit terminée, mes pensées continueront à vivre.

Pour que nos pensées puissent perdurer aussi longtemps que possible, les anatomistes et les mécaniciens conçoivent des remplacements de nos régulateurs cérébraux, capables d'augmenter graduellement la pression de l'air à l'intérieur de notre cerveau et de la maintenir juste au-dessus de la pression atmosphérique ambiante. Une fois ceux-ci installés, nos pensées continueront à peu près à la même vitesse alors que l'air s'épaissira autour de nous. Mais cela ne veut pas dire que la vie se poursuivra comme avant. L'écart de pression se réduira finalement à un point tel que nos membres s'affaibliront et que nos mouvements se ramolliront. Nous pourrons alors essayer de ralentir nos pensées pour que notre torpeur physique nous paraisse moins évidente, mais cela entraînera une impression d'accélération des processus externes. Le tic-tac des horloges prendra des airs de clameur tandis que leurs pendules s'agiteront frénétiquement ; les objets tombant au sol s'y écraseront comme projetés par des ressorts ; les ondulations courront le long des câbles comme le claquement d'un fouet.

Et puis arrivera le moment où nos membres cesseront entièrement de bouger. Je ne peux pas être certain de la séquence précise des événements à l'approche de la fin, mais j'imagine un scénario où nos pensées continueront à opérer, et où nous resterons conscients mais figés, immobiles comme des statues. Peut-être serons-nous en mesure de parler encore un moment, car nos boîtes vocales fonctionnent sur un différentiel de pression moindre que nos membres, mais, comme nous n'aurons plus la possibilité de nous rendre à une station de remplissage, la moindre de nos paroles réduira la masse d'air restante pour nos pensées et nous rapprochera du moment où celles-ci s'arrêteront pour de bon. Sera-t-il préférable de demeurer muet afin de prolonger notre capacité à penser, ou bien de parler jusqu'à la fin ? Je n'en sais rien.

Peut-être que, dans les jours qui précéderont nos derniers mouvements, certains d'entre nous parviendront à connecter leurs régulateurs cérébraux directement sur les distributeurs des stations de remplissage, remplaçant ainsi leurs poumons par le puissant poumon du monde. Si c'est le cas, ces quelques personnes seront capables de rester conscientes jusqu'aux tout derniers instants avant que la pression ne s'égalise. L'ultime souffle d'air de notre univers servira à acheminer une pensée consciente.

Alors, notre monde atteindra un état d'équilibre absolu. Toute vie et toute pensée cesseront et, avec elles, le temps lui-même.

Mais j'ai toujours un mince espoir.

Bien que notre univers soit clos, peut-être n'est-il pas le seul réservoir d'air dans cette immensité infinie de chrome massif. Je suppose qu'il peut y avoir une autre poche d'air quelque part, un autre univers, et d'un volume bien plus grand. Il est possible que ce monde hypothétique ait la même pression d'air que la nôtre, voire une plus forte. Mais imaginons qu'il ait une pression bien plus faible, peut-être même un véritable vide dépressurisé ?

Le chrome qui nous sépare de cet univers supposé est trop épais et trop solide pour qu'on puisse le percer, il nous est donc impossible de l'atteindre nous-mêmes, impossible d'y laisser s'écouler l'excès d'atmosphère de notre monde et ainsi récupérer nos forces motrices. Mais je rêve que cet univers voisin ait ses propres habitants, dont les capacités dépassent les nôtres. Se pourrait-il qu'ils soient capables de créer un passage entre nos deux mondes et d'installer des valves pour libérer l'air du nôtre ? Ils pourraient utiliser notre univers comme un réservoir, installer des distributeurs qui serviraient à remplir leurs poumons, et utiliser notre air pour faire avancer leur propre civilisation.

J'aime imaginer que l'air qui a pu m'alimenter puisse en alimenter d'autres, croire que la bouffée qui me permet de graver ces mots puisse un jour pénétrer le corps de quelqu'un d'autre. Je ne me fais pas d'illusions en pensant que ce serait là un moyen pour moi de vivre à nouveau, car je ne suis pas cet air, je suis la configuration temporaire qu'il a épousée. La configuration que je suis, celle du monde dans lequel je vis, aurait disparu.

Mais j'ai un espoir plus maigre encore : l'espoir qu'après s'être servis de notre univers comme d'un réservoir ces habitants puissent un jour ouvrir un passage et venir l'explorer. Ils pourraient parcourir nos rues, voir nos corps figés, fouiller nos possessions, et s'interroger sur les vies que nous menions.

C'est pourquoi j'ai écrit ce témoignage. Vous êtes, je l'espère, un de ces explorateurs. Vous avez, je l'espère, trouvé ces feuilles de cuivre et déchiffré les mots qui y sont gravés. Et que votre cerveau soit alimenté ou non par l'air qui a autrefois mû le mien, quand vous me lisez, les configurations qui forment vos pensées imitent les configurations qui formaient autrefois les miennes. Et ainsi je vis à nouveau, à travers vous.

Vos compagnons d'exploration auront trouvé et lu les autres livres que nous laisserons derrière nous, et par l'action collaborative de vos imaginations ma civilisation tout entière vivra encore. Tandis que vous traversez nos districts silencieux, imaginez-les comme ils étaient : les tours d'horloge sonnant l'heure, les stations de remplissage pleines de voisins en train de discuter, les crieurs récitant des vers sur les places publiques, et les anatomistes donnant leurs cours dans les salles de classe. Visualisez tout cela la prochaine fois que vous regarderez ce monde figé autour de vous et, dans vos esprits, il s'animera et sera vivant.

Je vous souhaite bonne chance, explorateur, mais je m'interroge : le sort qui m'est échu vous attend-il vous aussi ? Je ne peux que concevoir que ce soit le cas, que la tendance à l'équilibre ne soit pas un trait propre à notre univers, mais inhérent à tous les univers. Peut-être est-ce là seulement une limite de ma pensée, et que votre peuple a découvert une source de pression véritablement éternelle. Mais mes spéculations sont déjà suffisamment fantaisistes. Je vais supposer qu'un jour vos pensées cesseront elles aussi, bien que je sois incapable d'imaginer dans quel lointain avenir cela arrivera. Vos vies cesseront comme les nôtres avant elles, comme toutes les vies le doivent. Peu importe le temps que cela prendra, l'équilibre finira par être atteint.

J'espère que vous n'êtes pas attristé par ce fait. J'espère que votre expédition n'était pas une simple quête de nouveaux univers à utiliser comme réservoirs. J'espère que vous étiez animés par une soif de connaissance, un profond désir de voir ce à quoi l'expiration d'un univers pouvait donner vie. Car même si la durée de vie d'un univers est une donnée calculable, la diversité de la vie qu'il génère ne l'est pas. Les bâtiments que nous avons érigés, l'art, la musique et les vers que nous avons composés, les vies que nous avons menées : rien de tout cela n'aurait pu être prédit, car rien de tout cela n'était inévitable. Notre univers a peut-être glissé vers l'équilibre en n'émettant rien d'autre qu'un souffle silencieux. Le fait qu'il ait engendré une telle plénitude est un miracle, qu'égale seulement le fait que votre univers vous a donné la vie.

Bien que je sois mort depuis longtemps tandis que vous lisez ceci, explorateur, laissez-moi vous offrir ces paroles d'adieu. Admirez cette merveille qu'est l'existence, et réjouissez-vous de pouvoir le faire. Je crois avoir le droit de vous dire cela car, en gravant ces mots, c'est ce que je fais moi aussi.

CE QU'ON ATTEND DE NOUS

Ccci est un avertissement. Veuillez lire attentivement.

Vous savez déjà probablement ce qu'est un Déducteur ; à l'heure où vous lirez ceci, des millions d'exemplaires ont déjà été vendus. Mais pour ceux qui n'en ont pas encore vu, il s'agit d'un petit appareil, semblable à la télécommande qui ouvre la portière de votre voiture. Il n'est composé que d'un bouton et d'une grosse LED verte. Le voyant clignote si vous appuyez sur le bouton. Plus précisément, le voyant clignote une seconde avant que vous n'appuyiez sur le bouton.

On affirme souvent que la première utilisation ressemble à un jeu étrange, le but étant d'appuyer sur le bouton après avoir vu le voyant clignoter, un jeu facile. Mais on constate également qu'il est impossible d'enfreindre les règles. Si vous tentez d'appuyer sans avoir vu le voyant s'allumer, il clignote aussitôt, et peu importe la vitesse à laquelle vous bougez, vous ne pouvez jamais atteindre le le bouton avant qu'une seconde ne se soit écoulée. Si vous décidez d'attendre que le voyant clignote, puis de vous abstenir d'appuyer sur le bouton, le voyant ne clignotera jamais. Quoi que vous fassiez, la lumière précède toujours la pression du bouton. Il est impossible de tromper un Déducteur.

Le cœur de chaque Déducteur est un circuit à retard temporel négatif ; il renvoie un signal dans le temps. Les conséquences de cette technologie vous apparaîtront évidentes plus tard, lorsque les retards négatifs supérieurs à une seconde seront atteints, mais ce n'est pas le sujet de cet avertissement. Le problème immédiat est que les Déducteurs prouvent que le libre arbitre n'existe pas.

Il y a toujours eu des arguments pour expliquer que le libre arbitre n'est qu'une illusion, certains fondant leur raisonnement sur la physique concrète, d'autres sur la logique pure. La plupart des gens s'accordent à dire que ces arguments sont irréfutables, mais personne n'en accepte jamais vraiment la conclusion. L'expérience du libre arbitre est trop puissante pour être invalidée par un argument. Ce qu'il faut, c'est une démonstration, et c'est ce qu'offre un Déducteur.

Une personne va jouer de manière compulsive avec un Déducteur pendant plusieurs jours, le montrer à ses amis, essayer différentes combines pour damer le pion à l'appareil. Elle peut sembler s'en désintéresser, mais nul ne peut oublier ce qu'il signifie ; au cours des semaines qui suivent, les implications d'un futur immuable font leur chemin. Certains, prenant conscience que leurs choix n'ont aucune importance, refusent alors d'en faire. Comme une légion de

Bartleby le scribe, ils se tiennent à distance. À terme, un tiers de ceux qui jouent avec un Déducteur devront être hospitalisés en raison d'un refus de se nourrir. Le stade final est un mutisme akinétique, une sorte de coma éveillé. Leurs yeux suivront les mouvements, et ils changeront de temps en temps de position, mais rien de plus. Leur faculté de se mouvoir est toujours là, mais leur motivation a disparu.

Avant que les gens ne commencent à jouer avec les Déducteurs, le mutisme akinétique était un fait très rare, déclenché par une lésion de la région du cortex cingulaire antérieur du cerveau. Il se répand à présent comme une peste cognitive. Les gens aimaient imaginer une pensée capable de détruire le penseur, quelque indicible horreur lovecraftienne, ou une phrase de Gödel qui ferait planter le système logique humain. Il se trouve que cette pensée incapacitante nous a déjà tous traversé l'esprit : l'idée que le libre arbitre n'existe pas. Une idée inoffensive avant que l'on se mette à y croire.

Les médecins essaient de convaincre les patients tant qu'ils répondent encore aux conversations. Nous vivions tous des vies heureuses et actives jusqu'à présent, raisonnent-ils, et nous étions déjà privés de libre arbitre. Pourquoi y aurait-il le moindre changement ? « Rien de ce que vous avez fait le mois dernier n'a été plus librement choisi que ce que vous allez faire aujourd'hui, argumentait un médecin. Vous pouvez continuer à agir de la même manière qu'avant. » Et les patients de répondre invariablement : « Sauf que, maintenant, je sais. » Et certains d'entre eux ne prononçaient plus jamais une parole.

On pourrait avancer l'hypothèse que ce changement de comportement est bien la preuve que nous avons un libre arbitre. Un automate ne peut pas se décourager, seule une entité libre de penser en est capable. Le fait que certains individus tombent dans un mutisme akinétique alors que d'autres non souligne l'importance du choix.

Malheureusement, c'est un raisonnement erroné ; tout comportement est compatible avec le déterminisme. Un système dynamique peut se trouver dans un bassin d'attraction et converger vers un point fixe, alors qu'un autre fera preuve d'un comportement chaotique perpétuel, mais les deux restent pleinement déterministes.

Je vous transmets cet avertissement d'une époque située un peu plus d'un an dans votre futur ; c'est le premier long message reçu alors que des circuits à retards négatifs de l'ordre de la mégaseconde sont utilisés pour construire des appareils de communication. D'autres messages suivront, pour évoquer d'autres sujets. Le message que j'ai pour vous est le suivant : faites semblant d'avoir du libre arbitre. Il est essentiel que vous vous comportiez comme si vos décisions comptaient, même si vous savez qu'il n'en est rien. La réalité importe peu ; ce qui importe est votre croyance, et croire à ce mensonge est le seul moyen d'éviter un coma éveillé. La civilisation dépend désormais de votre aveuglement. Peut-être cela a-t-il toujours été le cas.

Et pourtant je sais, puisque le libre arbitre est une illusion, que tout est déjà prédéterminé : ceux qui tomberont dans un mutisme akinétique et ceux qui n'y tomberont pas. Personne ne peut rien y faire ; vous ne pouvez pas choisir l'effet que le Déducteur aura sur vous. Certains d'entre vous succomberont et d'autres non, et ce n'est pas en vous envoyant cet avertissement que je changerai ces proportions. Alors pourquoi l'ai-je fait ?

Parce que je n'avais pas le choix.

LE CYCLE DE VIE
DES OBJETS LOGICIELS

1

Elle s'appelle Ana Alvarado, et elle passe une sale journée. Toute la semaine elle s'est préparée pour un entretien d'embauche, le premier depuis des mois à atteindre le stade de la vidéoconférence, mais à peine le visage du recruteur est-il apparu à l'écran qu'il lui annonçait que l'entreprise avait décidé d'engager quelqu'un d'autre. Et donc elle est assise devant son ordinateur vêtue de son beau tailleur, pour rien. Elle essaie de se forcer à envoyer d'autres candidatures ailleurs et reçoit immédiatement des refus automatiques. Au bout d'une heure, Ana décide qu'elle a besoin de se changer les idées : elle ouvre Next Dimension sur une nouvelle fenêtre pour jouer à son jeu préféré du moment, Age of Iridium.

La tête de pont est bondée, mais son avatar porte l'armure de combat nacrée tant convoitée, et il ne lui faut pas attendre longtemps avant qu'un joueur lui demande si elle veut rejoindre son équipe de tir. Ils traversent la zone de combat, obscurcie par la fumée s'échappant de véhicules en flammes, et pendant une heure ils s'attellent à dégommer une forteresse de mantidés ; c'est la mission parfaite pour l'humeur d'Ana, assez facile pour s'assurer une victoire, mais assez difficile pour en tirer satisfaction. Ses coéquipiers sont sur le point d'accepter une nouvelle mission quand une fenêtre d'appel s'ouvre dans le coin de l'écran d'Ana. C'est un appel vocal de son amie Robyn. Ana bascule son micro pour le prendre.

« Salut, Robyn.

— Ana, salut. Comme ça va ?

— Devine : je suis en train de jouer à AoI. »

Robyn sourit. « Matinée difficile ?

— Tu peux le dire. » Ana lui raconte son entretien annulé.

« Alors j'ai des nouvelles qui pourraient te remonter le moral. Tu peux me rejoindre sur Data Earth ?

— Bien sûr, attends, je me déconnecte.

— Je serai chez moi.

— D'accord, à tout de suite. »

Ana prend congé de l'équipe de tir et ferme la fenêtre de Next Dimension. Elle se connecte à Data Earth, et la fenêtre zoome sur sa dernière localisation, une boîte de nuit taillée à même une falaise géante. Data Earth a ses propres continents de jeu – Elderthorn, Orbis Tertius – mais ils ne sont pas du goût d'Ana, alors elle passe son temps ici, sur les continents sociaux. Son avatar porte encore les habits de soirée de sa dernière visite ; elle enfile des vêtements plus conventionnels, puis ouvre un portail vers la maison de Robyn. Elle le franchit d'un pas et se retrouve dans son salon virtuel, sur un aérostat résidentiel flottant au-dessus d'une chute d'eau semi-circulaire de deux kilomètres de large.

Leurs avatars s'étreignent. « Alors quoi de neuf ? demande Ana.

— Blue Gamma est lancé. On vient juste de faire une autre levée de fonds, alors on embauche. J'ai montré ton CV et tout le monde est impatient de te rencontrer.

— Moi ? Sûrement à cause de ma grande expérience. » Ana venait à peine de terminer sa certification professionnelle en test logiciel, après un stage d'initiation où Robyn était enseignante. C'est là qu'elles ont fait connaissance.

« Eh bien, c'est exactement ça. C'est ton dernier poste qui les a intéressés. »

Ana a passé six ans à travailler dans un zoo ; la fermeture de l'établissement est la seule raison qui l'a poussée à reprendre ses études. « Je sais que les choses peuvent vite déraper dans une start-up, mais je suis sûre que vous n'avez pas besoin d'un gardien de zoo. »

Robyn se met à glousser. « Laisse-moi te montrer sur quoi on bosse. Ils m'ont dit que je pouvais te laisser jeter un coup d'œil si tu signes un accord de confidentialité. »

C'est un vrai privilège ; jusque-là, Robyn n'a pu lui donner aucun détail sur son travail à Blue Gamma. Ana signe l'accord de confidentialité, et Robyn ouvre un portail. « On a une île privée ; viens visiter. » Elles font entrer leurs avatars.

Ana s'attend presque à voir un paysage fantastique lorsque la page se rafraîchit, mais au lieu de cela son avatar se tient dans ce qui ressemble, au premier coup d'œil, à une garderie. Au deuxième coup d'œil, on dirait plutôt une scène de livre pour enfants : un petit tigre anthropomorphique est en train de faire glisser des perles de couleur sur un boulier d'éveil ; un panda examine une voiture ; une version de chimpanzé cartoonesque fait rouler une balle en mousse.

Les annotations à l'écran les identifient comme étant des digimos, des organismes digitaux qui évoluent dans des environnements tels que Data Earth, mais ils ne ressemblent à aucun de ceux qu'Ana a pu voir jusque-là. Ce ne sont pas les animaux de compagnie idéalisés et marketés pour les gens qui se sentent incapables de s'occuper d'un animal réel ; ils ne sont pas aussi parfaits et mignons, et leurs mouvements sont trop maladroits. Ils ne ressemblent pas non plus aux habitants des biomes de Data Earth : Ana a visité l'archipel de Pangaea, elle a vu les kangourous monopodes et les serpents bidirectionnels qui ont évolué dans ses nombreuses serres, et ce n'est clairement pas là-bas que ces digimos ont vu le jour.

« C'est ça que fabrique Blue Gamma ? Des digimos ?

— Oui, mais pas des digimos ordinaires. Regarde ça. » L'avatar de Robyn s'approche du chimpanzé occupé à faire rouler la balle et s'accroupit devant lui. « Salut, Pongo. Qu'est-ce que tu fais ?

— Pongo jue belle, répond le digimo, faisant sursauter Ana.

— Tu joues à la balle ? C'est super. Je peux jouer aussi ?

— Non. Pongo jue.

— S'il te plaît ? »

Le chimpanzé regarde autour de lui et, sans lâcher la balle, se dandine jusqu'à un tas de briques en bois. Il en pousse une en direction de Robyn. « Robyn jue bliques. » Il se rassied. « Pongo jue belle.

— D'accord. » Robyn revient auprès d'Ana. « Qu'est-ce que t'en dis ?

— C'est incroyable. Je savais pas que les digimos avaient autant évolué.

— C'est assez récent ; notre équipe de développement a embauché quelques docteurs tout juste sortis de l'université après avoir assisté à leur conférence l'année dernière. On a un moteur génomique maintenant, on l'appelle Neuroblast, et il permet bien plus de développement cognitif que tout ce qui se fait en ce moment. Ces gars-là – elle désigne les habitants de la garderie – sont les plus intelligents qu'on ait produits jusqu'ici.

— Et vous allez les vendre comme animaux de compagnie ?

— C'est l'idée. On va les présenter comme des animaux de compagnie à qui on peut parler et apprendre à faire des trucs cool. Il y a un slogan officieux qu'on utilise en interne : "Aussi marrant qu'un singe, sans les lancers de crottes." »

Ana sourit. « Je commence à voir en quoi une expérience en dressage d'animaux pourrait être utile.

— Ouais. Ces gars-là ne font pas toujours ce qu'on veut, et on ne sait pas dans quelle mesure ça vient des gènes, ou si c'est simplement qu'on n'a pas encore les bonnes techniques. »

Ana observe le digimo à tête de panda qui ramasse d'une patte la petite voiture et la retourne ; de l'autre patte il fait tourner les roues avec précaution. « Ces digimos débutent avec quelles connaissances ?

— Presque rien. Je vais te montrer. » Robyn active un écran vidéo sur un des murs de la garderie ; on y voit une pièce décorée de couleurs primaires, des digimos sont allongés au sol. Physiquement, ils sont identiques à ceux qui se trouvent en ce moment dans la garderie, mais leurs mouvements sont incohérents, spasmodiques. « Ceux-là, on vient de les instancier. Il leur faut quelques mois en temps subjectif pour apprendre les bases : interpréter un stimulus visuel, bouger leurs membres, comprendre le comportement des objets solides. On les fait tourner en accéléré pendant cette étape, donc on en a pour environ une semaine. Une fois qu'ils sont prêts à apprendre le langage et l'interaction sociale, on bascule sur un fonctionnement en temps réel. C'est là que t'interviendrais. »

Le panda fait rouler plusieurs fois la petite voiture d'avant en arrière sur le sol, puis il pousse une sorte de braiment, *Mu mu mu*. Ana se rend compte que le digimo est en train de rire.

Robyn continue : « Je sais que tu as étudié la communication chez les primates. C'est l'occasion de mettre ça à profit. Qu'est-ce que t'en penses ? Est-ce que ça t'intéresse ? »

Ana hésite ; ce n'est pas ce qu'elle avait envisagé en intégrant la fac, et elle se demande un moment comment elle en est arrivée là. Petite fille, elle rêvait de suivre les traces de Fossey et Goodall en Afrique ; mais le temps qu'elle finisse ses études, il restait si peu de singes que sa meilleure option était de travailler dans un zoo ; et voilà qu'on lui propose un boulot de dresseuse d'animaux domestiques virtuels. Au fil de sa carrière on peut observer en parallèle la diminution du monde naturel, réduit à peau de chagrin.

Reprends-toi, se dit-elle. Ce n'est peut-être pas ce qu'elle avait en tête, mais c'est un boulot dans l'industrie du logiciel, c'est pour ça qu'elle a repris ses études. Et dresser des singes virtuels est sûrement plus sympa que de lancer des séries de tests, donc, tant que Blue Gamma propose un salaire décent, pourquoi pas ?

*

Il s'appelle Derek Brooks, et il n'est pas content de sa mission actuelle. Derek conçoit les avatars pour les digimos de Blue Gamma, et normalement il aime son travail, mais hier les chefs de produit lui ont demandé quelque chose, et il pense que c'est une mauvaise idée. Il a essayé de le leur expliquer, mais ce n'est pas à lui de décider, alors maintenant il doit trouver comment leur rendre quelque chose de propre.

Derek a fait des études d'animation, créer des personnages numériques est pile dans ses cordes. Mais son rôle est si différent de celui d'un animateur traditionnel. En temps normal, il est chargé de concevoir la démarche et les gestes d'un personnage. Mais chez les digimos, ces traits sont des caractéristiques qui découlent de leur génome ; sa fonction à lui est de concevoir un corps capable de matérialiser les gestes des digimos afin que les gens puissent s'y identifier. Ces différences sont la raison pour laquelle de nombreux animateurs – dont sa femme, Wendy – ne travaillent pas sur les organismes digitaux, mais Derek adore ça. Il pense qu'aider une nouvelle forme de vie à s'exprimer est le travail le plus excitant qu'un animateur puisse faire.

Il souscrit à la philosophie de Blue Gamma quant à la création d'IA : il n'y a pas meilleure école que l'expérience, alors plutôt que d'essayer de programmer une IA avec ce qu'on aimerait qu'elle sache, mieux vaut vendre des IA capables d'apprendre et laisser ensuite les clients les éduquer. Pour pousser les clients à faire cet effort, tout doit être plaisant chez les digimos : leurs personnalités doivent être séduisantes, ce à quoi les développeurs s'emploient, et leurs avatars se doivent d'être mignons, et c'est là où Derek entre en jeu. Mais il ne peut pas se contenter de coller des yeux énormes et des petits nez à chaque digimo. S'ils ressemblent à des personnages de dessins animés, personne ne les prendra au sérieux. Et inversement, s'ils ressemblent trop à de vrais animaux, leurs expressions faciales et leur faculté de parole deviennent déconcertantes. C'est un équilibre délicat, et il a passé un nombre d'heures incalculable à regarder des vidéos de référence de bébés animaux, mais il a réussi à concevoir des visages hybrides qui sont attachants sans être caricaturaux.

Sa tâche actuelle est un peu différente. Ne se satisfaisant plus des chats, chiens, singes et pandas, les chefs de produit ont décidé qu'il fallait plus de variété dans les avatars, quelque chose qui s'éloignerait des bébés animaux. Ils suggèrent des robots.

Pour Derek, ça n'a absolument aucun sens. Toute la stratégie de Blue Gamma repose sur l'affinité des gens avec les animaux. Les digimos apprennent grâce au renforcement positif, comme les animaux, et ils sont récompensés par des interactions : ils se font gratter la tête ou reçoivent des croquettes virtuelles. Tout cela est parfaitement cohérent avec un avatar animal, mais avec un avatar robot ça paraît grotesque et forcé. S'ils vendaient des jouets physiques, les robots auraient l'avantage d'être moins chers à construire que des animaux crédibles, mais les coûts de production n'ont aucune importance dans le monde virtuel, et les visages des animaux sont plus expressifs. Offrir des avatars robotiques, c'est un peu comme offrir des imitations alors que vous vendez aussi l'original.

Le fil de sa pensée est interrompu par quelqu'un venu frapper à sa porte ouverte ; c'est Ana, la nouvelle recrue de l'équipe de test.

« Hé, Derek, tu devrais regarder la vidéo de la séance d'entraînement de ce matin. Ils étaient assez drôles.

— Merci, j'irai voir. »

Elle s'apprête à partir, mais s'arrête. « On dirait que tu passes une mauvaise journée. »

Derek pense qu'avoir embauché une ancienne gardienne de zoo était une bonne idée. Non seulement elle a conçu un programme d'entraînement pour les digimos, mais elle a fait une excellente suggestion pour améliorer leur alimentation.

D'autres vendeurs de digimos proposent une variété limitée de croquettes, mais Ana a suggéré que Blue Gamma élargisse radicalement leur gamme d'aliments ; elle a fait remarquer qu'un régime diversifié rendait les animaux de zoo plus heureux et l'heure du repas plus agréable pour les visiteurs. La direction a donné son accord et l'équipe de développement a édité le système de récompense de base des digimos pour qu'il reconnaisse une large gamme de denrées virtuelles ; s'ils n'ont pas réellement pu simuler différents composés chimiques – la simulation physique de Data Earth est loin d'être assez bonne pour ça –, ils ont ajouté à la place des paramètres pour remplacer le goût et la texture, et conçu une interface au logiciel de distribution alimentaire permettant aux utilisateurs de créer leurs propres recettes. Ça a eu un grand succès ; chacun des digimos a ses recettes favorites et les bêtatesteurs disent adorer faire plaisir à leurs digimos.

« La direction a décidé que les avatars d'animaux ne suffisaient pas, finit par répondre Derek. Ils veulent aussi des avatars robots. T'y crois, à ça ?

— Ça me paraît une bonne idée », dit Ana.

Il est surpris. « Tu crois, vraiment ? J'aurais pensé que tu préférerais des avatars d'animaux.

— Ici, tout le monde voit les digimos comme des animaux. Le truc, c'est que les digimos ne se comportent pas comme de vrais animaux. Ils ont ce côté non animal qui donne l'impression qu'on les déguise en clowns quand on cherche à les faire ressembler à des singes ou à des pandas. »

C'est un peu blessant d'entendre les avatars sur lesquels il a tant travaillé être comparés à des costumes de clown. Son visage doit le trahir parce qu'elle ajoute : « Personne ne peut véritablement le remarquer. C'est juste que j'ai passé bien plus de temps avec des animaux que la plupart des gens.

— C'est pas grave, dit-il. Je suis heureux d'entendre une perspective différente.

— Désolée. Les avatars sont superbes, franchement. Mon préféré c'est le bébé tigre.

— T'en fais pas. Vraiment. »

Elle lui fait un au revoir gêné et s'éloigne alors que Derek repense à ce qu'elle vient de dire.

Peut-être s'est-il trop investi dans les avatars d'animaux, à tel point qu'il a commencé à voir les digimos comme quelque chose qu'ils ne sont pas. Évidemment qu'Ana a raison quand elle dit que les digimos ne sont pas des animaux, pas plus qu'ils ne sont des robots traditionnels, et qui peut dire si l'une de ces analogies est meilleure que l'autre ? S'il part du principe qu'un avatar robot permettrait aussi bien à ce nouvel organisme de s'exprimer qu'un avatar animal, alors peut-être parviendra-t-il à en concevoir un dont il sera satisfait.

*

Un an plus tard, et Blue Gamma est à quelques jours de son grand lancement de produit. Ana travaille dans son box, face à celui de Robyn, de l'autre côté du couloir ; elles se tournent le dos, mais leurs écrans vidéo affichent des images de Data Earth où leurs avatars sont debout côte à côte. Non loin de là, une douzaine de digimos gambadent sur une aire de jeux, se courant après sur un petit pont, puis passant en dessous, montant une volée de marches et les redescendant en glissant sur la rampe. Ces digimos sont les candidats au lancement ; dans quelques jours, ils – ou des versions proches de ceux-ci – seront mis en vente pour les clients du monde réel et de Data Earth.

Plutôt que d'enseigner de nouveaux comportements aux digimos aussi tard dans le processus, Ana et Robyn sont censées les entraîner pour qu'ils revoient ce qu'ils ont déjà appris. Elles sont en pleine séance quand Mahesh, un des cofondateurs de Blue Gamma, passe devant leurs box. Il s'arrête pour observer. « Ne faites pas attention à moi ; continuez ce que vous êtes en train de faire. C'est quelle compétence aujourd'hui ?

— Identification des formes », répond Robyn. Elle instancie une poignée de blocs colorés au sol devant son avatar. Elle appelle l'un des digimos : « Viens ici, Lolly. » Un lionceau s'approche en se dandinant depuis l'aire de jeux.

Pendant ce temps, Ana appelle Jax, dont l'avatar est un robot néovictorien en cuivre poli. Derek a fait un excellent travail de conception, des proportions des membres jusqu'à la forme du visage ; Ana trouve Jax adorable. Elle aussi instancie une sélection de blocs colorés et dirige l'attention de Jax dessus.

« Tu vois les blocs, Jax ? De quelle forme est le bleu ?

— Trangle, dit Jax.

— Bien. De quelle forme est le rouge ?

— Carri.

— Bien. De quelle forme est le vert ?

— Rond.

— Très bien, Jax. » Ana lui donne une croquette, qu'il dévore avec enthousiasme.

« Jax téligent, dit Jax.

— Lolly téligent aussi », propose Lolly.

Ana sourit et leur fait une caresse derrière la tête. « Oui, vous êtes très intelligents tous les deux.

— Téligents tous les deux, répète Jax.

— Voilà ce que j'aime voir », conclut Mahesh.

Les candidats au lancement sont la dernière distillation d'innombrables essais, la crème de la crème en termes de capacité d'apprentissage. Leur intelligence mais aussi leur caractère sont le fruit d'une longue recherche : leur personnalité ne doit pas décevoir les clients. La sociabilité est un élément essentiel. L'équipe de développement a essayé de réduire les comportements hiérarchiques chez les digimos – Blue Gamma veut vendre à ses clients un animal de compagnie qu'ils n'auront pas continuellement à dresser –, mais cela n'exclut pas la compétition. Les digimos adorent qu'on fasse attention à eux, et si l'un remarque qu'Ana félicite l'autre il essaiera de prendre part à l'échange. La plupart du temps ce n'est pas un problème. Mais lorsqu'un digimo semblait en vouloir particulièrement à ses pairs ou à Ana, elle le signalait, et ce génome spécifique était exclu de la génération suivante. Le processus se rapprochait parfois de l'élevage de chiens, mais il ressemblait encore plus à une énorme cuisine industrielle où l'on ferait cuire d'innombrables fournées de brownies, les dégustant les unes après les autres pour trouver la recette parfaite.

Les versions actuelles des candidats au lancement seront conservées comme mascottes, et des copies seront mises en vente, mais d'après les prévisions la plupart des acheteurs voudront des digimos plus jeunes, encore au stade prélinguistique. Une partie de l'intérêt des digimos est de leur apprendre à parler ; les mascottes servent essentiellement à montrer le type de résultats auquel les clients peuvent s'attendre. Proposer des digimos prélinguistiques permet aussi de s'ouvrir à des marchés non anglophones, bien que Blue Gamma ne puisse élever que des mascottes en anglais, faute de personnel.

Ana renvoie Jax sur l'aire de jeux et appelle un digimo panda prénommé Marco. Elle s'apprête à tester sa reconnaissance des formes quand Mahesh lui montre un coin de son écran vidéo. « Hé, regarde ça. » Un groupe de digimos est sur la colline à côté de l'aire de jeux et ils dévalent la pente en roulant, les uns après les autres.

« Oh, c'est cool, dit-elle. Je ne les avais jamais vus faire ça avant. » Elle dirige son avatar vers la colline, Jax et Marco la suivent avant de se joindre au reste des digimos. La première fois que Jax essaie, il arrête de rouler presque immédiatement, mais après quelques tentatives il est capable de descendre jusqu'en bas de la colline. Il le fait plusieurs fois et revient en courant vers Ana.

« Ana voir ? demande Jax. Jax rile bas !

— Oui, je t'ai vu ! T'es descendu en bas de la colline en roulant !

— Dissends bas colline en rilant !

— T'as été super. » Elle lui caresse encore une fois l'arrière de la tête.

Jax y retourne en courant et se remet à rouler. Lolly s'est aussi lancée dans cette nouvelle activité avec enthousiasme. Lorsqu'elle atteint le bas de la colline, elle continue à rouler sur le sol plat et finit par se cogner contre un des ponts sur l'aire de jeux.

« Ihi, ihi, ihi ! Putain », dit Lolly.

Soudain tout le monde se focalise sur Lolly. « Où est-ce qu'elle a appris ça ? » demande Mahesh.

Ana éteint son micro et dirige son avatar vers Lolly pour la réconforter. « Je sais pas, répond-elle. Elle a dû l'entendre.

— On ne peut pas vendre un digimo qui dit "putain".

— Je m'en occupe », intervient Robyn. Sur son écran, dans une autre fenêtre, elle consulte les archives de leurs séances de formation et lance une recherche sur la piste audio. « On dirait que c'est la première fois qu'un des digimos le dit. Quant à savoir si c'est l'un d'entre nous… » Ils regardent tous les trois les résultats de la recherche s'accumuler dans la fenêtre ; il semblerait que le coupable soit Stefan, un des formateurs du bureau australien de Blue Gamma. Blue Gamma emploie des gens en Australie et en Angleterre pour former les digimos lorsque le bureau de la côte ouest est fermé ; les digimos n'ont pas besoin de dormir – ou, plus précisément, le processus d'intégration qui équivaut chez eux au sommeil peut être exécuté en accéléré –, ils peuvent donc être entraînés vingt-quatre heures sur vingt-quatre.

Ils passent en revue les vidéos de chacune des fois où Stefan a prononcé le mot « putain » au cours d'une séance de formation. La fois la plus violente remonte à trois jours ; il est difficile d'en être sûr en observant son avatar Data Earth, mais il semble qu'il se soit cogné le genou contre son bureau. Il y a des exemples plus anciens qui datent de plusieurs semaines, mais aucun n'est aussi bruyant ni aussi long.

« Qu'est-ce que tu veux qu'on fasse ? » demande Robyn.

La réponse est évidente. Ils n'ont pas le temps de relancer des semaines de formation alors que la date de lancement est si proche. Peut-on être sûr que les incidents les plus anciens n'ont pas été retenus par les digimos ? Mahesh y réfléchit un moment puis prend sa décision. « OK. Ramène-les trois jours en arrière et repars de là.

— Tous ? interroge Ana. Pas seulement Lolly ?

— On peut pas prendre de risque ; ramène-les tous. Et je veux un marquage de mot-clef pour chaque séance de formation à partir de maintenant. La prochaine fois que l'un de vous jure, vous les ramenez au dernier point de contrôle. »

Et c'est comme ça que les digimos perdent trois jours d'expérience. Y compris la toute première fois où ils ont dévalé une colline en roulant.

2

Les digimos de Blue Gamma rencontrent un grand succès. Dès la première année de commercialisation, cent mille clients en achètent et – plus important encore – les utilisent fréquemment. Blue Gamma a parié sur un modèle économique dit de l'appât et de l'hameçon où, puisqu'il lui serait impossible de couvrir les coûts de développement par la seule vente de digimos, l'entreprise facture chaque préparation de repas faite par ses clients pour leurs digimos, s'assurant ainsi une source de revenus aussi longtemps que ces derniers resteront un divertissement pour leurs propriétaires. Et pour l'instant, les acquéreurs continuent à les trouver incroyablement divertissants, les laissant même tourner toute la journée. Il est courant de mettre le programme d'intégration à vitesse réduite pour faire dormir leurs digimos toute la nuit, mais certains les laissent tourner à pleine vitesse et les maintiennent presque constamment éveillés en s'arrangeant avec des clients d'autres fuseaux horaires pour que chacun s'occupe des digimos des autres, et leur permettre ainsi de mûrir plus rapidement. Une multitude d'aires de jeux et de garderies pour digimos apparaissent sur les continents sociaux de Data Earth, les agendas d'événements publics sont remplis d'après-midi de jeux en groupe, de cours de formation et de concours de talents. Certains propriétaires emmènent même leurs digimos dans les zones de courses et les laissent faire des tours avec leurs véhicules. Le monde virtuel se transforme en un village global dédié à l'éducation des digimos, comme un tissu social sur lequel viendrait se greffer une nouvelle catégorie d'animaux de compagnie.

La moitié des digimos vendus par Blue Gamma sont uniques, dotés d'un génome généré au hasard parmi les paramètres choisis pendant le processus d'élevage. L'autre moitié sont des copies des mascottes, mais l'entreprise s'efforce de rappeler aux acheteurs que chaque copie se développera différemment en fonction de son environnement. Pour illustrer cela, l'équipe commerciale de Blue Gamma prend l'exemple de Marco et Polo, deux des mascottes de l'entreprise. S'ils sont bien tous deux des instances du même génome, et tous deux dotés d'avatars de pandas, leurs personnalités sont pourtant sensiblement différentes. Marco avait deux ans quand ils ont instancié Polo, et Polo s'est attaché à lui comme à un grand frère. Aujourd'hui, ils sont inséparables, mais Marco est plus sociable tandis que Polo est plus réfléchi, et personne ne pense que Polo va se transformer en Marco de sitôt.

Les mascottes Blue Gamma sont les plus anciens digimos Neuroblast en activité, et la direction espérait à l'origine fournir à l'équipe de test un aperçu des comportements des digimos avant que les clients n'y soient soumis. Mais ce n'est pas ce qui s'est passé ; il est impossible de prédire comment des digimos élevés dans des centaines d'environnements différents vont évoluer. De manière très concrète, chaque propriétaire de digimo explore en quelque sorte un nouveau territoire, et c'est les uns vers les autres qu'ils se tournent pour obtenir de l'aide. Les forums en ligne pour propriétaires de digimos explosent, remplis d'anecdotes et de discussions, de conseils demandés et donnés.

Blue Gamma a engagé un chargé de clientèle dont le travail est de parcourir les forums, mais Derek y passe parfois du temps lui aussi, après le travail. Il arrive que les clients parlent des expressions faciales des digimos mais, même lorsque ce n'est pas le cas, Derek aime lire les anecdotes.

De : Zoe Armstrong

Vous allez pas croire ce que ma Natasha a fait aujourd'hui ! On était à l'aire de jeux et un autre digimo était en train de pleurer après s'être blessé en tombant. Natasha l'a serré dans ses bras pour le réconforter, alors je l'ai félicitée avec enthousiasme. Et là elle en a poussé un autre pour le faire pleurer, l'a serré dans ses bras et puis s'est tournée vers moi pour que je la félicite !

Le post qu'il lit ensuite attire son attention :

De : Andrew Nguyen

Est-ce qu'il y a des digimos qui sont juste moins intelligents que d'autres ? Mon digimo ne répond pas à mes ordres comme d'autres le font avec leurs propriétaires.

Il regarde le profil public du client et voit que son avatar est une pluie continue de pièces d'or ; les pièces rebondissent les unes contre les autres de manière à ce que leur trajectoire forme une figure humaine très abstraite. C'est une animation captivante, mais Derek soupçonne l'utilisateur de ne pas avoir lu les recommandations de Blue Gamma sur l'élevage de digimos. Il poste une réponse :

De : Derek Brooks

Quand vous jouez avec votre digimo, est-ce que vous portez l'avatar qu'on voit sur votre profil ? Si c'est le cas, le problème c'est que votre avatar n'a pas de visage. Activez votre caméra pour qu'elle suive vos expressions faciales et utilisez un avatar capable de les transmettre, et vous aurez une bien meilleure réponse de votre digimo.

Il poursuit sa navigation. Peu après il voit une autre question qu'il trouve intéressante :

De : Natalie Vance

Coco, mon digimo, est une Lolly d'un an et demi. Elle est vraiment odieuse dernièrement. Elle fait jamais ce que je lui dis, ça me rend folle. Elle était vraiment trop chou il y a quelques semaines, alors j'ai essayé de la restaurer à partir d'une sauvegarde, mais ça n'a pas tenu. Ça fait déjà deux fois que j'essaie, et elle termine toujours avec la même attitude odieuse. (Ça a mis un peu plus de temps la deuxième fois, cela dit.) Quelqu'un a déjà eu une expérience similaire ? Je suis d'autant plus intéressée si vous avez une Lolly. Jusqu'où il vous a fallu remonter pour régler le problème ?

Plusieurs réponses proposent des manières d'isoler ce qui a précisément déclenché le changement d'humeur de Coco, puis de régler ce problème. Il est sur le point d'écrire qu'un digimo n'est pas un jeu vidéo auquel on rejoue jusqu'à obtenir un score parfait, quand il voit la réponse d'Ana :

De : Ana Alvarado

Je compatis, parce que j'ai vu exactement la même chose. Ce n'est pas spécifique aux Lolly, c'est quelque chose que beaucoup de digimos traversent. Tu peux essayer de continuer à régler des crises comme celles-ci, mais à mon avis elles sont inévitables et tu finiras par passer des mois sur un digimo qui ne vieillit jamais. Ou alors tu peux essayer de traverser cette mauvaise passe et d'avoir un digimo plus mature une fois que tu en seras sortie.

Il est rassuré de lire ça. Traiter les êtres conscients comme des jouets est une pratique bien trop répandue, et pas seulement pour les animaux. Une fois, Derek s'était rendu à une fête de Noël chez son beau-frère, où un couple avec un clone de huit ans était aussi invité. À chaque fois qu'il posait les yeux sur le pauvre garçon, il avait pitié de lui. L'enfant était un sac de névroses ambulant, le résultat d'une jeunesse passée dans l'ombre du narcissisme de son père. Même un digimo mérite plus de respect que ça. Il envoie un message privé à Ana, la remerciant pour son post. Il remarque alors que le client à l'avatar sans visage a répondu à sa suggestion.

De : Andrew Nguyen

Rien à foutre de ça. Je l'ai payé cher cet avatar, et je l'ai acheté spécialement pour pouvoir l'utiliser quand je suis sur les continents sociaux. Je vais pas arrêter de le porter juste à cause d'un digimo.

Derek soupire ; il est sûrement impossible de faire changer cet homme d'avis, mais avec un peu de chance il suspendra simplement son digimo plutôt que de mal l'élever. Blue Gamma a fait le nécessaire pour éviter les abus ; tous les digimos Neuroblast sont équipés de disjoncteurs antidouleur qui les rendent insensibles à la torture, et donc peu attrayants pour les sadiques. Malheureusement, il n'y a aucun moyen de protéger les digimos contre un simple manque d'attention.

*

Au cours de l'année suivante, d'autres entreprises ont lancé leurs propres moteurs génomiques compatibles avec un apprentissage de la langue. Aucun n'égale la popularité de Neuroblast sur la plateforme Data Earth, mais sur d'autres plateformes la situation est différente. Sur Next Dimension, le moteur Origami prend la main ; sur Anywhere, c'est un moteur appelé Fabergé. Heureusement, Blue Gamma a inspiré des entreprises qui proposent des produits complémentaires, et pas seulement concurrents.

Aujourd'hui, la moitié des employés sont entassés à l'accueil de Blue Gamma : managers, développeurs, testeurs, concepteurs. Ils sont là parce qu'une livraison très attendue est enfin arrivée : un carton de la taille d'une grosse valise est posé devant le bureau du réceptionniste.

« Ouvrons-le », dit Mahesh.

Ana et Robyn tirent sur les languettes du carton, qui s'ouvre alors en se divisant en huit blocs de mousse de cellulose.

L'occupant de ce sarcophage sur mesure est un corps-robot tout droit sorti de l'usine. Il est de forme humanoïde mais de petite taille, moins de un mètre de haut, afin de conserver une faible inertie de ses membres et lui permettre un certain degré d'agilité. Sa peau est noire et brillante, et sa tête disproportionnée est en partie couverte d'un écran enveloppant.

Le robot vient de SaruMech Toys. De nombreuses entreprises sont apparues pour proposer des services ciblant les propriétaires de digimos, mais SaruMech est la première à développer un produit hardware plutôt qu'un logiciel. Ils en ont envoyé un exemplaire à Blue Gamma en espérant qu'ils en feront la promotion.

« Quelle mascotte a eu le meilleur score ? » demande Mahesh. Il fait référence aux épreuves d'agilité. La semaine dernière tous les digimos ont reçu des avatars d'essai avec une répartition du poids et une amplitude de mouvement identiques à celles du corps-robot ; chaque jour, ils ont passé un moment à porter les avatars et à s'entraîner à se déplacer avec. Hier, Ana a noté les digimos sur leur capacité à s'allonger sur le dos puis à se remettre debout, à monter et descendre des escaliers, à se tenir en équilibre sur une jambe puis sur l'autre. C'était comme faire passer un test de sobriété à une bande de bébés.

« Jax, répond Ana.

— D'accord, prépare-le. »

Le réceptionniste laisse son écran à Ana, qui l'utilise pour se connecter à Data Earth et appeler Jax. Celui-ci a de la chance parce que l'avatar d'essai n'est pas très différent du sien ; il est plus volumineux, mais les membres et le torse ont des proportions similaires. À l'inverse, les digimos qui ont grandi avec des avatars de panda ou de bébé tigre ont rencontré plus de difficultés.

Robyn vérifie le panneau de diagnostic du robot. « Je crois qu'on peut y aller. »

À l'écran, Ana ouvre un portail dans le gymnase et fait un geste de la main à Jax. « Allez, Jax, entre. »

Sur l'écran Jax franchit le portail, et à la réception le petit corps-robot s'anime. Sa tête s'allume pour afficher le visage de Jax, transformant une tête trop grande en un casque bulle. Le design permet de préserver la ressemblance avec l'avatar du digimo sans avoir à produire des corps sur mesure. Jax ressemble à un robot de cuivre vêtu d'une armure d'obsidienne.

Jax tourne sur lui-même pour observer la pièce. « Ouah. » Il s'arrête de tourner. « Ouah ouah. Pas même bruit. Ouah ouah ouah.

— Tout va bien, Jax, le rassure Ana. Souviens-toi, je t'avais dit que ta voix serait peut-être différente dans le monde extérieur. » Le kit d'information de SaruMech les avait prévenus, le châssis de métal et de plastique ne conduisait pas le son de la même manière que les avatars sur Data Earth.

Jax lève les yeux vers Ana, émerveillée de le voir. Elle sait qu'il n'est pas réellement dans le corps – le code de Jax est toujours en train de tourner sur le réseau, et ce robot n'est qu'un élégant périphérique –, mais l'illusion est parfaite. Et même après toutes leurs interactions sur Data Earth elle est excitée d'avoir Jax face à elle en train de la regarder dans les yeux.

« Salut, Jax, dit-elle. C'est moi, Ana.

— Avatar est différent, fait remarquer Jax.

— Dans le monde extérieur, on appelle ça un corps, pas un avatar. Et les gens ne changent pas de corps ici ; on peut seulement faire ça dans Data Earth. Ici on porte toujours le même corps. »

Jax y réfléchit un moment. « Tu toujours ressembler ça ? »

Il s'approche pour mieux l'observer, Ana s'accroupit en posant les coudes sur les genoux afin qu'ils soient presque à la même hauteur. Jax inspecte ses mains puis ses avant-bras ; elle porte des manches courtes. Il approche la tête, Ana peut entendre le léger bourdonnement des yeux-caméra du robot qui font la mise au point. « Petits poils sur tes bras », dit-il.

Elle rit ; son avatar avait des bras aussi lisses que ceux d'un bébé. « Oui, c'est vrai. »

Jax lève la main et approche le pouce et l'index pour attraper quelques poils. Il fait plusieurs tentatives mais, comme la pince d'une machine de foire, ses doigts n'arrêtent pas de glisser. Puis il lui pince la peau et tire.

« Aïe. Jax, ça fait mal.

— Pardon. » Jax scrute la figure d'Ana. « Tout petits petits trous partout sur ton visage. »

Ana peut sentir l'amusement des autres dans la pièce. « Ça s'appelle des pores, explique-t-elle en se relevant. On pourra parler de ma peau plus tard. Pour l'instant, pourquoi tu ne jetterais pas un coup d'œil à la pièce ? »

Jax se tourne et avance lentement dans le hall, un astronaute miniature explorant un monde étranger.

Il remarque la fenêtre donnant sur le parking et s'en approche.

La lumière oblique de l'après-midi passe à travers les carreaux. Jax traverse le rayon de soleil et se retire brusquement.

« Quoi ça ?

— C'est le soleil. C'est comme celui de Data Earth. »

Prudemment, Jax s'avance à nouveau dans la lumière. « Pas comme. Ce soleil brille brille brille.

— C'est vrai.

— Soleil pas besoin brille brille brille. »

Ana rit. « J'imagine que t'as raison. »

Jax revient vers elle et regarde le tissu de son pantalon. Elle lui frotte l'arrière de la tête d'une main hésitante. Les capteurs tactiles sur le corps-robot semblent bien fonctionner car Jax se rapproche de sa main ; elle peut sentir le poids de son corps, la résistance dynamique de son mécanisme. Et puis Jax lui enlace les cuisses et la serre dans ses bras.

« Je peux le garder ? demande-t-elle aux autres. C'est lui qui m'a suivie jusqu'à la maison. »

Tout le monde rit. « Tu dis ça maintenant, dit Mahesh, mais attends qu'il balance tes serviettes de bain dans les toilettes.

— Je sais, je sais. » Blue Gamma a choisi de se lancer dans le monde virtuel plutôt que dans le monde physique pour de nombreuses raisons : coûts plus faibles, facilité d'accès aux réseaux sociaux, et surtout absence de risque de dommages matériels. Ils ne pouvaient pas vendre un animal de compagnie susceptible d'arracher vos stores ou de dessiner à la mayonnaise sur votre vrai tapis. « Je trouve simplement ça cool de voir Jax comme ça.

— C'est vrai, t'as raison. J'espère seulement pour SaruMech que l'expérience rend bien en vidéo. » SaruMech Toys n'envisage pas de vendre les corps-robots, mais de les louer pour quelques heures. Les digimos auront accès aux corps dans un lieu à l'extérieur d'Osaka, d'où ils seront emmenés pour faire une promenade dans le monde réel pendant que leurs propriétaires les observeront à l'aide de caméras montées sur des zeppelins miniatures. Ana ressent une envie soudaine d'aller bosser pour eux ; voir Jax comme ça lui rappelle à quel point l'aspect physique du travail avec les animaux lui manque, et comme le travail derrière un écran vidéo avec des digimos est différent.

Robyn demande à Mahesh : « Est-ce que tu veux que toutes les mascottes fassent un tour dans le robot ?

— Oui, mais seulement une fois qu'elles auront passé le test d'agilité. Si on casse celui-ci, SaruMech ne nous en donnera pas d'autres gratuitement. »

Jax joue à présent avec les baskets d'Ana, tirant sur le bout d'un de ses lacets. Il est rare qu'Ana rêve d'être riche mais, en sentant son lacet se tendre sous la pression de Jax, c'est exactement ce qu'elle voudrait. Car si elle en avait les moyens, elle achèterait un de ces robots dans la seconde.

*

Plusieurs employés se relaient pour faire découvrir le monde réel aux mascottes ; Derek s'occupe généralement de Marco ou Polo. Sa première idée est de les emmener dehors pour faire le tour du centre d'affaires où se trouve le siège social de Blue Gamma et de leur montrer les bandes d'herbe et d'arbustes qui divisent le parking. Il leur montre le robot-crabe qui entretient les espaces verts, résultat d'une ancienne tentative d'intégration des digimos au monde réel. Le robot est équipé d'une truelle en forme de talon aiguille pour arracher les mauvaises herbes, et son travail est purement instinctif ; il est le descendant de plusieurs générations de gagnants d'un concours de jardinage évolutionnaire mené dans les serres de Data Earth. Derek est curieux de voir comment les mascottes réagiront en entendant l'histoire du robot débroussailleur, il se demande si elles le verront comme l'un des leurs, un émigré de Data Earth ; mais ils ne semblent pas s'y intéresser du tout.

En fait, il se trouve que les mascottes sont fascinées par les textures. Les surfaces dans Data Earth regorgent de détails visuels, mais n'ont aucune qualité tactile au-delà d'un simple coefficient de friction. Les joueurs qui utilisent des manettes capables de transmettre les sensations tactiles sont rares, et la plupart des fournisseurs ne se donnent pas la peine de créer des textures pour leurs surfaces environnementales. Maintenant que les digimos peuvent sentir les surfaces du monde réel, ils perçoivent les détails les plus simples comme autant de nouveautés. Lorsque Marco a fini son tour dans le corps-robot, il n'arrête pas de parler des tapis et du rembourrage des meubles ; Polo passe son tour à toucher les marches antidérapantes dans la cage d'escalier de l'immeuble. Sans surprise, les coussinets des capteurs tactiles des doigts du robot sont les premiers composants à devoir être remplacés.

La deuxième chose que Marco remarque est à quel point la bouche de Derek diffère de la sienne. Les bouches de digimos ne ressemblent que très superficiellement aux bouches humaines ; bien que leurs lèvres bougent quand ils parlent, les générateurs de parole des digimos ne respectent pas les lois de la physique. Marco veut en savoir plus sur la mécanique de la parole et demande sans cesse à mettre ses doigts dans la bouche de Derek lorsqu'il parle. Polo est stupéfait de découvrir que la nourriture descend réellement dans la gorge de Derek lorsqu'il avale, au lieu de simplement disparaître comme le fait la nourriture des digimos. Derek craignait que les digimos ne soient perturbés d'apprendre les limites de leur aspect physique, mais ils trouvent en réalité cela très drôle.

Un des avantages inattendus de voir les digimos dans un corps-robot, c'est qu'on peut ainsi observer leurs visages de plus près que sur Data Earth. Le travail de Derek sur les expressions faciales des digimos devient plus facile à apprécier. Un jour, Ana arrive dans le bureau de celui-ci, tout excitée : « Tu es génial !

— Euh… merci ?

— Je viens de voir Marco faire une tête tellement drôle. Faut que tu les voies. Je peux ? » Ana montre le clavier et Derek fait reculer sa chaise pour lui laisser la place. Elle ouvre deux fenêtres vidéo sur son écran : l'une est un enregistrement de la caméra du corps-robot montrant le point de vue du digimo, tandis que l'autre est un enregistrement de ce qu'affichait le casque-écran. À en juger par la première fenêtre vidéo, ils étaient à nouveau sur le parking.

« Il a participé à une des excursions de SaruMech la semaine dernière, explique Ana, et évidemment il a adoré, du coup maintenant il s'ennuie dans le centre d'affaires. »

À l'écran, Marco dit : « *Veux aller parc de scursion.*

— *Tu peux très bien t'amuser ici.* » Toujours à l'écran, Ana fait signe à Marco de la suivre.

L'image bouge de gauche à droite alors que Marco secoue la tête. « *Pas amuser pareil. Parc mieux amuser. Te montrer.*

— *On ne peut pas aller à ce parc. Il est très loin ; il faudrait faire un long voyage pour y arriver.*

— *Juste ouvre le portail.*

— *Désolée, Marco, mais je ne peux pas ouvrir de portail ici, pas dans le monde extérieur.* »

« Maintenant regarde son visage », dit Ana.

« *Essaie. Essaie fort si te plaît si te plaît.* » Marco donne à son visage de panda une expression suppliante ; Derek n'avait encore jamais vu ça, et il rit de surprise.

Ana rit aussi et ajoute : « Continue de regarder. »

À l'écran elle répond : « *Même en essayant fort je ne peux pas, Marco ; le monde extérieur n'a pas de portails. Ça n'existe que sur Data Earth.*

— *Alors on va Data Earth, on ouvre portail là.*

— *Toi tu pourrais, s'il y avait un autre corps*

disponible là-bas, mais moi je ne peux pas enfiler un autre corps, il faudrait que je me déplace avec celui-là, et ça serait très long. »

Marco y réfléchit, et Derek est ravi de voir que le visage du digimo laisse entrevoir son incrédulité. « *Monde extérieur bête* », déclare le digimo.

Derek et Ana éclatent de rire. Elle ferme les fenêtres et dit : « T'as fait un super travail là-dessus.

— Merci. Et merci de me l'avoir montré ; ça m'a fait plaisir.

— À moi aussi. »

Derek est heureux de voir que son travail passé a pu porter ses fruits, parce que la plupart des tâches qu'il s'est vu assigner dernièrement sont loin d'être aussi intéressantes. Les digimos Origami et Fabergé ont commencé à proposer une plus grande variété d'avatars, des bébés dragons, des griffons et autres créatures mythologiques, et Blue Gamma veut proposer des avatars similaires pour ses digimos Neuroblast. Leurs nouveaux avatars n'étant que de simples modifications de ceux qui existent, ils ne nécessitent aucun ajustement en matière d'expressions faciales.

On vient d'ailleurs de lui demander de créer un avatar qui en soit complètement dénué. Un groupe d'amateurs de vie artificielle impressionné par le potentiel du génome Neuroblast a demandé à Blue Gamma de leur concevoir leur propre espèce extraterrestre intelligente plutôt que d'attendre qu'une véritable forme d'intelligence naisse spontanément dans les biomes. Les développeurs ont créé un taxon de personnalité qui n'a rien à voir avec les variétés vendues par Blue Gamma et Derek est en train de concevoir un avatar à trois pattes, avec une paire de tentacules à la place des bras et une queue préhensile. Certains des amateurs aimeraient des corps encore plus étranges, et un environnement qui ne répondrait pas aux lois de la physique, mais il leur a rappelé qu'ils devront utiliser eux-mêmes les avatars pour élever leurs digimos, et que contrôler des tentacules sera déjà bien assez difficile.

Ils ont baptisé leur nouvelle espèce : Xénothérians et ont mis en place un continent privé appelé Data Mars, où ils planifient de créer une culture extraterrestre de A à Z. Derek est curieux, mais n'a pas encore pu le visiter, parce que la seule langue autorisée en présence de leurs digimos est un dialecte propre adapté de la langue artificielle lojban. Il se demande combien de temps ils arriveront à se tenir à leur projet. Sans compter cette énorme barrière d'entrée, élever les Xénothérians ne leur offrira aucun plaisir comparable à celui que Derek et Ana viennent de vivre en observant Marco. Leurs récompenses resteront purement intellectuelles, cela leur suffira-t-il sur le long terme ?

3

Au cours de l'année suivante, les prévisions météo sur l'avenir de Blue Gamma passent d'ensoleillées à franchement nuageuses. Les ventes aux nouveaux clients ont ralenti et, pire encore, les revenus générés par le logiciel de distribution de nourriture ont chuté : de plus en plus de clients existants suspendent leurs digimos.

Le problème est qu'une fois sortis de l'enfance les digimos Neuroblast deviennent trop exigeants. En les élevant, Blue Gamma cherchait à trouver un équilibre entre intelligence et obéissance, mais avec l'imprévisibilité inhérente à tout génome, même numérique, il s'avère que les développeurs ont raté leur coup. Comme dans un jeu trop difficile, l'équilibre entre travail et récompense proposé par les digimos se met à pencher bien trop lourdement du côté travail de la balance, alors ils sont suspendus. Mais, contrairement aux propriétaires de chiens ayant acheté une race avec laquelle ils n'avaient pas été familiarisés, on ne peut pas accuser les clients de Blue Gamma d'un manque de préparation ; l'entreprise elle-même ne savait pas que les digimos évolueraient ainsi.

Quelques bénévoles ont même ouvert des refuges, accueillant les digimos indésirables dans l'espoir de leur trouver de nouveaux propriétaires. Ils suivent différentes stratégies : certains continuent à faire tourner les digimos sans interruption, tandis que d'autres les restaurent à leur dernière sauvegarde tous les deux ou trois jours afin d'éviter qu'ils ne développent un sentiment d'abandon qui pourrait rendre leur adoption plus difficile. Aucune de ces stratégies n'est vraiment efficace pour attirer des propriétaires potentiels. De temps à autre, une personne souhaite essayer un digimo sans avoir à l'élever depuis l'enfance, mais ces adoptions ne durent jamais longtemps, et les refuges deviennent essentiellement des entrepôts à digimos.

Ana n'aime pas cette tendance, mais elle connaît la réalité de la protection animale : elle sait bien qu'on ne peut pas tous les sauver. Elle préférerait protéger les mascottes de Blue Gamma de ce qui se passe, mais le phénomène est trop répandu pour qu'elle y parvienne. Combien de fois, à l'aire de jeux, un des digimos s'est-il rendu compte qu'un de ses camarades habituels était absent ?

Aujourd'hui c'est différent, et leur sortie leur apporte une agréable surprise. Avant même que toutes les mascottes n'aient passé le portail, Jax et Marco remarquent un autre digimo doté d'un avatar robot. Ils s'exclament simultanément « Tibo ! » et courent dans sa direction.

Tibo est un des plus anciens digimos, après les mascottes, et appartient à un bêtatesteur prénommé Carlton, qui l'a suspendu il y a un mois environ. Ana est heureuse de voir que ce n'était pas permanent. Pendant que les digimos bavardent, elle approche son avatar de celui de Carlton et discute avec lui ; il explique qu'il avait seulement besoin de faire une pause et qu'il se sent désormais prêt à donner à Tibo toute l'attention nécessaire.

Plus tard, après qu'elle a ramené les mascottes à l'île de Blue Gamma, Jax lui relate sa conversation avec Tibo. « Moi lui raconte nous s'amusé quand lui parti. Moi raconte sortie au zoo super super.

— Est-ce qu'il était triste de l'avoir ratée ?

— Non lui a disputé. Lui a dit la sortie c'est le centre commercial pas au zoo. Mais ça c'est sortie du mois avant.

— C'est parce que Tibo a été suspendu pendant

tout le temps où il était absent, explique Ana, donc il pense que la sortie du mois dernier était hier.

— Lui ai dit ça, répond Jax, à la grande surprise d'Ana, qui ne soupçonnait pas qu'il avait pu le comprendre, mais lui croit pas. Lui a disputé jusqu'à Marco et Lolly dit pareil que moi. Après lui triste.

— Bon, je suis sûre qu'il y aura d'autres sorties au zoo.

— Pas triste de rater le zoo. Triste de rater le mois.

— Ah.

— Moi veux pas être suspendu. Veux pas rater le mois. »

Ana fait de son mieux pour avoir l'air rassurante. « Tu n'as pas à t'en faire pour ça, Jax.

— Toi suspends pas moi, d'accord ?

— D'accord. »

À son grand soulagement, Jax semble s'en satisfaire ; il n'a jamais pensé à lui soutirer une promesse, et elle a honte d'être heureuse de ne pas avoir eu à lui en faire une. Elle se console à l'idée que, s'ils viennent à suspendre les mascottes pendant un temps, elles le seront certainement toutes, ce qui au moins ne créera pas de divergences d'expérience au sein du groupe. Pareil s'ils faisaient revenir les mascottes à un plus jeune âge en restaurant une sauvegarde précédente. C'est ce que Blue Gamma suggère aux clients qui trouvent leurs digimos trop exigeants, et il est question que l'entreprise fasse de même avec ses propres mascottes pour encourager cette approche.

Ana remarque l'heure et lance quelques jeux pour laisser les mascottes s'amuser seules ; il est temps pour elle de former les digimos de la nouvelle gamme de Blue Gamma. Depuis la création du génome Neuroblast, les développeurs ont mis au point des outils plus sophistiqués pour analyser les interactions de ses différents gènes, ils ont ainsi acquis une meilleure compréhension des propriétés du génome. Ils ont récemment créé un taxon doté d'une plasticité cognitive plus faible qui pourrait permettre la naissance de digimos capables de se stabiliser plus rapidement et de rester dociles à vie. La seule manière de s'en assurer est de laisser les clients les élever pendant des années et de voir ce qu'il advient, mais les développeurs sont confiants. C'est un tournant important par rapport à l'objectif initial de l'entreprise d'avoir des digimos de plus en plus complexes, mais à situation dramatique, mesures draconiennes. Blue Gamma compte sur ces nouveaux digimos pour éponger ses pertes, alors Ana et toute l'équipe de test leur donnent une formation intensive.

Les mascottes sont suffisamment bien élevées pour attendre sa permission avant de commencer à jouer. « Très bien, tout le monde, allez-y », lance-t-elle, et les digimos se précipitent tous vers leurs jeux favoris. « On se retrouve tout à l'heure.

— Non », dit Jax. Il s'arrête et retourne vers l'avatar d'Ana. « Veux pas jouer.

— Quoi ? Bien sûr que si.

— Pas jouer. Veux travail. »

Ana rit. « Hein ? Pourquoi tu veux un travail ?

— Gagner argent. »

Elle se rend compte que Jax ne rigole pas en disant

ça ; il est d'une humeur noire. Elle lui demande, plus sérieusement : « Pourquoi as-tu besoin d'argent ?

— Pas besoin. Donner à toi.

— Pourquoi tu veux me donner de l'argent ?

— Toi besoin, répond-il, comme une évidence.

— J'ai dit que j'avais besoin d'argent ? Quand ça ?

— Semaine avant, demandé toi pourquoi joues avec autre digimo que moi. Toi dire gens paient toi pour jouer avec eux. Si avoir argent, moi peux payer. Alors toi joues avec moi mieux.

— Oh, Jax ! » Elle en perd brièvement ses mots. « C'est très gentil de ta part. »

*

Une année passe, puis Blue Gamma met officiellement fin à ses activités. Il n'y avait pas assez de clients prêts à prendre le pari d'un digimo perpétuellement docile. En interne, de nombreuses propositions ont été discutées, dont celle d'une race de digimos qui comprendraient le langage sans être doués de parole, mais il était trop tard. La clientèle s'était cristallisée autour d'une petite communauté de fervents propriétaires de digimos, qui ne générait pas assez de revenus pour maintenir Blue Gamma à flot. L'entreprise lancera une version gratuite du logiciel de distribution d'aliments afin que ceux qui le souhaitent puissent continuer à utiliser leurs digimos aussi longtemps que possible, mais après cela les clients seront livrés à eux-mêmes.

La plupart des autres employés ont déjà connu des fermetures d'entreprises et, s'ils n'en sont pas heureux, ce n'est pour eux qu'une autre page qui se tourne dans l'industrie du logiciel. Mais la faillite de Blue Gamma rappelle à Ana la fermeture du zoo, l'une des expériences les plus déchirantes de sa vie. Les larmes lui montent encore aux yeux quand elle repense à la dernière fois où elle était avec ses singes, rêvant de pouvoir leur expliquer pourquoi ils n'allaient plus jamais la revoir, espérant qu'ils sauraient s'adapter à leur nouvelle maison. Recyclée dans le monde du logiciel, elle était soulagée de ne plus jamais avoir à être confrontée à de tels adieux dans ce secteur d'activité. Mais, contre toute attente, voilà qu'elle se retrouve dans une situation qui lui est étrangement familière.

Familière mais pas identique. Blue Gamma n'a même pas à se donner la peine de trouver de nouveaux foyers à sa douzaine de mascottes ; ils peuvent simplement les suspendre, sans se soucier des implications qu'aurait eues une euthanasie. Ana elle-même a suspendu des milliers de digimos pendant le processus d'élevage, sans qu'aucun ne meure ou ne se sente abandonné. Les seuls à souffrir de la suspension des mascottes seraient les dresseurs. Tous les jours, depuis cinq ans, Ana passe du temps avec les mascottes, et elle ne veut pas leur dire au revoir. Heureusement, il y a une autre solution : tous les employés peuvent se permettre d'en garder une comme animal de compagnie sur Data Earth, alors que garder un singe dans son appartement n'avait jamais été envisageable.

C'est même tellement facile qu'Ana est surprise qu'il n'y ait pas plus d'employés prêts à adopter une mascotte. Elle sait qu'elle peut compter sur Derek pour en prendre une – il aime les digimos autant qu'elle –, mais les dresseurs sont anormalement réticents. Ils adorent tous les digimos, mais la plupart trouvent qu'en prendre un comme animal de compagnie serait un peu comme continuer à travailler sans être payés. Ana est sûre que Robyn en adoptera un, mais cette dernière la prend de court en lui annonçant une nouvelle au déjeuner.

« On voulait pas le dire tout de suite, se confie Robyn, mais… je suis enceinte.

C'est pas vrai ? Félicitations ! »

Robyn sourit. « Merci ! » Elle libère un flot d'informations jusque-là réprimées : les options qu'elle et sa partenaire, Linda, avaient envisagées, l'opération de fusion d'ovules sur laquelle elles ont parié, leur chance incroyable d'avoir réussi dès la première tentative. Ana et Robyn discutent de recherche d'emploi et de congé parental. Elles finissent par revenir sur le sujet de l'adoption des mascottes.

« Évidemment, tu vas être bien occupée, dit Ana, mais qu'est-ce que tu dirais d'adopter Lolly ? » Il serait fascinant de voir la réaction de Lolly face à une grossesse.

« Non, répond Robyn en secouant la tête. J'en ai fini avec les digimos.

— T'en as fini avec les digimos ?

— Je suis prête à passer aux choses sérieuses, tu comprends ? »

Calmement, Ana relance : « Je n'en suis pas certaine.

— Les gens disent toujours que vouloir des bébés

c'est dans nos gènes, et j'ai toujours cru que c'était des conneries, mais plus maintenant. » Elle peut lire l'exaltation sur le visage de Robyn ; elle n'est plus vraiment en train de parler à Ana. « Les chats, les chiens, les digimos ne sont là que pour remplacer ce à quoi nous devrions nous attacher. Et lorsqu'on finit par comprendre ce que signifie un bébé, ce que ça signifie *vraiment*, alors tout change. Alors on comprend que tous ces sentiments qu'on avait jusque-là étaient… » Robyn s'interrompt. « Enfin en tout cas, pour moi, ça a mis les choses en perspective. »

Les femmes qui travaillent avec des animaux entendent ça tout le temps : que leur amour pour les animaux doit venir du désir sublimé d'élever un enfant. Ana en a assez de ce stéréotype. Elle aime bien les enfants, mais ils ne sont pas le mètre-étalon de toute réussite. S'occuper d'animaux a une valeur intrinsèque, c'est une vocation qui n'a rien à envier à aucune autre. Elle n'en aurait pas dit autant pour les digimos quand elle a débuté chez Blue Gamma, mais elle se rend maintenant compte que c'est peut-être aussi vrai pour eux.

4

L'année qui suit la fermeture de Blue Gamma est une année de changements pour Derek. Il trouve un poste dans la société qui emploie sa femme, Wendy, où il fait de l'animation d'acteurs virtuels pour la télévision. Il a la chance de travailler sur une série bien écrite mais, malgré des dialogues mordants et naturels, chaque mot, chaque nuance et chaque intonation sont minutieusement chorégraphiés. Au cours du processus d'animation, il entend le texte répété cent fois, et la performance finale lui semble alors lisse et stérile dans sa perfection.

En comparaison, la vie avec Marco et Polo est une suite constante de surprises. Comme ils ne voulaient pas être séparés, il les a adoptés tous les deux et, bien qu'il ne puisse pas passer autant de temps avec eux que lorsqu'il travaillait à Blue Gamma, il trouve bien plus intéressant d'être propriétaire d'un digimo aujourd'hui que par le passé. Les clients qui ont continué à s'occuper de leurs digimos ont formé un groupe d'utilisateurs Neuroblast pour garder le contact ; c'est une plus petite communauté qu'avant, mais les membres sont plus actifs et impliqués, et leurs efforts commencent à porter leurs fruits.

Pour le moment, c'est le week-end, et Derek est en route pour le parc ; Marco est assis sur le siège passager, dans un corps-robot. Il est maintenu par la ceinture de sécurité, debout sur le siège pour pouvoir regarder par la fenêtre ; des yeux, il cherche ce qu'il n'a encore jamais vu qu'en vidéo, toutes ces choses qu'on ne trouve pas dans Data Earth.

« Buche insondie, dit Marco, en montrant du doigt.

— Bouche d'incendie.

— Bouche d'incendie.

— C'est ça. »

Le corps qu'utilise Marco avait appartenu à Blue Gamma. Les sorties de groupe ont cessé après que

SaruMech Toys eut mis la clef sous la porte dans la foulée de Blue Gamma, et Ana – qui travaille maintenant dans le test logiciel pour des stations de stockage de carbone – a acheté le corps-robot au rabais pour que Jax puisse l'utiliser. Elle a laissé Derek emprunter le corps la semaine dernière pour que Marco et Polo jouent avec, et il est en route pour le lui rendre. Elle va passer la journée au parc et laisser les digimos d'autres propriétaires utiliser le corps.

« Moi fais bouche d'incendie aux prochains travaux manuels », dit Marco. « Prend cylindre, prend cône, prend cylindre.

— C'est une bonne idée », l'encourage Derek.

Marco parle des séances de travaux manuels que les digimos ont désormais chaque jour. Elles ont commencé quelques mois plus tôt, après qu'un propriétaire a créé un logiciel permettant d'utiliser quelques outils d'édition de l'interface Data Earth directement dans la plateforme. Avec une console de boutons et de curseurs, un digimo peut à présent créer diverses formes solides, changer leurs couleurs, puis les combiner et les éditer d'une dizaine de manières différentes. Les digimos sont aux anges ; pour eux c'est comme s'ils avaient reçu des pouvoirs magiques, et vu la façon dont les outils d'édition se moquent de la simulation des lois physiques de Data Earth c'est plus ou moins ça. Chaque jour, après le travail, lorsque Derek se connecte à Data Earth, Marco et Polo lui montrent les travaux manuels qu'ils ont réalisés.

« Alors peux montrer Polo comment… parc ! Arrivé parc ?

— Non, on n'y est pas encore.

— Panneau marqué PIZZA ET PARC. » Marco indique une enseigne qu'ils sont en train de dépasser.

« Il y a marqué PIZZA ET PÂTES. *Pâtes*, pas *parc*. On a encore un peu de route.

— Pâtes », dit Marco en regardant l'enseigne s'éloigner.

Les digimos ont aussi commencé une nouvelle activité : des leçons de lecture. Marco et Polo n'avaient jamais fait attention au texte avant ça – Data Earth en contient peu en dehors des annotations à l'écran, qui ne sont pas visibles par les digimos –, mais un propriétaire est parvenu à apprendre à son digimo à reconnaître des ordres écrits sur des fiches bristol, poussant ainsi d'autres propriétaires à s'y mettre. De manière générale, les digimos Neuroblast reconnaissent assez bien les mots, mais ont du mal à associer chacune des lettres à un son. C'est une variété de dyslexie qui semble spécifique au génome Neuroblast ; d'après d'autres groupes d'utilisateurs, les digimos Origami apprennent facilement les lettres, alors que les digimos Fabergé restent désespérément analphabètes, peu importe la méthode d'apprentissage utilisée. Marco et Polo prennent des cours de lecture avec Jax et quelques autres, et ils semblent plutôt aimer ça. Comme aucun des digimos n'a été élevé avec des histoires du soir, le texte ne suscite pas la même fascination chez eux que chez un enfant humain, mais une certaine curiosité – ainsi que les compliments de leurs propriétaires – les pousse à explorer les usages potentiels de l'écrit. Derek trouve ça excitant et regrette que Blue Gamma n'ait pas vécu assez longtemps pour voir de telles choses se produire.

Ils atteignent le parc ; Ana les voit et s'avance vers eux pendant que Derek gare la voiture. Marco serre Ana dans ses bras dès que Derek le détache.

« Salut, Ana.

— Salut, Marco », répond Ana ; elle gratte l'arrière de la tête du robot. « T'es encore dans le corps ? Tu l'as eu toute la semaine. Ça t'a pas suffi ?

— Voulais faire la voiture.

— Tu veux jouer un peu dans le parc ?

— Non, nous part maintenant. Wendy veut pas nous rester. Au revoir, Ana. » Derek a déjà sorti la plateforme de chargement du robot de la banquette arrière. Marco monte sur la plateforme – ils ont appris aux digimos à y retourner pour rentrer dans Data Earth – et le casque du robot s'éteint.

Ana utilise son ordinateur de poche pour préparer le premier digimo à entrer dans le robot. « Tu dois y aller aussi ? demande-t-elle à Derek.

— Non, j'ai rien de prévu.

— Alors qu'est-ce que Marco voulait dire ?

— Bah…

— Laisse-moi deviner : Wendy trouve que tu passes trop de temps avec les digimos, c'est ça ?

— Exact », lâche Derek. Wendy n'aime pas non plus qu'il passe autant de temps avec Ana, mais il est inutile de le lui dire. Il lui a juré qu'il n'a aucun sentiment pour Ana, qu'ils sont juste des amis avec un intérêt commun pour les digimos.

Le casque du robot s'allume et affiche le visage

d'un bébé jaguar ; Derek reconnaît là Zaff, qui appartient à un des bêtatesteurs. « Salut Ana salut Derek », dit Zaff, et il court aussitôt vers un arbre proche. Derek et Ana le suivent.

« Alors ça ne l'a pas convaincue de les voir dans le corps-robot ? » demande Ana.

Derek empêche Zaff de ramasser des crottes de chien. À Ana, il répond : « Eh non. Elle comprend toujours pas pourquoi je les suspends pas quand ça m'arrange.

— C'est pas facile de trouver quelqu'un capable de comprendre. C'était pareil quand je travaillais au zoo ; tous les mecs avec qui je sortais avaient l'impression qu'ils passaient en deuxième. Et maintenant, quand je dis à un mec que je paie des cours de lecture à mon digimo, il me regarde comme si j'étais folle.

— Ça aussi c'est un problème pour Wendy. »

Ils observent Zaff qui fouille dans les feuilles au sol et en extrait une rendue presque transparente par la décomposition ; il la lève jusqu'à son visage pour regarder à travers, un masque de dentelle végétale. « Mais j'imagine que je ne devrais pas leur en vouloir, reprend Ana. Moi-même j'ai mis du temps à en voir l'intérêt.

— Pas moi, dit Derek. J'ai tout de suite trouvé les digimos géniaux.

— C'est vrai, convient Ana. T'es une exception. »

Derek la regarde s'occuper de Zaff et admire sa patience quand elle le guide. La dernière femme avec qui il a senti qu'il partageait autant de choses, c'était Wendy, qui comprenait son enthousiasme à l'idée de donner vie à des personnages par l'animation. S'il n'avait pas été marié, peut-être aurait-il demandé à Ana de sortir avec lui, mais il est inutile de se monter la tête maintenant. Ils peuvent être amis, et c'est suffisant.

*

Une année plus tard, Ana passe la soirée chez elle. Elle a ouvert une fenêtre de Data Earth sur son ordinateur ; son avatar est sur une aire de jeux et supervise un groupe composé de Jax et d'une poignée d'autres digimos. Le nombre de digimos continue à diminuer – Tibo, par exemple, n'a plus été vu depuis des mois – mais, comme le groupe habituel de Jax a récemment fusionné avec un autre, il a encore l'occasion de se faire de nouveaux amis. Quelques digimos sont sur le mur d'escalade, d'autres s'amusent avec des jouets par terre et un ou deux regardent une télévision virtuelle.

Dans une autre fenêtre, Ana parcourt le forum de discussion du groupe. Le sujet du jour est la dernière action du Front pour la liberté d'nformation, une organisation qui milite pour la fin des données privées. La semaine dernière, ils ont rendu publiques des techniques pour pirater de nombreux mécanismes de contrôle d'accès à Data Earth, et ces derniers jours des gens ont vu des objets rares et coûteux de leur inventaire de jeux se volatiliser avant d'être distribués comme des petits pains. Ana n'est pas retournée sur un continent de jeu de Data Earth depuis que le problème est survenu.

Sur l'aire de jeux, Jax et Marco ont décidé d'en essayer un nouveau. Ils se mettent à quatre pattes et commencent à ramper. Jax agite le bras pour attirer son attention et elle approche son avatar.

« Ana, tu sais les fourmis parlent ensemble ? »

Ils ont regardé des vidéos sur la nature à la télévision. « Oui, j'ai entendu dire ça, répond-elle.

— Tu sais nous sait elles disent quoi ?

— Ah bon ?

— Nous parle langue fourmi. Comme ça : *lip fimp dimoul witul.* »

Marco renchérit : « *Bidil jidul lomp ouamp.*

— Et qu'est-ce que ça signifie ?

— Pas te dire. Que nous on sait.

— Nous et fourmis », ajoute Marco. Alors Jax et Marco éclatent tous les deux de rire, *Mu mu mu*. Ana sourit. Les digimos s'éloignent en courant pour jouer à autre chose, et elle reprend sa lecture des forums.

De : Helen Costas

Vous pensez qu'on doit s'inquiéter que quelqu'un copie nos digimos ?

De : Stuart Gust

Qui ça intéresserait ? S'il y avait une vraie demande pour des digimos, Blue Gamma n'aurait pas coulé. Vous vous rappelez ce qui est arrivé aux refuges ? Ils n'arrivaient même pas à refiler les digimos gratuitement. Et c'est pas comme s'ils étaient devenus plus populaires depuis.

Sur l'aire de jeux, Jax s'exclame : « Je gagne ! » Avec Marco, ils s'adonnaient à un jeu aux règles floues. Jax se balance d'un pied sur l'autre, triomphant.

« OK, dit Marco, ton tour. » Il fouille dans les jouets autour de lui et trouve un kazoo, qu'il tend à Jax.

Jax place un bout du kazoo dans sa bouche. Il se met à genoux et utilise l'objet pour taper en rythme contre le bas-ventre de Marco, vers l'endroit où son nombril se serait trouvé s'il en avait eu un.

Ana demande : « Jax, qu'est-ce que tu fais ? »

Jax retire le kazoo de sa bouche. « Fais pipe à Marco.

— Quoi ? Où est-ce que t'as vu une pipe ?

— À télé hier. »

Elle tourne la tête vers la télévision, où passe un dessin animé. La télévision est censée tirer son contenu d'un fonds de vidéos pour enfants ; quelqu'un est probablement en train d'insérer du matériel pour adultes en utilisant le piratage du FLI. Elle décide de ne pas en faire toute une histoire avec les digimos. « D'accord », dit-elle, et Jax et Marco reprennent leur mime. Elle publie un post à propos de la manipulation vidéo sur les forums et continue sa lecture.

Quelques minutes plus tard, Ana entend un babillage inconnu et voit que Jax est devant la télévision ; tous les digimos la regardent. Elle déplace son avatar de manière à voir ce qui a capté leur attention.

Sur le poste virtuel, une personne vêtue d'un avatar de clown tient un digimo portant un avatar de chiot en lui frappant méthodiquement les jambes avec un marteau. Les jambes du digimo ne peuvent pas se briser car son avatar n'a pas été conçu pour cela, et il ne peut probablement pas crier pour des raisons similaires, mais il doit être à l'agonie, et les babillages qu'il émet sont la seule façon pour lui d'exprimer cela.

Ana éteint la télévision virtuelle.

« Se passe quoi ? » demande Jax, et plusieurs autres digimos répètent la question, mais elle ne répond pas. Au lieu de cela elle ouvre une fenêtre sur son écran physique pour lire la description accompagnant la vidéo. Ce n'est pas une animation, mais l'enregistrement d'un *griefer* qui s'est servi du piratage du FLI pour désactiver les disjoncteurs de douleur du digimo. Et, pire encore, le digimo n'est pas une création anonyme récente, mais bien l'animal de compagnie de quelqu'un, illégalement copié après le piratage du FLI. Le digimo s'appelle Nyyti, et Ana s'aperçoit que c'est un camarade de classe de lecture de Jax.

Celui qui a copié Nyyti pourrait aussi avoir une copie de Jax. Ou il pourrait être en train d'en faire une en ce moment même. Compte tenu de l'architecture distribuée de Data Earth, Jax est vulnérable à partir du moment où le *griefer* est sur le même continent que l'aire de jeux.

Jax continue à poser des questions sur ce qu'ils ont vu à la télévision. Ana ouvre une fenêtre listant tous les processus de Data Earth en train de tourner sur son compte, trouve celui qui représente Jax et le suspend. Sur l'aire de jeux, Jax se fige en plein milieu d'une phrase et disparaît.

« Quoi arrivé à Jax ? » demande Marco.

Ana ouvre une autre fenêtre pour les processus de Derek – ils se sont donné un accès privilégié à leurs comptes – et suspend Marco et Polo. Mais elle n'a pas d'accès privilégié pour les autres digimos, et elle ne sait pas vraiment quoi faire. Elle voit bien qu'ils sont agités et perdus. Ils n'ont pas l'instinct de combat ou de fuite qu'ont tous les animaux et ne sont pas alertés par l'odeur des phéromones ou les cris de détresse, et s'ils possèdent l'équivalent de neurones miroirs qui les aident à apprendre et à se socialiser cela veut aussi dire qu'ils sont perturbés par ce qu'ils ont vu à la télévision.

Tous ceux qui ont laissé leurs digimos à la séance de jeux ont accordé à Ana l'autorisation de les mettre en mode sieste, mais leurs processus restent actifs, ce qui veut dire qu'il y a toujours une possibilité qu'ils soient copiés. Elle décide de déplacer les digimos sur une petite île, loin des grands continents, en se disant qu'il y aura moins de risques que le *griefer* cherche des processus là-bas.

« Très bien, tout le monde, annonce-t-elle, on va aller au zoo. » Elle ouvre un portail vers l'office de tourisme de l'archipel de Pangaea et y fait passer les digimos. L'office de tourisme semble vide, mais elle ne prend aucun risque. Elle place les digimos en mode sieste avant d'envoyer des messages à leurs propriétaires pour leur dire où aller les récupérer.

Elle laisse son avatar avec eux le temps d'aller sur les forums pour avertir tout le monde.

Les autres propriétaires sont là dans l'heure qui suit pour récupérer leurs digimos, pendant qu'Ana regarde les discussions sur les forums se répandre comme une traînée de poudre. Il y a beaucoup d'indignation et de menaces de poursuites judiciaires contre diverses parties. Certains *gamers* sont d'avis que les plaintes des propriétaires de digimos devraient passer après les leurs vu que les digimos n'ont pas de valeur monétaire, et leurs remarques déclenchent une *flamewar*. Ana ignore la plupart des interventions, cherchant des informations sur la réponse de Daesan Digital, la société qui gère la plateforme Data Earth. Des nouvelles finissent par arriver :

De : Enrique Beltran

Daesan a une mise à niveau de l'architecture de sécurité de Data Earth qui devrait, d'après eux, réparer la faille. Elle devait faire partie de la mise à jour de l'année prochaine, mais ils l'avancent à cause de ce qui est arrivé. Ils ne peuvent pas nous donner la date à laquelle ce sera fait. Jusque-là, tout le monde ferait mieux de continuer à suspendre ses digimos.

De : Maria Zheng

Il y a une autre option. Lisma Gunawan est en train de créer une île privée, et elle va seulement y autoriser du code approuvé. Vous pourrez pas utiliser tout ce que vous avez acheté récemment, mais les digimos Neuroblast fonctionneront correctement. Contactez-la si vous voulez être mis sur la liste des visiteurs.

Ana envoie une demande à Lisma et reçoit une réponse automatique promettant des nouvelles une fois que l'île sera prête. Ana n'a pas le matériel pour faire tourner elle-même une instance locale de l'environnement Data Earth, mais elle a une autre option. Elle passe une heure à configurer son système pour faire tourner une instance complètement locale du moteur Neuroblast ; sans un portail Data Earth, il lui faut charger manuellement l'état sauvegardé de Jax, mais elle finit par réussir à faire tourner Jax avec le corps-robot.

« ... éteindre télé ? » Il s'arrête, comprenant que son environnement a changé. « Passé quoi ?

— Tout va bien, Jax. »

Il voit qu'il porte le corps. « Suis dans monde extérieur. » Il lève les yeux vers elle. « M'as suspendu ?

— Oui, je suis désolée. Je sais que j'ai dit que je ne le ferais pas, mais j'étais obligée. »

D'une voix plaintive il demande : « Pourquoi ? »

Ana est gênée de voir avec quelle force elle serre le corps-robot. « J'essaie de te protéger. »

*

Un mois plus tard, Data Earth a droit à sa mise à jour de sécurité. Le FLI décline toute responsabilité quant à ce que les *griefers* font des informations qu'il publie, affirmant que toute liberté peut potentiellement être détournée à des fins condamnables, mais qu'il se tourne désormais vers d'autres projets. Pendant un moment au moins, les continents publics de Data Earth sont à nouveau sûrs pour les digimos, mais le mal est fait. Il n'y a aucun moyen de retrouver les copies qui tournent en privé et, même si personne ne publie plus de vidéos de digimos torturés, de nombreux propriétaires de Neuroblast ne supportent pas l'idée que de telles choses puissent avoir cours ; ils suspendent définitivement leurs digimos et quittent le groupe d'utilisateurs.

D'autres, en revanche, sont excités à l'idée d'avoir accès à des copies de digimos, et en particulier de digimos capables de lire. Les membres d'un institut de recherche sur l'IA se sont posé la question de savoir si les digimos pouvaient former leur propre culture si on les laissait tourner en accéléré, mais ils n'avaient encore jamais eu accès à des digimos capables de lire, et en élever ne les intéressait pas. Aujourd'hui, les chercheurs récupèrent autant de copies de digimos alphabétisés que possible, principalement des digimos Origami puisque ce sont les plus doués en lecture, bien qu'ils ajoutent aussi quelques Neuroblast. Ils les mettent sur une île privée équipée de bibliothèques de textes et de logiciels et font tourner l'île en accéléré. Les forums de discussion fourmillent de spéculations sur ces villes sous verre, ces microcosmes de table.

Derek trouve l'idée ridicule – une bande d'enfants abandonnés ne vont pas devenir autodidactes, peu importe la quantité de livres qu'on leur laisse –, il n'est donc pas surpris d'apprendre les résultats : les digimos n'ont pas assez d'agressivité en eux pour tomber dans une sauvagerie digne de *Sa Majesté des Mouches* ; ils se divisent simplement en groupes désorganisés et sans aucune hiérarchie. Au début, les routines quotidiennes de chaque groupe tiennent par simple habitude – ils lisent et utilisent des édugiciels quand il est l'heure de l'école ; ils se rendent à l'aire de jeux pour jouer –, mais sans être entretenus ces rituels disparaissent comme neige au soleil. Le moindre objet devient un jouet, le moindre espace un terrain de jeux, et peu à peu les digimos perdent leurs compétences acquises. Ils développent une sorte de culture propre, ressemblant peut-être à ce que des groupes de digimos sauvages auraient manifesté s'ils avaient évolué seuls dans les biomes.

Aussi intéressant que cela puisse paraître, on est loin de la civilisation naissante que les chercheurs espéraient, ils tentent alors de redessiner les îles et d'augmenter la variété des populations-test en demandant aux propriétaires de digimos éduqués de faire don de copies ; à la surprise de Derek, ils en reçoivent même quelques-uns de la part de propriétaires fatigués de payer pour des leçons de lecture et qui se satisfont de savoir que les digimos sauvages ne souffrent pas. Les chercheurs trouvent des moyens de motiver les digimos – tous automatisés, de sorte qu'aucune interaction en temps réel n'est requise. Ils imposent une notion de pénibilité afin que l'indolence ait un coût. Bien que certaines des nouvelles populations-test ne tombent pas dans la sauvagerie, aucune ne prend réellement le chemin de la sophistication technologique.

Les chercheurs en concluent qu'un élément manque au génome Origami, mais pour Derek la réponse est claire, le problème vient d'eux. Ils restent aveugles à une vérité simple : des esprits complexes ne peuvent se développer par eux-mêmes. Si c'était possible, les enfants sauvages seraient comme tous les autres. Et les esprits ne poussent pas comme les mauvaises herbes, en s'épanouissant dans l'indifférence ; ou alors tous les enfants d'orphelinats se porteraient bien. Pour qu'un esprit ait une chance de s'élever vers son potentiel, il lui faut être cultivé par d'autres esprits. Cette culture est ce qu'il essaie d'offrir à Marco et Polo.

Parfois Marco et Polo se fâchent, mais ils ne restent jamais très longtemps en colère. Cependant, il y a quelques jours, une dispute a éclaté pour savoir s'il était normal que Marco ait été instancié avant Polo, et la situation a dégénéré, sans raison. Les deux digimos s'étant à peine parlé depuis, Derek est soulagé quand il les voit s'approcher de lui ensemble.

« C'est agréable de vous revoir tous les deux. Vous vous êtes réconciliés ?

— Non ! répond Polo. Toujours colère.

— C'est dommage.

— Nous veut ton aide, rétorque Marco.

— D'accord, qu'est-ce que je peux faire ?

— Veut tu fais revenir nous semaine dernière, avant grosse dispute.

— Quoi ? » C'est la première fois qu'il entend parler d'un digimo demandant à être restauré depuis une ancienne sauvegarde. « Pourquoi vous voulez faire ça ?

— Je veux pas rappeler grosse dispute, explique Marco.

— Je veux être content, pas colère, ajoute Polo. Tu veux que nous être content, vrai ? »

Derek choisit de ne pas entrer dans une discussion sur la différence entre leurs instanciations actuelles et des instanciations restaurées depuis une sauvegarde. « Bien sûr que oui, mais je ne peux pas vous faire revenir en arrière à chaque fois que vous vous disputez. Faut attendre un peu et vous arrêterez d'être en colère.

— Moi attendu, et toujours colère, dit Polo. Dispute grosse grosse. Veux jamais elle arrivé. »

D'un ton aussi apaisant que possible, Derek insiste : « Mais elle est arrivée, et vous allez devoir régler ça.

— Non ! crie Polo. Moi colère colère ! Veux toi régler ça !

— Pourquoi toi veux nous être colère pour toujours ? demande Marco.

— Je ne veux pas que vous restiez en colère pour toujours ; je veux que vous vous pardonniez. Mais si vous n'en êtes pas capables, alors il nous faudra tous vivre avec ça, moi y compris.

— Maintenant colère contre toi aussi ! » lance Polo.

Les digimos s'éloignent chacun de leur côté, furieux, et Derek se demande s'il a pris la bonne décision. Ça n'a pas toujours été facile d'élever Marco et Polo, malgré cela il ne les a jamais fait revenir à un ancien point de sauvegarde. Une stratégie qui a plutôt bien fonctionné jusque-là, mais il ne peut pas être certain que cela continuera.

Il n'y a aucun manuel sur l'élevage des digimos, et les techniques destinées aux animaux ou aux enfants échouent aussi souvent qu'elles réussissent. Les digimos occupent des corps simples, de sorte que leur voyage vers la maturité ne connaît pas les déferlantes et les orages brutalement causés par les hormones sur les corps organiques, mais cela ne signifie pas pour autant qu'ils ne ressentent pas d'humeurs ou que leurs personnalités ne changent jamais ; leurs esprits approchent constamment de nouvelles régions de l'espace des phases défini par le génome Neuroblast. Il est en effet possible que les digimos n'atteignent jamais la « maturité » ; l'idée d'un plateau dans le développement repose sur un modèle biologique qui ne s'applique pas nécessairement à eux. Il est possible que leurs personnalités évoluent au même rythme aussi longtemps que les digimos seront maintenus en activité. Seul l'avenir le dira.

Derek veut parler de ce qui vient de se passer ; malheureusement, la personne avec qui il veut en discuter n'est pas sa femme. Wendy comprend les possibilités de croissance des digimos et reconnaît que plus on s'occupera d'eux, plus Marco et Polo continueront à gagner en compétences ; elle n'arrive simplement pas à montrer le moindre enthousiasme à cette idée. Puisqu'elle lui reproche déjà le temps et l'attention qu'il consacre aux digimos, elle saisirait dans leur demande de retour en arrière l'occasion parfaite de les suspendre une bonne fois pour toutes.

La personne avec qui il aimerait en parler, bien sûr, c'est Ana. Ce qui par le passé lui était apparu comme une peur irrationnelle de la part de Wendy est finalement advenu ; il a de toute évidence développé des sentiments pour elle, qui dépassent la simple amitié. Ils ne sont d'ailleurs pas la cause des problèmes qu'il rencontre avec Wendy ; plutôt un résultat. Le temps qu'il passe avec Ana est un soulagement, l'opportunité d'apprécier la compagnie des digimos sans avoir à se justifier. Quand il est en colère il se dit que c'est à cause de Wendy s'ils s'éloignent l'un de l'autre, mais quand il est calme il voit bien qu'il est injuste de penser cela.

L'important, c'est qu'il ne s'est pas laissé aller aux sentiments qu'il avait pour Ana, et il n'en a pas l'intention. Ce qu'il doit faire maintenant, c'est parvenir à un accord avec Wendy sur les digimos ; s'il réussit, la tentation que représente Ana devrait s'estomper. D'ici là, il ferait mieux de passer moins de temps avec elle. Ça ne sera pas chose facile : vu la petite taille de la communauté des propriétaires de digimos, interagir avec Ana est inévitable, et il ne peut pas laisser Marco et Polo souffrir de la situation. Il ne sait pas trop comment procéder mais, pour le moment, il se retient d'appeler Ana pour lui demander conseil et poste à la place une question sur un forum.

5

Une autre année passe. Les courants changent sous la surface du marché, entraînant des glissements tectoniques importants dans les mondes virtuels : Real Space, une nouvelle plateforme utilisant l'architecture de traitement distribué la plus au point, devient un haut lieu de la formation de mondes numériques. Pendant ce temps, Anywhere et Next Dimension cessent de croître et se fixent en une configuration stable. Data Earth a longtemps été un élément incontournable dans l'univers des mondes virtuels, résistant aux flambées de croissance ou aux replis soudains, mais sa topographie commence désormais à s'éroder ; une à une, ses terres émergées disparaissent comme de véritables îles, englouties sous la marée montante de l'indifférence des consommateurs.

Pendant ce temps, l'échec des expériences à produire des civilisations miniatures a engendré une baisse d'intérêt pour les formes de vie numériques. De temps en temps, une nouvelle faune curieuse est observée dans les biomes, une espèce présentant un plan d'organisation original ou une stratégie de reproduction inédite, mais il est communément admis que les biomes ne tournent pas sous une résolution suffisamment élevée pour permettre le développement d'une réelle forme d'intelligence. Les entreprises qui fabriquent les génomes Origami et Fabergé sont en déclin. De nombreux experts en technologie déclarent que les digimos sont une impasse, la preuve que l'IA incarnée n'a pas d'autre utilité que le divertissement. Jusqu'à ce que soit introduit un nouveau moteur génomique baptisé Sophonce.

Les concepteurs de Sophonce voulaient des digimos capables d'être éduqués par logiciel sans avoir besoin d'interactions humaines ; à cet effet, ils ont créé un moteur favorisant les comportements asociaux et les personnalités obsessionnelles. La grande majorité des digimos générés avec ce moteur est rejetée sur la base de malformations psychologiques, mais une petite fraction d'entre eux se révèle capable d'apprendre avec un minimum de supervision : donnez-leur le bon logiciel de cours, et ils seront heureux d'étudier pendant des semaines de temps subjectif. Autrement dit, il est possible de les faire tourner en accéléré sans qu'ils deviennent sauvages pour autant. Des amateurs font étalage de digimos Sophonce surpassant les digimos Neuroblast, Origami et Fabergé sur des tests de maths, bien qu'ils aient été formés avec beaucoup moins d'interactions en temps réel. Certains présument que, s'ils parvenaient à concentrer leurs énergies sur des objectifs pratiques, les digimos Sophonce pourraient devenir des travailleurs utiles en l'espace de quelques mois. Le problème est qu'ils sont si peu engageants que peu acceptent de se donner le mal d'entretenir le niveau d'interaction que ces digimos demandent.

*

Ana a emmené Jax avec elle dans Siege of Heaven, le premier nouveau continent de jeu proposé sur Data Earth depuis un an. Elle lui fait visiter l'Argent Plaza, où les *gamers* se rassemblent et discutent entre deux missions ; c'est une gigantesque cour de marbre blanc, de lapis-lazuli et de filigrane d'or située au sommet d'un cumulonimbus. Ana doit porter son avatar de jeu, un chérubin-faucon, mais Jax garde son traditionnel avatar de robot en cuivre.

Alors qu'ils se baladent au milieu des autres *gamers*, Ana voit l'annotation-écran d'un digimo. Son avatar est un nain hydrocéphale, l'avatar standard d'un Drayta : un digimo Sophonce capable de résoudre les casse-tête logiques que l'on trouve sur les continents de jeu. Le propriétaire d'origine du Drayta l'a formé à l'aide d'un générateur de casse-tête piraté sur le continent Five Dynasties de la plateforme Real Space avant d'en déposer des copies dans le domaine public. Aujourd'hui, tellement de joueurs prennent un Drayta avec eux dans leurs missions que les sociétés de jeux envisagent une refonte en profondeur.

Ana attire l'attention de Jax sur l'autre digimo. « Tu vois le type là-bas ? C'est un Drayta.

— Vraiment ? » Jax a entendu parler des Drayta, mais c'est le premier qu'il rencontre. Il se dirige vers le nain. « Salut, dit-il. Moi c'est Jax.

— Veux faire un casse-tête, répond Drayta.

— Toi aimes quoi comme casse-tête ?

— Veux faire un casse-tête. » Drayta devient nerveux ; il court dans la zone d'attente. « Veux faire un *casse-tête* ! »

À côté d'eux, un *gamer* portant un séraphin-balbuzard interrompt sa conversation pour pointer Drayta du doigt ; le digimo se fige en pleine course, rétrécit jusqu'à devenir aussi petit qu'une icône et vient s'emboîter dans un des compartiments de la ceinture du *gamer* comme s'il avait été attaché à un élastique.

« Drayta bizarre, dit Jax.

— Oui, vraiment, hein ?

— Tous Drayta comme ça ?

— Je crois que oui. »

Le séraphin s'approche d'Ana. « C'est quoi comme digimo que t'as ? J'ai encore jamais vu cette espèce.

— Il s'appelle Jax. Il tourne sur le génome Neuroblast.

— Je le connais pas celui-là. C'est un nouveau ? »

Un des coéquipiers du séraphin, vêtu d'un avatar nephilim, s'approche. « Nan, c'est un vieux, ancienne génération. »

Le séraphin acquiesce. « Il est bon en casse-tête ?

— Pas vraiment, dit Ana.

— Alors il fait quoi ?

— Moi aime chanter, propose Jax.

— Ah ouais ? Chante-nous une chanson, alors. »

Jax ne demande pas mieux ; il se lance dans un de ses airs préférés. « La Complainte de Mackie » de *L'Opéra de quat'sous*. Il connaît tous les mots, mais son interprétation est au mieux une approximation grossière de la mélodie d'origine. Il se lance en même temps dans une danse d'accompagnement qu'il a chorégraphiée lui-même, essentiellement une série de poses et de mouvements de mains empruntés à une vidéo de hip-hop indonésien qu'il apprécie.

Les autres *gamers* rient pendant toute sa performance. Jax termine sur une révérence, et ils applaudissent. « C'est génial ! » s'exclame le séraphin.

Ana explique à Jax : « Ça signifie qu'il aime bien. Dis merci.

— Merci. »

À Ana, le séraphin dit : « Il va pas te servir à grand-chose dans les labyrinthes, en revanche.

— Il est divertissant, répond-elle.

— Ça c'est sûr. Envoie-moi un message s'il apprend à résoudre des casse-tête ; j'en achèterai une copie. » Il voit que toute son équipe est réunie.

« Bon, en route pour notre prochaine mission. Bonne chance pour la tienne.

— Bonne chance », dit Jax. Il agite la main tandis que le séraphin et ses coéquipiers s'envolent et plongent en formation en direction d'une vallée lointaine.

Cette rencontre revient à la mémoire d'Ana quelques jours plus tard quand elle lit une discussion sur les forums d'utilisateurs :

De : Stuart Gust

Hier soir, j'ai joué à SoH avec des gens qui prennent un Drayta avec eux dans leurs missions et, même s'il était pas franchement marrant, il était clairement utile à avoir sous la main. Du coup je me suis demandé s'il fallait forcément que ce soit l'un ou l'autre. Ces digimos Sophonce sont pas mieux que les nôtres. Est-ce que nos digimos ne pourraient pas être à la fois amusants *et* utiles ?

De : Maria Zheng

T'espères vendre des copies du tien ? Tu crois que tu pourrais élever un meilleur Andro ?

Maria fait référence à un digimo Sophonce nommé Andro, élevé par son propriétaire, Bryce Talbot, pour lui servir d'assistant personnel. Talbot a fait une démonstration d'Andro à VirlFriday, un éditeur de logiciels de gestion de rendez-vous, qui a éveillé l'intérêt des cadres de l'entreprise. Le contrat est tombé à l'eau après qu'il leur a envoyé des copies de démonstration ; ce que Talbot n'avait pas pris en compte, c'est qu'Andro était, à sa façon, aussi obsessionnel que Drayta. Comme un chien restant éternellement fidèle à son premier propriétaire, Andro ne voulait travailler pour personne, à moins que Talbot ne soit là pour lui donner les ordres. VirlFriday a essayé d'installer un filtre de réception sensorielle pour que chaque nouvelle instanciation d'Andro perçoive l'avatar et la voix de son nouveau propriétaire comme étant ceux de Talbot, mais la feinte n'a jamais tenu plus de deux heures. Très vite, les cadres ont dû fermer leurs pauvres Andro, qui continuaient à chercher leur Talbot d'origine.

Par conséquent, Talbot n'a même pas pu vendre les droits de son Andro pour la moitié du prix qu'il espérait. À la place, VirlFriday a acheté les droits du génome spécifique d'Andro et une archive complète de ses sauvegardes, et ils ont invité Talbot à venir travailler pour eux. Il fait partie d'une équipe qui restaure des anciennes sauvegardes d'Andro et les dresse à nouveau, essayant de créer une version qui aurait les mêmes talents d'assistant personnel, mais qui serait aussi prête à accepter un nouveau propriétaire.

De : Stuart Gust

Non, je ne parle pas de vendre des copies. Je me dis juste que Zaff pourrait avoir une utilité, comme les chiens vont guider les aveugles ou renifler les drogues. Mon but c'est pas de me faire de l'argent mais, s'il y a quelque chose que les digimos savent faire et pour lequel les gens sont prêts à payer, ça prouverait à tous les sceptiques que les digimos ne sont pas qu'un divertissement.

Ana poste une réponse :

De : Ana Alvarado

Je veux juste m'assurer que nos motivations sont claires. Ce serait super si nos digimos se dotaient de compétences pratiques, mais on ne devrait pas pour autant les traiter comme des ratés s'ils n'y arrivent pas. Peut-être que Jax peut rapporter de l'argent, mais Jax ne *sert* pas à rapporter de l'argent. Il n'est pas comme les Drayta ou les robots débroussailleurs. Peu importe les casse-tête qu'il saura résoudre ou le travail qu'il saura accomplir, c'est pas pour ça que je l'élève.

De : Stuart Gust

Oui, je suis entièrement d'accord. Tout ce que je voulais dire, c'est que nos digimos pourraient avoir des compétences inexploitées. S'il y a un travail pour lequel ils sont doués, est-ce que ça serait pas cool pour eux de le faire ?

De : Maria Zheng

Mais qu'est-ce qu'ils peuvent faire ? Les chiens ont été dressés pour être doués dans des domaines spécifiques, et les digimos Sophonce sont tellement monomaniaques qu'ils n'ont qu'une seule chose en tête, doués ou non. C'est pas le cas pour les digimos Neuroblast.

De : Stuart Gust

On pourrait les exposer à un tas de trucs différents et voir dans quoi ils ont des aptitudes. Les inscrire en sciences humaines plutôt que dans une formation professionnelle. (Je ne blague qu'à moitié.)

De : Ana Alvarado

En fait c'est pas aussi stupide que ça. Quand on leur en a donné l'occasion, les bonobos ont appris à tout faire, de la fabrication des outils en pierre taillée à la maîtrise des jeux vidéo. Nos digimos sont peut-être doués dans des domaines pour lesquels on n'a simplement pas pensé à les former.

De : Maria Zheng

De quoi on parle, là, du coup ? On leur a déjà appris à lire. Est-ce qu'on va leur donner des cours de science et d'histoire ? Est-ce qu'on va leur apprendre la pensée critique ?

De : Ana Alvarado

J'en sais vraiment rien. Mais je pense que, si on le fait, il est important de garder l'esprit ouvert et de ne pas approcher ça de manière sceptique. Mettre la barre trop bas ne viendrait que confirmer notre scepticisme. Si on met la barre haut, les résultats n'en seront que meilleurs.

La plupart des membres du groupe d'utilisateurs sont satisfaits de l'éducation que reçoivent leurs digimos – un mélange improvisé d'enseignement à domicile, de cours en groupe et d'édugiciels –, mais d'autres sont excités à l'idée d'aller plus loin. Ceux-là commencent à discuter avec les tuteurs de leurs digimos pour élargir le programme. Au fil des mois, plusieurs propriétaires se renseignent sur les théories pédagogiques et tentent de déterminer en quoi le mode d'apprentissage des digimos diffère de celui des chimpanzés ou des enfants humains et comment concevoir les plans de cours qui s'y adaptent le mieux. La plupart du temps, les propriétaires sont réceptifs à toutes les suggestions, jusqu'à ce que se pose la question de savoir si les digimos pourraient progresser plus rapidement si leurs tuteurs leur donnaient des devoirs du soir.

Ana préfère qu'ils trouvent des activités qui les aident à développer leurs compétences, mais que les digimos apprécieraient de faire par eux-mêmes. D'autres propriétaires pensent que les tuteurs devraient donner de vrais devoirs aux digimos. Elle est surprise de lire un message de Derek sur le forum, dans lequel il soutient cette idée. Elle lui en parle la fois d'après.

« Pourquoi tu veux qu'ils fassent des devoirs ?

— En quoi c'est un problème ? demande Derek. Y a un de tes profs qui était méchant avec toi quand t'étais petite ?

— Très drôle. Allez, en vrai.

— D'accord, sérieusement alors : quel est le mal à faire des devoirs ? »

Elle sait à peine par où commencer. « C'est une chose pour Jax d'avoir de quoi se divertir en dehors de ses cours, mais lui donner des devoirs et lui dire qu'il doit les finir même si ça ne l'amuse pas ? Et qu'il se sente mal s'il ne les fait pas ? Ça va à l'encontre de tous les principes du dressage d'animaux.

— Il y a longtemps, c'est toi qui m'as dit que les digimos n'étaient pas des animaux.

— Oui, c'est vrai, reconnaît-elle. Mais ça n'en fait pas des outils non plus. Et je sais que tu le sais très bien, mais ce dont tu parles, là, on dirait que vous les préparez à un travail qu'ils ne vont pas vouloir faire. »

Il secoue la tête. « Il ne s'agit pas de les faire travailler, il s'agit de leur apprendre quelques responsabilités. Et peut-être qu'ils seront assez forts pour supporter de se sentir mal de temps en temps ; la seule façon de le savoir est d'essayer.

— Mais pourquoi prendre le risque de les faire se sentir mal ?

— C'est un truc auquel j'ai pensé en bavardant avec ma sœur », explique-t-il. La sœur de Derek est enseignante, elle travaille avec des enfants trisomiques. « Elle m'a parlé de parents qui ne veulent pas trop pousser leurs enfants de peur de les exposer à la possibilité d'un échec. Les parents pensent bien faire, mais ils empêchent leurs enfants de s'épanouir en les couvant comme ça. »

Ana met un peu de temps à se faire à cette idée. Elle a l'habitude de penser aux digimos comme à des singes extrêmement doués et si, par le passé, des gens ont comparé les singes à des enfants aux capacités limitées, c'était toujours sous forme de métaphore. Voir les digimos comme de vrais enfants aux capacités limitées demande un ajustement de perspectives.

« Quel type de responsabilités les digimos sont-ils capables d'encaisser, d'après toi ? »

Derek écarte les bras. « J'en sais rien. Dans un sens, c'est comme la trisomie ; chacun est affecté différemment, donc à chaque fois que ma sœur travaille avec un nouvel enfant elle doit improviser. Nous on en sait encore moins, parce que personne n'a jamais élevé de digimos aussi longtemps. En fin de compte, si, en leur donnant des devoirs, on réussit seulement à les mettre mal à l'aise, alors bien sûr qu'on arrêtera. Mais je ne veux pas que le potentiel de Marco et Polo soit gâché parce que j'ai eu peur de les pousser un peu. »

Elle prend conscience que Derek a une ambition différente de la sienne pour ses digimos. Mais surtout, elle comprend que c'est sa vision à lui qui est la bonne. « T'as raison, dit-elle, après un moment. Il faut qu'on voie s'ils sont capables de faire des devoirs. »

*

Un an s'est écoulé, et Derek est en train de finir quelque chose au bureau avant de retrouver Ana pour le déjeuner. C'est samedi. Il vient de passer deux heures à tester une modification d'avatar qui changerait les proportions du corps et du visage des digimos pour leur donner un air plus mature. Les propriétaires qui ont décidé de poursuivre l'éducation de leurs digimos sont de plus en plus nombreux à remarquer le décalage étrange entre l'aspect éternellement mignon des avatars de leurs digimos et leur domaine de compétences élargi. Cet *add-on* a pour but de corriger ce problème et de permettre aux propriétaires de mieux mesurer les nouvelles aptitudes de leurs digimos.

Avant de partir, il lit ses messages et s'étonne d'en voir un ou deux envoyés par des inconnus l'accusant d'une sorte d'arnaque. Comme les messages lui paraissent authentiques il s'y penche de plus près. Les expéditeurs se plaignent d'un digimo qui serait venu les voir sur Data Earth et leur aurait demandé de l'argent.

Derek comprend ce qui a dû se passer. Il a récemment commencé à fournir à Marco et Polo de l'argent de poche, qu'ils dépensent généralement dans des abonnements de jeux vidéo ou des jouets virtuels ; ils lui en ont réclamé plus, mais il a refusé. Ils ont dû demander au hasard à des gens de Data Earth de leur donner de l'argent et se sont fait rembarrer, mais, comme les digimos fonctionnent sous le compte Data Earth de Derek, les victimes ont supposé qu'il les avait entraînés à faire la manche.

Il leur enverra toutes ses excuses plus tard, mais pour l'instant il dit à Marco et Polo de réintégrer leurs corps-robots immédiatement. La technologie a désormais atteint un coût de fabrication si bas qu'il a été capable de se payer deux corps-robots personnalisés pour venir compléter les avatars de Marco et Polo. Une minute plus tard, leurs visages de pandas apparaissent dans les casques des robots, et Derek les réprimande d'avoir demandé de l'argent à des inconnus. « Je pensais que vous étiez plus malins que ça », leur dit-il.

Polo est désolé. « Oui, plus malin.

— Alors pourquoi vous avez fait ça ?

— Mon idée, pas Polo, intervient Marco. Moi savais qu'ils vont pas donner d'argent. Moi savais qu'ils vont t'envoyer un message. »

Derek est stupéfait. « Vous vouliez que ces gens s'énervent contre moi ?

— Ça arrive parce que nous est sur ton compte, explique Marco. Ça arrive pas si on a nos comptes de nous, comme Voyl. »

Il comprend à présent. Ils ont entendu parler d'un digimo Sophonce prénommé Voyl. Le propriétaire de Voyl – Gerald Hecht, un avocat – a déposé un dossier pour la création de la Société Voyl, et Voyl fonctionne désormais sous un compte Data Earth distinct, enregistré au nom de cette société. Il paie des impôts et peut posséder des biens, établir des contrats, intenter des poursuites et être lui-même poursuivi en justice ; il est, à bien des égards, une personne morale dont Hecht se trouve, techniquement, être le directeur.

L'idée existe depuis un certain temps déjà. Les amateurs de vie artificielle s'accordent tous sur l'impossibilité pour les digimos d'obtenir une protection juridique en tant que caste, citant les chiens en exemple : la compassion de l'homme pour le chien est à la fois profonde et grande, mais l'euthanasie dans les refuges pour animaux de compagnie est un véritable holocauste canin. Si les tribunaux ne s'y opposent pas, ce n'est sûrement pas pour offrir une protection juridique à des entités dénuées de pouls. Et c'est pour cette raison que certains propriétaires estiment que leur meilleure option est une protection juridique individuelle : en déposant des statuts constitutifs pour un digimo spécifique, un propriétaire peut tirer parti d'une jurisprudence substancielle établissant des droits pour les entités non humaines. Hecht est le premier à avoir franchi le pas.

« Donc vous avez voulu me faire passer le message, comprend Derek.

— Les gens dit être société c'est génial, plaide Marco. Peut faire tout ce que veut. »

Des adolescents humains se sont plaints que Voyl aurait plus de droits qu'eux ; évidemment les digimos ont vu leurs commentaires. « Oui, sauf que vous n'êtes *pas* des sociétés, et que vous n'avez *certainement pas* le droit de faire tout ce que vous voulez.

— Nous s'excuse, dit Marco, se rendant soudain compte des ennuis qu'il s'est attirés. Veut juste être société.

— Je vous l'ai déjà expliqué : vous n'êtes pas assez vieux.

— Nous plus vieux que Voyl, répond Polo.

— Moi surtout, renchérit Marco.

— Voyl n'est pas assez vieux non plus. Son propriétaire a fait une erreur.

— Alors jamais toi nous laisser être des sociétés ? »

Derek leur lance un regard sévère. « Un jour peut-être, quand vous serez beaucoup plus vieux ; on verra. Mais si vous me refaites un coup comme ça, il y aura des vraies répercussions. C'est compris ? »

Les digimos sont abattus. « Oui, dit Marco.

— Oui, renchérit Polo.

— Bon. Je dois y aller ; on en reparlera tout à l'heure. » Derek leur jette un regard noir. « Maintenant, retournez à Data Earth tous les deux. »

En chemin pour le restaurant, Derek repense à ce que lui a demandé Marco. Beaucoup de gens sont sceptiques à l'idée que les digimos deviennent des sociétés ; ils voient les actions de Hecht comme un simple coup de pub, une impression qu'il ne fait que confirmer en publiant des communiqués de presse détaillant ses plans pour Voyl. À l'heure actuelle, c'est Hecht qui gère la Société Voyl, mais il enseigne le droit des affaires à son digimo et maintient qu'un jour Voyl prendra toutes les décisions lui-même ; le poste de directeur, qu'il soit occupé par Hecht ou par un autre, ne sera plus qu'une formalité. En attendant, Hecht invite les gens à déceler une faille dans le statut juridique de personne morale de Voyl. Hecht a les ressources pour une bataille judiciaire, et il cherche la bagarre. Personne n'a encore relevé le défi, mais Derek espère que quelqu'un le fera ; il aimerait que les précédents soient bien établis avant de pouvoir envisager que Marco et Polo se constituent en société.

Pour ce qui est de savoir si Marco et Polo seront un jour intellectuellement capables de le faire, c'est une autre question, à laquelle Derek aurait bien du mal à répondre. Les digimos Neuroblast ont montré qu'ils pouvaient faire leurs devoirs par eux-mêmes, et il est confiant dans le fait que leur capacité d'attention pour les tâches indépendantes augmentera régulièrement avec le temps, mais, même une fois qu'ils seront capables d'entreprendre des projets de taille sans supervision, ils seront encore loin de pouvoir prendre des décisions responsables quant à leur avenir. Il n'est même pas certain qu'il devrait encourager Marco et Polo à développer un tel niveau d'indépendance. Les constituer tous les deux en société leur donnerait la possibilité de continuer à fonctionner une fois que Derek sera parti, et c'est une perspective inquiétante. Des organismes existent pour offrir de l'aide aux personnes trisomiques isolées, mais il n'en existe aucun pour les digimos constitués en société. Il serait peut-être préférable de s'assurer que Marco et Polo seront simplement suspendus si Derek venait à ne plus pouvoir s'occuper d'eux.

Quoi qu'il décide, il lui faudra faire ça sans Wendy puisqu'ils se sont résolus à divorcer. Les raisons sont complexes, bien sûr, mais une chose était devenue claire : élever une paire de digimos n'est pas l'idée que Wendy se fait de sa vie et, si Derek veut un partenaire pour l'aider dans sa tâche, il lui faudra trouver quelqu'un d'autre. Leur conseiller conjugal leur a expliqué qu'en soi le problème ne venait pas des digimos, mais plutôt du fait que Derek et Wendy n'arrivent pas à accepter que l'autre ait des centres d'intérêt différents. Derek sait que le conseiller a raison, même si avoir des intérêts communs aurait certainement aidé.

Il ne veut pas s'emballer, mais ne peut s'empêcher de penser que son divorce lui donne une chance d'avoir une relation plus qu'amicale avec Ana. Elle aussi a forcément dû envisager la chose, depuis le temps qu'ils se connaissent. Ils feraient une bonne équipe tous les deux, travaillant ensemble pour le bien de leurs digimos.

Non pas qu'il ait prévu de déclarer sa flamme au déjeuner ; il est trop tôt pour ça, et il sait qu'Ana voit quelqu'un actuellement. Un certain Kyle. Mais leur relation approche rapidement la barre des six mois, et c'est généralement le moment où les copains d'Ana se rendent compte que Jax n'est pas qu'un simple passe-temps, mais la grande priorité de sa vie. Il ne faudra donc plus très longtemps avant la rupture. Derek pense qu'en parlant de son divorce à Ana il lui rappellera qu'elle a d'autres options, que tous les hommes ne verront pas son digimo comme un rival.

Il cherche Ana des yeux dans le restaurant, la voit et lui fait signe ; elle lui adresse un grand sourire. Quand il atteint la table, il lui lance : « Tu ne croiras pas ce que Marco et Polo viennent de me faire. » Il lui raconte ce qui s'est produit, et elle en reste bouche bée.

« C'est incroyable, dit-elle. Je parie que Jax a entendu les mêmes choses qu'eux.

— Ouais, tu ferais bien d'avoir une conversation avec lui quand tu rentreras. » Puis leur discussion dévie sur les avantages et les inconvénients d'autoriser l'accès des forums sociaux aux digimos. Les forums proposent des interactions plus riches que ce que peuvent leur offrir leurs propriétaires, mais les digimos n'y rencontrent pas que des influences positives.

Après avoir parlé de digimos pendant un moment,

Ana lui demande : « Et donc à part ça, quoi de neuf ? »

Derek soupire. « Je ferais mieux de te le dire : Wendy et moi allons divorcer.

— Oh non. Derek, je suis tellement désolée. » Sa compassion est sincère et ça lui fait chaud au cœur.

« Ça devait arriver depuis longtemps », reconnaît-il.

Elle acquiesce. « Je suis quand même désolée que ça arrive.

— Merci. » Il détaille un instant les points sur lesquels il s'est entendu avec Wendy, comment ils vont vendre l'appartement et diviser l'argent de la vente. Heureusement tout se fera plus ou moins à l'amiable.

« Au moins elle ne veut pas de copies de Marco et Polo, constate Ana.

— Ouais, ça, heureusement », avoue Derek. Un conjoint a presque toujours le droit de faire une copie du digimo et, quand un divorce se passe mal, il peut facilement l'utiliser pour se venger de son ex. C'est quelque chose qu'ils voient souvent sur les forums. « Assez parlé de ça, enchaîne Derek. Discutons d'autre chose. Et toi, qu'est-ce que tu racontes ?

— Rien de spécial.

— T'avais l'air de bonne humeur avant que je me mette à évoquer Wendy.

— Ben, ouais, c'est vrai, admet-elle.

— Et il y a quelque chose en particulier qui t'a mise de si bonne humeur ?

— C'est rien.

— C'est rien qui t'a mise de bonne humeur ?

— Bon, j'ai un truc à t'annoncer, mais on n'est pas obligés d'en parler maintenant.

— Non, sois pas bête, vas-y. Si t'as une bonne nouvelle, dis-la-moi. »

Ana reste silencieuse, puis, presque en s'excusant, elle lâche : « Kyle et moi on a décidé d'emménager ensemble. »

Derek est abasourdi. « Félicitations. »

6

Deux autres années passent. La vie continue.

De temps en temps, Ana, Derek et d'autres propriétaires intéressés par l'éducation de leurs digimos les soumettent à des tests standardisés pour voir où ils se placeraient par rapport aux enfants humains. Les résultats varient. Les digimos Fabergé étant analphabètes, ils ne peuvent pas passer d'examens écrits, mais selon d'autres indicateurs ils semblent se développer correctement. Parmi les digimos Origami, les résultats sont étrangement divisés, une moitié continue à se développer alors qu'une autre a atteint un plateau, probablement en raison d'une déformation de leur génome. Les digimos Neuroblast s'en sortent plutôt bien lorsqu'ils bénéficient des mêmes aménagements que les humains dyslexiques. Même si cela a tendance à fluctuer d'un digimo à l'autre, leur développement intellectuel en tant que groupe se poursuit à un rythme soutenu.

Leur développement social, en revanche, est plus difficile à mesurer, mais le fait que les digimos socialisent avec des adolescents humains dans diverses communautés en ligne est un signe encourageant. Jax s'intéresse au tetrabrake, une sous-culture autour des chorégraphies de danse virtuelle pour avatars à quatre bras ; Marco et Polo ont tous deux intégré le fan-club d'une série de jeu dramatique, et chacun essaie régulièrement de convaincre l'autre de la supériorité de son choix. Même si Ana et Derek ne comprennent pas vraiment l'attrait de ces communautés, ils aiment le fait que leurs digimos en fassent partie. Les adolescents qui règnent sur ces communautés semblent se ficher que les digimos ne soient pas humains et les traitent comme n'importe quelle autre connaissance en ligne qu'ils ne rencontreront jamais dans le monde réel.

La relation d'Ana et de Kyle connaît ses hauts et ses bas, mais reste plutôt bonne. Ils sortent de temps en temps avec Derek et sa copine quand il en a une ; Derek enchaîne les relations, mais rien qui ne devienne jamais sérieux. À Ana il dit que c'est parce que les femmes qu'il fréquente ne partagent pas son intérêt pour les digimos, mais la vérité est que les sentiments qu'il a pour Ana refusent de disparaître.

Après une énième épidémie de grippe, l'économie traverse une récession qui entraîne des changements dans les mondes virtuels. Daesan Digital, la société qui a créé la plateforme Data Earth, fait une annonce conjointe avec Viswa Media, le créateur de la plateforme Real Space : Data Earth va intégrer Real

Space. Tous les continents de Data Earth seront remplacés par des versions Real Space identiques qui seront ensuite ajoutées à l'univers Real Space. Ils appellent ça une fusion de deux mondes, mais c'est simplement une manière polie de dire qu'après des années de mises à jour et de nouvelles versions Daesan n'a plus les moyens de tenir ses positions dans la guerre des plateformes.

Pour la plupart des clients, cela se traduit par la possibilité de voyager vers de nouveaux lieux virtuels sans avoir à se déconnecter et se reconnecter. Au cours des dernières années, presque toutes les entreprises dont les logiciels tournent sur Data Earth ont créé des versions fonctionnant sur Real Space. Les *gamers* jouant à Siege of Heaven ou à Elderthorn peuvent simplement lancer un utilitaire de conversion et leurs inventaires d'armes et de vêtements les attendront sur les versions Real Space des continents de jeu.

Il y a cependant une exception : Neuroblast. Il n'existe aucune version Real Space du moteur Neuroblast – Blue Gamma ayant fermé boutique avant que la plateforme ne soit créée –, ce qui signifie qu'il n'y a aucun moyen pour un digimo doté d'un génome Neuroblast d'entrer dans l'environnement Real Space. Les digimos Origami et Fabergé vivent la migration vers Real Space comme une expansion de leurs possibilités mais, pour Jax et les autres digimos Neuroblast, l'annonce de Daesan est une annonce de fin du monde.

*

Ana se prépare à aller au lit quand elle entend l'accident. Elle se précipite au salon pour voir ce qui se passe.

Jax est dans le corps-robot, en train d'examiner son poignet. Une des dalles de l'écran mural est fissurée. Il voit Ana arriver et dit : « Moi désolé.

— Qu'est-ce que tu faisais ? demande-t-elle.

— Moi très désolé.

— Explique-moi ce que tu faisais. »

À contrecœur, Jax répond : « Roulade.

— Et ton poignet a lâché et tu es tombé contre le mur. » Ana jette un coup d'œil au poignet du corps-robot. Comme elle le craignait, elle va devoir le remplacer. « Je n'énonce pas ces règles pour t'embêter. Mais voilà ce qui arrive quand tu essaies de danser avec le corps-robot.

— Moi sais, toi m'as dit. Moi essaie de danser petit peu, et le corps va bien. Essaie petit peu plus, et le corps va toujours bien.

— Et donc t'as essayé encore un peu plus, et maintenant il faut qu'on rachète un nouveau poignet, et une nouvelle dalle d'écran. » Elle se demande brièvement à quelle vitesse elle peut les remplacer et si elle peut éviter que Kyle – qui est en déplacement professionnel – ne l'apprenne. Il y a quelques mois, Jax a endommagé une sculpture que Kyle adorait et il vaudrait peut-être mieux ne pas lui rappeler cet incident.

« Moi très très désolé, répète Jax.

— Bon, file dans Data Earth. » Ana lui indique la plateforme de chargement.

« Moi d'accord c'était erreur…

— File. »

Obéissant, Jax s'éloigne. Juste avant de monter sur la plateforme, il dit doucement : « Ça pas Data Earth. » Puis le casque du corps-robot s'éteint.

Jax se plaint de la version privée de Data Earth mise en place par le groupe d'utilisateurs Neuroblast en dupliquant de nombreux continents de l'original. Dans un sens, la situation s'est améliorée depuis l'île privée qu'il leur avait fallu utiliser comme refuge contre le piratage du FLI, parce que le coût de traitement des données a tellement chuté qu'il est désormais possible de faire tourner des dizaines de continents ; mais, dans un autre, elle s'est aussi dégradée, parce que ces continents sont presque entièrement dépourvus d'habitants.

Le problème n'est pas seulement que tous les humains soient partis sur Real Space, mais que les digimos Origami et Fabergé y soient allés eux aussi, et Ana peut difficilement en vouloir à leurs propriétaires ; elle aurait fait la même chose si elle en avait eu l'opportunité. Plus inquiétant encore : la plupart des digimos Neuroblast ont également disparu, dont de nombreux amis de Jax. Certains membres du groupe d'utilisateurs sont partis lorsque Data Earth a fermé, d'autres ont attendu, mais se sont vite découragés après avoir vu à quel point ce Data Earth privé était diminué, choisissant de suspendre leurs digimos plutôt que de les élever dans une ville fantôme. Car c'est bien à cela que ressemble le Data Earth privé : une ville fantôme de la taille d'une planète. De vastes étendues de terrain minutieusement dessinées pour s'y promener, mais personne à qui parler en dehors des tuteurs qui viennent donner des leçons. Il y a des donjons sans quêtes, des centres commerciaux sans commerces, des stades sans rassemblements sportifs ; c'est l'équivalent numérique d'un paysage postapocalyptique.

Les amis humains de Jax de la scène tetrabrake se connectaient au Data Earth privé juste pour lui rendre visite, mais ces visites ont commencé à se faire de plus en plus rares ; tous les événements tetrabrake ont désormais lieu sur Real Space. Jax peut envoyer et recevoir des enregistrements de chorégraphies, mais les manifestations *live* où les chorégraphies sont improvisées sont un aspect important de la scène, et il n'a aucun moyen d'y participer. Il est en train de perdre une grande partie de sa vie sociale virtuelle, et il aura du mal à en retrouver une dans le monde réel : son corps-robot est catégorisé comme véhicule non piloté en déplacement libre, il est donc interdit d'accès aux espaces publics à moins qu'Ana ou Kyle ne soit là pour l'accompagner. Enfermé dans leur appartement il s'agite et s'ennuie.

Ça fait des semaines qu'Ana essaie d'asseoir Jax devant l'ordinateur dans son corps-robot pour l'aider à se connecter à Real Space, mais il refuse. Il rencontre des problèmes avec l'interface utilisateur – une inexpérience avec les ordinateurs réels et une difficulté pour la caméra à suivre les mouvements d'un corps-robot –, mais elle est persuadée qu'ils pourraient les surmonter ensemble. Le plus gros obstacle, c'est que Jax ne veut pas contrôler un avatar à distance : il veut être l'avatar. Pour lui, le clavier et l'écran ne sont qu'un misérable substitut à sa présence là-bas, aussi frustrant qu'un jeu vidéo se déroulant dans la jungle pourrait l'être pour un chimpanzé sorti du Congo.

Tous les digimos Neuroblast restants connaissent des frustrations similaires, prouvant par là qu'un Data Earth privé n'est qu'une solution temporaire. Ce qu'il leur faut c'est un moyen de faire fonctionner les digimos sur Real Space, leur permettre d'évoluer librement et d'interagir avec ses objets et ses habitants. En d'autres termes, la solution est de faire un portage du moteur Neuroblast – de le réécrire afin qu'il puisse tourner sur la plateforme Real Space. Ana a persuadé les anciens propriétaires de Blue Gamma de publier le code source de Neuroblast, mais il leur faudra des développeurs expérimentés pour le réécrire. Les membres du groupe d'utilisateurs ont posté des annonces sur des forums de logiciels libres pour essayer de trouver des bénévoles.

L'unique avantage de l'obsolescence de Data Earth est que leurs digimos sont à l'abri des penchants plus sombres du monde social. Une entreprise appelée Edgeplayer s'est mise à commercialiser une chambre de torture de digimos sur la plateforme Real Space ; pour éviter les accusations de copies illégales, ils n'utilisent comme victimes que des digimos du domaine public. Le groupe d'utilisateurs a convenu qu'une fois le moteur Neuroblast porté la procédure de conversion comprendra une vérification de pleine propriété ; aucun digimo Neuroblast n'entrera sur Real Space sans que quelqu'un se soit engagé à s'en occuper.

*

Deux mois plus tard, Derek est en train de parcourir le forum du groupe d'utilisateurs, il lit les réponses à un de ses messages sur l'avancée du portage de Neuroblast.

Malheureusement, les nouvelles ne sont pas bonnes ; leurs tentatives de recruter des développeurs pour le projet n'ont abouti à rien. Le groupe d'utilisateurs avait organisé des journées portes ouvertes dans le Data Earth privé pour présenter leurs digimos, mais il y a eu très peu d'intéressés.

Les moteurs génomiques ne sont plus d'actualité. Les développeurs sont attirés par de nouveaux projets, des projets plus excitants, et en ce moment ils veulent travailler sur des interfaces neuronales ou des logiciels nanomédicaux. Il y a quantité de moteurs génomiques qui végètent, plus ou moins inachevés, dans les répertoires de logiciels libres, tous attendent des programmeurs bénévoles, et la perspective de porter un moteur Neuroblast de plus de douze ans sur une nouvelle plateforme est peut-être la moins excitante de toutes. Seule une poignée d'étudiants contribuent au portage du Neuroblast et, étant donné le peu de temps qu'ils peuvent y consacrer, la plateforme Real Space sera elle-même obsolète avant que le portage ne soit achevé.

L'autre possibilité serait d'embaucher des développeurs professionnels. Derek a parlé à quelques spécialistes des moteurs génomiques et demandé des devis sur le coût du portage de Neuroblast. Les estimations qu'il a reçues sont raisonnables compte tenu de la complexité du projet, et pour une entreprise qui aurait plusieurs centaines de milliers de clients il serait tout à fait logique de se lancer, mais pour un groupe d'utilisateurs dont le nombre de membres s'est réduit à une vingtaine de personnes le prix est exorbitant.

Derek lit les derniers commentaires sur le forum de discussion avant d'appeler Ana. Confiner ainsi leurs digimos dans un Data Earth privé n'a évidemment pas été facile, mais il y a découvert un bon côté : Ana et lui ont désormais une raison de se parler tous les jours, que ce soit à propos de l'avancée du portage de Neuroblast ou pour organiser des activités avec leurs digimos. Marco et Polo s'étaient éloignés de Jax ces dernières années alors que chacun se consacrait à ses centres d'intérêt. Mais aujourd'hui, les digimos Neuroblast n'ont plus d'autre compagnie, alors avec Ana ils essaient de leur trouver des choses à faire en groupe. Aucune femme ne pourrait s'en plaindre et, comme Kyle, le copain d'Ana, ne semble pas y voir d'inconvénients, il peut l'appeler sans gêne. C'est un plaisir douloureux de passer autant de temps avec elle ; il serait sûrement plus sain pour lui de limiter les contacts, mais il n'a aucune envie de s'arrêter.

Le visage d'Ana apparaît dans la fenêtre d'appel. « T'as vu le post de Stuart ? » demande Derek. Stuart a souligné ce que chaque personne devrait payer s'ils divisaient les coûts de manière égale, et demandé combien de membres seraient en mesure de payer cette somme.

« Je viens de le lire, répond Ana. Il croit sûrement être utile alors qu'en fait il stresse tout le monde.

— Je suis d'accord. Mais jusqu'à ce qu'on trouve

une bonne solution, nous aurons tous en tête ce coût par personne. Est-ce que t'as pu rencontrer la collectrice de fonds ? » Ana devait parler à une amie d'amie, une femme qui a mené des campagnes de collecte de fonds pour des réserves naturelles.

« Je reviens juste de déjeuner avec elle, en fait.

— Super ! Qu'est-ce que t'as trouvé ?

— La mauvaise nouvelle c'est qu'elle ne pense pas qu'on obtienne le statut d'organisation à but non lucratif, parce qu'on ne cherche à lever des fonds que pour un groupe d'individus spécifique.

— Mais tout le monde pourrait utiliser le nouveau moteur… » Il s'interrompt. C'est vrai qu'il y a probablement des millions d'instances de digimos Neuroblast stockées dans des disques durs à travers le monde. Mais le groupe d'utilisateurs ne peut pas décemment prétendre travailler en leur nom ; sans quelqu'un prêt à les élever, aucun de ces digimos ne bénéficiera d'une version Real Space du moteur Neuroblast. Les seuls digimos que le groupe d'utilisateurs essaie d'aider sont les leurs.

Ana acquiesce sans qu'il ait prononcé le moindre mot ; elle a dû penser exactement la même chose tout à l'heure.

« D'accord, reprend Derek, on peut pas être à but non lucratif. Et donc, la bonne nouvelle ?

— Elle dit qu'on peut toujours solliciter des contributions en dehors du modèle non lucratif. Il faut pouvoir raconter une histoire qui rendrait les digimos sympathiques. C'est comme ça que certains zoos arrivent à financer leurs grosses dépenses, genre des opérations pour leurs éléphants. »

Il y réfléchit un moment. « J'imagine qu'on pourrait poster quelques vidéos sur les digimos, histoire de faire vibrer la corde sensible du public.

— Exactement. Et si on arrive à toucher assez de gens, certains seront peut-être prêts à investir leur temps en plus de leur argent. Tout ce qui fera connaître les digimos augmentera nos chances de trouver des volontaires dans la communauté du logiciel libre.

— Je vais commencer par regarder dans mes vidéos de Marco et Polo. Il y en a plein qui sont mignonnes, quand ils étaient petits ; pour les plus récentes je suis moins sûr. Ou est-ce qu'il nous faut des trucs tire-larmes ?

— Il faut qu'on discute de ce qui fonctionnerait le mieux, dit Ana. Je vais poster un message sur le forum pour demander aux autres. »

Derek se souvient de quelque chose. « Au fait, hier j'ai eu un appel qui pourrait peut-être nous aider. Même s'il y a peu de chances que ça marche.

— C'était qui ?

— Tu te souviens des Xénothérians ?

— Les digimos qui devaient devenir des extraterrestres ? Le projet tient toujours ?

— Plus ou moins. » Derek explique qu'il a été contacté par un jeune homme du nom de Felix Radcliffe, l'un des derniers participants du projet Xénothérian. La plupart des participants initiaux ont abandonné il y a des années, épuisés par la difficulté d'inventer une culture extraterrestre en partant de zéro. Mais un petit groupe de fidèles persistent et sont devenus presque monomaniaques. De ce qu'en a compris Derek, la plupart d'entre eux sont au chômage, habitent chez leurs parents et sortent rarement de leur chambre ; ils vivent leurs vies sur Data Mars. Felix est le seul membre du groupe à accepter d'être en relation avec le monde extérieur.

« Quand je pense qu'on nous traite de fanatiques, lâche Ana. Alors, pourquoi il t'a contacté ?

— Il a entendu dire qu'on essayait de faire porter Neuroblast et il veut nous aider. Il a reconnu mon nom parce que c'est moi qui ai conçu leurs avatars.

— Chanceux », dit-elle avec un sourire, et Derek fait une grimace. « Qu'est-ce que ça peut lui faire si Neuroblast se fait porter ? Je croyais que le but de Data Mars c'était justement de pouvoir isoler les Xénothérians.

— C'était le cas à l'originc, mais aujourd'hui il a décidé qu'ils sont prêts à rencontrer des êtres humains, et il veut organiser une expérience de premier contact. Si Data Earth fonctionnait encore, il laisserait les Xénothérians lancer une expédition vers les continents centraux, mais ce n'est plus une option. Donc Felix se retrouve dans la même situation que nous ; il veut un portage de Neuroblast pour que ses digimos puissent intégrer Real Space.

— Ouais… je crois que je peux le comprendre. Et tu crois qu'il pourrait nous aider avec le financement ?

— Il essaie de susciter l'intérêt d'anthropologues et d'exobiologistes. Il pense qu'ils auront tellement envie d'étudier les Xénothérians qu'ils paieront pour le portage. »

Ana a l'air sceptique. « Ils seraient vraiment prêts à payer pour un truc pareil ?

— J'en doute, admet Derek. C'est pas comme si

les Xénothérians étaient de vrais extraterrestres. Je crois que Felix aurait plus de chances auprès de sociétés de jeux vidéo ayant besoin d'aliens pour peupler leurs mondes, mais c'est sa décision. Je me dis que tant qu'il ne s'approche pas des gens qu'on contacte, il ne peut pas nous faire de mal, et il y a une chance qu'il puisse nous aider.

— Mais s'il est aussi étrange qu'il en a l'air, comment il va convaincre qui que ce soit ?

— Pas grâce à sa fibre commerciale en tout cas. Il a une vidéo des Xénothérians qu'il montre aux anthropologues, pour attiser leur curiosité. Il m'en a laissé voir un extrait.

— Et ? »

Il hausse les épaules. « J'aurais aussi bien pu être en train de regarder un essaim de robots débroussailleurs. »

Ana éclate de rire. « Peut-être que c'est mieux comme ça, peut-être que plus ils auront l'air extraterrestres, plus ils seront intéressants. »

Derek rit à son tour, imaginant l'ironie : après tout le travail fait chez Blue Gamma pour rendre les digimos attrayants, et si les digimos extraterrestres étaient ceux qui intéressaient le plus les gens ?

7

Deux mois s'écoulent encore. Les tentatives de collecte de fonds du groupe d'utilisateurs ne rencontrent pas un grand succès ; les gens charitables sont fatigués d'entendre constamment parler d'espèces naturelles menacées, sans compter les espèces artificielles, et les digimos sont loin d'être aussi photogéniques que les dauphins. Le niveau des donations n'a jamais grimpé bien haut.

Le stress lié à leur confinement sur Data Earth pèse lourdement sur le moral des digimos ; les propriétaires essaient de passer plus de temps avec eux pour leur éviter de s'ennuyer, mais cela ne remplace pas un monde virtuel correctement peuplé. Ana essaie aussi de protéger Jax des problèmes autour du portage de Neuroblast, mais l'information lui parvient malgré tout. Un jour, alors qu'elle se connecte en rentrant du travail, elle le trouve passablement agité.

« Veux demander toi pour portage, commence-t-il, sans introduction.

— Qu'est-ce que tu veux savoir ?

— Avant moi pensais c'est juste autre mise à jour, comme avant. Maintenant moi pense c'est plus gros. Comme télécharger. Mais avec digimos pas avec gens, c'est ça ?

— Oui, j'imagine qu'on peut dire ça.

— Toi vu vidéo avec souris ? »

Ana sait à quoi Jax fait allusion : sur une vidéo récemment postée par une équipe de recherche en téléchargement, on voit une souris blanche être surgelée puis, micromètre par micromètre, être vaporisée en volutes de fumée par un faisceau d'électrons à balayage, avant d'être instanciée dans un environnement d'essai où elle est virtuellement dégelée et réveillée. La souris a immédiatement une crise, convulsant piteusement pendant ce qui semble être quelques minutes, avant de mourir. Elle détient actuellement le record du plus long temps de survie pour un mammifère téléchargé.

« Rien de tout ça ne t'arrivera, lui assure-t-elle.

— Tu veux dire que moi souviens pas si arrive. Moi souviens que si transfert marche.

— Personne ne va te faire tourner, ou n'importe qui d'autre, sur un moteur non testé. Quand le portage de Neuroblast aura eu lieu, on fera d'abord tourner des séries de test et on réglera tous les bugs avant d'y envoyer un digimo. Et ces séries de test ne ressentent rien.

— Chercheurs ont tourné séries de test avant de charger souris ? »

Jax est doué pour poser les questions difficiles. « C'était les souris, les séries de test, admet Ana. Mais c'est parce que personne ne connaît le code source des cerveaux organiques, ils ne peuvent pas juste écrire des séries de test qui seraient plus simples que des vraies souris. Mais nous on a le code source de Neuroblast, donc ce n'est pas un problème.

— Mais vous avez pas argent pour payer portage.

— Non, pas pour le moment, mais on l'aura. »

Elle espère qu'elle apparaît plus confiante qu'elle ne se sent.

« Comment j'aide ? Comment je fais l'argent ?

— Merci, Jax, mais pour l'instant il n'y a aucun moyen pour toi de gagner de l'argent, dit-elle. Pour l'instant ton travail est seulement de continuer à étudier et à bien réussir en cours.

— Oui, sais ça : maintenant étudie, après fais autre chose. Et si maintenant moi prends un prêt, ensuite paie plus tard quand gagne argent ?

— Laisse-moi m'occuper de ça, Jax. »

Jax a l'air abattu. « OK. »

Mais ce que Jax suggère est en fait presque exactement ce qu'a récemment tenté le groupe d'utilisateurs en cherchant des investisseurs. C'est une possibilité qui leur est apparue après le succès rencontré par VirlFriday dans la vente de digimos en tant qu'assistants personnels. Il lui a fallu plusieurs années, mais Talbot a finalement réussi à élever une instance d'Andro capable de fonctionner pour tout le monde ; VirlFriday en a vendu des centaines de milliers de copies. C'est la première preuve qu'un digimo peut vraiment être rentable, et plusieurs autres sociétés cherchent déjà à reproduire les exploits de Talbot.

Une de ces sociétés s'appelle Polytope ; elle a annoncé son intention de lancer un énorme programme d'élevage pour créer le prochain Andro. Le groupe d'utilisateurs les a contactés et leur a offert de prendre part à l'avenir des digimos Neuroblast : s'ils payaient le portage du moteur Neuroblast, ils auraient droit à un pourcentage des revenus générés par les digimos. Le groupe a eu un regain d'espoir comme il n'en avait pas connu depuis des mois, mais la société a refusé ; les seuls digimos qui intéressaient Polytope étaient les digimos Sophonce, dont le caractère obsessionnel est essentiel s'ils veulent un jour remplacer les logiciels conventionnels.

Le groupe d'utilisateurs a brièvement discuté de la possibilité de payer le portage de sa poche, mais ce n'est clairement pas faisable. Certains se sont alors mis à considérer l'impensable :

De : Stuart Gust

Je hais d'être celui qui lance l'idée, mais quelqu'un doit bien le faire. Qu'est-ce que vous pensez de suspendre temporairement nos digimos pour un an environ, jusqu'à ce qu'on ait réuni l'argent pour le portage ?

De : Derek Brooks

Tu sais ce qui arrive quand quelqu'un suspend son digimo. Le temporaire se transforme en indéterminé qui se transforme en permanent.

De : Ana Alvarado

Je suis entièrement d'accord. C'est bien trop facile de se dire qu'on peut tout reporter indéfiniment. Vous avez déjà entendu parler de quelqu'un qui a relancé un digimo qu'il avait suspendu pendant plus de six mois ? Moi pas.

De : Stuart Gust

Mais on n'est pas comme ces gens. Ils ont suspendu leurs digimos parce qu'ils en avaient assez. Nous, nos digimos nous manqueront chaque jour ; ce sera notre motivation pour trouver les fonds.

De : Ana Alvarado

Si tu penses que suspendre Zaff va accroître notre motivation, vas-y. Moi ce qui me motive c'est de garder Jax éveillé.

Ana est sûre d'elle en publiant sa réponse sur le forum, mais la conversation devient plus difficile quand Jax aborde lui-même la question, quelques jours plus tard. Ils sont tous les deux dans le Data Earth privé, où elle lui fait visiter un nouveau continent de jeu. C'est un classique, un de ceux auxquels Ana jouait il y a des années, et il est récemment ressorti gratuitement, alors le groupe d'utilisateurs en a instancié une copie pour les digimos. Elle essaie de lui transmettre son enthousiasme, lui montrant ce qui le distingue des autres continents de jeu sur lesquels les digimos s'ennuient, mais Jax voit ce continent pour ce qu'il est : une autre tentative pour l'occuper alors qu'ils attendent encore le portage du Neuroblast.

Ils se promènent sur la place d'un village médiéval désert et Jax dit : « Des fois voudrais juste être suspendu, pas devoir attendre toujours. Redémarré quand prêt entrer dans Real Space, comme si le temps pas passé. »

La remarque prend Ana par surprise. Aucun des digimos n'a accès aux forums du groupe d'utilisateurs, donc Jax a dû avoir cette idée tout seul. « C'est vraiment ce que tu veux ? demande-t-elle.

— Pas vraiment. Veux rester éveillé, savoir quoi se

passe. Mais des fois suis frustré. » Puis il demande : « Des fois toi préférerais pas pas devoir s'occuper de moi ? »

Ana veille à ce que Jax la regarde avant de répondre. « Ma vie serait peut-être plus simple si je n'avais pas à m'occuper de toi, mais elle ne serait pas aussi heureuse. Je t'aime, Jax.

— Je t'aime aussi. »

*

En rentrant du travail, Derek reçoit un message d'Ana : elle vient d'être contactée par quelqu'un de chez Polytope. Une fois chez lui, Derek l'appelle. « Qu'est-ce qui s'est passé, raconte ? » demande-t-il.

Ana a l'air déroutée. « C'était un appel très bizarre.

— Bizarre comment ?

— Ils m'offrent un boulot.

— Ah bon ? Pour faire quoi ?

— Entraîner leurs digimos Sophonce, dit-elle. Étant donné mon expérience, ils veulent me nommer chef d'équipe. Ils m'ont proposé un excellent salaire, un contrat de trois ans garanti, et une prime à la signature franchement indécente. Mais il y a un hic.

— Ah ? Allez, me laisse pas mariner.

— Tous leurs entraîneurs doivent utiliser InstantRapport. »

Derek écarquille les yeux. « Tu déconnes », lâche-t-il. InstantRapport est un de ces patchs transdermiques intelligents ; il administre des doses d'un cocktail ocytocine-opioïdes lorsque l'utilisateur est en présence d'une personne spécifique. On s'en sert pour apaiser les mariages houleux ou resserrer les liens tendus entre parents et enfants, et il est récemment devenu disponible sans ordonnance. « Mais pourquoi ?

— Ils pensent qu'un lien affectif leur donnera de meilleurs résultats et, s'ils veulent que leurs entraîneurs ressentent de l'affection pour les digimos Sophonce, ils ont besoin d'une aide pharmaceutique.

— Ah, d'accord. C'est une façon d'accroître la productivité de leurs employés. » Autour de lui, beaucoup de gens prennent des nootropiques ou utilisent des stimulations magnétiques transcrâniennes pour augmenter leurs performances au travail, mais jusque-là aucun employeur n'en avait jamais fait la demande. Il secoue la tête, incrédule. « Si leurs digimos sont si difficiles à aimer, ils devraient comprendre le message et passer aux digimos Neuroblast.

— C'est plus ou moins ce que je leur ai expliqué, mais ils n'étaient pas intéressés. Ça m'a donné une idée, cela dit. » Ana s'avance. « Je pourrais peut-être les faire changer d'avis si je bosse pour eux.

— Comment ça ?

— Ce serait une opportunité pour montrer quotidiennement Jax à la direction de Polytope. Je pourrais me connecter à notre Data Earth privé depuis le travail, peut-être même l'emmener avec moi dans le corps-robot. Quel meilleur moyen de leur montrer la polyvalence du moteur Neuroblast ? Et une fois qu'ils l'auront mesurée, ils se chargeront de le porter vers Real Space.»

Derek y réfléchit. «En supposant qu'ils ne t'interdisent pas de passer du temps avec Jax pendant le travail…

— Ne me sous-estime pas. Je ne vais pas non plus leur poser un ultimatum ; je sais être subtile.

— Ça pourrait marcher, admet-il. Mais tu devras porter un patch InstantRapport. Est-ce que le jeu en vaut vraiment la chandelle ?»

Ana a un haussement d'épaules agacé. «J'en sais rien. C'est sûr que c'est pas mon premier choix. Mais il faut savoir prendre des risques parfois, non ? Faire un peu bouger les choses.»

Derek n'est pas sûr de savoir quoi dire. «Et Kyle, il en pense quoi ?»

Elle soupire. «Il est totalement contre. Il n'aime pas l'idée que j'utilise InstantRapport et il ne pense pas vraiment que mes chances soient assez grandes pour que ça en vaille la peine.» Elle s'interrompt. «Mais il ne ressent pas la même chose que toi ou moi pour les digimos, alors bien sûr qu'il réagit comme ça. Pour lui, ni le jeu ni la chandelle ne valent grand-chose.»

Ana s'attend clairement à ce qu'il la soutienne et c'est ce qu'il fait, bien qu'en son for intérieur ses pensées soient plus contradictoires. Il a des réserves sur ce qu'elle propose, cependant il hésite à lui en faire part.

Il déteste que ces pensées lui traversent l'esprit mais, à chaque fois qu'Ana lui parle de ses difficultés avec Kyle, il rêve qu'ils se séparent. Il s'est promis qu'il ne ferait jamais rien pour les diviser mais, si Kyle ne partage pas le dévouement d'Ana pour les digimos, Derek ne fait rien de mal en montrant que ce n'est pas son cas. Et si ça pouvait lui permettre de faire comprendre à Ana qu'elle serait mieux avec lui qu'avec Kyle, il n'y serait vraiment pour rien.

La question est de savoir s'il est d'accord avec l'idée qu'Ana accepte l'offre de Polytope. Il n'en est pas encore certain, néanmoins tant qu'il n'aura pas pris sa décision il continuera à la soutenir.

Après avoir raccroché, Derek se connecte au Data Earth privé pour passer du temps avec Marco et Polo. Ils sont en train de jouer à un jeu de racquetball en apesanteur, mais descendent du terrain en le voyant arriver.

« Rencontré gentils visiteurs aujourd'hui, dit Marco.

— Ah bon ? Tu sais qui ils étaient ?

— Personne s'appelle Jennifer, et personne s'appelle Roland. »

Derek jette un coup d'œil au registre des visiteurs et ce qu'il découvre le consterne : Jennifer Chase et Roland Michaels sont des employés de Binary Desire, des créateurs de poupées sexuelles virtuelles et physiques.

Ce n'est pas la première fois que le groupe d'utilisateurs se voit proposer d'exploiter des digimos à des fins charnelles. La grande majorité des poupées sexuelles est encore contrôlée par des logiciels conventionnels fonctionnant autour de scénarios prédéfinis, mais depuis que les digimos existent des gens essaient de les utiliser comme des objets sexuels ;

la méthode classique est de copier un digimo du domaine public et de reconfigurer sa carte de récompenses pour lui faire aimer ce que son propriétaire trouve excitant. Pour les critiques, c'est comme se faire lécher du beurre de cacahouète sur les testicules par un chien, et la comparaison n'est pas abusive, que ce soit vis-à-vis de l'intelligence des digimos ou de la sophistication du dressage en question. Et comme aujourd'hui il n'y a pas de digimos qui combinent à la fois la ressemblance avec une personne, comme Marco et Polo, et la disponibilité pour des relations charnelles, le groupe d'utilisateurs reçoit occasionnellement des demandes de fabricants de poupées sexuelles cherchant à acquérir des copies de digimos. Tous les membres du groupe se sont entendus pour ignorer ces requêtes.

Mais, d'après l'historique, Chase et Michaels ont été accueillis par Felix Radcliffe.

Derek dit à Marco et Polo de reprendre leur partie et appelle Felix. « Mais putain qu'est-ce qui t'a pris de faire entrer Binary Desire ?

— Ils n'ont pas essayé d'avoir de relations sexuelles avec les digimos.

— Je vois ça. » Il fait défiler l'enregistrement de leur visite en accéléré dans une autre fenêtre.

« Ils ont eu une conversation avec eux. »

Parler à Felix donne parfois l'impression de s'adresser à un extraterrestre. « On s'était mis d'accord sur les fabricants de poupées sexuelles. Tu t'en souviens ?

— Ces gens-là ne sont pas comme les autres. J'aime leur façon de penser. »

Il a peur de demander ce qu'il entend par là. « Si tu les aimes, emmène-les sur Data Mars et montre-leur tes Xénothérians.

— Je les leur ai montrés, répond Felix. Ils n'étaient pas intéressés. »

Évidemment, comprend Derek ; la demande pour des relations physiques avec des tripodes parlant uniquement le lojban est sans doute infinitésimale. Mais il voit que Felix est honnête, que ça ne le dérangerait pas de prostituer les Xénothérians si ça pouvait l'aider à financer son expérience de premier contact. Felix est peut-être excentrique, mais il n'est pas hypocrite.

« Alors t'aurais dû t'en tenir à ça, dit Derek. On va peut-être devoir te bannir de Data Earth.

— Vous devriez discuter avec eux.

— Non, on ne devrait pas.

— Ils vous paieront pour les écouter. Ils vont vous envoyer un message avec tous les détails. »

Derek éclate presque de rire. Binary Desire doit être sacrément désespéré s'ils paient des gens pour écouter leur argumentaire de vente. « D'accord pour les messages. Mais je mets ces gens-là sur la liste noire, et je ne veux plus que tu ramènes qui que ce soit d'autre qui travaille pour un fabricant de poupées sexuelles. Est-ce que c'est clair ?

— Très clair », réplique Felix, et il raccroche.

Derek secoue la tête. En temps normal, il n'envisagerait même pas d'écouter un tel argumentaire de vente, même pour de l'argent, car il ne veut pas donner l'impression d'être prêt à vendre Marco et Polo comme objets sexuels.

Mais à l'heure actuelle, chaque dollar compte pour le groupe d'utilisateurs. Si, en écoutant la présentation d'une entreprise, ils peuvent en encourager d'autres à payer pour la même opportunité, alors peut-être que ça en vaut la peine. Il relance la vidéo de la rencontre entre les visiteurs et les digimos et la regarde à vitesse normale.

8

Le groupe d'utilisateurs s'est réuni pour écouter la présentation de Binary Desire par vidéoconférence ; Binary Desire a versé l'argent sur un service de dépôt fiduciaire et les fonds seront débloqués après la réunion. Assise au centre de son écran enveloppant, Ana regarde autour d'elle ; le flux vidéo de chaque membre est intégré et donne l'impression que le groupe d'utilisateurs s'est rassemblé dans un auditorium virtuel, chacun assis sur un petit balcon privé. Derek occupe le balcon à sa gauche, et Felix est à sa gauche à lui. Au pupitre, sur la scène, se trouve la représentante de Binary, Jennifer Chase. À l'écran, elle est blonde, belle et vêtue avec goût, et puisque les parties ont accepté d'utiliser des vidéos authentifiées Ana sait que c'est à ça qu'elle ressemble vraiment. Elle se demande si c'est Chase qui est responsable de toutes les négociations chez Binary Desire ; elle est certainement très douée pour obtenir ce qu'elle veut.

Felix se lève de son siège et commence à dire quelque chose en lojban avant de se reprendre : « Vous allez aimer ce qu'elle a à dire.

— Merci Felix, je prends la suite », intervient Chase. Felix se rassoit, et Chase se tourne vers le groupe.

« Merci d'avoir accepté de me rencontrer. Généralement, lorsque je suis face à des partenaires commerciaux potentiels, je leur explique comment, chez Binary Desire, nous pouvons les aider à atteindre un marché plus large, mais ce n'est pas ce que je vais faire ici. Mon but, pour cette rencontre, est de vous assurer que vos digimos seront traités avec respect. Nous ne cherchons pas des créatures de compagnie sexualisées par un conditionnement. Nous voulons des êtres qui pratiquent le sexe à un niveau plus élevé, plus personnel. »

Stuart s'écrie : « Et comment pensez-vous faire ça alors que nos digimos sont entièrement asexués ? »

Chase n'attend pas une seconde. « Avec deux ans d'entraînement, minimum. »

Ana est surprise. « C'est un investissement énorme, fait-elle remarquer. Je croyais que l'entraînement pour les poupées sexuelles digimos ne prenait que deux semaines.

— C'est parce qu'il s'agit généralement de digimos Sophonce, et deux ans d'entraînement ne font pas d'eux de meilleurs partenaires sexuels qu'après deux semaines. Je ne sais pas si vous avez déjà vu les résultats mais, si vous êtes curieux, je peux vous dire où se trouve un harem de Drayta affublés d'avatars de Marilyn Monroe qui bêlent à tue-tête “Veux sucer bite”. C’est pas beau à voir. »

Ana rit malgré elle, comme le font plusieurs autres membres du groupe. « Non, ça n’en a pas l’air.

— Ce n’est pas ce que cherche Binary Desire. N’importe qui peut prendre un digimo du domaine public et reconfigurer sa carte de récompenses. Nous voulons offrir des partenaires sexuels dotés de vraies personnalités, et nous sommes prêts à faire les efforts nécessaires pour cela.

— Alors en quoi consisterait votre entraînement ? demande Helen Costas, dans le fond.

— Pour commencer : découverte et exploration sexuelle. Nous donnerons aux digimos des avatars anatomiquement corrects et les laisserons s’habituer à avoir des zones érogènes. Nous encouragerons les digimos à commencer l’expérimentation les uns avec les autres, afin qu’ils puissent s’exercer en tant qu’êtres sexuels et choisir un genre dans lequel ils se sentent à l’aise. Étant donné qu’au cours de cette phase une grande partie de l’apprentissage n’aura lieu qu’entre eux, il pourra y avoir des périodes où nous ferons tourner les digimos plus rapidement qu’en temps normal. Une fois qu’ils auront acquis une expérience raisonnable, nous commencerons à les mettre en contact avec des partenaires humains compatibles.

— Comment pouvez-vous être sûrs qu’ils noueront des liens avec cette personne ? demande Derek.

— Nos développeurs ont examiné certains des digimos dans les refuges ; ils sont trop jeunes pour ce que nous voulons en faire, mais ils ont déjà développé des attaches émotionnelles, et nos développeurs ont fait suffisamment d'analyses pour être confiants dans leur capacité à induire des attaches similaires chez des digimos plus âgés. Au fur et à mesure que les digimos apprendront à connaître la personne, nous renforcerons la dimension émotionnelle de leurs interactions, à la fois la sexuelle et la non sexuelle, afin qu'elle génère de l'amour chez le digimo.

— Comme une version Neuroblast d'InstantRapport, avance Ana.

— Quelque chose comme ça, répond Chase, mais aussi plus efficace et spécifique, parce que les réglages seront faits sur mesure. Pour le digimo, ce sera exactement comme s'il tombait amoureux spontanément.

— Vous n'allez sûrement pas trouver les bons réglages du premier coup, dit Ana.

— Non, bien sûr que non. Nous pensons qu'il faudra plusieurs mois avant qu'un digimo ne tombe amoureux ; pendant toute cette période nous travaillerons avec le client et ramènerons, quand nécessaire, le digimo à une sauvegarde précédente en essayant différents ajustements jusqu'à ce que le lien émotionnel soit fermement établi. Cela ressemblera au programme d'élevage que vous avez géré lorsque vous étiez à Blue Gamma ; nous ne faisons que l'adapter à un client unique. »

Ana s'apprête à expliquer que c'est tout à fait différent, mais décide de ne pas le faire. Elle a simplement besoin d'écouter l'argumentaire de la femme, elle n'a pas à le réfuter. « Je vois ce que vous voulez dire. »

Derek intervient. « Même si vous parvenez à les faire tomber amoureux, aucun de nos digimos ne fera une Marilyn Monroe très convaincante.

— Non, et ce n'est pas notre but. Les avatars que nous leur donnerons seront humanoïdes, mais pas humains. Vous comprenez, nous n'essayons pas de dupliquer l'expérience de rapports charnels avec un autre être humain ; nous voulons offrir des partenaires non humains qui soient charmants, affectueux et sincèrement enthousiastes à l'idée d'avoir des rapports sexuels. À Binary Desire nous sommes persuadés qu'il s'agit là d'un nouvel horizon pour la sexualité.

— Un nouvel horizon pour la sexualité ? répète Stuart. Vous voulez dire rendre un vice assez populaire pour qu'il rentre dans la norme.

— On peut voir ça ainsi. Mais essayez de l'envisager autrement : la conception que nous avons d'une sexualité saine s'est toujours élargie avec le temps. Les gens pensaient que l'homosexualité, le BDSM et le polyamour étaient des symptômes de troubles psychologiques, mais rien, dans ces activités, n'est incompatible avec une relation amoureuse. Le problème, c'était de voir ses désirs stigmatisés par la société. Nous croyons qu'avec le temps les rapports avec des digimos finiront eux aussi par être perçus comme une forme acceptable de sexualité. Mais cela demande une certaine ouverture d'esprit et de l'honnêteté. Nous ne prétendons pas qu'un digimo soit la même chose qu'un humain. »

Une icône apparaît à l'écran, indiquant que Chase a transmis un document au groupe. « Je vous envoie une copie du contrat que nous proposons, poursuit-elle, mais laissez-moi vous le résumer. Binary Desire couvrira les frais de portage du Neuroblast vers Real Space en échange de droits non exclusifs sur vos digimos. Vous gardez le droit de faire et de vendre des copies de vos digimos tant qu'elles ne sont pas en concurrence avec les nôtres. Si vos digimos se vendent bien, nous paierons aussi des royalties. Et vos digimos aimeront ce qu'ils feront.

— Très bien, merci, dit Ana. Nous allons regarder le contrat et nous vous tiendrons au courant. C'est tout ? »

Chase sourit. « Pas tout à fait. Avant de débloquer les fonds, j'aimerais vous proposer de répondre à toutes les inquiétudes quc vous pourriez avoir ; je vous assure que je ne me vexerai pas. Est-ce que c'est l'aspect sexuel qui vous fait douter ? »

Ana hésite, puis répond : « Non. C'est la coercition.

— Il n'y aura aucune coercition. Le processus de rapprochement émotionnel garantit que les digimos prendront autant de plaisir que leurs propriétaires.

— Mais vous ne leur laissez pas le choix de ce qu'ils peuvent aimer.

— Est-ce si différent pour les humains ? Quand j'étais petite, l'idée d'embrasser un garçon m'était complètement indifférente, et si ça n'avait tenu qu'à moi ça n'aurait jamais changé. » Chase lance un petit sourire faussement timide, comme pour suggérer à quel point elle aime ça aujourd'hui. « Nous devenons des êtres sexuels, que nous le voulions ou non. Les modifications que Binary Desire apportera

aux digimos ne sont pas différentes. Elles seront même meilleures. Certaines personnes développent des tendances sexuelles qui peuvent miner leur vie entière. Voilà quelque chose qui n'arrivera pas aux digimos. Car chacun d'entre eux se verra associer un partenaire sexuel parfaitement compatible. Ce n'est pas de la coercition ; c'est la forme la plus pure de l'épanouissement sexuel.

— Mais ce n'est pas réel », lâche Ana, le regrettant aussitôt. C'est précisément l'ouverture qu'attendait Chase.

« En quoi n'est-ce pas réel ? demande-t-elle. Les sentiments que vous avez pour vos digimos sont bien réels ; leurs sentiments envers vous le sont aussi. Si vous pouvez avoir une vraie relation non sexuelle avec votre digimo, pourquoi une relation d'ordre sexuel entre un humain et un digimo serait-elle moins réelle ? »

Ana ne sait plus quoi dire, et Derek intervient : « On pourrait discuter philosophie encore longtemps. Le fond du problème c'est que nous n'avons pas passé des années à élever nos digimos pour en faire des jouets sexuels.

— Je comprends, dit Chase. Et même en signant ce contrat vous n'empêcherez pas les copies de vos digimos de se diriger vers autre chose. Mais pour l'instant vos digimos, aussi incroyables soient-ils, n'ont aucune compétence utile sur le marché du travail, et il vous est impossible de prédire quand ils en auront. Quel autre moyen avez-vous pour trouver l'argent dont vous avez besoin ? »

Combien de femmes se sont déjà posé la même question ? se demande Ana.

« On parle donc du plus vieux métier du monde.

— C'est une manière de voir les choses, mais permettez-moi encore une fois de souligner que les digimos ne subiront aucune coercition, pas même économique. Si nous voulions vendre de faux désirs sexuels, nous aurions des moyens moins chers de le faire. Le but de cette opération est de créer une autre possibilité que ce faux désir. Nous croyons que les relations sexuelles sont meilleures quand les deux parties savent les apprécier ; meilleures en tant qu'expérience et meilleures pour la société.

— Tout ça est bien noble. Et ceux qui aiment la torture sexuelle ?

— Nous ne tolérons aucun acte sexuel non consensuel, y compris dans les relations charnelles avec des digimos. Le contrat que je vous ai envoyé garantit que Binary Desire maintiendra les disjoncteurs initialement installés par Blue Gamma, et les renforcera par des contrôles d'accès dernier cri. Comme je vous l'ai expliqué, nous sommes convaincus que les relations sexuelles sont meilleures quand les deux parties peuvent les apprécier. Et nous nous engageons à ce que ce soit le cas.

— Vous êtes d'accord, n'est-ce pas ? dit Felix au groupe. Ils anticipent toutes les possibilités. »

Plusieurs membres du groupe d'utilisateurs lui jettent un regard noir, et même l'expression sur le visage de Chase montre qu'elle préférerait se passer de son aide.

« Je sais que ce n'est pas ce que vous espériez

quand vous avez commencé à chercher des investisseurs, reprend Chase. Mais si vous dépassez votre réaction initiale, je crois que vous conviendrez que ce que nous proposons sera bénéfique pour tout le monde.

— Nous allons y réfléchir et on vous recontactera, répond Derek.

— Merci d'avoir écouté ma présentation », conclut Chase. Une fenêtre s'affiche à l'écran, indiquant que les fonds ont été libérés du dépôt fiduciaire. « Laissez-moi juste vous dire une dernière chose. Si vous êtes approchés par une autre société, n'oubliez pas de lire les petits caractères. Vous y trouverez certainement une clause que nos avocats nous avaient demandé d'ajouter, une clause qui donne le droit de revendre vos digimos à une autre société, en désactivant leurs disjoncteurs. Je suppose que vous comprenez ce que ça signifie ? »

Ana acquiesce : les digimos pourront être revendus à une entreprise comme Edgeplayer pour servir de victimes dans des séances de torture. « Oui, nous comprenons.

— Binary Desire est allé contre la recommandation de ses avocats sur ce point. Notre contrat vous garantit que les digimos ne seront jamais utilisés pour autre chose que des relations sexuelles non coercitives. Vous verrez si quelqu'un d'autre est prêt à vous offrir la même garantie.

— Merci, dit Ana. On vous rappellera. »

*

Ana ne s'est rendue à la présentation de Binary Desire que pour la forme, pour gagner de l'argent en écoutant un argumentaire de vente. Mais maintenant qu'elle l'a entendu, elle se surprend à y penser souvent.

Elle ne s'est plus intéressée au monde du sexe virtuel depuis l'université, quand un de ses petits copains était parti un semestre à l'étranger. Ils avaient acheté les périphériques ensemble avant son départ, des accessoires discrets avec une coque en plastique dur et un intérieur en silicone ridicule, et avaient verrouillé numériquement chaque appareil avec le numéro de série de l'autre, une garantie de fidélité pour leurs organes génitaux virtuels. Leurs premières sessions avaient été étonnamment amusantes, mais il n'avait pas fallu longtemps avant que l'effet de nouveauté s'estompe et que les lacunes de la technologie se fassent sentir. Les relations sexuelles sans baisers avaient un fort goût d'inachevé ; tenir son visage à un centimètre de celui de l'autre, sentir le poids de son corps et son odeur musquée, tout cela manquait à Ana, et l'entremise d'un écran vidéo ne pouvait pas le remplacer, même si la caméra permettait de s'approcher au plus près des corps. Sa peau avait faim de la sienne d'une manière qu'aucun périphérique ne pouvait satisfaire et, dès la fin du semestre, elle s'était sentie sur le point d'exploser. La technologie avait certainement évolué depuis, mais cela restait néanmoins un médium trop pauvre pour offrir une quelconque intimité.

Ana se souvient de ce qu'elle a éprouvé la première fois qu'elle a vu Jax dans un corps physique : c'était vraiment différent. Si un digimo habitait une poupée, cela rendrait-il l'idée du sexe plus attirante ? Non. Elle a déjà approché son visage tout contre celui de Jax, pour nettoyer des taches sur ses lentilles ou inspecter des rayures : ça n'a rien à voir avec ce que l'on ressent lorsqu'on est tout près d'une personne réelle. Avec un digimo, il n'y a pas cette idée d'une frontière qu'on franchirait, d'un espace intime dans lequel on entrerait en s'approchant ; il n'y a même pas cet acquiescement, cette confiance que montre un chien quand il se laisse caresser le ventre. À Blue Gamma, ils avaient choisi de ne pas inclure ce réflexe de préservation physique chez les digimos – ça n'avait pas de sens pour leur produit –, mais qu'est-ce que l'intimité, sinon le sentiment d'avoir franchi certaines barrières ? Elle ne doute pas qu'il soit possible de créer chez le digimo une excitation sexuelle suffisamment humaine pour que les neurones miroirs des deux parties y répondent. Mais Binary Desire sera-t-il capable d'apprendre à un digimo la vulnérabilité que la nudité implique, et ce que l'on dit à l'autre en acceptant de se mettre nu devant lui ?

Peut-être que rien de tout ça n'importe. Ana repasse l'enregistrement de la vidéoconférence, elle écoute Chase dire que les relations sexuelles avec un partenaire non humain sont un nouvel horizon, qu'elles seraient différentes de celles avec une autre personne, un autre genre de relations sexuelles, alors peut-être viennent-elles avec un autre genre d'intimité.

Elle repense à un incident qui a eu lieu quand elle travaillait au zoo, lorsqu'une des femelles orangs-outans est morte. Tout le monde était effondré, mais le dresseur favori de cette femelle orang-outan était particulièrement inconsolable. Il a fini par avouer qu'il couchait avec elle, et s'est immédiatement fait renvoyer du zoo. Ana était évidemment choquée, d'autant plus qu'il n'avait rien de l'horrible pervers qu'elle pouvait avoir en tête en s'imaginant un zoophile ; son chagrin était aussi profond et authentique que le chagrin de quelqu'un ayant perdu un être aimé. D'ailleurs il avait déjà été marié, ce qui l'avait surprise ; elle s'était imaginé les zoophiles incapables d'entretenir la moindre relation amoureuse, puis elle s'était rendu compte qu'en pensant ainsi elle répétait les stéréotypes concernant les gardiens de zoo : ils passaient leur temps avec des animaux parce qu'ils n'arrivaient pas à s'entendre avec les humains. Comme elle l'a fait à l'époque, Ana tente de s'expliquer pourquoi les relations non sexuelles avec des animaux peuvent être saines alors que les relations sexuelles ne le peuvent pas, pourquoi le consentement limité exprimé par les animaux suffit pour en faire des animaux de compagnie, mais pas pour avoir des relations sexuelles avec eux. Et à nouveau elle ne parvient pas à produire un argument qui ne découle pas d'un sentiment de dégoût personnel, et elle n'est pas certaine que ce soit là une raison suffisante.

Quant aux rapports sexuels entre digimos, le sujet a déjà été abordé par le passé, et Ana a toujours pensé que les propriétaires avaient de la chance de ne pas avoir à s'en soucier, car c'est à la maturité sexuelle que de nombreux animaux deviennent difficiles à gérer. Elle évite même la culpabilité qu'elle pourrait ressentir si elle devait faire castrer Jax, car elle ne le prive pas d'un aspect fondamental de sa nature. Mais un fil de discussion qui vient d'apparaître sur le forum lui fait reconsidérer les choses :

De : Helen Costas

Je n'aime pas l'idée que quelqu'un ait des rapports sexuels avec mon digimo, puis je me dis que les parents non plus ne veulent jamais penser à leurs enfants en train d'avoir des relations sexuelles.

De : Maria Zheng

C'est une fausse analogie. Les parents ne peuvent pas empêcher leurs enfants de devenir des êtres sexuels, mais nous on peut. Il n'y a pas de besoin intrinsèque pour un digimo d'imiter cet aspect du développement humain. N'allez pas trop loin avec les projections anthropomorphiques.

De : Derek Brooks

Qu'est-ce qui est intrinsèque ? Il n'y avait aucun besoin intrinsèque que les digimos aient des personnalités charmantes ou des avatars mignons, mais il y avait néanmoins une bonne raison à cela : les gens étaient ainsi plus susceptibles de passer du temps avec eux, ce qui était bénéfique pour les digimos.

Je ne dis pas qu'on devrait accepter l'offre de Binary Desire. Mais je pense que nous devons nous poser une question : en faisant de nos digimos des êtres sexuels, encourage-t-on d'autres personnes à les aimer d'une façon qui soit bénéfique pour eux ?

Ana se demande si l'asexualité de Jax le fait passer à côté de choses qu'il lui serait utile d'expérimenter. Elle aime que Jax ait des amis humains, et si elle cherche à ce que Neuroblast soit porté sur Real Space c'est pour qu'il puisse entretenir ces relations, les consolider. Mais jusqu'où peut-il les consolider ? Jusqu'à quel degré d'intimité est-il possible de pousser une relation avant que le sexe ne devienne un problème ?

Plus tard ce soir-là, elle poste une réponse au commentaire de Derek :

De : Ana Alvarado

Derek soulève une question intéressante. Et même si la réponse est oui, ça ne veut pas dire qu'il nous faut accepter l'offre de Binary Desire.

Si quelqu'un cherche un fantasme masturbatoire, il peut utiliser n'importe quel logiciel pour ça. Il ne devrait pas acheter une épouse sur catalogue et lui coller une douzaine de patchs InstantRapport, mais au fond c'est ce que Binary Desire veut offrir à ses clients. Est-ce que c'est ça la vie que nous voulons pour nos digimos ? On pourrait les doser avec tellement d'endorphine virtuelle qu'ils seraient heureux de vivre dans un placard sur Data Earth, mais on tient trop à eux pour leur faire ça. Je ne crois pas qu'on devrait laisser quelqu'un d'autre les traiter avec moins de respect.

J'admets que l'idée d'avoir des relations sexuelles avec un digimo me dérangeait au départ, mais je suppose que je n'ai rien contre, sur le principe. Ce n'est pas quelque chose que je peux m'imaginer faire, mais ça ne me pose aucun problème si d'autres en ont envie, tant que ce n'est pas de l'exploitation. Si ça présente un certain degré de compromis, alors ce sera peut-être comme Derek a dit : bénéfique pour les digimos, comme pour les humains. Mais si l'humain est libre de personnaliser la carte de récompenses du digimo, ou de le ramener à une sauvegarde précédente jusqu'à trouver une instanciation parfaitement réglée, alors où sont les compromis ? Binary Desire dit à ses clients qu'ils n'ont absolument pas besoin de s'adapter aux préférences de leurs digimos. Peu importe qu'il soit question de sexe ou non, ce n'est pas une vraie relation.

---

*

Tous les membres du groupe d'utilisateurs sont libres d'accepter l'offre de Binary Desire à titre individuel, mais l'argument d'Ana est suffisamment convaincant pour que personne ne l'ait fait pour l'instant. Quelques jours après la réunion, se disant qu'ils ont le droit d'être informés, Derek parle de l'offre de Binary Desire à Marco et Polo. Polo est curieux des modifications que veut faire Binary Desire ; il sait qu'il a une carte de récompenses, mais n'a jamais pensé à ce que cela signifierait de la modifier.

« Pourrait être marrant éditer ma carte récompenses, dit Polo.

— Toi peux pas éditer carte récompenses quand toi travailles pour quelqu'un d'autre, rétorque Marco. Toi peux faire ça seulement quand toi es société. »

Polo se tourne vers Derek. « Ça vrai ?

— Eh bien, ce n'est pas quelque chose que je vous laisserais faire même si vous étiez constitués en sociétés.

— Hé, proteste Marco. Toi dis quand nous est société, nous prend toutes nos décisions.

— C'est ce que j'ai dit, admet Derek, mais je n'avais pas pensé que vous pourriez éditer vos propres cartes de récompenses. Ça pourrait être très dangereux.

— Mais vous humains peuvent éditer vos cartes récompenses.

— Quoi ? On ne peut pas du tout faire ça.

— Et les drogues que humains prend pour sexe ? Afradasaque ?

— Les aphrodisiaques. Ils ne sont que temporaires.

— InstantRapport temporaire ? demande Polo.

— Pas tout à fait, répond Derek, mais la plupart du temps, quand les gens en prennent, c'est une erreur. » Surtout, pense-t-il, si une entreprise les paie pour les prendre.

« Quand moi société, moi libre faire mes erreurs, annonce Marco, ça fait pour ça.

— Tu n'es pas encore prêt à devenir une société.

— Parce que toi aimes pas mes décisions ? Prêt c'est quand moi toujours d'accord avec toi ?

— Si tu prévois d'éditer ta carte de récompenses dès que tu seras une société, alors tu n'es pas prêt.

— Dis pas moi veux ça, insiste Marco. Moi veux pas. Dis quand moi société, moi libre faire ça. Ça différent. »

Derek se tait un moment. Il est facile d'oublier que

le groupe d'utilisateurs est arrivé à la même conclusion sur le forum pendant les discussions sur la constitution des digimos en sociétés : s'ils veulent que la notion de personnalité juridique soit plus qu'un simple jeu de mots, il leur faut accorder de l'autonomie à leurs digimos. « Oui, t'as raison. Quand tu seras une société, tu seras libre de faire des choses que je considère comme des erreurs.

— Bien, dit Marco, satisfait. Quand toi décides suis prêt, ça pas parce que moi d'accord avec toi. Moi peux être prêt même si pas d'accord avec toi.

— C'est vrai. Mais s'il te plaît, promets-moi que tu ne veux pas éditer ta propre carte de récompenses.

— Non, moi sais que dangereux. Peux faire une erreur qui empêche de réparer erreur. »

Derek est soulagé. « Merci.

— Mais si laisse Binary Desire éditer ma carte récompenses, ça pas dangereux.

— Non, ce n'est pas dangereux, mais c'est quand même une mauvaise idée.

— Moi pas d'accord.

— Quoi ? Je ne crois pas que tu comprennes ce qu'ils veulent faire. »

Marco lui jette un regard irrité. « Si. Ils font aimer à moi ça qu'ils veulent que moi aime, même si moi aime pas ça maintenant. »

Derek comprend que Marco a très bien saisi. « Et tu ne penses pas que c'est mal ?

— Pourquoi mal ? Tout quoi que moi aime maintenant, moi aime parce que Blue Gamma fait aimer à moi. Ça pas mal.

— Non, mais ça c'est différent. » Il réfléchit à une

manière de lui expliquer. « Blue Gamma t'a fait aimer la nourriture, mais ils n'ont pas décidé quel type de nourriture tu devais aimer en particulier.

— Et alors ? Pas très différent.

— Si, ça *l'est*.

— Moi trouve ça mal si éditent digimo qui veut pas être édité. Mais si digimo donne accord avant être édité, alors ça pas mal. »

Derek sent l'exaspération monter. « Mais alors tu veux être une société et prendre tes propres décisions, ou bien tu veux que quelqu'un d'autre prenne tes décisions pour toi ? Faut choisir. »

Marco y réfléchit. « Peut-être moi essaie les deux. Une copie moi devient société, une autre copie moi travaille pour Binary Desire.

— Ça ne te dérange pas qu'on fasse des copies de toi ?

— Polo copie de moi. Ça pas mal. »

Perdu, Derek met un terme à la discussion et envoie les digimos réviser leurs cours, mais il a du mal à oublier ce qu'a dit Marco. D'un côté il a présenté de bons arguments, mais d'un autre côté Derek a assez de souvenirs de ses années de fac pour savoir qu'une aisance à débattre n'est pas toujours synonyme de maturité. Et ce n'est pas la première fois qu'il se met à songer que tout cela serait plus simple si un âge légal de majorité avait été défini pour les digimos ; mais ce n'est pas le cas, et ce sera donc à lui seul de décider quand Marco sera prêt à se constituer en société.

Derek n'est pas seul à faire face à de tels désaccords après l'offre de Binary Desire. Lorsqu'il parle à nouveau avec Ana, elle se plaint d'une récente dispute avec Kyle.

« Il pense qu'on devrait accepter l'offre de Binary Desire, explique-t-elle. Il dit que c'est une bien meilleure option que d'accepter le poste à Polytope. »

C'est une autre occasion de critiquer Kyle ; comment doit-il gérer ça ? Il se contente de répondre : « C'est parce qu'il pense que modifier les digimos n'est pas si grave.

— Exactement. » Elle fulmine un moment, puis continue. « Je ne prétends pas que porter un patch InstantRapport n'est pas un vrai problème. Évidemment que c'en est un. Mais il y a une grosse différence si c'est moi qui utilise InstantRapport volontairement ou si c'est Binary Desire qui impose leur processus de rapprochement émotionnel aux digimos.

— Une énorme différence. Mais tu sais, ça soulève une question intéressante. » Il lui raconte la conversation avec Marco et Polo. « Je ne sais pas trop si Marco argumentait juste pour le plaisir, mais ça m'a fait réfléchir. Si un digimo se porte volontaire pour subir les changements que Binary Desire aimerait faire, est-ce que ça fait une différence ? »

Ana semble pensive. « Je sais pas. Peut-être.

— Quand un adulte choisit d'utiliser un patch InstantRapport, nous n'avons aucune raison de nous y opposer. Qu'est-ce qu'il nous faudrait avant de respecter les décisions de Jax ou de Marco de la même façon ?

— Il faudrait qu'ils soient adultes.

— Mais on pourrait déposer des statuts constitutifs demain, si on le voulait, contre-t-il. Pourquoi est-on si certains qu'il ne faut pas le faire ? Imagine qu'un jour Jax te déclare qu'il comprend ce dans quoi il s'embarque en acceptant l'offre de Binary Desire, comme toi pour le poste chez Polytope. Qu'est-ce qu'il te faudrait pour que tu acceptes sa décision ? »

Elle réfléchit un moment. « Ça dépend de si je pense que sa décision repose ou non sur l'expérience, j'imagine. Jax n'a jamais eu de relation amoureuse ni de travail, et accepter l'offre de Binary Desire serait le laisser faire les deux, peut-être pour toujours. Je voudrais qu'il ait une certaine connaissance de ces sujets avant de prendre une décision dont les conséquences pourraient être permanentes. Une fois qu'il aurait cette expérience, j'imagine que je ne pourrais plus vraiment m'y opposer.

— Ah, acquiesce Derek en hochant la tête. J'aurais aimé avoir pensé à ça quand j'en ai discuté avec Marco. » Cela voulait dire modifier les digimos pour en faire des êtres sexuels sans intention de les vendre ; encore une dépense pour le groupe d'utilisateurs, même une fois qu'ils auraient fait le portage du Neuroblast. « Mais ce serait un long processus.

— Sûrement, mais on n'est pas pressés de donner une sexualité aux digimos. Mieux vaut attendre de pouvoir le faire correctement. »

Mieux vaut fixer une majorité trop élevée que de risquer d'en fixer une trop basse. « Et en attendant, c'est à nous de faire attention à eux.

— C'est ça ! Leurs besoins passent avant tout. » Ana semble reconnaissante de ce terrain d'entente, et il est heureux de pouvoir le lui offrir. Puis la frustration revient sur son visage. « J'aimerais tellement que Kyle comprenne ça. »

Il cherche une réponse diplomatique. « Je crois que personne n'est capable de comprendre à moins d'y passer le temps qu'on y passe », conclut-il. Son intention n'est pas de critiquer Kyle ; c'est ce qu'il pense sincèrement.

9

Un mois s'est écoulé depuis la présentation de Binary Desire, et Ana est dans le Data Earth privé avec quelques digimos Neuroblast, elle attend l'arrivée de visiteurs. Marco raconte à Lolly le dernier épisode de son jeu dramatique préféré, tandis que Jax répète une danse qu'il a chorégraphiée.

« Regarde. »

Ana le regarde prendre rapidement une série de poses.

« Souviens-toi, quand ils seront là, tu dois leur parler de ce que tu as construit.

— Je sais, t'as déjà dit et dit. Moi arrête danser quand eux arrivent. M'amuse juste.

— Désolée, Jax. Je suis simplement stressée.

— Regarde-moi danser. Ça va te sentir mieux. »

Elle sourit. « Merci, c'est ce que je vais faire. » Elle respire profondément et se force à se détendre.

Un portail s'ouvre et deux avatars en sortent. Jax s'arrête immédiatement de danser et Ana approche son propre avatar pour saluer les visiteurs. Les annotations à l'écran les identifient comme étant Jeremy Brauer et Frank Pearson.

« J'espère que vous n'avez pas eu de mal à entrer, lance Ana en les accueillant.

— Non, répond Pearson, les identifiants que vous nous avez donnés ont fonctionné. »

Brauer observe les lieux. « Ce bon vieux Data Earth. » Son avatar tire sur la branche d'un buisson puis la lâche et la regarde se balancer. « Je me souviens à quel point c'était fou quand Daesan l'a présenté pour la première fois. C'était le nec plus ultra. »

Brauer et Pearson travaillent pour Exponential Appliances, un fabricant de robots ménagers. Les robots sont un bon exemple d'IA à l'ancienne ; leurs compétences sont programmées plutôt qu'apprises et, bien qu'ils aient une réelle utilité, ils ne sont pas vraiment dotés de conscience. Exponential sort régulièrement de nouvelles versions, promettant à chaque fois de se rapprocher un peu plus de l'IA rêvée par les consommateurs : un majordome parfaitement loyal et attentif dès l'instant où il est allumé. Pour Ana, cette succession de mises à jour est une course vers l'horizon, c'est l'illusion d'un progrès qui n'atteint jamais de but. Mais les consommateurs achètent les robots, grâce à eux Exponential présente un bilan sain, et c'est ce que recherche Ana.

Ana n'essaie pas de trouver des postes de majordomes pour les digimos Neuroblast ; il est évident que Jax et les autres sont trop têtus pour ce genre d'emplois. Brauer et Pearson ne travaillent même pas pour la branche commerciale de l'entreprise, ils font partie du pôle de recherche, qui est à l'origine de la création d'Exponential. Grâce à ses robots ménagers, Exponential espère financer l'IA rêvée par tous les technologues : une entité de pure cognition, un génie libre de toute émotion et de corps, un vaste intellect, sensible et cool. Ils attendent qu'une Athéna logicielle émerge, déjà formée, et, s'il serait impoli pour Ana de leur dire qu'ils vont attendre encore longtemps, elle espère néanmoins convaincre Brauer et Pearson que les digimos Neuroblast constituent une solution de rechange viable.

« Eh bien, merci d'être venus à ma rencontre, dit Ana.

— Nous attendions ça avec impatience, répond Brauer. Un digimo dont la durée de fonctionnement cumulée est plus longue que la durée de vie de la plupart des systèmes d'exploitation ? Ce n'est pas quelque chose qu'on voit tous les jours.

— Non, en effet. » Ana comprend qu'ils sont ici plus par nostalgie que pour réellement écouter sa proposition commerciale.

Elle les présente aux digimos, qui leur font ensuite des petites démonstrations des projets sur lesquels ils ont travaillé. Jax montre un engin virtuel qu'il a construit, une sorte de synthétiseur de musique dont il joue en dansant. Marco donne l'explication d'un casse-tête de sa conception, auquel on peut jouer en équipe ou l'un contre l'autre. Brauer est particulièrement intéressé par Lolly, qui leur montre un programme qu'elle a codé ; contrairement à Jax et Marco, qui ont construit leurs projets à l'aide de boîtes à outils, Lolly écrit du vrai code. La déception de Brauer est visible quand il apparaît évident que Lolly est semblable à n'importe quel autre programmeur débutant ; il est clair qu'il espérait que sa nature digimo l'aurait dotée d'une aptitude spéciale dans le domaine.

Après avoir parlé un moment avec les digimos, Ana et les visiteurs de chez Exponential se déconnectent de Data Earth et passent en vidéoconférence.

« Ils sont formidables, dit Brauer. J'en avais un avant, mais il n'est jamais allé au-delà du babillage d'enfant.

— Vous aviez un digimo Neuroblast ?

— Bien sûr, j'en ai acheté un dès qu'ils sont sortis. C'était une instance de la mascotte Jax, comme le vôtre. Je l'avais appelé Fitz, je l'ai fait tourner pendant un an. »

Cet homme a eu un bébé Jax, pense-t-elle. Stockée quelque part se trouve une version bébé de Jax, qui appartient à cet homme. À voix haute, elle dit : « Il a fini par vous ennuyer ?

— C'est pas tellement qu'il m'ennuyait, mais disons que j'étais conscient de ses limites. Je voyais bien que le génome Neuroblast était la mauvaise approche. Fitz était intelligent, bien sûr, mais il m'aurait fallu une éternité avant qu'il soit capable de faire un travail utile. Je dois reconnaître que vous avez eu du courage de rester aussi longtemps avec Jax. Ce que vous avez accompli est impressionnant. » Il lâche ça comme si elle avait construit la plus grande sculpture en cure-dents au monde.

« Vous pensez toujours que Neuroblast était la mauvaise approche ? Vous avez vu par vous-même de quoi Jax est capable. Vous avez quelque chose de comparable chez Exponential ? » Son ton est plus sec qu'elle ne s'y attendait.

Brauer réagit calmement. « Nous ne cherchons pas une IA de qualité humaine, nous cherchons une IA surhumaine.

— Et vous ne pensez pas qu'une IA de qualité humaine est un premier pas dans cette direction ?

— Pas si c'est le genre de qualité que nous ont montré vos digimos, dit Brauer. Vous ne pouvez pas être certaine que Jax trouvera un jour un travail, et encore moins deviendra un génie de la programmation. Il semble avoir atteint son maximum.

— Je ne crois pas qu'il ait…

— Mais vous ne pouvez pas en être certaine.

— Je sais que, si le génome Neuroblast est capable de produire un digimo comme lui, il peut en produire un qui ait l'intelligence que vous recherchez. Le Alan Turing des digimos Neuroblast n'attend que de naître.

— Très bien, supposons que vous ayez raison, dit Brauer, jouant clairement le jeu. Combien d'années faudrait-il avant de le trouver ? Il vous a déjà fallu tellement de temps pour élever la première génération que la plateforme sur laquelle ils tournent est devenue obsolète. Encore combien de générations avant que vous ne dénichiez votre Turing ?

— Nous ne serons pas toujours forcés de les faire fonctionner en temps réel. Il finira un jour par y avoir assez de digimos pour former une population autosuffisante, et alors, ils n'auront plus besoin d'une intervention humaine. On pourra faire tourner leur société en accéléré sans risquer qu'ils deviennent sauvages, et voir ce qu'ils produisent. » En réalité, Ana est loin d'être persuadée que ce scénario pourrait produire un Turing, cependant elle a répété cet argument suffisamment de fois pour avoir l'air d'y croire.

Mais Brauer n'est pas convaincu. « Risqué comme investissement. Vous nous montrez une poignée d'adolescents et nous demandez de payer leurs études dans l'espoir qu'une fois adultes ils fondent une nation qui produira des génies. Pardonnez-moi si j'estime qu'il y a de meilleures façons de dépenser notre argent.

— Mais pensez à ce que vous y gagnez. Les autres propriétaires et moi avons sacrifié des années de notre vie à élever ces digimos. Engager des gens pour faire la même chose avec un autre génome vous coûterait bien plus cher que le portage de Neuroblast. Et les retombées potentielles, si vous financez ce portage, sont exactement celles que recherche votre entreprise : des génies de la programmation travaillant en accéléré, se hissant d'eux-mêmes vers une intelligence surhumaine. Si ces digimos peuvent déjà inventer des jeux, imaginez un peu de quoi leurs descendants seraient capables. Et vous gagneriez de l'argent sur chacun d'entre eux. »

Brauer s'apprête à répondre quand Pearson le coupe : « C'est pour ça que vous vouliez faire le portage du Neuroblast ? Pour voir ce que des digimos surintelligents seraient un jour capables d'inventer ? »

Ana voit que Pearson la scrute. Inutile de mentir, pense-t-elle. « Non, répond-elle. Ce que je veux, c'est pouvoir offrir à Jax une vie plus riche. »

Pearson acquiesce. « Vous aimeriez que Jax se constitue un jour en société, c'est ça ? Qu'il se dote d'une sorte de personnalité juridique ?

— Oui, c'est vrai.

— Et je parie que Jax veut la même chose, pas vrai ? Devenir une société ?

— En gros, oui. »

Pearson hoche à nouveau la tête, ses soupçons confirmés. « Pour nous c'est rédhibitoire. C'est super de pouvoir parler avec eux, mais cette attention que vous leur avez donnée les a encouragés à se percevoir comme des personnes.

— Et en quoi ce serait rédhibitoire ? » Mais elle connaît déjà la réponse.

« Nous voulons des produits surintelligents, pas des employés surintelligents, et c'est ce que vous nous proposez. Je ne peux même pas vous en vouloir, personne ne peut passer autant d'années à éduquer un digimo et continuer à le voir comme un produit. Mais nos activités ne reposent pas sur ce genre de sentiment. »

Ana a tenté de le nier, mais Pearson vient de l'énoncer à haute voix : l'incompatibilité fondamentale entre les objectifs d'Exponential et les siens. Ils cherchent quelque chose qui soit capable de répondre comme une personne, mais qui ne nécessite pas les mêmes obligations, et ça elle ne peut pas le leur donner.

Personne ne peut le leur donner, parce que c'est une impossibilité. Les années qu'elle a passées à élever Jax n'ont pas seulement fait de lui quelqu'un avec qui il est agréable de parler, elles ne l'ont pas seulement doté de passe-temps et d'un sens de l'humour. Elles l'ont aussi pourvu de tous les attributs recherchés par Exponential : aisance à naviguer dans le monde réel, créativité dans la résolution de nouveaux problèmes, jugement permettant de prendre des décisions importantes. Chacune des qualités qui rendent une personne plus précieuse qu'une simple base de données est le fruit d'une expérience.

Elle veut leur dire que Blue Gamma n'a jamais su à quel point ils avaient vu juste : rien ne vaut l'expérience. Si elle a bien appris une chose en élevant Jax, c'est que les solutions miracles n'existent pas ; si vous voulez obtenir le même bon sens qu'une personne qui a derrière elle vingt ans d'existence, il vous faudra vingt ans pour y parvenir. Il est impossible d'assembler une telle collection heuristique en moins de temps que cela ; l'expérience est algorithmiquement incompressible.

Et même s'il était possible de prendre un instantané de toute cette expérience et de le dupliquer à l'infini, même s'il était possible de vendre des copies à bas prix ou de les distribuer gratuitement, chacun des digimos qui en résulteraient aurait quand même vécu une vie entière. Chacun d'entre eux aurait un jour vu le monde avec des yeux nouveaux, chacun aurait vu des rêves se concrétiser et des espoirs s'envoler, aurait appris ce que l'on ressent quand quelqu'un nous ment ou quand on ment à quelqu'un.

Ce qui voudrait dire que chacun des digimos mériterait le respect. Un respect qu'Exponential ne peut se permettre de leur offrir.

Ana fait une dernière tentative. « Ces digimos pourraient toujours vous rapporter de l'argent comme employés. Vous pourriez… »

Pearson secoue la tête. « Je comprends ce que vous essayez de faire, et je vous souhaite bonne chance, mais ça ne conviendra pas à Exponential. Si ces digimos étaient de futurs produits, leur potentiel de profit pourrait en valoir le risque. Mais s'ils ne peuvent être qu'employés, c'est une tout autre situation ; nous ne pouvons pas justifier un investissement aussi important pour un rendement si faible. »

Évidemment que non, pense-t-elle. Qui le pourrait ? À part une personne obsédée, une personne motivée par l'amour. Une personne comme elle.

*

Ana envoie un message à Derek à propos de son entretien raté avec Exponential lorsque le corps-robot prend vie. « Comment allé entretien ? » demande Jax, mais l'expression sur le visage d'Ana répond à sa question. « Ma faute ? Eux pas aimé ce quoi moi montré ?

— Non, tu as été super, Jax. Ils n'aiment pas les digimos, c'est tout ; j'ai fait une erreur en pensant que je pourrais les faire changer d'avis.

— Vaut le coup essayer, dit Jax.

— J'imagine que oui.

— Toi ça va ?

— Ça va aller », le rassure-t-elle. Jax la serre dans ses bras puis ramène le corps-robot vers la plateforme de chargement et rejoint Data Earth.

Assise à son bureau, les yeux fixés sur un écran noir, Ana considère les dernières options restant au groupe d'utilisateurs. Elle n'en voit qu'une seule : travailler pour Polytope et essayer de les convaincre que le moteur Neuroblast mérite un portage. Elle a juste à se coller le patch InstantRapport et à rejoindre leur expérimentation en soins industrialisés.

Quoi que l'on en dise, Polytope est une entreprise qui a conscience de la valeur des interactions en temps réel, ce qui n'est pas le cas d'Exponential. Peut-être que les digimos Sophonce sont satisfaits d'être laissés seuls à tourner en accéléré, mais ce n'est pas une méthode viable si vous voulez en faire des individus productifs. Quelqu'un devra tôt ou tard aller passer du temps avec eux et, ça, Polytope l'a compris.

Ce contre quoi Ana s'insurge, c'est la stratégie adoptée par Polytope pour amener des gens à passer du temps avec les digimos. La stratégie de Blue Gamma avait été de créer des digimos adorables tandis que Polytope commence avec des digimos déplaisants puis utilise des produits pharmaceutiques pour les rendre appréciables. Pour elle, il est évident que l'approche de Blue Gamma était la bonne, non seulement plus éthique, mais plus efficace aussi.

Peut-être même trop efficace si on en juge par la situation dans laquelle elle se trouve aujourd'hui : confrontée à la plus grosse dépense de toute sa vie, et elle est pour son digimo. Personne à Blue

Gamma n'aurait pu imaginer ça, il y a des d'années, mais peut-être auraient-ils dû. L'idée d'un amour sans contrepartie est un fantasme au même titre que ce que propose Binary Desire. Aimer quelqu'un c'est se sacrifier pour lui. Et c'est la seule raison pour laquelle Ana envisage de travailler pour Polytope. Dans n'importe quelle autre circonstance, elle se sentirait insultée par un emploi qui exigerait l'utilisation d'InstantRapport : elle a autant d'expérience avec les digimos que n'importe qui d'autre au monde, et pourtant Polytope sous-entend qu'elle ne peut pas être une formatrice efficace sans intervention pharmaceutique. Former les digimos – tout comme dresser les animaux – n'est qu'un travail, et une professionnelle peut tout à fait faire son travail sans avoir à aimer toutes les missions qu'on lui confie.

En même temps, elle sait ce que l'affection peut apporter au processus d'élevage ; elle permet de trouver la patience au moment où la patience est nécessaire. L'idée que cette affection puisse être manufacturée n'est pas séduisante, mais elle ne peut nier les réalités de la neuropharmacologie moderne : si son cerveau est inondé d'ocytocine chaque fois qu'elle forme un digimo Sophonce, cela finira par avoir un effet sur ses sentiments à leur égard, qu'elle le veuille ou non.

La seule question est de savoir si c'est quelque chose qu'elle arrivera à tolérer. Elle est certaine que le patch InstantRapport ne la distraira pas de l'attention qu'elle porte à Jax ; aucun digimo Sophonce ne remplacera Jax dans son cœur. Et si bosser pour

Polytope est son meilleur espoir de voir Neuroblast porté, elle est prête à le faire.

Ana aimerait seulement que Kyle comprenne ; elle a toujours été très claire : le bien-être de Jax passe avant tout, et jusqu'à présent Kyle n'avait jamais eu de problème avec ça. Elle ne veut pas que leur relation se brise à cause de ce travail, mais elle est avec Jax depuis plus longtemps qu'avec n'importe quel petit ami ; s'il lui faut faire un choix, il est déjà fait.

10

Le message d'Ana à propos de l'entretien raté est bref, mais pour Derek c'est bien assez. Il a entendu le ton dans sa voix quand elle lui a parlé de cette possibilité et il comprend qu'elle se prépare à accepter l'offre de Polytope.

C'est l'ultime tentative d'Ana pour faire porter Neuroblast, voilà tout. Personne n'aime cette idée, mais Ana est une adulte, elle a pesé le pour et le contre et pris sa décision. Si elle veut se lancer, le moins qu'il puisse faire est de la soutenir.

Sauf qu'il ne peut pas. Pas quand il existe une autre solution : accepter l'offre de Binary Desire.

Après sa dernière conversation avec Marco et Polo, Derek a contacté Jennifer Chase en privé pour lui demander si l'envie des digimos d'être constitués en sociétés ne les rendrait pas incompatibles avec l'objectif de Binary Desire. Elle lui a répondu que les clients de Binary Desire seront libres de déposer des statuts constitutifs pour les copies qu'ils auront achetées. Et, si leurs sentiments envers les digimos deviennent aussi forts que ce qu'espère Binary Desire, elle s'attend même à ce que beaucoup d'entre eux le fassent. C'est bien la réponse qu'il escomptait, mais une partie de lui espérait qu'elle lui en donnerait une autre, lui fournissant ainsi une raison évidente de refuser leur proposition. Au lieu de cela, la décision lui revient. À lui et à Marco.

Il a déjà réfléchi à l'argument avancé par Ana, selon lequel les digimos ne seraient pas compétents pour consentir à l'offre de Binary Desire du fait de leur manque d'expérience en amour et dans le monde du travail. Le raisonnement a du sens si l'on voit les digimos comme des enfants humains. Cela veut aussi dire que tant qu'ils se trouveront confinés sur Data Earth, tant que leurs vies seront aussi radicalement protégées, ils ne seront jamais assez mûrs pour prendre une résolution de cette ampleur.

Mais peut-être que les standards de maturité des digimos ne devraient pas être aussi élevés que ceux des humains ; peut-être Marco est-il assez mûr pour prendre une telle résolution. Marco semble tout à fait satisfait de se voir comme un digimo et non comme un humain. Il est possible qu'il ne mesure pas entièrement les conséquences de ce qu'il suggère, mais Derek ne peut pas se défaire du sentiment que Marco comprend mieux sa propre nature que Derek. Marco et Polo ne sont pas humains, et peut-être que l'erreur est de faire comme s'ils l'étaient, de les forcer à se conformer à ses attentes plutôt que de les laisser être eux-mêmes. Est-il plus respectueux de traiter Marco comme un être humain, ou bien d'accepter qu'il n'en est pas un ?

Dans d'autres circonstances cela aurait été une simple question théorique, une discussion qu'il aurait pu remettre à plus tard, mais ici elle est en lien direct avec la décision qu'il doit prendre maintenant. S'il souscrit à l'offre de Binary Desire, Ana n'aura pas besoin de prendre le poste chez Polytope, et la question devient alors : vaut-il mieux que Marco voie la chimie de son cerveau altérée ou qu'Ana altère la sienne ?

Ana sait dans quoi elle se lancerait en acceptant l'offre, bien plus que Marco. Mais Ana est une personne, et même s'il trouve Marco incroyable il attache plus d'importance à Ana. Si l'un d'eux doit subir une manipulation neurologique, il ne veut pas que ce soit elle.

Sur son écran, Derek fait apparaître le contrat envoyé par Binary Desire. Puis il appelle Marco et Polo dans leurs corps-robots.

« Prêt signer contrat ? l'interroge Marco.

— Tu sais, il ne faut pas que tu le fasses si c'est simplement pour aider les autres, répond Derek. Si tu le fais, fais-le parce que tu en as envie. » Et il se demande si ce qu'il dit est vrai.

« Toi pas besoin continuer poser question moi, dit Marco. Je pense pareil qu'avant, veux faire ça.

— Et toi, Polo ?

— Oui, d'accord. »

Les digimos sont prêts, impatients même, et peut-être que ça devrait suffire pour trancher la question.

Mais il y a encore d'autres considérations, purement égoïstes celles-là.

Si Ana accepte le poste à Polytope, sa décision jettera un froid entre elle et Kyle, et Derek pourrait en profiter. Ce n'est pas une pensée très noble, mais il ne peut pas prétendre qu'elle ne lui soit pas passée par la tête. Tandis que s'il accepte l'offre de Binary Desire, le froid sera entre Ana et lui, ruinant ses chances d'être un jour avec elle. Est-il capable de tirer un trait là-dessus ?

Peut-être n'a-t-il jamais eu aucune chance avec Ana ; peut-être s'est-il monté la tête toutes ces années. Dans ce cas, il ferait aussi bien d'abandonner ce fantasme, de se libérer de cet espoir en quelque chose qui n'arrivera jamais.

« Toi attends quoi ? s'impatiente Marco.

— Rien », dit Derek.

Sous le regard des digimos, il signe le contrat de Binary Desire et l'envoie à Jennifer Chase.

« Quand vais aller à Binary Desire ? demande Marco.

— On fera un instantané de toi une fois que j'aurai reçu une copie contresignée du contrat, répond-il. Ensuite on leur enverra.

— OK », approuve Marco.

Tandis que les digimos discutent, excités par ce que cela signifie, Derek réfléchit à ce qu'il va dire à Ana. Il ne peut pas lui avouer qu'il le fait pour elle, bien sûr. Elle se sentirait horriblement coupable si elle pensait qu'il sacrifiait Marco pour la préserver. C'est lui qui a pris la décision, alors mieux vaut qu'Ana rejette la faute sur lui.

*

Ana et Jax sont en train de jouer à Jerk Vector, un jeu de course qu'Ana a récemment ajouté à Data Earth ; ils pilotent leurs *hovercars* à travers un paysage aussi accidenté qu'une boîte d'œufs. Ana réussit à prendre assez de vitesse au fond d'un vallon pour sauter par-dessus un ravin voisin, Jax échoue et envoie son *hovercar* dégringoler au fond.

« Attends, moi rattraper, dit-il sur la radio.

— D'accord », répond Ana, et elle met son *hovercar* au point mort en attendant Jax qui remonte le sentier le long de la paroi du ravin. Elle bascule sur une autre fenêtre pour regarder ses messages. Ce qu'elle voit la surprend.

Felix a envoyé un avis à tout le groupe d'utilisateurs, démarrant un compte à rebours triomphal avant le premier contact entre l'humanité et les Xénothérians. Ana se dit d'abord qu'elle a peut-être mal compris Felix à cause de sa manière excentrique de parler, mais d'autres messages d'utilisateurs confirment que le portage du Neuroblast est bien en cours, payé par Binary Desire. Quelqu'un dans le groupe a vendu son digimo pour en faire un jouet sexuel.

Et puis, dans un autre message, elle lit qu'il s'agit de Derek, que c'est lui qui a vendu Marco. Elle s'apprête à poster une réponse pour dire que ça n'est pas possible, mais s'arrête. À la place elle retourne sur la fenêtre Data Earth.

« Jax, je dois passer un coup de fil. Tu veux bien t'entraîner un peu à sauter le ravin ?

— Toi vas regretter, lance Jax. Moi battre toi la prochaine course. »

Ana passe le jeu en mode entraînement pour que Jax puisse continuer à essayer de franchir le ravin sans avoir à le remonter à chaque fois qu'il échoue. Puis elle ouvre une fenêtre vidéo et appelle Derek.

« Dis-moi que c'est pas vrai », commence-t-elle, mais un seul coup d'œil à son visage lui confirme l'inverse.

« Je ne voulais pas que tu le découvres comme ça. J'allais t'appeler, mais… »

Ana est si stupéfaite qu'elle a du mal à trouver ses mots. « Pourquoi t'as fait ça ? » Derek hésite tellement longtemps qu'elle demande : « C'était pour l'argent ?

— Non ! Bien sûr que non. J'ai simplement décidé que les arguments de Marco étaient valables, et qu'il était assez grand pour choisir.

— On en a déjà parlé. Tu étais d'accord sur le fait qu'il valait mieux attendre qu'il ait plus d'expérience.

— Je sais. Mais j'ai… j'ai décidé que ma prudence était excessive.

— Ta prudence était excessive ? Marco ne risque pas juste de s'égratigner le genou, Binary Desire va carrément lui disséquer le cerveau. Comment pourrais-tu être trop prudent ? »

Il hésite. « Je me suis rendu compte qu'il était temps de lâcher prise.

— Lâcher prise ? » Comme si l'idée de protéger Marco et Polo était une lubie d'enfant dont il se serait lassé. « Je ne savais pas que c'était comme ça que tu voyais les choses.

— Moi non plus, jusqu'à récemment.

— Est-ce que ça veut dire que tu ne prévois plus de constituer Marco et Polo en sociétés un jour ?

— Si, c'est toujours prévu. Je ne serai simplement plus aussi... » Il hésite à nouveau. « ... obsédé.

— Plus aussi "obsédé". » Ana se demande si elle connaît vraiment Derek en fin de compte. « Tant mieux pour toi, j'imagine. »

Sa remarque a l'air de le blesser, ce qui ne la dérange pas.

« Ça profite à tout le monde, argumente-t-il. Les digimos peuvent accéder à Real Space...

— Je sais, je sais.

— Vraiment, je pense que c'est pour le mieux. » Mais il ne semble pas y croire lui-même.

« Comment est-ce que ça peut être pour le mieux ? » demande-t-elle. Derek ne répond rien, et elle le regarde fixement.

« On se reparle plus tard », dit Ana, et elle ferme la fenêtre d'appel. Penser à toutes les façons dont Marco risque d'être utilisé – sans jamais avoir conscience qu'il est utilisé – lui fend le cœur. On ne peut pas tous les sauver, se souvient-elle. Mais elle n'avait jamais imaginé que Marco pourrait être un de ceux qui se retrouveraient en danger. Elle supposait que Derek pensait comme elle, qu'il comprenait la nécessité de faire des sacrifices.

Dans sa fenêtre Data Earth, elle peut voir Jax piloter joyeusement son *hovercar* le long des pentes, comme un enfant sur un grand huit invisible. Elle ne veut pas lui parler de l'accord avec Binary Desire, pas encore ; il leur faudrait discuter de ce que ça signifie pour Marco et elle n'a pas assez d'énergie pour avoir cette conversation. Pour le moment elle veut seulement le regarder et essayer timidement de se faire à l'idée que le portage du Neuroblast est bel et bien en cours. C'est une sensation étrange. Ce n'est pas exactement du soulagement, étant donné ce que ça leur a coûté, mais c'est indéniablement une bonne chose que cet énorme obstacle au futur de Jax soit enfin levé, et elle n'a même pas eu à prendre le poste chez Polytope. Il faudra des mois avant que le portage ne soit terminé, mais le temps passera vite maintenant que la destination est connue. Jax pourra entrer dans Real Space, revoir ses amis, et rejoindre le reste de l'univers social.

Non pas qu'après cela le futur ne soit plus qu'un océan de douceur. Il leur reste encore une interminable série d'obstacles à surmonter, mais au moins Jax et elle pourront les affronter. Le temps d'un instant, Ana s'autorise à fantasmer sur ce qui pourrait advenir s'ils y parvenaient.

Elle imagine Jax qui mûrit au fil des années, sur Real Space et dans le monde réel. Elle l'imagine constitué en société, une personne morale, employé et gagnant sa vie. Elle l'imagine participant à la sous-culture digimo, une communauté avec suffisamment d'argent et de compétences pour lancer les portages sur de nouvelles plateformes quand le besoin s'en fait sentir. Elle l'imagine accepté par une génération d'humains ayant grandi avec des digimos et capable de les considérer comme des partenaires amoureux potentiels, ce que sa génération ne sera jamais capable de faire. Elle l'imagine aimant et étant aimé, se disputant et faisant des concessions. Elle l'imagine consentant à des sacrifices, certains difficiles et d'autres rendus faciles parce qu'il les fait pour une personne à laquelle il tient vraiment.

Quelques minutes s'écoulent et Ana se force à cesser de rêvasser. Rien ne garantit que Jax soit capable de toutes ces choses. Mais s'il veut un jour avoir la chance de les essayer, elle doit s'atteler à la tâche qui l'attend à présent : lui apprendre le métier de la vie, du mieux qu'elle peut.

Elle lance le processus d'arrêt du jeu et appelle Jax sur la radio. « La récréation est terminée, Jax. C'est l'heure de faire tes devoirs. »

LA NURSE AUTOMATIQUE BREVETÉE DE DACEY

Extrait du catalogue de l'exposition

PETITS ADULTES DÉFECTUEUX
– TRAITEMENT DES ENFANTS DE 1700 À 1950

Musée national de Psychologie, Akron, Ohio

La Nurse automatique était une création de Reginald Dacey, mathématicien né à Londres en 1861. Dacey s'était à l'origine intéressé à la construction d'une machine à enseigner ; inspiré par les avancées technologiques récentes liées au gramophone, il chercha à convertir le moulin arithmétique de la machine analytique proposée par Charles Babbage en une machine capable d'enseigner la grammaire et l'arithmétique par la répétition. Dacey ne la voyait pas comme un substitut de l'enseignement humain, mais comme un appareil pratique à l'usage des professeurs et gouvernantes.

Pendant des années, Dacey travailla assidûment sur sa machine à enseigner, et même la mort en couches de sa femme, Emily, en 1894, ne suffit pas à ralentir ses efforts.

Ce qui, des années plus tard, vint changer l'orientation de ses recherches fut la découverte de la manière dont son propre fils, Lionel, était traité par sa nurse, une femme connue sous le nom de Nurse Gibson. Dacey avait lui-même été élevé par une nurse d'une grande affection, et pendant des années avait supposé que la femme qu'il avait engagée traitait son fils de la même manière, allant même, à l'occasion, jusqu'à lui rappeler de ne pas se montrer trop indulgente. Il fut choqué d'apprendre que Nurse Gibson battait régulièrement l'enfant et lui administrait de la poudre de Gregory (un laxatif puissant au goût abominable) en punition. Comprenant que son fils vivait en réalité dans la peur de sa nurse, Dacey la renvoya sur-le-champ. Il reçut par la suite, et avec la plus grande attention, plusieurs candidates pour le poste et fut surpris de découvrir le vaste spectre de leurs méthodes éducatives. Certaines inondaient les enfants d'affection quand d'autres appliquaient des mesures disciplinaires plus cruelles encore que celles de Nurse Gibson.

Finalement, Dacey trouva une nurse de remplacement, mais il lui demanda d'amener régulièrement Lionel à son atelier afin de mieux pouvoir la surveiller. Pour l'enfant ce devait être le paradis, et il faisait preuve de la plus grande obéissance en présence de Dacey ; les divergences entre les explications de Nurse Gibson sur le comportement de son fils et ses propres observations poussèrent Dacey à commencer une étude pour définir les pratiques éducatives optimales. Du fait de son penchant pour les mathématiques, il voyait l'état émotionnel d'un enfant comme un exemple de système en équilibre instable. Les carnets qu'il tenait à cette époque établissent les constats suivants : « L'indulgence encourage chez l'enfant des mauvais comportements, ceux-ci irritent alors la nurse et la poussent à instaurer des punitions plus sévères que nécessaire. La nurse est ensuite prise de regrets et compense, pour finalement faire preuve d'une indulgence plus grande encore. C'est un pendule inversé, sujet à des oscillations d'une magnitude qui n'a de cesse d'augmenter. Si nous arrivons seulement à maintenir le pendule à la verticale, toute correction postérieure devient alors inutile. »

Dacey essaya de transmettre sa philosophie éducative aux diverses nurses de Lionel, mais elles finirent toutes par lui annoncer que l'enfant ne leur obéissait pas. Il semble qu'il ne lui vînt jamais à l'esprit que Lionel puisse se comporter différemment avec ces femmes et avec lui ; au lieu de cela, il conclut que les nurses étaient trop caractérielles pour suivre ses directives. En un sens il partageait la croyance populaire de l'époque, qui soutenait que leur nature émotionnelle faisait des femmes des parents inadaptés ; là où il s'en éloignait en revanche, c'était en affirmant que l'excès de punitions pouvait être aussi préjudiciable que l'excès d'affection. Il finit donc par décider que la seule nurse capable d'adhérer aux procédures qu'il avait définies serait celle qu'il construirait lui-même.

Dans ses lettres à ses collègues, Dacey justifiait le choix d'une nourrice mécanique par de nombreuses raisons. Tout d'abord, une telle machine serait beaucoup plus facile à construire qu'une machine à enseigner, et la vente de l'une permettrait de lever les fonds nécessaires au perfectionnement de l'autre. Il voyait également là l'opportunité d'intervenir en amont : en confiant les enfants à des machines alors qu'ils n'étaient encore que des nourrissons, on s'assurerait qu'ils n'acquerraient pas de mauvaises habitudes dont il faudrait ensuite les défaire. « Les enfants ne naissent pas pécheurs, mais ils le deviennent sous l'influence de ceux à qui ils sont confiés, écrit-il. Une éducation rationnelle produira des enfants rationnels. »

Le fait que jamais Dacey ne suggère qu'ils devraient être élevés par leurs parents est révélateur de l'attitude victorienne envers les enfants. De sa propre participation à l'éducation de Lionel, il écrit : « J'ai pris conscience que, par ma simple présence, je risque d'entraîner les dangers mêmes que je souhaite éviter ; car, bien que plus rationnel que n'importe quelle femme, je ne suis en rien immunisé contre les expressions d'amusement ou d'affliction du garçon. Mais le progrès ne peut arriver qu'étape par étape et, même s'il est trop tard pour que Lionel puisse pleinement profiter des fruits de mon travail, il en comprend l'importance. Parfaire cette machine permettra à d'autres parents d'élever leurs enfants dans un environnement plus rationnel que celui que j'ai offert au mien. »

Pour assurer la fabrication de la Nurse automatique, Dacey signa un contrat avec Thomas Bradford & Co., manufacture de machines à coudre et à laver. Le torse de la Nurse était pour l'essentiel occupé par un mécanisme d'horloge à ressort qui contrôlait les horaires de bercement et d'allaitement. La majeure partie du temps, les bras formaient un lit où bercer le bébé mais, à intervalles réguliers, la machine le relevait en position d'allaitement et exposait un téton en caoutchouc connecté à un réservoir de lait pour bébés. En plus de la manivelle pour remonter le ressort du moteur, la Nurse était dotée d'une manivelle plus petite pour actionner le gramophone qui jouait les berceuses ; le gramophone devait être particulièrement petit pour tenir dans la tête de la Nurse, et seuls des disques pressés sur mesure pouvaient y être insérés. Près du socle de la Nurse se trouvait également une pédale, qui pressurisait la pompe à déchets permettant d'activer le système d'aspiration à deux tuyaux allant de la couche en caoutchouc du bébé jusqu'à un pot de chambre.

La Nurse automatique fut mise en vente en mars 1901, et la publicité suivante apparut dans l'*Illustrated London News* :

Ne laissez pas votre enfant aux soins d'une femme dont le caractère vous est étranger. Adoptez la pratique moderne de l'éducation scientifique en achetant la

NURSE AUTOMATIQUE BREVETÉE DE DACEY

. .

Les AVANTAGES de ce SUBSTITUT UNIQUE à toute nurse sont les suivants :

- Elle apprend à votre bébé à suivre un rythme précis de sommeil et d'allaitement.

- Elle apaise votre bébé sans lui administrer des narcotiques stupéfiants.
- Elle travaille nuit et jour, ne nécessite pas de chambre séparée, et ne peut vous voler.
- Elle n'exposera pas votre enfant à des influences peu recommandables.

Voyez les témoignages de nos clients :

« Notre enfant est désormais parfaitement bien élevé et de très bonne compagnie. »

– Mme Menhenick, Colwyn Bay.

« Un progrès sans commune mesure quant à la fille irlandaise que nous avions jusque-là employée. C'est une bénédiction pour notre foyer. »

– Mme Hastings, Eastbourne.

« Moi-même, j'aurais aimé être élevée par l'une d'elles. »

– Mme Goldwin, Andoversford.

THOMAS BRADFORD & CO.
68, FLEET STREET, LONDRES ;
ET MANCHESTER

Il convient de noter que, plutôt que de mettre en avant l'éducation d'enfants rationnels, les publicités s'attaquaient aux peurs des parents face aux nourrices indignes de confiance. Il s'agissait peut-être là d'un simple argument de vente imaginé par les partenaires de Dacey chez Thomas Bradford & Co., mais certains historiens pensent que ces arguments révèlent ce que Dacey cachait derrière le développement de la Nurse automatique. Bien que décrivant toujours sa machine à enseigner comme une aide pour les gouvernantes, il présenta la Nurse automatique comme un réel substitut à une nurse humaine. Les nurses étant issues de la classe ouvrière, alors que les gouvernantes étaient plus généralement issues de la haute société, ce choix suggère un préjugé de classe inconscient chez Dacey.

Sans que l'on connaisse les raisons de sa popularité, la Nurse automatique rencontra un succès éphémère, avec plus de cent cinquante unités vendues en six mois. Dacey maintint que les familles qui utilisèrent la Nurse automatique étaient pleinement satisfaites de la qualité des soins offerts par la machine, mais ces affirmations sont invérifiables ; les témoignages cités dans les publicités sont vraisemblablement inventés, comme il était d'usage à l'époque.

Ce dont nous sommes sûrs, c'est qu'en septembre 1901 un bébé nommé Nigel Hawthorne fut fatalement éjecté d'une Nurse automatique dont le ressort moteur avait cédé. La nouvelle de la mort de l'enfant se répandit rapidement, et Dacey fut confronté à un afflux de familles lui rapportant leurs Nurses Automatiques. Après avoir examiné l'appareil des Hawthorne, il découvrit que le mécanisme avait été forcé afin de permettre à la machine de fonctionner plus longtemps sans être remontée. Il publia une pleine page de publicité dans laquelle – tout en essayant de ne pas blâmer les parents Hawthorne – il affirmait que la Nurse automatique était parfaitement sûre si on l'utilisait correctement, mais personne ne voulut plus confier son enfant aux soins de la machine de Dacey.

Pour démontrer l'absence de danger de la Nurse automatique, Dacey annonça crânement qu'il lui confierait son prochain enfant. S'il avait pu mener à bien cette idée, peut-être aurait-il pu retrouver la confiance du public dans sa machine, mais Dacey n'en eut jamais l'occasion, ayant pris l'habitude d'informer ses futures épouses de ses plans pour leur progéniture. L'inventeur présentait sa demande comme une invitation à participer à un grand projet scientifique, et s'étonna qu'aucune des femmes qu'il courtisait ne vît là une perspective intéressante.

Après plusieurs années d'un tel rejet par un public hostile, Dacey renonça à essayer de vendre sa Nurse automatique. Concluant que la société n'était pas suffisamment éclairée pour apprécier les bénéfices apportés par l'éducation mécanique, il abandonna également ses projets de construction d'une machine à enseigner, et reprit ses travaux en mathématiques pures. Il écrivit des articles sur la théorie des nombres et enseigna à Cambridge jusqu'à sa mort en 1918, durant l'épidémie mondiale de grippe.

La Nurse automatique aurait pu tomber dans l'oubli si, en 1925, le *London Times* n'avait pas fait paraître un article intitulé « Les mésaventures de la science ». Il décrivait d'un ton railleur un certain nombre d'inventions et d'expériences ratées, dont la Nurse automatique, qu'il présenta comme « un engin monstrueux dont l'inventeur méprisait certainement les enfants ». Le fils de Reginald, Lionel Dacey, qui était lui-même devenu mathématicien et poursuivait le travail de son père sur la théorie des nombres, fut scandalisé. Il adressa une lettre virulente au journal, exigeant que soit publié un correctif. Devant le refus de la direction, il intenta une action en diffamation contre l'éditeur, qu'il finit par perdre. Loin de se décourager, Lionel Dacey lança une campagne pour prouver que la Nurse automatique était fondée sur des principes d'éducation sensés et humains, publiant à son compte un livre à propos des théories de son père sur l'éducation d'enfants rationnels.

Lionel Dacey restaura les Nurses Automatiques qui avaient été conservées dans la propriété familiale et, en 1927, les proposa de nouveau à la vente. Mais il fut incapable de trouver le moindre acheteur. Il tint pour responsable l'obsession de la haute société britannique pour son statut social ; les appareils ménagers étant désormais commercialisés auprès de la classe moyenne comme des « domestiques électriques », il affirma que les familles de la haute société mettaient un point d'honneur à engager des nurses humaines afin de sauvegarder les apparences, qu'elles se révèlent meilleures dans leur travail ou non. Les collègues de Lionel Dacey, quant à eux, pointèrent du doigt son refus de mettre à jour la Nurse automatique de quelque manière que ce soit ; il ignora la recommandation d'un de ses conseillers de remplacer le mécanisme à ressort de la machine par un moteur électrique et en licencia un autre qui lui avait suggéré de la commercialiser sans mentionner le nom Dacey.

Comme son père avant lui, Lionel Dacey décida finalement d'élever son propre enfant à l'aide de la Nurse automatique. Mais plutôt que de chercher une épouse consentante, il annonça en 1932 qu'il adopterait un enfant. Puis il ne donna plus de nouvelles dans les années qui suivirent, incitant un chroniqueur mondain à suggérer que l'enfant avait péri entre les mains de la machine, mais la Nurse automatique suscitait alors si peu d'intérêt que personne ne prit la peine d'aller enquêter.

La vérité sur cet enfant n'aurait jamais été révélée sans le travail du Dr Thackery Lambshead. En 1938, ce Lambshead donnait des consultations à l'institut Brighton pour les subnormalités mentales (aujourd'hui connu sous le nom de Bayliss House) lorsqu'il rencontra un enfant du nom d'Edmund Dacey. D'après son dossier d'admission, Edmund avait été élevé avec succès par une Nurse automatique jusqu'à ses deux ans, âge auquel Lionel Dacey avait jugé bon de le confier à des mains humaines. C'est à ce moment qu'il avait pris conscience qu'Edmund ne répondait pas à ses ordres. Peu de temps après, un médecin diagnostiqua l'enfant comme étant « faible d'esprit ». Jugeant qu'il ne constituait pas un sujet adéquat pour prouver l'efficacité de la Nurse, Lionel Dacey fit interner Edmund à l'institut Brighton.

Ce qui incita le personnel de l'institut à demander une consultation à Lambshead, c'était la stature minuscule d'Edmund : bien qu'il fût âgé de cinq ans, sa taille et son poids étaient ceux d'un enfant de trois ans. Les enfants de l'institut Brighton étaient en général plus grands et en meilleure santé que ceux d'asiles similaires, reflet de la volonté du personnel de l'institut de ne pas suivre la pratique, encore courante, de minimiser les interactions avec les enfants. En offrant affection et contact physique aux enfants dont elles avaient la charge, les infirmières leur permettaient d'éviter ce qu'on appelle aujourd'hui le nanisme psychosocial – où un état de stress émotionnel réduit les niveaux d'hormones de croissance de l'enfant –, syndrome répandu dans les orphelinats de l'époque.

Les infirmières supposèrent logiquement que le retard de croissance d'Edmund Dacey était dû à la substitution de tout contact humain par l'attention entièrement mécanique de la Nurse automatique, et s'attendirent à ce qu'il prenne du poids grâce à leurs soins. Mais après deux ans au cours desquels les infirmières l'inondèrent d'attention, Edmund n'avait quasiment pas grandi, invitant l'équipe à chercher une cause physiologique sous-jacente.

Lambshead émit l'hypothèse que l'enfant souffrait bien de nanisme psychosocial, mais d'une variété inverse rare : Edmund n'avait pas besoin de plus de contact humain, mais de plus de contact avec une machine. Sa petite taille n'était pas le résultat des années passées avec la Nurse automatique, mais du manque qu'il avait éprouvé lorsque son père, l'estimant prêt, l'avait finalement confié à des êtres humains. Si cette théorie se vérifiait, restaurer la machine permettrait au garçon de reprendre une croissance normale.

Lambshead partit donc à la recherche de Lionel Dacey pour acquérir une Nurse automatique. Il donna un compte rendu de la visite dans une monographie écrite des années plus tard :

> [Lionel Dacey] évoqua son intention de renouveler l'expérience avec un autre enfant dès qu'il serait assuré que la mère était d'une

lignée convenable. Il pensait que l'expérience avec Edmund n'avait échoué qu'à cause de « l'imbécillité de souche » de l'enfant, qu'il imputait à la mère. Je lui demandai ce qu'il savait des parents de l'enfant, et il répondit, un peu trop violemment, qu'il n'en savait rien du tout. Plus tard, je visitai l'orphelinat où Lionel Dacey avait adopté Edmund, et j'appris par leurs archives que la mère de l'enfant était une femme du nom d'Eleanor Hardy, qui avait précédemment travaillé comme domestique pour Lionel Dacey. Il m'apparut évident qu'Edmund était en réalité l'enfant illégitime de Lionel Dacey.

Lionel Dacey refusa de faire don d'une Nurse automatique à ce qu'il considérait comme une expérience ratée, mais il accepta d'en vendre une à Lambshead, qui s'arrangea ensuite pour la faire installer dans la chambre d'Edmund à l'institut Brighton. L'enfant étreignit la machine dès qu'il la vit, et les jours suivants il fut heureux de s'amuser avec ses jouets tant que la Nurse était à proximité. Au fil des mois, les infirmières notèrent une croissance constante de sa taille et de son poids, confirmant le diagnostic de Lambshead.

L'équipe conclut que les retards cognitifs d'Edmund étaient de nature congénitale, et se déclara satisfaite de le voir en bonne forme physique et émotionnelle. Lambshead, cependant, se demanda si les conséquences de la relation de l'enfant avec une machine pouvaient être plus profondes qu'ils ne le pensaient. Il émit l'hypothèse qu'Edmund avait été mal diagnostiqué, déclaré faible d'esprit simplement parce qu'il ne prêtait pas attention à ses enseignants humains, et qu'il serait en fait plus à même de répondre à un éducateur mécanisé. Il n'avait malheureusement aucun moyen d'éprouver son hypothèse ; même s'il avait pu la terminer, la machine de Reginald Dacey n'aurait pas pu donner le genre d'enseignement dont Edmund avait besoin.

Ce n'est qu'en 1946 que la technologie atteignit un niveau suffisant. À l'issue de conférences sur les effets des rayons, Lambshead avait noué de bonnes relations avec les scientifiques travaillant au laboratoire national d'Argonne de Chicago. Il fut invité à une démonstration des premiers manipulateurs à distance, des bras mécaniques conçus pour la manutention des matières radioactives. Il reconnut immédiatement leur potentiel éducatif pour Edmund et put en acquérir une paire pour l'institut Brighton.

Edmund avait alors treize ans. Il avait toujours été indifférent aux tentatives d'enseignement de l'équipe, mais les bras mécaniques captèrent aussitôt son attention. Utilisant un système d'interphone qui imitait le son basse fidélité du gramophone d'origine de la Nurse automatique, les infirmières purent obtenir d'Edmund qu'il réponde à leurs voix, ce qu'elles n'avaient encore jamais obtenu en lui adressant directement la parole. En seulement quelques semaines, le diagnostic de retard cognitif fut infirmé : l'équipe avait simplement manqué d'outils appropriés pour communiquer avec l'enfant. Fort de ce nouveau développement, Lambshead fut capable de persuader Lionel Dacey de venir à l'institut. Devant la curiosité d'Edmund et sa nature inquisitrice, Lionel comprit à quel point il avait freiné le développement intellectuel du garçon. D'après le compte rendu de Lambshead :

> Il lutta visiblement pour contenir ses émotions à la vue de ce qu'il avait provoqué en poursuivant la vision de son père : un enfant si attaché aux machines qu'il en était devenu incapable de reconnaître un autre être humain. Je l'entendis murmurer : « Pardonnez-moi, père. »
>
> « Je suis certain que votre père comprendrait que vos intentions étaient honorables, dis-je.
>
> — Vous m'avez mal compris, docteur Lambshead. Si j'avais été un scientifique lambda, mes efforts pour confirmer sa thèse auraient été la preuve de son influence, quels que soient mes résultats. Mais, étant le fils de Reginald Dacey, j'ai par deux fois réfuté sa thèse : ma vie est la preuve de l'impact que l'attention d'un père peut avoir sur un fils. »

Immédiatement après cette visite, Lionel Dacey fit installer à son domicile des manipulateurs à distance et un interphone, avant de ramener Edmund chez lui. Il se dévoua à des interactions mécanisées avec son fils jusqu'à ce qu'Edmund succombe d'une pneumonie en 1966. Lionel Dacey décéda l'année suivante.

La Nurse automatique présentée ici est celle achetée par le Dr Lambshead pour améliorer la situation d'Edmund à l'institut Brighton. Toutes les Nurses en possession de Lionel Dacey furent détruites à la mort de son fils. Le musée national de Psychologie remercie le Dr Lambshead pour le don de cet artefact unique.

LA VÉRITÉ DU FAIT,
LA VÉRITÉ DE L'ÉMOTION

Quand ma fille Nicole était bébé, j'ai lu un livre où l'auteur suggérait qu'il n'était plus nécessaire d'apprendre à nos enfants à lire et à écrire puisque la reconnaissance et la synthèse vocales rendraient bientôt ces compétences inutiles. Ma femme et moi, horrifiés par cette idée, avons décidé que, quel que soit le degré de sophistication atteint par la technologie, les compétences de notre fille reposeraient toujours sur un socle d'alphabétisation traditionnelle.

Il s'est trouvé que l'auteur et nous-mêmes avions tous partiellement raison : Nicole, à présent adulte, sait aussi bien lire que moi, bien qu'elle ait en quelque sorte perdu la capacité d'écrire. Elle n'en est pas à dicter ses messages puis à demander à une secrétaire virtuelle de lui relire ce qu'elle vient de dire, comme l'avait prédit l'auteur. Nicole subvocalise, son projecteur rétinien affiche alors les mots dans son champ de vision et elle opère des révisions à l'aide d'une combinaison de gestes et de mouvements d'yeux. À toutes fins utiles, elle est capable d'écrire. Mais retirez-lui le logiciel d'assistance en ne lui laissant rien d'autre qu'un clavier comme celui auquel je reste fidèle, et elle aura du mal à orthographier de nombreux mots. Dans de telles circonstances, l'anglais est un peu comme une deuxième langue pour elle, une langue qu'elle est capable de parler couramment, mais qu'elle sait à peine écrire.

Je peux sembler déçu par les performances intellectuelles de Nicole, mais ce n'est absolument pas le cas. Elle est intelligente et passionnée par son travail dans un musée d'art, alors qu'elle pourrait gagner plus d'argent ailleurs, et j'ai toujours été très fier de ses réussites. Mais cet ancien moi existe néanmoins, celui qui aurait été consterné de voir sa fille perdre sa capacité à écrire, et je ne peux pas nier continuer à faire un avec lui.

J'ai lu ce livre il y a plus de trente ans et nos vies ont connu depuis d'innombrables changements, que j'aurais été bien incapable de prédire. Le plus catastrophique de tous fut l'annonce d'Angela, la mère de Nicole, qui déclara un jour mériter une vie plus intéressante que celle que nous avions à lui offrir, avant de passer les dix années suivantes à sillonner le globe. Mais les changements menant à l'alphabétisation actuelle de Nicole ont été plus graduels, plus ordinaires : une succession de gadgets logiciels présentés comme utiles et pratiques, et qui l'étaient, et auxquels je ne me suis pas opposé au moment de leur introduction.

Donc je n'ai pas pour habitude d'annoncer la fin du monde à l'arrivée de chaque nouveau produit et, comme tout un chacun, j'ai pu accueillir ces nouvelles technologies avec joie. Mais lorsque

Whetstone a dévoilé Memori, son nouvel outil de recherche, je l'ai reçu avec bien moins de sérénité que ses prédécesseurs.

Des millions de personnes, de mon âge pour certaines, mais jeunes pour la plupart, tiennent un lifelog depuis des années, utilisant des caméras personnelles pour capturer en continu des images de leur vie entière.

Les gens consultent leurs lifelogs pour un tas de raisons – revivre leurs moments préférés, retrouver la cause de réactions allergiques, l'éventail est large –, mais ils ne le font qu'occasionnellement ; personne ne veut passer son temps à formuler des requêtes et à en éplucher les résultats. Les lifelogs sont l'album de photos le plus complet que l'on puisse imaginer mais, comme la plupart des albums de photos, en dehors de quelques occasions spéciales, ils ne sont pas consultés. Whetstone veut changer tout ça ; ils affirment que les algorithmes de Memori sont en mesure de fouiller l'intégralité de la botte de foin avant même que vous n'ayez terminé de dire « aiguille ».

Memori analyse vos conversations pour y trouver des références à des événements passés, puis affiche une vidéo de l'événement en question dans le coin inférieur gauche de votre champ de vision. Si vous dites : « Tu te souviens de la fois où on avait dansé la conga à un mariage ? » Memori affichera la vidéo. Si la personne avec qui vous parlez dit : « La dernière fois qu'on était à la plage », Memori exhumera la vidéo. Et son usage ne se limite pas aux conversations puisque Memori analyse aussi vos subvocalisations. Si vous lisez les mots : « le premier restaurant

Sichuan où j'ai mangé », vos cordes vocales vont vibrer comme si vous lisiez à haute voix, et Memori déclenchera la vidéo correspondante.

On ne peut nier l'utilité d'un logiciel réellement capable de répondre à la question : « Où ai-je mis mes clefs ? » mais, selon Whetstone, Memori est bien plus qu'un simple assistant virtuel : ils veulent lui faire prendre la place de votre mémoire naturelle.

*

C'est au cours de l'été de la treizième année de Jijingi qu'un Européen vint vivre au village. Les vents poussiéreux de l'harmattan commençaient à souffler du nord quand Sabe, l'ancien que toutes les familles locales acceptaient comme chef, le leur annonça.

La première réaction générale fut évidemment l'inquiétude. « Qu'avons-nous fait de mal ? » demanda le père de Jijingi à Sabe.

Les Européens étaient arrivés à Tivland des années auparavant et, bien que certains anciens aient affirmé qu'ils repartiraient un jour et que la vie reprendrait alors son cours, avant que ce jour ne survienne, les Tiv n'avaient pas d'autre choix que de s'entendre avec eux. Les Tiv s'étaient adaptés à de nombreux changements, mais jamais ils n'avaient dû accueillir un Européen parmi eux. Habituellement, les Européens venaient au village pour collecter les impôts des routes qu'ils avaient construites ; certains clans avaient droit à plusieurs visites si les membres refusaient de payer, mais cela n'avait pas été le cas pour le clan Shangev. Sabe et les autres anciens du clan s'étaient mis d'accord : la meilleure stratégie était de payer les impôts.

Sabe leur demanda de ne pas s'alarmer. « Cet Européen est un missionnaire ; c'est-à-dire qu'il ne fait que prier. Il n'a aucune autorité pour nous punir, mais en l'accueillant chaleureusement nous ferons plaisir aux hommes de l'administration. »

Il ordonna que deux huttes soient construites pour le missionnaire, une hutte de repos et une hutte de réception. Les jours suivants, chacun interrompit la récolte du sorgo pour aider à poser des briques, à planter des poteaux, à ficeler des bottes de chaume pour le toit. Ce fut pendant la dernière étape du tassement du sol que le missionnaire arriva. Ils virent d'abord venir ses porteurs, les caisses apparurent au loin tandis qu'ils se frayaient un chemin à travers les champs de manioc ; le missionnaire lui-même venait le dernier, l'air exténué bien qu'il ne portât rien. Il s'appelait Moseby, et il remercia tous ceux qui avaient œuvré à l'édification des huttes. Il essaya d'aider, mais il fut vite évident qu'il ne savait rien faire, et il s'assit donc à l'ombre d'un néré et s'épongea la tête avec un bout de tissu.

Jijingi observa le missionnaire avec curiosité. L'homme ouvrit une de ses caisses et en sortit ce qu'il prit tout d'abord pour un morceau de bois. Lorsqu'il le fendit en deux, Jijingi put voir qu'il s'agissait d'une liasse de papiers étroitement ficelée. Jijingi en avait déjà vu : lorsque les Européens venaient collecter les impôts, ils leur donnaient en échange du papier afin que les villageois aient une preuve de ce qu'ils avaient payé. Mais le papier que le missionnaire était en train de consulter était d'un autre genre et avait certainement un autre but.

L'homme remarqua Jijingi qui le regardait et l'invita à s'approcher. « Je m'appelle Moseby, dit-il. Et toi, comment t'appelles-tu ?

— Je suis Jijingi, et mon père est Orga du clan Shangev. »

Moseby ouvrit la liasse de papiers et la lui montra. « As-tu déjà entendu l'histoire d'Adam ? demanda-t-il. Adam était le premier homme. Nous sommes tous les enfants d'Adam.

— Ici nous sommes les descendants de Shangev, répondit Jijingi. Et tout le monde à Tivland est un descendant de Tiv.

— Oui, mais Tiv, votre ancêtre, descendait d'Adam, tout comme mes ancêtres. Nous sommes tous frères. Est-ce que tu comprends ? »

Le missionnaire parlait comme si sa langue était trop large pour sa bouche, mais Jijingi arrivait à saisir ce qu'il disait. « Oui, je comprends. »

Moseby sourit et montra le papier. « Ce papier raconte l'histoire d'Adam.

— Comment est-ce qu'un papier peut raconter une histoire ?

— C'est un art que nous, Européens, connaissons. Quand un homme parle, nous faisons des marques sur le papier. Quand un autre homme regarde le papier plus tard, il voit les marques et comprend les sons faits par le premier homme. De cette manière, le deuxième homme peut entendre ce que le premier homme a dit. »

Jijingi se souvint d'une chose que son père lui avait racontée sur le vieux Gbegba, le plus doué d'entre eux en pistage. « Là où toi et moi ne verrions que de l'herbe remuée, lui peut voir qu'un léopard a tué un rat des roseaux avant de l'emporter », expliquait son père. Gbegba était capable de regarder le sol et de savoir ce qui s'était passé même s'il n'avait pas assisté à la scène. Cet art des Européens devait être similaire : ceux qui étaient doués pour interpréter les marques pouvaient entendre une histoire même s'ils n'étaient pas présents quand elle avait été racontée.

« Dis-moi l'histoire que raconte ce papier », exigea Jijingi.

Moseby lui raconta l'histoire d'Adam et de sa femme se faisant piéger par un serpent. Puis il demanda à Jijingi : « Elle t'a plu ?

— Tu es mauvais conteur, mais l'histoire était plutôt intéressante. »

Moseby éclata de rire. « Tu as raison, je ne suis pas très bon avec la langue des Tiv. Mais c'est une bonne histoire. C'est notre plus vieille histoire. Elle nous a été racontée longtemps avant que ton ancêtre Tiv ne soit né. »

Jijingi était sceptique. « Ce papier ne peut pas être aussi vieux.

— Non, il ne l'est pas. Mais les marques qui sont dessus ont été copiées d'un papier plus ancien. Et ces marques-là avaient été copiées d'un papier plus ancien. Et ainsi de suite de nombreuses fois. »

Si c'était vrai, c'était impressionnant. Jijingi aimait les histoires, et les plus vieilles étaient souvent les meilleures.

« Combien d'histoires as-tu là ?

— Un grand nombre. » Moseby feuilleta la liasse de papiers, et Jijingi put voir que chaque feuille était couverte de marques d'un bord à l'autre ; il devait y avoir beaucoup, beaucoup d'histoires là-dedans.

« Cet art dont tu parles, interpréter les marques sur le papier ; c'est seulement pour les Européens ?

— Non, je peux te l'apprendre. Tu voudrais ? »

Jijingi hocha prudemment la tête.

*

En tant que journaliste, cela fait longtemps que j'apprécie l'utilité du lifelogging pour démêler le vrai du faux. Rares sont les procédures judiciaires, pénales ou civiles, qui n'utilisent pas le lifelog de quelqu'un, et à juste titre. Quand l'intérêt public est en jeu, il est important de savoir ce qui s'est précisément passé ; la justice est un élément essentiel de notre contrat social, et aucune justice n'est possible sans connaître la vérité.

Mais je suis bien plus sceptique quant au recours au lifelogging dans des situations purement personnelles. Lorsque la pratique a commencé à devenir populaire, des couples ont pensé pouvoir s'en servir pour régler des disputes et savoir qui avait vraiment dit quoi, en utilisant un extrait vidéo pour prouver qu'ils avaient raison. Mais il était souvent difficile de trouver le bon extrait et, hormis les plus déterminés, tous finissaient par y renoncer. Cette difficulté a agi comme un garde-fou, limitant les fouilles de lifelogs aux seules situations où un tel effort était justifié, autrement dit celles où la justice jouait un rôle central.

Aujourd'hui, grâce à Memori, il est facile de trouver un moment précis, et les lifelogs, qui étaient jusque-là restés plus ou moins ignorés, sont étudiés comme autant de scènes de crime constellées de preuves pouvant être utilisées dans des conflits domestiques.

En général, j'écris sur l'actualité, mais il m'est aussi arrivé de traiter quelques sujets de fond ; aussi, lorsque j'ai proposé un article sur les inconvénients potentiels de Memori à mon rédacteur en chef, il m'a donné le feu vert. J'ai commencé par interviewer un couple marié que j'appellerai Joel et Deirdre, respectivement architecte et peintre. Je n'ai eu aucun mal à les faire parler de Memori.

« Joel est toujours en train de dire qu'il le savait depuis le début, m'a expliqué Deirdre, même quand ce n'est pas vrai. Avant, ça me rendait folle, parce que je n'arrivais jamais à lui faire admettre qu'il avait affirmé autre chose auparavant. Maintenant je peux. Récemment, par exemple, on a parlé de l'affaire McKittridge, l'enlèvement. »

Elle m'a envoyé la vidéo d'une dispute qu'elle avait eue avec Joel. Mon projecteur rétinien a diffusé les images d'un cocktail ; du point de vue de Deirdre, Joel est en train de dire à plusieurs personnes : « *Ça se voyait depuis le jour de son arrestation qu'il était coupable.* »

La voix de Deirdre : « *T'as pas toujours pensé ça. Pendant des mois t'as soutenu qu'il était innocent.* »

Joel secoue la tête. « *Non, tu te trompes. Je disais*

que même les gens qui sont clairement coupables méritent un procès équitable.

— *C'est pas ce que tu disais. Tu disais qu'il s'était fait piéger.*

— *Tu dois te tromper de personne ; c'était pas moi.*

— *Non, c'était toi. Regarde.* » Une fenêtre vidéo s'ouvre séparément, un extrait de lifelog qu'elle a cherché et qu'elle diffuse aux gens avec qui ils étaient en train de discuter. Dans cette vidéo, Joel et Deirdre sont assis dans un café, et Joel dit : « *C'est un bouc émissaire. La police a besoin de rassurer le public, alors ils ont arrêté un suspect facile. Il est foutu maintenant.* » Deirdre demande : « *Tu ne crois pas qu'il a une chance d'être acquitté ?* » Et Joel répond : « *Non, à moins qu'il puisse se payer un avocat prestigieux, mais je te parie qu'il ne peut pas. Les gens comme lui n'auront jamais un procès équitable.* »

J'ai fermé les deux fenêtres et Deirdre a poursuivi : « Sans Memori, je n'aurais jamais pu le convaincre qu'il avait changé d'avis. Maintenant j'en ai la preuve.

— D'accord, t'avais raison cette fois-là, a admis Joel. Mais t'avais pas besoin de faire ça devant nos amis.

— Tu passes ton temps à me reprendre devant nos amis. Tu veux dire que je peux pas faire pareil ? »

C'était là le moment précis où la quête de vérité perdait toute vertu intrinsèque. Quand les seules personnes affectées ont une relation personnelle l'une avec l'autre, il y a des priorités plus importantes, et une recherche maniaque de la vérité peut alors devenir néfaste. Était-il vraiment capital de savoir qui avait eu l'idée de ces vacances qui ont si mal tourné ? Aviez-vous besoin de vérifier qui, de vous deux, était le plus tête en l'air quand il s'agissait de faire les courses que l'autre avait demandées ? Je n'étais pas expert en mariage, mais je connaissais la position des conseillers matrimoniaux : trouver le fautif n'était pas la solution. Les couples avaient plutôt besoin de tenir compte des sentiments de l'autre et d'affronter les problèmes ensemble.

J'ai ensuite parlé avec une porte-parole de Whetstone, Erica Meyers, qui m'a déroulé un long baratin officiel sur les bénéfices de Memori. « Favoriser l'accès à l'information est une vertu intrinsèque, a-t-elle argumenté. L'omniprésence de la vidéo a révolutionné le maintien de l'ordre. Les entreprises deviennent plus efficaces quand elles adoptent de bonnes pratiques de comptabilité. Et il nous arrive la même chose lorsque nos souvenirs deviennent plus précis : nous devenons meilleurs, pas seulement au travail, mais dans nos vies. »

Lorsque je lui ai parlé de couples comme Joel et Deirdre, elle a répondu : « Si vous avez un mariage solide, Memori ne peut pas vous faire de mal. Mais si vous êtes du genre à constamment vouloir prouver que vous avez raison et que votre conjoint a tort, alors votre mariage rencontrera des difficultés, que vous utilisiez Memori ou non. »

J'ai admis qu'elle avait peut-être raison, dans ce cas précis. Mais, lui ai-je demandé, ne pensait-elle pas que Memori favorisait l'apparition de ces disputes en permettant aux couples de compter les points, même dans les mariages solides ?

« Pas du tout, a-t-elle dit. Ce n'est pas Memori qui leur a donné l'idée de compter les points ; ils l'ont fait d'eux-mêmes. Un autre couple pourrait aussi bien utiliser Memori, se rendre compte qu'il leur est déjà arrivé à chacun de se tromper, et devenir plus indulgent l'un envers l'autre lorsque ce genre d'erreurs se produit. Je prédis que c'est ce scénario-là qui sera le plus courant chez la majorité de nos clients. »

J'aurais aimé pouvoir partager l'optimisme d'Erica Meyers, mais je savais que les nouvelles technologies ne faisaient pas toujours ressortir le meilleur en nous. Qui n'a pas déjà souhaité pouvoir prouver que sa version des faits était la bonne ? Je pouvais aisément m'imaginer utiliser Memori comme l'avait fait Deirdre, et je n'étais pas du tout sûr que ce soit bon pour moi. Quiconque a déjà passé des heures à naviguer sur Internet sait que la technologie peut encourager les mauvaises habitudes.

*

Moseby faisait un sermon tous les sept jours, pendant le jour consacré au repos, au brassage de la bière et à sa consommation. Une consommation qu'il semblait désapprouver mais, comme il ne voulait pas parler pendant un des jours de travail, le jour de la bière était le seul qui lui restait. Il parlait du dieu européen et disait aux gens que suivre ses lois améliorerait leurs vies, bien que ses explications sur le sujet ne fussent pas très convaincantes.

Moseby étant un peu médecin, et prêt à s'initier au travail des champs, les gens se mirent à l'accepter peu à peu, et le père de Jijingi autorisa le garçon à lui rendre parfois visite pour apprendre l'art de l'écriture. Moseby proposa aussi de l'enseigner aux autres enfants, et pendant un temps les camarades de l'âge de Jijingi se joignirent à lui, surtout pour se prouver entre eux qu'ils n'avaient pas peur de s'approcher d'un Européen. Rapidement, les jeunes garçons s'ennuyèrent et finirent par quitter le cours. Mais Jijingi, qui continuait à s'intéresser à l'écriture, et dont le père pensait que cela ferait plaisir aux Européens, fut finalement autorisé à s'y rendre tous les jours.

Moseby expliqua à Jijingi comment chaque son parlé par une personne pouvait être indiqué par une marque différente sur le papier. Les marques étaient organisées en rangs comme des plants dans un champ ; si vous regardiez les marques comme si vous marchiez le long d'un rang, que vous faisiez le bruit indiqué par chaque marque, vous vous retrouviez alors à dire ce que la personne d'origine avait dit. Moseby lui montra comment faire chacune des différentes marques sur une feuille de papier à l'aide d'une fine tige en bois dotée d'un noyau de suie.

Pendant ses leçons, Moseby parlait d'abord, puis il écrivait ce qu'il avait dit : « Quand la nuit viendra, je pourrai dormir. » *Tugh mba a ile yo me yav*. « Il y a deux personnes. » *Ioruv mban mba uhar*. Jijingi copiait soigneusement l'écriture sur une feuille et, quand il avait terminé, Moseby regardait son papier.

« Très bien. Mais tu dois laisser des espaces quand tu écris.

— C'est ce que j'ai fait. » Jijingi désigna l'écart entre chaque rangée.

« Non, ce n'est pas ce que je voulais dire. Tu vois les espaces à l'intérieur de chaque ligne ? » Il lui montra son papier à lui.

Jijingi comprit. « Tes marques à toi sont toutes collées, alors que les miennes sont réparties uniformément.

— Mes marques ne sont pas collées au hasard. Elles forment… je ne sais pas comment vous les appelez. » Il ramassa une fine liasse de papiers sur sa table et la feuilleta. « Je ne le vois pas ici. D'où je viens, nous appelons ça des "mots". Quand nous écrivons, nous laissons des espaces entre les mots.

— Mais qu'est-ce que c'est, un mot ?

— Comment pourrais-je l'expliquer ? » Il réfléchit un moment. « Si tu parles lentement, tu fais une pause après chaque mot. C'est pour ça que nous laissons un espace à ces endroits-là lorsque nous écrivons. Comme ça : Quel. Âge. As. Tu ? » Il écrivait sur son papier en parlant, laissant un espace à chaque fois qu'il faisait une pause : *Anyom a ou kuma a me ?*

« Mais tu parles doucement parce que tu es un étranger. Je suis tiv, donc je ne fais pas de pause quand je parle. Il ne faudrait pas que mon écriture fasse pareil ?

— Peu importe la vitesse à laquelle tu parles. Les mots sont les mêmes, que tu parles vite ou lentement.

— Alors pourquoi tu as dit que tu faisais une pause après chaque mot ?

— C'est le moyen le plus facile pour les trouver. Essaie de dire ça très lentement. » Il lui montra ce qu'il venait d'écrire.

Jijingi parla très lentement, comme un homme qui

essaierait de cacher son ivresse. « Pourquoi n'y a-t-il pas d'espace entre *an* et *yom* ?

— *Anyom* est un seul mot. Tu ne fais pas de pause au milieu.

— Mais je ne ferais pas de pause après *anyom* non plus. »

Moseby soupira. « Je vais continuer à réfléchir à comment t'expliquer ce que je veux dire. Pour l'instant, laisse juste des espaces là où moi j'en laisse. »

Quel art étrange que l'écriture. En labourant un champ, il vaut mieux espacer uniformément les graines d'ignames, le père de Jijingi l'aurait battu s'il avait collé les ignames comme Moseby avait collé ses marques sur le papier. Mais il avait pris sa décision, il apprendrait cet art du mieux qu'il pouvait, et si cela voulait dire coller ses marques, c'est ce qu'il ferait.

Ce n'est qu'après de nombreuses leçons que Jijingi finit par comprendre où il lui fallait laisser des espaces et ce que Moseby entendait quand il parlait de « mot ». On ne pouvait pas trouver l'endroit où les mots commençaient et finissaient juste en les écoutant. Les sons émis par une personne en parlant étaient aussi lisses et ininterrompus que le cuir d'une patte de chèvre, mais les mots étaient comme les os sous la chair, et l'espace entre eux était l'articulation où l'on inciserait si on voulait découper l'animal. En laissant des espaces dans son écriture, Moseby laissait entrevoir les os de ce qu'il disait.

Jijingi se rendit compte qu'en faisant bien attention il était désormais capable d'identifier les mots dans les conversations ordinaires. Les bruits qui sortaient de la bouche d'une personne n'avaient pas changé, mais il les comprenait différemment ; il saisissait les pièces qui composaient l'ensemble. Lui-même parlait avec des mots depuis toujours. Il n'en avait simplement jamais été conscient jusqu'à maintenant.

*

La facilité de recherche offerte par Memori est déjà impressionnante, mais elle est encore bien loin de ce que Whetstone voit comme le véritable potentiel de son produit. Quand Deirdre vérifiait les déclarations passées de son mari, elle énonçait des requêtes claires à l'intention de Memori. Mais Whetstone estime qu'à mesure que les gens s'y accoutumeront, les requêtes finiront par remplacer les actions habituelles de remémoration. Memori fera alors partie intégrante de leur mécanisme de pensée. Nous deviendrons ainsi des cyborgs cognitifs, virtuellement incapables de la moindre erreur de mémoire ; la vidéo numérique stockée sur du silicium à correction d'erreur remplacera nos vieux lobes temporaux faillibles.

À quoi ressemblerait la vie avec une mémoire parfaite ? La personne dotée de la meilleure mémoire jamais documentée est probablement Solomon Cherechevski, qui a vécu en Russie pendant la première partie du XXe siècle. Les psychologues qui lui ont fait passer les tests ont découvert qu'il était capable d'entendre une série de mots ou de chiffres une seule fois et de s'en souvenir des mois, voire des années plus tard. Sans aucune connaissance de l'italien,

Cherechevski pouvait citer des chants de *La Divine Comédie* qu'on lui avait lus quinze ans plus tôt.

Avoir une mémoire parfaite n'était cependant pas la bénédiction que l'on pourrait imaginer. La lecture d'un extrait de texte évoquait tellement d'images dans l'esprit de Cherechevski qu'il était souvent incapable de se concentrer sur le contenu, et sa connaissance d'innombrables exemples spécifiques rendait les concepts abstraits difficilement compréhensibles. Il essayait parfois d'oublier des choses volontairement, écrivant des chiffres dont il ne voulait plus se souvenir sur des morceaux de papier avant de les brûler, une sorte de purification par le feu des broussailles de son esprit ; mais en vain.

Lorsque j'ai évoqué la possibilité auprès d'Erica Meyers, la porte-parole de Whetstone, qu'une mémoire parfaite pouvait être un handicap, elle m'a servi une réponse toute prête. « Ce n'est pas différent des peurs que les gens avaient face aux projecteurs rétiniens, a-t-elle dit. Ils craignaient d'être distraits sans arrêt, ou d'être submergés par les alertes vidéo, mais nous nous y sommes très bien adaptés. »

Je n'ai pas précisé que tout le monde ne voyait pas cela comme une évolution positive.

« Et Memori est entièrement personnalisable, a-t-elle repris. Si, à un moment, vous trouvez qu'il lance trop de recherches pour vous, il est toujours possible de baisser son niveau de réactivité. Mais d'après nos analyses de données clients, ce n'est pas ce que font nos utilisateurs. En apprenant à s'en servir ils apprennent aussi que plus Memori est réactif, plus il leur est utile. »

Mais même si Memori ne vient pas constamment encombrer votre champ de vision d'images indésirables du passé, je me demande si ce n'est pas la perfection de ces images qui pose en soi un problème.

On dit parfois qu'il faut pardonner avant d'oublier, et cette affirmation suffit aux êtres magnanimes que nous croyons être. Mais pour ceux que nous sommes vraiment, la relation entre les deux n'est pas aussi directe. Bien souvent, il nous faut d'abord oublier un peu avant de pouvoir commencer à pardonner ; quand la douleur n'est plus aussi vive dans notre esprit, l'insulte devient plus facile à pardonner, ce qui la rend alors plus facile à oublier, et ainsi de suite. C'est cette boucle psychologique rétroactive qui fait qu'une faute d'abord insupportable peut un jour finir par sembler excusable.

Je craignais que Memori ne vienne gripper le fonctionnement de cette boucle rétroactive. En fixant tous les détails d'une insulte dans une vidéo numérique ineffaçable, Memori risquait d'empêcher l'apaisement nécessaire pour permettre au pardon de commencer. Je repensai à ce qu'Erica Meyers avait dit à propos de l'incapacité du moteur de recherche à nuire aux mariages solides. Dans cette affirmation apparaissait la définition implicite de ce qu'était pour elle un mariage solide. Si un mariage – aussi ironique que cela puisse paraître – était construit sur la pierre angulaire de l'oubli, de quel droit Whetstone le briserait-il ?

Le problème ne se limitait pas seulement aux mariages ; toutes sortes de relations reposent sur cette idée de pardon et d'oubli. Ma fille, Nicole, a toujours été une personne déterminée ; turbulente lorsqu'elle était enfant et ouvertement rebelle à l'adolescence. Elle et moi nous sommes souvent furieusement disputés pendant son adolescence, des conflits que nous avons réussi à surmonter, et nous sommes en bons termes aujourd'hui. Si Memori avait existé, nous parlerions-nous encore ?

Je ne cherche pas à dire que l'oubli est la seule façon de réparer une relation. Car bien que je ne me souvienne plus de la plupart de mes disputes avec Nicole – et j'en suis heureux –, il y en a une que je me rappelle très clairement, parce qu'elle m'a encouragé à devenir un meilleur père.

Nicole avait seize ans et elle entrait au lycée. Cela faisait deux ans que sa mère, Angela, nous avait quittés, peut-être les deux années les plus dures de nos vies à tous les deux. Je ne me souviens pas de ce qui avait déclenché la querelle – certainement quelque chose d'insignifiant –, mais ça a dégénéré et, très vite, Nicole a dirigé toute la colère qu'elle avait envers sa mère contre moi.

« C'est à cause de toi qu'elle s'est barrée ! C'est toi qui l'as fait partir ! Tu peux te barrer toi aussi, je m'en fous. Je te jure que je serais mieux sans toi. » Et pour appuyer ses mots, elle a quitté la maison en claquant la porte.

Je savais que sa méchanceté n'était pas préméditée – je ne crois pas qu'elle ait été capable de préméditer quoi que ce soit pendant cette période de sa vie –, mais elle n'aurait pas pu trouver d'accusation plus blessante si elle avait cherché. Le départ d'Angela m'avait anéanti, et je passais mon temps à me demander ce que j'aurais pu faire différemment pour qu'elle reste.

Nicole n'est revenue que le lendemain, et cette nuit-là a été une nuit de profonde remise en question pour moi. Même si je ne me sentais pas responsable du départ de sa mère, l'accusation de Nicole m'avait ouvert les yeux. Je n'en avais alors pas encore pris conscience, mais j'ai compris à ce moment-là que je m'étais complaisamment considéré comme la plus grande victime du départ d'Angela. Ça n'avait même pas été mon idée d'avoir des enfants ; c'était Angela qui avait voulu devenir parent, et c'était moi qui devais payer la note. Dans quel monde pouvais-je me retrouver seul avec la responsabilité d'élever une adolescente ? Comment une tâche aussi difficile pouvait-elle être confiée à quelqu'un sans aucune expérience ?

L'accusation de Nicole m'a fait prendre conscience que sa situation était pire que la mienne. Je m'étais au moins porté volontaire pour cette tâche, certes il y a longtemps et sans pleinement apprécier ce dans quoi je m'embarquais, mais Nicole, elle, avait été recrutée de force, sans même avoir son mot à dire. Si quelqu'un avait bien le droit d'être amer, c'était elle. Et même si je pensais avoir fait un bon travail de père, des progrès étaient de toute évidence encore à accomplir.

Alors je me suis repris en main. Notre relation ne s'est pas améliorée du jour au lendemain, mais au fil des années j'ai pu rentrer dans les bonnes grâces de Nicole. Je me souviens de ce moment où elle m'a serré dans ses bras, lors de la remise de son diplôme universitaire et m'être dit : mes années d'efforts avaient payé.

Ces années de réparation auraient-elles été possibles avec Memori ? La possibilité de revoir en privé la vidéo de nos disputes aurait pu nous éviter de laver notre linge sale aussi violemment ; elle semble néanmoins pernicieuse. Des souvenirs aussi vifs de ces conflits passés, de ces hurlements de part et d'autre, auraient pu attiser notre colère et nous empêcher de reconstruire notre relation.

*

Jijingi voulait écrire quelques-unes des histoires sur les origines du peuple tiv, mais les conteurs parlaient rapidement, et il n'était pas capable d'écrire assez vite pour les suivre. Moseby lui dit qu'il s'améliorerait en pratiquant, mais Jijingi désespérait d'être jamais assez rapide.

Puis, un été, une femme européenne prénommée Reiss arriva au village. Moseby dit qu'elle était « une personne qui apprend des choses sur d'autres personnes », mais fut incapable d'expliquer ce que ça voulait dire, juste qu'elle voulait en savoir plus sur le Tivland. Elle posa des questions à tout le monde, pas seulement aux anciens, mais aux jeunes hommes aussi, et même aux femmes et aux enfants, et elle écrivit toutes leurs réponses. Elle n'essaya pas de forcer qui que ce soit à adopter des pratiques européennes. Alors que Moseby avait insisté sur le fait que les mauvais sorts n'existaient pas et que tout était la volonté de Dieu, Reiss demanda comment les mauvais sorts fonctionnaient et écouta attentivement alors qu'on lui expliquait comment la famille du côté du père pouvait vous jeter un mauvais sort alors que la famille du côté de la mère pouvait vous en protéger.

Un soir, Kokwa, le meilleur conteur du village, raconta l'histoire de la division du peuple tiv en différentes lignées. Reiss la nota exactement comme il l'avait racontée. Plus tard, elle la retranscrivit à l'aide d'une machine sur laquelle elle tapait bruyamment avec les doigts, afin d'avoir une copie propre et facile à lire. Jijingi lui demanda si elle pouvait lui faire une autre copie et, pour son plus grand plaisir, elle accepta.

La version papier de l'histoire était étrangement décevante. Jijingi se souvint que, lorsqu'il avait pour la première fois entendu parler d'écriture, il avait imaginé que cela lui permettrait de voir une interprétation orale aussi intensément que s'il y était. Mais l'écriture ne produisait pas cela. Quand Kokwa narrait l'histoire, il n'utilisait pas uniquement des mots, mais aussi le ton de sa voix, le mouvement de ses mains, l'éclat dans ses yeux. Il vous racontait l'histoire avec son corps entier, et vous la compreniez ainsi. Rien de tout ça n'était présent sur le papier ; seuls les mots nus pouvaient être écrits. Et les mots seuls ne donnaient qu'un faible aperçu de l'expérience créée en écoutant Kokwa, c'était comme lécher la marmite dans laquelle on avait cuit le gombo plutôt que de manger le gombo lui-même.

Jijingi était quand même heureux d'avoir la version papier et il la lisait de temps à autre. C'était une bonne histoire, qui méritait d'être inscrite sur du papier. Tout ce qui était écrit n'en méritait pas autant. Pendant ses sermons, Moseby lisait à haute voix des histoires qu'il tirait de son livre, et elles étaient souvent bonnes, mais il lisait aussi des mots écrits quelques jours plus tôt seulement, et ceux-là n'étaient souvent pas des histoires, mais de simples mots affirmant qu'en apprendre plus sur le dieu des Européens améliorerait la vie du peuple tiv.

Un jour où Moseby avait été éloquent, Jijingi le complimenta. « Je sais que tu penses beaucoup de bien de tous tes sermons, mais le sermon d'aujourd'hui était particulièrement bon.

— Merci », répondit Moseby en souriant. Puis il finit par demander : « Pourquoi tu dis que je pense du bien de tous mes sermons ?

— Parce que tu penses que les gens auront encore envie de les lire dans de nombreuses années.

— Je ne pense pas cela. Qu'est-ce qui te le fait croire ?

— Tu les écris tous avant même de les avoir prononcés. Avant même qu'une seule personne n'ait entendu le sermon, tu l'as déjà écrit pour les générations futures. »

Moseby éclata de rire. « Non, ce n'est pas pour cela que je les écris.

— Alors pourquoi ? » Il savait que ce n'était pas pour que des gens d'ailleurs puissent les lire, car des messagers venaient parfois au village pour livrer des papiers à Moseby, et jamais il ne renvoyait ses sermons avec eux.

« J'écris les mots pour ne pas oublier ce que je veux dire quand je fais le sermon.

— Comment peux-tu oublier ce que tu veux dire ? Là, on parle toi et moi, et aucun de nous deux n'a besoin de papier pour ça.

— Un sermon, ce n'est pas une conversation. » Moseby se tut pour réfléchir. « Je veux être sûr de faire le meilleur sermon possible. Je ne vais pas oublier ce que je veux dire, mais je peux oublier la meilleure manière de le dire. Écrire les mots ne m'aide pas seulement à m'en souvenir, cela m'aide aussi à penser.

— Comment écrire peut-il t'aider à penser ?

— C'est une bonne question, répondit Moseby. C'est étrange, n'est-ce pas ? Je ne sais pas comment l'expliquer, mais écrire m'aide à décider ce que je veux dire. Là d'où je viens, il y a un très vieux proverbe : *verba volant, scripta manent*. En tiv on dirait : "Les mots parlés s'envolent, les mots écrits restent." Est-ce que tu comprends ?

— Oui », dit Jijingi, par politesse ; il ne comprenait rien du tout. Le missionnaire n'était pas assez vieux pour être sénile, mais sa mémoire devait être très mauvaise et il ne voulait pas l'admettre. Jijingi en parla à ses camarades, et ils en rigolèrent entre eux pendant des jours. À chaque fois qu'ils échangeaient des ragots, ils ajoutaient : « Tu t'en souviendras ? Tiens, ça t'aidera », et ils imitaient Moseby écrivant à sa table.

Un soir de l'année suivante, Kokwa annonça qu'il allait raconter l'histoire de la division du peuple tiv en différentes lignées. Jijingi sortit sa version papier pour lire l'histoire en même temps que Kokwa allait la relater. Il put suivre par moments, mais se perdait souvent parce que les mots de Kokwa ne correspondaient pas à ceux écrits sur le papier. Une fois que Kokwa eut fini, Jijingi lui dit : « Tu n'as pas raconté l'histoire de la même manière que l'année dernière.

— Bien sûr que si, rétorqua Kokwa. Quand je raconte une histoire elle ne change pas, peu importe combien de temps a passé. Demande-moi de la raconter à nouveau dans vingt ans, et je la raconterai exactement pareil. »

Jijingi montra le papier qu'il tenait. « Ce papier est l'histoire que tu as racontée l'année dernière, et il y avait beaucoup de différences. » Il en choisit une dont il se souvenait : « La dernière fois tu as dit : "Les Uyengi ont capturé les femmes et les enfants et les ont emmenés comme esclaves." Et cette fois tu as dit : "Ils ont mis les femmes en esclavage, mais ils ne se sont pas arrêtés là : les enfants eux aussi ont été mis en esclavage."

— C'est la même chose.

— C'est la même histoire, mais tu as changé ta manière de la narrer.

— Non, insista Kokwa, je l'ai narrée de la même manière qu'avant. »

Jijingi ne voulait pas essayer d'expliquer ce qu'étaient les mots. Il affirma : « Si tu la racontais comme avant, tu dirais : "Les Uyengi ont capturé les femmes et les enfants et les ont emmenés comme esclaves" à chaque fois. »

Pendant un moment, Kokwa le regarda fixement, puis il éclata de rire. « C'est ça que tu trouves important, maintenant que tu as appris l'art de l'écriture ? »

Sabe, qui les avait écoutés, réprimanda Kokwa : « Ce n'est pas à toi de juger Jijingi. Le lièvre préfère une nourriture, l'hippopotame une autre. Que chacun passe son temps comme il l'entend.

— Bien sûr, Sabe, bien sûr », répondit Kokwa tout en lançant à Jijingi un regard moqueur.

Un peu plus tard, Jijingi se souvint du proverbe dont lui avait parlé Moseby. Bien que Kokwa relatât la même histoire, il pouvait arranger les mots différemment chaque fois qu'il la relatait ; il était assez bon conteur pour que l'arrangement des mots n'importe pas. C'était différent pour Moseby, qui ne donnait jamais corps à ses sermons ; pour lui, seuls les mots importaient. Jijingi comprit que Moseby écrivait ses sermons non pas parce que sa mémoire était mauvaise, mais parce qu'il cherchait un arrangement spécifique pour ses mots. Une fois qu'il l'avait trouvé, il pouvait ensuite le garder aussi longtemps qu'il le voulait.

Par curiosité, Jijingi essaya d'imaginer qu'il devait livrer un sermon et commença à écrire ce qu'il pourrait dire. Installé sur une racine de manguier avec le cahier que lui avait donné Moseby, il composa un sermon sur le *tsav*, la qualité qui permet à certains hommes d'exercer un pouvoir sur les autres, sujet que Moseby n'avait pas compris, et qu'il avait méprisé. Il lut sa première tentative à l'un de ses camarades, qui la déclara atroce, les amenant à se disputer. Mais Jijingi dut ensuite admettre que son camarade avait raison. Il essaya d'écrire son sermon une deuxième fois, puis une troisième, avant d'en avoir assez et de passer à d'autres sujets.

En pratiquant l'écriture, Jijingi en vint à comprendre ce qu'avait voulu dire Moseby : écrire n'était pas simplement un moyen d'enregistrer ce qu'avait dit quelqu'un, c'était aussi un moyen de vous aider à décider de ce que vous alliez dire avant de le dire. Et les mots n'étaient pas simplement des morceaux de paroles, ils étaient des morceaux de pensées. Quand vous les écriviez, vous pouviez tenir vos pensées comme autant de briques dans vos mains et leur faire épouser différentes formes. Écrire vous permettait d'observer vos pensées avec une précision que l'oral n'offrait jamais, et ainsi, en les voyant, de les améliorer, de les rendre plus fortes, plus élaborées.

*

Les psychologues distinguent la mémoire sémantique – les connaissances générales – de la mémoire épisodique – le souvenir d'expériences personnelles. Depuis l'invention de l'écriture, nous avons utilisé des suppléments technologiques pour la mémoire sémantique : d'abord des livres, puis des moteurs de recherche. Nous avons, en revanche, toujours résisté à de telles aides pour notre mémoire épisodique ; rares sont ceux qui ont conservé autant de journaux intimes ou d'albums de photos que de livres et de romans. C'était une simple question pratique ; si nous voulions un livre sur les oiseaux d'Amérique du Nord nous pouvions en consulter un écrit par un ornithologue, mais si nous voulions un journal intime quotidien il nous fallait l'écrire nous-même. Mais je me demande également s'il n'y avait pas une autre raison, inconsciente celle-là : peut-être nos souvenirs épisodiques faisaient-ils tellement partie de notre identité que nous hésitions à les externaliser, à les entreposer dans de simples livres sur une étagère, ou dans des fichiers sur un ordinateur.

Cela est peut-être en train de changer. Depuis des années, les parents ont enregistré chaque moment de la vie de leurs enfants ; même lorsque ces derniers n'avaient pas leur propre appareil, leurs lifelogs étaient de fait déjà en train d'être compilés. Aujourd'hui, les parents leur font porter des projecteurs rétiniens de plus en plus tôt afin de les faire profiter des avantages offerts par les agents logiciels. Imaginez alors ce qui arrivera si les enfants commencent à utiliser Memori pour accéder à ces lifelogs : leurs processus cognitifs se mettront à diverger des nôtres puisque leur mode de remémoration sera différent. Plutôt que de penser à un événement de son passé et de l'imaginer dans son esprit, un enfant subvocalisera une référence à cet événement et en regardera les images avec ses yeux physiques. La mémoire épisodique deviendra entièrement arbitrée par la technologie.

L'un des inconvénients évidents d'une telle dépendance, c'est que les gens deviennent virtuellement amnésiques à chaque panne du logiciel. Mais je crois les succès technologiques aussi inquiétants que les échecs : comment évoluera l'image qu'une personne se fait d'elle-même si celle-ci ne voit jamais son passé qu'à travers l'œil froid et imperturbable d'une caméra ? De même qu'une boucle rétroactive adoucit les souvenirs difficiles, une autre boucle idéalise les souvenirs d'enfance ; rompre un tel processus aura forcément des conséquences.

Le tout premier anniversaire dont je me souvienne est celui de mes quatre ans ; je me rappelle avoir soufflé les bougies sur mon gâteau, l'excitation de déchirer l'emballage des cadeaux. Il n'y a pas de vidéo de ce jour-là, mais il y a des photos dans l'album de famille, et elles correspondent à la mémoire que j'en ai. En fait, je soupçonne que je n'ai pas de souvenirs de ce jour-là. Il est plus probable que j'aie fabriqué mes souvenirs lorsqu'on m'a montré les photos pour la première fois ; au fil du temps, je les ai imprégnées de l'émotion que je suppose avoir ressentie ce jour-là. Petit à petit, par la répétition de cette occurrence de souvenir, je me suis créé un souvenir heureux.

Dans un autre de ces souvenirs, j'étais en train de jouer sur le tapis du salon avec des petites voitures pendant que ma grand-mère travaillait à sa machine à coudre ; elle se retournait parfois et me souriait chaleureusement. Il n'y a pas de photos de ce moment, et je sais donc que cette réminiscence vient de moi et de moi seul. C'est un souvenir charmant, idyllique. Aimerais-je que l'on me montre les véritables images de cet après-midi-là ? Non, absolument pas.

À propos du rôle de la vérité dans l'autobiographie, l'essayiste Roy Pascal écrit : « D'un côté se trouve la vérité du fait, de l'autre la vérité de l'émotion de l'auteur, et aucune autorité extérieure ne saura établir par avance le point où les deux se rencontrent. » Nos souvenirs sont nos autobiographies privées, et cet après-midi avec ma grand-mère figure en bonne place dans la mienne, de par les sentiments qui y sont associés. Et si les images vidéo révélaient que le sourire de ma grand-mère était en fait un sourire de façade, qu'elle était en réalité contrariée par sa couture qui n'allait pas ? Ce qui m'importe à propos de ce souvenir est le bonheur que j'y ai associé, et je n'aimerais pas qu'il soit remis en question.

Il me semblait qu'une vidéo continue de toute mon enfance serait pleine de faits, mais vide de sentiments, simplement parce que les caméras ne peuvent capturer la dimension émotionnelle des événements. Pour la caméra, cet après-midi avec ma grand-mère aurait été impossible à distinguer d'une centaine d'autres. Et si j'avais grandi en ayant accès à toutes les images vidéo, je n'aurais eu aucun moyen d'attribuer une quelconque valeur émotionnelle à une journée en particulier, aucun noyau autour duquel accréter ma nostalgie.

Et quelles seront les conséquences, lorsque nous pourrons affirmer nous rappeler notre prime enfance ? Je pouvais déjà imaginer le regard vide d'une jeune femme à qui on demanderait ce qu'était son premier souvenir ; après tout, elle aurait accès à des vidéos remontant jusqu'au jour de sa naissance. L'incapacité à se remémorer les premières années de sa vie – ce que les psychologues appellent l'amnésie infantile – pourrait bientôt devenir une chose du passé. Les parents arrêteront de raconter à leurs enfants des anecdotes commençant par les mots : « Tu ne dois pas t'en souvenir parce que tu étais tout bébé quand c'est arrivé. » Comme si l'amnésie infantile était devenue un trait d'enfance de l'humanité ; dans un mouvement d'ouroboros, notre jeunesse s'effacera alors de nos mémoires.

Une partie de moi voulait empêcher cela, protéger la capacité des enfants à voir le début de leur vie derrière un voile de coton, empêcher que ces récits fondateurs ne soient remplacés par la froideur désaturée de la vidéo. Mais peut-être auront-ils la même tendresse envers leurs souvenirs numériques sans défaut que celle que je porte à mes propres souvenirs organiques imparfaits.

Les gens sont faits d'histoires. Nos souvenirs ne sont pas l'accumulation neutre de chaque seconde vécue ; ils sont le récit que nous écrivons à partir de moments choisis. C'est pourquoi, même lorsque nous faisons l'expérience collective d'un même événement, nous n'en tirons pas le même récit : les critères de sélection de nos souvenirs sont différents pour tous, ils sont un reflet de nos personnalités. Chacun d'entre nous a remarqué des détails, s'est rappelé ce qui lui semblait important, et les récits que nous avons construits ont à leur tour façonné nos personnalités.

Mais je m'interrogeais : nos différences viendraient-elles à s'effacer si tout le monde se souvenait de tout ? Comment nous percevrions-nous ? Il me semblait qu'un souvenir parfait ne pouvait pas être un récit, pas plus qu'un plan continu de caméra de sécurité ne pouvait être un long métrage.

*

Jijingi avait vingt ans quand un officier de l'administration vint au village pour parler à Sabe. Il avait amené avec lui un jeune Tiv qui avait fréquenté l'école missionnaire de Katsina Ala. L'administration voulait avoir un registre écrit de tous les litiges portés devant les tribunaux tribaux ; on avait assigné à chaque chef un jeune qui tenait lieu de scribe. Sabe appela Jijingi et dit à l'officier : « Je sais que vous n'avez pas assez de scribes pour tout Tivland. Jijingi a appris l'écriture ; il peut être notre scribe, et vous pouvez envoyer votre garçon dans un autre village. » Le visiteur testa les compétences écrites de Jijingi, mais Moseby était un bon professeur, et l'officier accepta finalement qu'il devienne le scribe de Sabe.

Après le départ de l'officier, Jijingi demanda à Sabe pourquoi il n'avait pas voulu que le garçon de Katsina Ala soit son scribe.

« On ne peut faire confiance à personne qui vienne de l'école missionnaire, expliqua Sabe.

— Pourquoi ça ? Les Européens en ont-ils fait des menteurs ?

— C'est en partie leur faute, mais c'est aussi la nôtre. Quand les Européens sont allés chercher des garçons pour l'école missionnaire, il y a des années, la plupart des anciens leur ont donné ceux dont ils voulaient se débarrasser, les fainéants et les insatisfaits. Maintenant ces garçons sont revenus, et ils ne ressentent aucune parenté avec quiconque. Ils brandissent leur maîtrise de l'écriture comme une arme de poing ; ils exigent de leurs chefs qu'ils leur trouvent des épouses, sinon, ils écriront sur eux des mensonges et les feront condamner par les Européens, disent-ils. »

Jijingi connaissait un garçon qui passait son temps à se plaindre et à chercher des moyens de ne pas travailler ; ce serait un désastre si quelqu'un comme lui avait un pouvoir sur Sabe. « Tu ne peux pas en parler aux Européens ?

— Beaucoup l'ont fait, répondit Sabe. C'est Maisho du clan Kwande qui m'a mis en garde contre les scribes ; ils ont commencé par les poster dans les villages Kwande. Maisho a eu de la chance que les Européens l'aient cru, lui, plutôt que son scribe, mais il connaît d'autres chefs moins chanceux ; les Européens font souvent plus confiance au papier qu'aux gens. Je ne souhaite pas prendre ce risque. » Il regarda Jijingi avec sérieux. « Tu es de ma famille, Jijingi, et de celle de tous les gens de ce village. Je te fais confiance pour écrire ce que je dis.

— Oui, Sabe. »

Le tribunal tribal se tenait tous les mois, du matin jusqu'à la fin de l'après-midi, pendant trois jours consécutifs, et il attirait toujours du monde, parfois tellement que Sabe devait demander aux gens de s'asseoir pour permettre à la brise d'atteindre le centre du cercle. Jijingi s'installa à côté de Sabe et consigna les détails de chaque litige dans un livre que lui avait laissé l'officier. C'était un bon travail ; on lui versait une partie des redevances collectées auprès des plaignants. On lui donna non seulement une chaise, mais une petite table aussi, qu'il put utiliser pour écrire même lorsque le tribunal ne tenait pas séance. Les litiges entendus par Sabe étaient de nature très diverse – l'un concernait une bicyclette volée, l'autre la question de la responsabilité d'un homme dont le voisin avait eu une mauvaise récolte –, mais la plupart étaient liés aux femmes. À propos de l'un de ces conflits, Jijingi écrivit la chose suivante :

> Girgi, la femme d'Umem, s'est enfuie de chez elle et est retournée dans sa famille. Son parent Anongo a essayé de la convaincre de rester avec son mari, mais Girgi refuse, et il n'y a rien d'autre qu'Anongo puisse faire. Umem exige qu'on lui rende les 11 £ qu'il a payées en dot. Anongo dit qu'il n'a pas d'argent pour le moment, et que de toute façon il n'avait été payé que 6 £.
>
> Sabe a demandé des témoins des deux côtés. Anongo dit qu'il a des témoins, mais qu'ils sont partis en voyage. Umem présente un témoin, qui prête serment. Il témoigne avoir lui-même compté les 11 £ données par Umem à Anongo.
>
> Sabe demande à Girgi de retourner auprès de son mari et d'être une bonne épouse, mais elle dit qu'elle en a par-dessus la tête de lui. Sabe ordonne à Anongo de rembourser les 11 £ à Umem, le premier paiement devant avoir lieu dans trois mois, lorsque ses récoltes pourront être vendues. Anongo accepte.

C'était le dernier litige de la journée, et Sabe était visiblement fatigué. « Vendre des légumes pour rembourser une dot, conclut-il en secouant la tête. Ça ne serait jamais arrivé quand j'étais enfant. »

Jijingi comprenait ce qu'il voulait dire. Les anciens racontaient qu'à leur époque les échanges se faisaient avec des objets similaires : si vous vouliez une chèvre, vous pouviez l'échanger contre des poulets ; si vous vouliez épouser une femme, vous promettiez une des femmes de votre famille à la sienne. Puis les Européens dirent qu'ils n'acceptaient plus les légumes en paiement des taxes, insistant pour qu'elles soient payées en pièces. Il ne fallut pas longtemps avant que tout puisse être échangé contre de l'argent ; vous pouviez tout acheter avec, une calebasse comme une épouse. Les anciens trouvaient cela absurde.

« Les anciennes coutumes sont en train de disparaître », reconnut Jijingi. Il n'ajouta pas que les jeunes préféraient les choses ainsi, parce que les Européens avaient également décrété que la dot ne pouvait être payée que si la femme consentait à l'union. Autrefois, une jeune femme pouvait être promise à un vieil homme aux mains lépreuses et aux dents pourries, et elle n'avait pas d'autre choix que de l'épouser. Aujourd'hui une femme se mariait avec l'homme qu'elle préférait, à condition qu'il ait les moyens de payer la dot. Jijingi lui-même mettait de l'argent de côté pour se marier.

Moseby venait parfois observer, mais il trouvait les délibérations compliquées, et posait souvent des questions à Jijingi après coup.

« Par exemple, il y avait le litige entre Umem et Anongo à propos du montant de la dot. Pourquoi seul le témoin a-t-il prêté serment ? demanda Moseby.

— Pour garantir qu'il dirait précisément ce qui s'est passé.

— Mais si Umem et Anongo avaient prêté serment, ça aurait permis de vous assurer qu'eux aussi disaient précisément ce qui s'est passé. Anongo a pu mentir parce qu'il n'était pas sous serment.

— Anongo n'a pas menti, expliqua Jijingi. Il a dit ce qu'il pensait être juste, tout comme Umem.

— Mais Anongo n'a pas dit la même chose que le témoin.

— Ça ne veut pas dire qu'il a menti. » Alors Jijingi se souvint de quelque chose au sujet de la langue européenne, et il comprit la confusion de Moseby. « Notre langue a deux mots pour ce que dans votre langue vous appelez "vrai". Il y a ce qui est juste, *mimi*, et ce qui est précis, *vough*. Dans un litige les parties disent ce qu'elles considèrent comme juste ; elles parlent *mimi*. Les témoins, en revanche, prêtent serment pour raconter exactement ce qui s'est passé ; ils parlent *vough*. Une fois que Sabe a entendu ce qui s'est passé, il peut décider quelle action est *mimi* pour tout le monde. Mais ce n'est pas un mensonge si toutes les parties ne parlent pas *vough*, tant elles parlent *mimi*. »

Moseby désapprouvait clairement. « Dans le pays d'où je viens, tous ceux qui témoignent devant un tribunal doivent jurer de parler *vough*. Même les deux parties. »

Jijingi n'en voyait pas l'intérêt, mais il dit simplement : « Chaque tribu a ses propres coutumes.

— Oui, les coutumes peuvent varier, mais la vérité est la vérité ; elle ne change pas d'une personne à l'autre. Et souviens-toi de ce que dit la Bible : "La vérité vous affranchira."

— Je m'en souviens », répondit Jijingi. Moseby lui avait dit que c'était le fait de connaître la vérité de Dieu qui avait rendu les Européens si prospères. Leur richesse et leur pouvoir étaient indéniables, mais qui pouvait dire d'où ils venaient vraiment ?

*

Afin d'écrire sur Memori, j'ai pensé qu'il était normal de l'essayer moi-même. Le problème, c'était que je n'avais pas de lifelog à lui faire indexer ; je n'activais généralement ma caméra personnelle que si je menais une interview ou couvrais un événement. Mais j'avais certainement dû passer du temps en présence de gens qui tenaient des lifelogs, et je pouvais utiliser ce qu'ils avaient enregistré. Bien que tous les logiciels de lifelogging aient mis en place des paramètres de confidentialité, la plupart des gens consentent au partage de base : si vos actions ont été filmées dans leur lifelog, vous avez accès aux images dans lesquelles vous êtes présent. J'ai donc lancé un agent pour assembler un lifelog partiel à partir des scènes filmées par d'autres, en utilisant mon historique GPS comme base pour ma recherche. En une semaine, ma demande s'est propagée à travers les réseaux sociaux et les archives vidéo publiques, et j'ai été récompensé par des extraits de vidéos allant de quelques secondes à quelques heures : pas seulement des images de caméras de sécurité, mais des extraits de lifelogs d'amis, de connaissances, et même de parfaits étrangers.

Le lifelog qui en est ressorti était évidemment très fragmentaire comparé à ce que j'aurais eu si j'avais filmé moi-même, et les images étaient toutes filmées à la troisième personne et non à la première comme la plupart des lifelogs personnels, mais Memori a réussi à faire avec. Je m'attendais à ce que la quantité d'images soit plus dense ces dernières années, simplement à cause de la popularité croissante des lifelogs. J'ai donc été quelque peu surpris, en regardant un graphique de la quantité d'images filmées, de trouver un pic de densité plus de dix ans auparavant. Nicole tenait un lifelog depuis son adolescence, et une portion étonnamment importante de ma vie domestique était donc visible.

Je ne savais pas trop comment commencer à tester Memori, puisque je ne pouvais naturellement pas lui demander d'afficher la vidéo d'un événement dont je ne me souvenais pas. Je me suis dit que j'allais commencer par quelque chose dont je me souvenais. J'ai subvocalisé : « La fois où Vince m'a parlé de son voyage aux Palaos. »

Mon projecteur rétinien a affiché une fenêtre dans l'angle en bas à gauche de mon champ de vision : j'y suis en train de déjeuner avec mes amis Vincent et Jeremy. Vincent ne tenait pas non plus de lifelog, donc la scène épousait le point de vue de Jeremy. J'ai écouté Vincent s'extasier sur la plongée sous-marine pendant une minute.

J'ai ensuite essayé un événement dont je n'avais qu'une vague réminiscence : « Le banquet du dîner où j'étais assis entre Deborah et Lyle. » Je ne me rappelais pas qui d'autre était présent à la table et me suis demandé si Memori pourrait m'aider à identifier ces personnes.

Sans surprise, Deborah avait enregistré la soirée,

et à l'aide de sa vidéo j'ai été capable d'utiliser un agent de reconnaissance pour identifier les gens assis face à nous.

Ces premiers succès ont été suivis par une série d'échecs assez logiques compte tenu des trous dans mon lifelog. Mais en une heure d'examen de mes souvenirs, la performance de Memori m'avait globalement impressionné.

Il m'a semblé que le moment était alors venu pour moi d'essayer Memori sur des souvenirs émotionnellement plus pesants. Ma relation avec Nicole me paraissait aujourd'hui assez solide pour que j'accepte de revisiter les disputes que nous avions eues quand elle était plus jeune. J'ai décidé de commencer par celle dont je me rappelais le plus clairement et de remonter ensuite à partir de là.

J'ai subvocalisé : « La fois où Nicole m'a crié “c'est à cause de toi qu'elle s'est barrée”. »

La fenêtre montre la cuisine de la maison où nous vivions à l'époque où Nicole grandissait. Les images ont le point de vue de Nicole, et je suis debout devant le poêle. Il est évident qu'on est en train de se disputer.

« *C'est à cause de toi qu'elle s'est barrée ! C'est toi qui l'as fait partir ! Tu peux te barrer toi aussi, je m'en fous. Je te jure que je serais mieux sans toi.* »

Les mots étaient tels que je m'en souvenais, mais ce n'était pas Nicole qui les prononçait.

C'était moi.

J'ai d'abord pensé qu'il s'agissait d'un faux. Nicole avait dû éditer la vidéo pour mettre ses mots dans ma bouche. Elle devait avoir vu ma demande d'accès aux images de son lifelog et concocté ça pour me donner une leçon. Ou peut-être était-ce un film qu'elle avait créé pour ses amies, afin d'accréditer les histoires qu'elle racontait sur moi. Mais pourquoi était-elle encore fâchée au point de faire une chose pareille ? N'étions-nous pas en bons termes ?

J'ai parcouru la vidéo à la recherche d'incohérences qui pourraient indiquer les endroits où les images trafiquées avaient été insérées. Les images qui suivaient montraient Nicole sortant en courant de la maison, comme dans mon souvenir, il n'y aurait donc aucune incohérence à cet endroit-là. J'ai rembobiné la vidéo et commencé à regarder la dispute qui précédait.

Au début j'étais en colère face à ces images ; j'étais furieux que Nicole se soit donné tant de mal pour fabriquer ce mensonge, parce que les images précédant le souvenir étaient toutes cohérentes avec le fait que c'était moi qui lui avais crié dessus. Et puis des bribes de ce que je disais dans la vidéo ont commencé à me paraître étrangement familières : me plaindre d'avoir encore une fois été appelé par son école parce qu'elle s'était attiré des ennuis, l'accuser d'avoir de mauvaises fréquentations. Mais ça ne pouvait pas être le contexte dans lequel j'avais prononcé ces mots ? Je lui avais exprimé mon inquiétude, pas mon énervement. Nicole avait dû adapter ce que j'avais dit ailleurs pour rendre sa vidéo diffamatoire plus plausible. C'était la seule explication, n'est-ce pas ?

J'ai demandé à Memori d'examiner le tatouage numérique de la vidéo, qui a révélé qu'elle n'avait pas été modifiée. J'ai remarqué que Memori avait suggéré une correction dans mes termes de recherche : là où j'avais dit « La fois où Nicole m'a crié dessus », il proposait : « La fois où j'ai crié sur Nicole. » La correction avait dû apparaître en même temps que le résultat de la recherche initiale, mais je ne l'avais pas relevée. J'ai fermé Memori, écœuré, en colère contre le produit. J'étais à deux doigts de chercher des informations sur la contrefaçon de tatouage numérique pour prouver que la vidéo avait été altérée, mais je me suis arrêté dans ce que je reconnaissais comme un acte désespéré.

J'aurais pu témoigner, la main droite sur une pile de bibles, ou prêter n'importe quel serment, que c'était Nicole qui m'avait accusé d'être responsable du départ de sa mère. Mon souvenir de cette dispute était aussi limpide que n'importe quel souvenir, mais ce n'était pas la seule raison pour laquelle j'avais du mal à croire la vidéo ; il y avait aussi ma certitude que – quels que soient mes défauts ou mes imperfections – je n'avais jamais été le genre de père capable de dire de telles choses à son enfant.

Et pourtant, voilà un extrait vidéo prouvant que j'avais été exactement ce genre de père-là. Et même si je n'étais plus cet homme aujourd'hui, je ne pouvais nier que je découlais de lui.

Plus révélateur encore était le fait que pendant toutes ces années j'avais réussi à me cacher la vérité. J'ai dit plus tôt que les détails que nous choisissons de nous rappeler sont un reflet de nos personnalités. Qu'est-ce que ça disait de moi, d'avoir mis ces mots dans la bouche de Nicole plutôt que dans la mienne ?

Je me souvenais de cette dispute comme d'un tournant dans ma vie. J'avais imaginé une histoire de rédemption et d'enrichissement personnel où j'étais le père célibataire héroïque prêt à relever le défi. Mais la réalité était... quoi ? Quel mérite pouvais-je tirer de tout ce qui s'était passé depuis ?

J'ai redémarré Memori et lancé la vidéo de la remise du diplôme d'université de Nicole. C'était un événement que j'avais moi-même enregistré, j'avais donc des images de son visage et elle semblait sincèrement heureuse de ma présence. Était-elle si douée pour cacher ses vrais sentiments que je sois incapable de les détecter ? Ou bien, si notre relation s'était effectivement améliorée, comment cela s'était-il produit ? J'avais manifestement été un bien plus mauvais père il y a quatorze ans que je ne le croyais ; il aurait été tentant d'en conclure que j'avais parcouru un plus grand chemin que prévu pour en arriver là où je me trouvais aujourd'hui, mais je ne pouvais plus faire confiance à mes perceptions à présent. Nicole avait-elle seulement des sentiments positifs à mon égard ?

Je n'allais pas utiliser Memori pour répondre à cette question ; il me fallait aller à la source. J'ai appelé Nicole et lui ai laissé un message, lui disant que j'aimerais lui parler et lui demandant si je pouvais la retrouver à son appartement ce soir-là.

*

Quelques années plus tard, Sabe prit part à une série de réunions des chefs du clan Shangev. Il expliqua à Jijingi que les Européens ne voulaient plus avoir affaire à autant de chefs et qu'ils exigeaient que le Tivland soit divisé en huit groupes familiaux. De ce fait, Sabe et les autres chefs durent se concerter pour savoir avec qui le clan Shangev allait s'unir. Jijingi, curieux d'entendre les délibérations, demanda à Sabe s'il pouvait l'accompagner et, bien qu'ils n'eussent pas besoin d'un scribe, Sabe accepta.

Jijingi n'avait encore jamais vu autant d'anciens au même endroit ; certains étaient dignes et calmes comme Sabe, tandis que d'autres étaient bruyants et vantards. Ils débattirent des heures durant.

Le soir après le retour de Jijingi, Moseby lui demanda comment cela s'était passé. Jijingi soupira : « Même s'ils ne crient pas, ils se battent comme des chats sauvages.

— Avec qui faudrait-il vous unir, d'après Sabe ?

— Il faudrait nous unir avec les clans dont nous sommes le plus proches, c'est ainsi que font les Tiv. Et puisque Shangev est le fils de Kwande, notre clan devrait s'unir au clan Kwande, qui habite au sud.

— C'est logique, dit Moseby. Alors pourquoi ce désaccord ?

— Les membres du clan Shangev n'habitent pas tous les uns à côté des autres. Certains vivent sur les terres agricoles de l'Ouest, près du clan Jechira, et leurs anciens sont amis avec les anciens de ce clan. Ils aimeraient que le clan Shangev s'unisse avec les Jechira, car ils auraient alors plus d'influence dans le groupe familial qui en découlerait.

— Je vois. » Moseby réfléchit un moment. « Les Shangev de l'Ouest pourraient-ils se joindre à un groupe familial différent de celui des Shangev du Sud ? »

Jijingi secoua la tête. « Nous les Shangev avons un seul père, il nous faut donc rester ensemble. Les anciens sont d'accord sur ce point.

— Mais si la lignée est si importante, comment les anciens de l'Ouest peuvent-ils vouloir que le clan Shangev fasse union avec le clan Jechira ?

— C'est là que réside le désaccord. Les anciens de l'Ouest affirment que Shangev était le fils de Jechira.

— Attends, vous ne savez pas qui étaient les parents de Shangev ?

— Bien sûr que l'on sait ! Sabe peut réciter ses ancêtres jusqu'à Tiv lui-même. Les anciens de l'Ouest font semblant de croire que Shangev était le fils de Jechira parce qu'ils gagneraient à faire union avec son clan.

— Mais si le clan Shangev fait union avec le clan Kwande, est-ce que tes anciens n'y gagneraient pas ?

— Si, mais Shangev était le fils de Kwande. » Jijingi comprit alors ce qu'insinuait Moseby. « Tu penses que ce sont nos anciens qui font semblant !

— Non, pas du tout. J'ai simplement l'impression que les deux parties ont d'aussi bons arguments, et il n'y a aucun moyen de savoir qui a raison.

— Sabe a raison.

— Bien sûr, dit Moseby. Mais comment pouvez-vous faire admettre ça aux autres ? Dans le pays d'où je viens, beaucoup de gens écrivent leur généalogie sur du papier. Ainsi nous pouvons retracer nos lignées avec précision, même sur plusieurs générations.

— Oui, je les ai vues dans ta Bible, les lignées qui remontent d'Abraham jusqu'à Adam.

— Bien sûr. Mais même en dehors de la Bible, les gens écrivent leurs lignées. Et quand ils veulent savoir de qui ils descendent, il leur suffit de consulter le papier. Si vous aviez un papier, les autres anciens devraient admettre que Sabe avait raison. »

C'était un bon argument, admit Jijingi. Si seulement le clan Shangev avait utilisé du papier il y a longtemps. Puis quelque chose lui vint à l'esprit. « Quand est-ce que les Européens sont arrivés au Tivland ?

— Je ne suis pas sûr. Il y a quarante ans au moins, je pense.

— Crois-tu qu'à leur arrivée ils auraient pu écrire quelque chose sur la descendance du clan Shangev ? »

Moseby eut l'air pensif. « Possible. L'administration tient de nombreux registres. S'il y en a, ils se trouveront à la base gouvernementale de Katsina Ala. »

Tous les cinq jours, pour le marché, un camion transportait des marchandises sur la route qui menait à Katsina Ala et, le prochain marché ayant lieu dans deux jours, Jijingi pouvait atteindre la route à temps pour le prendre. « Tu penses qu'ils me laisseront les voir ?

— Ce serait plus facile si tu avais un Européen avec toi, dit Moseby en souriant. Et si on voyageait ensemble ? »

*

Nicole a ouvert la porte de son appartement et m'a fait entrer. De toute évidence, elle se demandait pourquoi j'étais venu. « Alors, de quoi tu voulais parler ? »

Je ne savais pas trop comment commencer. « Ça va te paraître bizarre.

— D'accord. »

Je lui ai raconté que j'avais visionné mon lifelog partiel en utilisant Memori, et regardé la dispute où je lui avais crié dessus avant qu'elle ne claque la porte de la maison. « Tu te rappelles cette journée ?

— Bien sûr que je me la rappelle. » Elle avait l'air mal à l'aise et semblait ne pas comprendre où je voulais en venir.

« Je m'en souvenais aussi, ou du moins je le croyais. Mais ce dont je me souvenais était différent. Dans mon souvenir, c'était toi qui me le disais.

— Moi qui te disais quoi ?

— Dans mon souvenir, c'est toi qui me disais que je pouvais me barrer et que tu t'en foutais, et que tu serais mieux sans moi. »

Nicole m'a observé un long moment. « Pendant toutes ces années, c'est comme ça que tu te rappelais cette journée ?

— Oui, jusqu'à aujourd'hui.

— Ça serait drôle si c'était pas si triste. »

J'en étais malade. « Je suis tellement désolé. Tu peux pas imaginer comme je suis désolé.

— Désolé de l'avoir dit, ou désolé d'avoir imaginé que c'était moi ?

— Les deux.

— Et tu fais bien ! Tu sais à quel point ça m'a fait du mal ?

— Je n'imagine même pas. Je sais comme ça m'avait blessé quand je pensais que c'était toi qui me l'avais dit…

— Sauf que ça, tu l'avais juste inventé. C'est à moi que c'est vraiment arrivé. » Elle a secoué la tête, incrédule. « Putain, c'est tellement toi ça. »

Ses mots m'ont blessé. « Vraiment ? C'est moi ?

— Tellement, a-t-elle répondu. C'est toujours toi la victime, le gentil qui mériterait qu'on le traite mieux.

— Tu me fais passer pour un taré.

— Pas taré. Juste aveugle et égocentrique. »

Sa réponse m'a braqué. « J'essaie de m'excuser, là.

— Bien sûr, pardon. C'est de toi qu'on parle.

— Non, excuse-moi, t'as raison. » J'ai attendu que Nicole me fasse signe de continuer. « C'est vrai que… je suis aveugle et égocentrique. Et si j'ai du mal à l'admettre, c'est parce que je pensais en avoir pris conscience et avoir changé. »

Elle a froncé les sourcils. « Quoi ? »

Je lui ai raconté comment je pensais m'être repris en tant que père et avoir reconstruit notre relation, culminant en un moment de complicité lors de sa remise de diplôme. Nicole ne s'est pas ouvertement moquée, mais l'expression sur son visage m'a fait taire ; il était évident que je me ridiculisais.

« Tu me détestais toujours à ta remise de diplôme ? ai-je demandé. Est-ce que j'ai complètement inventé qu'on s'est bien entendus toi et moi ?

— Non, on s'est bien entendus à ma remise de diplôme. Mais ce n'est pas parce que tu étais soudain devenu un bon père comme par magie.

— Alors c'était quoi ? »

Elle est restée silencieuse un instant, a respiré profondément, puis a fini par dire : « J'ai commencé à voir une psy quand je suis entrée à l'université. » Elle s'est encore arrêtée. « Elle m'a quasiment sauvé la vie. »

Ma première pensée a été : pourquoi Nicole aurait-elle besoin d'une psy ? Mais je l'ai réprimée et j'ai continué : « Je ne savais pas que tu suivais une thérapie.

— Évidemment que t'en savais rien ; t'es la dernière personne à qui je l'aurais dit. Bref. Le temps que j'arrive en dernière année, elle avait réussi à me convaincre que ça ne me servait à rien de rester en colère contre toi. C'est pour ça qu'on s'est si bien entendus à la remise des diplômes. »

J'avais bel et bien inventé une histoire qui ne ressemblait en rien à la réalité. Nicole avait fait tout le travail, et je n'avais rien fait.

« Faut croire que je ne te connais pas vraiment. »

Elle haussa les épaules. « Tu me connais autant que tu en as besoin. »

Ça aussi c'était blessant, mais je ne pouvais pas me plaindre. « Tu mérites mieux que ça », ai-je dit.

Nicole a émis un petit rire triste. « Tu sais, quand j'étais plus jeune, je rêvais que tu me dises ça. Mais aujourd'hui… c'est pas comme si ça allait tout arranger, pas vrai ? »

Je me suis rendu compte que j'avais espéré qu'elle me pardonnerait sur-le-champ, et que tout rentrerait alors dans l'ordre. Mais il allait falloir plus que des excuses pour réparer notre relation.

Quelque chose m'est venu à l'esprit. « Je ne peux pas changer ce que j'ai fait, mais je peux au moins cesser de faire semblant que ce n'est pas arrivé. Je vais me servir de Memori pour mieux me rendre compte de qui je suis vraiment, faire une sorte d'inventaire personnel. »

Nicole m'a regardé, jaugeant ma sincérité. « D'accord, a-t-elle dit. Mais soyons clairs : ne viens pas me voir à chaque fois que tu te sens coupable de m'avoir traitée comme de la merde. J'ai travaillé dur pour mettre tout ça derrière moi, et je ne compte pas le revivre juste pour que tu te sentes mieux.

— Bien sûr. » Je me suis aperçu qu'elle s'était mise à pleurer. « Et je t'ai encore fait du mal en parlant de tout ça. Pardon.

— Ça va, papa. J'apprécie ce que t'essaies de faire. Simplement… est-ce qu'on peut attendre un peu avant la prochaine fois ?

— Bien sûr. » Je me suis approché de la porte pour partir, puis me suis arrêté. « Je voulais juste te demander… si c'est possible, s'il y a quoi que ce soit que je puisse faire pour me racheter…

— Te racheter ? » Elle avait l'air de ne pas y croire. « J'en sais rien. Sois plus attentionné, c'est tout, d'accord ? »

Et c'est ce que j'essaie de faire.

*

La base gouvernementale avait bien du papier datant d'il y a quarante ans, ce que les Européens appelaient des rapports d'évaluation, et la présence de Moseby suffit à faire ouvrir les portes. Ils étaient rédigés dans une langue européenne que Jijingi ne savait pas lire, mais ils contenaient des schémas des lignées de chaque clan, et il put assez facilement y identifier les noms tiv ; Moseby lui confirma son interprétation. Les anciens des fermes de l'Ouest avaient raison, et Sabe avait tort : Shangev n'était pas le fils de Kwande mais de Jechira.

Un des hommes de la base avait accepté de taper une copie de la page concernée afin que Jijingi l'emporte avec lui. Moseby décida de rester à Katsina Ala pour rendre visite aux missionnaires qui se trouvaient là-bas, mais Jijingi rentra chez lui sur-le-champ. Sur le chemin du retour, il se sentit comme un enfant impatient et aurait préféré pouvoir faire tout le trajet dans le camion plutôt que d'avoir à marcher depuis la route. Dès qu'il atteignit le village, Jijingi partit à la recherche de Sabe.

Il le trouva sur le chemin menant à une ferme proche ; deux voisins avaient arrêté Sabe pour qu'il règle un différend sur la façon dont les cabris d'une chèvre devaient être répartis. Une fois qu'ils furent satisfaits, Sabe reprit sa promenade. Jijingi marcha à ses côtés.

« Content de te revoir, dit Sabe.

— Sabe, je suis allé à Katsina Ala.

— Ah. Pourquoi es-tu allé là-bas ? »

Jijingi lui montra le papier. « Ce papier a été écrit il y a longtemps, quand les Européens sont arrivés ici. Ils ont parlé aux anciens du clan Shangev de l'époque et, quand les anciens leur ont raconté l'histoire du clan, ils ont dit que Shangev était le fils de Jechira. »

Sabe réagit calmement. « À qui les Européens ont-ils demandé ? »

Jijingi regarda le papier. « Batur et Iorkyaha.

— Je me souviens d'eux, répondit-il en hochant la tête. Des hommes sages. Ils n'auraient jamais rien dit de tel. »

Jijingi désigna les mots sur le papier. « Mais c'est ce qu'ils ont fait !

— Peut-être le lis-tu mal.

— Non ! Je sais lire. »

Sabe haussa les épaules. « Pourquoi as-tu rapporté ce papier ici ?

— Ce qu'il dit est important. Il signifie que nous devrions naturellement faire union avec le clan Jechira.

— Tu crois que le clan devrait te faire confiance sur le sujet ?

— Je ne demande pas au clan de me faire confiance. Je lui demande de faire confiance aux anciens de votre jeunesse.

— Et c'est ce qu'il devrait faire. Mais ces hommes ne sont pas là. Tout ce que tu as, c'est du papier.

— Le papier nous révèle ce qu'ils diraient s'ils étaient là.

— Vraiment ? Mais un homme ne dit pas qu'une seule chose. Si Batur et Iorkyaha étaient ici, ils seraient d'accord avec moi : il nous faut nous unir avec le clan Kwande.

— Comment pourraient-ils l'être, alors que Shangev était le fil de Jechira ? » Il montra de nouveau la feuille de papier. « Les Jechira sont nos plus proches parents. »

Sabe s'arrêta de marcher et se tourna vers Jijingi. « Les questions de parenté ne peuvent être résolues par du papier. Tu es scribe parce que Maisho du clan Kwande m'a mis en garde contre les garçons de l'école missionnaire. Maisho ne nous aurait pas aidés si nous n'avions pas partagé le même père. Ton travail est la preuve de la proximité de nos deux clans mais, ça, tu l'oublies. Tu vas chercher sur un morceau de papier ce que tu devrais déjà savoir, là. » Sabe lui tapota la poitrine. « As-tu tant étudié le papier que tu as oublié ce que signifie être tiv ? »

Jijingi ouvrit la bouche pour protester, mais il comprit que Sabe avait raison. Tout ce temps passé à étudier l'écriture l'avait fait penser comme un Européen. Il en était venu à accorder plus de confiance aux marques sur le papier qu'à la parole des gens, et ce n'était pas ça, être tiv.

Le rapport d'évaluation des Européens était *vough* ; il était exact et précis, mais il n'était pas suffisant pour régler la question. Le choix du clan avec lequel s'unir devait être juste pour la communauté ; il devait être *mimi*. Seuls les anciens pouvaient déterminer ce qui était *mimi* ; c'était leur responsabilité de décider ce qui était mieux pour le clan Shangev. Demander à Sabe de s'en remettre au papier, c'était lui demander d'agir contre ce qu'il considérait comme juste.

« Tu as raison, Sabe, dit Jijingi. Je te demande pardon. Tu es mon aîné, et j'ai eu tort de suggérer que du papier pouvait en savoir plus que toi. »

Sabe acquiesça et reprit sa marche. « Tu es libre de faire ce que tu souhaites, mais je crois qu'en montrant ce papier aux autres tu ferais plus de mal que de bien. »

Jijingi réfléchit à cela. Les anciens des fermes de l'Ouest soutiendraient sans aucun doute que le rapport d'évaluation appuyait leur position, prolongeant un débat qui avait déjà trop duré. Mais plus encore, cela amènerait les Tiv à voir le papier comme une source de vérité, dont le ruissellement viendrait encore un peu plus diluer leurs anciennes coutumes, et il ne pouvait voir aucun bénéfice à cela.

« Je suis d'accord, répondit Jijingi. Je ne le montrerai à personne. »

Sabe approuva.

Jijingi retourna à sa case, méditant sur ce qui venait d'arriver. Même sans fréquenter d'école missionnaire il s'était mis à penser comme un Européen ; écrire dans ses cahiers l'avait poussé à manquer de respect à ses anciens sans même s'en rendre compte. L'écriture l'aidait à clarifier ses pensées, c'était indéniable, mais ce n'était pas une raison suffisante pour accorder plus de confiance au papier qu'aux gens.

Son rôle de scribe l'obligeait à tenir le registre des décisions prises par Sabe au tribunal tribal. Mais il n'avait pas besoin de conserver ses autres carnets, ceux dans lesquels il avait écrit ses pensées. Il en ferait du petit bois pour la cuisine.

*

Bien qu'on l'imagine rarement ainsi, l'écriture est une forme de technologie, et le mécanisme de pensée d'une personne alphabétisée est donc régulé par cette technologie. Nous devenons des cyborgs cognitifs dès que nous apprenons à lire, et les conséquences en sont profondes.

Avant qu'une culture n'adopte l'usage de l'écriture, lorsque la transmission de son savoir se fait exclusivement à l'oral, elle peut très facilement remanier son histoire. Ce n'est pas intentionnel, mais c'est inévitable ; les bardes et les griots du monde entier ont fait évoluer leurs histoires en fonction de leurs publics et ainsi progressivement adapté le passé aux besoins du présent. L'idée que les récits du passé devraient rester inchangés est le fruit du respect de l'écrit inhérent aux cultures alphabétisées. Les anthropologues vous diront que les cultures orales perçoivent le passé différemment ; pour eux, l'histoire n'a pas besoin d'être exacte, mais plutôt de légitimer la manière dont la communauté se perçoit. Il ne serait donc pas juste de dire que leur histoire n'est pas fiable ; elle fait ce qu'elle est censée faire.

Aujourd'hui, chacun de nous est une culture orale privée. Nous réécrivons notre passé en fonction de nos besoins et pour mieux appuyer l'histoire que nous nous sommes créée. Nos souvenirs nous amènent à commettre une erreur : nous interprétons nos histoires intimes selon la conception whig, ne voyant notre passé que comme une étape vers notre glorieux présent.

Mais cette époque touche à sa fin. Memori n'est que la première prothèse mémorielle d'une nouvelle génération à venir et, à mesure que ces produits seront adoptés, nous remplacerons nos mémoires organiques malléables par des archives numériques parfaites. Nous aurons une preuve de ce que nous avons réellement fait, au lieu d'histoires qui évoluent à force de répétitions. À l'intérieur de son esprit, chacun de nous se verra passer d'une culture orale à une culture écrite.

Il serait facile pour moi d'affirmer que les cultures écrites s'en sortent mieux que les cultures orales, mais mon parti pris est évident, puisque j'écris ces mots, au lieu de vous les dire. J'affirmerai donc qu'il m'est plus facile d'apprécier les bénéfices de l'écrit et plus difficile de reconnaître ce qu'il nous a coûté. L'écrit encourage les cultures à valoriser la documentation au détriment de l'expérience subjective, et dans l'ensemble je pense que le positif l'emporte sur le négatif. Les documents écrits sont exposés à tous types d'erreurs, et leur interprétation est sujette aux changements, mais au moins les mots sur la page sont immuables, et il y a un réel mérite à cela.

Pour ce qui est de nos mémoires individuelles, ma position est inverse. Étant quelqu'un dont l'identité s'est construite sur une mémoire organique, je me sens menacé à l'idée que la façon dont nous nous souvenons des événements soit privée de toute subjectivité. J'ai longtemps cru en l'utilité pour les individus de se raconter des histoires sur eux-mêmes, tout en pensant l'inverse pour les cultures, mais je suis un produit de mon temps, et les temps changent. Nous ne pouvons pas plus éviter la mémoire numérique que les cultures orales n'ont pu éviter l'écrit, alors je ne peux qu'essayer d'y trouver quelque chose de positif.

Et je pense avoir découvert le vrai avantage de la mémoire numérique. Il ne s'agit pas de prouver que vous aviez raison, mais bien d'admettre que vous aviez tort.

Parce qu'il nous est tous déjà arrivé d'avoir tort, d'être cruels, hypocrites, et de l'oublier aussitôt. Ce qui est bien la preuve que nous ne nous connaissons pas vraiment nous-mêmes. Comment pourrais-je prétendre me juger avec lucidité si je ne peux pas faire confiance à ma mémoire ? Et vous ? Vous êtes certainement en train de vous dire que, si votre mémoire n'est pas parfaite, vous n'avez néanmoins jamais été coupable d'un révisionnisme égal au mien. Mais j'en étais aussi persuadé que vous, et j'avais tort. Vous pouvez dire : « Je sais que je ne suis pas parfait. J'ai fait des erreurs. » Mais laissez-moi vous assurer que vous en avez fait plus que vous ne pensez, que certains des postulats centraux sur lesquels vous avez construit l'image que vous avez de vous-même sont en fait des mensonges. Passez un peu de temps à utiliser Memori, et vous verrez.

Cependant, si je recommande aujourd'hui Memori, ce n'est pas pour la lumière crue qu'il nous force à jeter sur notre passé ; c'est pour éviter que nous ayons à le faire à l'avenir. C'est ma mémoire organique qui m'a permis de fabriquer cette version idyllique de mes compétences parentales ; en utilisant désormais ma mémoire numérique, j'espère empêcher que cela se reproduise. Mon véritable comportement ne me sera plus jamais révélé par un tiers, m'obligeant à me tenir sur la défensive ; je n'affronterai plus non plus de choc brutal m'incitant à me remettre en question. Puisque Memori n'offre que les faits sans fard, l'image que je me fais de moi-même ne pourra jamais s'éloigner beaucoup de la vérité.

La mémoire numérique ne nous empêchera pas de nous raconter des histoires. Comme je l'ai dit plus haut, nous sommes faits d'histoires, et rien ne peut modifier cela. Mais elle transformera ces récits imaginaires, qui soulignaient nos meilleures actions et éludaient les pires, en d'autres récits capables – je l'espère – de reconnaître notre propre faillibilité, nous rendant par là même moins critiques envers celle des autres.

Nicole s'est elle aussi mise à utiliser Memori, et elle a découvert que sa mémoire des événements n'est pas parfaite non plus. Ça ne l'a pas incitée à me pardonner – et ça ne devrait pas, parce que ses mauvaises actions furent minimes par rapport aux miennes –, mais ça a atténué sa colère quant à mes souvenirs fabriqués, car elle comprend maintenant que c'est une chose que nous faisons tous. Et j'ai un peu honte d'avouer que c'est précisément le scénario qu'Erica Meyers avait prédit lorsqu'elle avait parlé des effets de Memori sur nos relations.

Cela ne signifie pas que j'aie changé d'avis quant aux inconvénients de la mémoire numérique ; ils sont nombreux, et les gens doivent en être conscients. Simplement, je ne pense plus être en mesure de défendre ce sujet en toute objectivité. J'ai abandonné l'article que j'avais prévu d'écrire sur les prothèses mémorielles ; j'ai confié mes recherches à une collègue, qui a rédigé un très bon article sur les avantages et les inconvénients du logiciel, article neutre et dénué de toutes les interrogations et inquiétudes qui auraient saturé ce que j'aurais pu proposer. À la place, voici ce que j'ai écrit.

Le récit des Tiv est fondé sur des faits, mais il n'est pas tout à fait exact. Il y a bien eu, chez les Tiv, un différend en 1941 sur la question de savoir avec qui devait s'unir le clan Shangev. Le différend naissait d'affirmations contradictoires quant à la filiation du fondateur du clan, et les dossiers administratifs ont bien montré que le récit généalogique fait par les anciens du clan avait changé au fil du temps. Mais beaucoup des petits détails que j'ai décrits sont inventés. Les faits réels étaient bien plus compliqués et moins dramatiques, comme souvent. Ainsi, j'ai pris des libertés pour créer une meilleure histoire. J'ai raconté une histoire afin de défendre la vérité. Je reconnais cette contradiction.

Quant au récit de ma dispute avec Nicole, j'ai fait en sorte qu'il soit aussi exact que possible. J'ai commencé à tout enregistrer depuis que je me suis mis à travailler sur ce projet, et j'ai consulté les enregistrements à de nombreuses reprises en écrivant ceci. Mais dans mon choix des détails à inclure ou omettre, peut-être n'ai-je fait que construire une autre histoire. Malgré tous mes efforts pour ne pas faillir, ai-je dressé de moi un portrait flatteur ? Ai-je déformé les événements afin qu'ils correspondent plus exactement à l'arc narratif d'un récit-confession ? La seule façon pour vous d'en juger serait de comparer mon récit aux enregistrements eux-mêmes.

Alors je vais faire quelque chose que je n'aurais jamais pensé faire : avec la permission de Nicole, j'autorise l'accès public à mon lifelog, dans sa totalité. Allez voir la vidéo, et décidez.

Et si vous pensez que je n'ai pas été entièrement honnête, dites-le-moi. Je veux savoir.

LE GRAND SILENCE

Les humains se servent d'Arecibo pour chercher des formes d'intelligence extraterrestre. Leur désir d'entrer en contact est si fort qu'ils ont créé une oreille capable d'entendre à travers l'univers.

Mais mes compagnons perroquets et moi-même sommes sous leurs yeux. Pourquoi ne s'efforcent-ils pas à écouter nos voix ?

Nous sommes une espèce non humaine capable de communiquer avec eux. Ne sommes-nous pas précisément ce qu'ils cherchent ?

*

L'univers est si vaste que des formes de vie intelligente ont certainement dû apparaître à de nombreuses reprises. Et il est si vieux que même une seule espèce technologique aurait eu le temps de s'étendre et d'emplir toute la galaxie. Et pourtant, il n'y a pas de signes de vie ailleurs que sur la Terre. C'est ce que les humains appellent le paradoxe de Fermi.

Une des réponses au paradoxe de Fermi serait que les espèces intelligentes dissimulent en fait activement leur présence pour éviter d'être prises pour cible par des envahisseurs hostiles.

En tant que membre d'une espèce presque intégralement décimée par l'homme, je peux témoigner qu'il s'agit là d'une stratégie judicieuse. Rester discret et éviter d'attirer l'attention me paraît sensé.

*

Le paradoxe de Fermi est parfois appelé Grand Silence. L'univers devrait être une cacophonie de voix, mais il est au contraire d'un silence déconcertant.

Certains humains partagent une théorie selon laquelle les espèces intelligentes se sont éteintes avant d'avoir pu s'étendre à travers l'espace. Si c'est le cas, alors la quiétude du ciel nocturne est un silence de cimetière.

Il y a des centaines d'années, mon espèce était si foisonnante que la forêt de Rio Abajo résonnait de nos voix. Aujourd'hui nous avons presque tous disparu. Bientôt, cette forêt tropicale sera peut-être aussi silencieuse que le reste de l'univers.

*

Il y avait un perroquet gris africain qui s'appelait Alex. Il était célèbre pour ses capacités cognitives. Célèbre parmi les humains, j'entends.

Une chercheuse humaine nommée Irene Pepperberg passa trente ans à étudier Alex. Elle découvrit qu'Alex connaissait non seulement les mots désignant les formes et les couleurs, mais qu'il comprenait également leur concept.

De nombreux scientifiques étaient sceptiques à l'idée qu'un oiseau soit capable de saisir des concepts abstraits. Les humains aiment à se penser uniques. Mais Pepperberg finit par les convaincre, Alex ne faisait pas que répéter les mots, il comprenait ce qu'il disait.

De tous mes cousins, Alex fut celui qui s'approcha le plus du statut d'interlocuteur aux yeux des humains.

Alex mourut brusquement, il était encore relativement jeune. La veille de sa mort, le soir, il dit à Pepperberg : « Sois sage. Je t'aime. »

Si les humains cherchent à entrer en contact avec une intelligence non humaine, que peuvent-ils vouloir de plus que ça ?

*

Chaque perroquet a un cri unique qu'il utilise pour s'identifier ; les biologistes nomment cela « les appels de liaison » du perroquet.

En 1974, des astronomes ont utilisé Arecibo pour diffuser dans l'espace un message destiné à montrer l'intelligence humaine. C'était l'appel de liaison de l'humanité.

Dans la nature, les perroquets s'appellent par leurs noms. Un oiseau imite les appels de liaison d'un autre oiseau pour attirer son attention.

Si les humains détectent un jour le message

Arecibo renvoyé vers la Terre, ils sauront que quelqu'un essaie d'attirer leur attention.

*

Les perroquets apprennent par le son : nous pouvons apprendre à faire de nouveaux bruits après les avoir entendus. C'est une aptitude que peu d'animaux possèdent. Un chien peut comprendre des dizaines d'ordres, mais il ne fera jamais rien d'autre qu'aboyer.

Les humains apprennent par le son, eux aussi. Nous avons cela en commun. Les humains et les perroquets partagent donc une relation particulière au son. Nous ne nous contentons pas de crier. Nous prononçons. Nous énonçons.

Peut-être est-ce pour cela que les humains ont voulu construire Arecibo ainsi. Un récepteur n'a pas besoin d'être un émetteur, mais Arecibo en est un. À la fois une oreille pour écouter et une bouche pour parler.

*

Les humains côtoient les perroquets depuis des milliers d'années, et ce n'est que récemment qu'ils ont envisagé que nous puissions être intelligents.

J'imagine que je ne peux pas leur en vouloir. Nous, les perroquets, avons longtemps pensé que les humains n'étaient pas très malins. Il est difficile de comprendre un comportement si différent du vôtre.

Mais les perroquets sont plus semblables aux humains que n'importe quelle espèce extraterrestre ne le sera jamais, et les humains peuvent nous observer de près ; ils peuvent nous regarder droit dans les yeux. Comment peuvent-ils espérer reconnaître une intelligence extraterrestre s'ils ne peuvent qu'écouter aux portes à des centaines d'années-lumière de distance ?

*

Ce n'est pas une coïncidence si une « aspiration » est à la fois un espoir et l'acte de respirer.

Lorsque nous parlons, nous utilisons l'air de nos poumons pour donner à nos pensées une forme physique. Les sons que nous créons sont simultanément nos intentions et notre force vitale.

Je parle, donc je suis. Ceux qui apprennent par le son, comme les perroquets et les humains, sont peut-être les seuls à vraiment comprendre cette vérité.

*

Un certain plaisir découle du fait de former des sons avec sa bouche. C'est un geste si primaire et viscéral qu'au fil de leur histoire les humains ont considéré cette activité comme une voie vers le divin. Les mystiques pythagoriciens pensaient que les voyelles représentaient la musique des sphères, et ils chantaient pour en tirer de l'énergie.

Les chrétiens pentecôtistes pensent que, lorsqu'ils parlent en langues, ils parlent la langue des anges du paradis.

Les hindous brahmanes pensent qu'en récitant des mantras ils renforcent les fondements de la réalité.

Seule une espèce capable d'apprendre par le son lui donnerait autant d'importance dans sa mythologie. Nous, perroquets, pouvons comprendre cela.

*

Selon la mythologie hindoue, l'univers fut créé par un son : *om*. C'est une syllabe qui contient en elle-même tout ce qui a été et tout ce qui sera.

Lorsque le télescope Arecibo est dirigé vers l'espace entre les étoiles, il perçoit un léger bourdonnement.

Les astronomes appellent cela le fond diffus cosmologique. Ce sont les rayonnements résiduels du Big Bang, l'explosion qui créa l'univers il y a quatorze milliards d'années.

Mais on peut aussi y voir une réverbération à peine perceptible de cet *om* original. Une syllabe si résonnante que le ciel nocturne continuera à en vibrer aussi longtemps qu'existera l'univers.

Lorsque Arecibo n'est pas occupé à écouter autre chose, il écoute la voix de la création.

*

Nous, les perroquets portoricains, avons nos propres mythes. Ils sont plus simples que la mythologie humaine, mais je crois que les humains pourraient en tirer un certain plaisir.

Hélas, nos mythes se perdent tandis que mon espèce se meurt. Je doute que les humains aient déchiffré notre langue avant que nous disparaissions.

Ainsi, l'extinction de mon espèce n'est pas uniquement la disparition d'un groupe d'oiseaux, mais aussi celle de notre langue, de nos rituels, de nos traditions. C'est notre voix réduite au silence.

*

L'activité humaine a poussé mon espèce à l'extinction, mais je ne leur en veux pas. Ils ne l'ont pas fait méchamment. Ils ne faisaient simplement pas attention.

Et les humains ont créé de si beaux mythes ; ils ont une telle imagination. Peut-être est-ce pour cela que leurs aspirations sont si nobles. Regardez Arecibo. Toute espèce capable de construire une chose pareille doit avoir en elle une certaine grandeur.

Mon espèce ne sera sans doute plus là très longtemps ; nous mourrons probablement avant notre heure et irons rejoindre le Grand Silence. Mais avant de partir, nous voulons envoyer un message à l'humanité. Nous espérons seulement que le télescope d'Arecibo lui permettra de l'entendre.

Le message est le suivant :

Sois sage. Je t'aime.

OMPHALOS

Seigneur, je me livre à toi et te demande d'éclairer mon cœur de ta lumière tandis que je repense à cette journée, aide-moi à mieux voir l'action de ta grâce dans chacun de ses instants.

Si je suis désormais satisfaite et reconnaissante d'une si bonne journée, elle n'avait pourtant pas démarré sous les meilleurs auspices. J'étais d'humeur exécrable lorsque mon aéroplane est arrivé ce matin. Alors que je cherchais la station de taxis, un homme m'a crue perdue et a tenté de venir à mon secours. Il m'a dit que Chicagou n'était pas un endroit pour une femme voyageant seule, et je lui ai répondu que la Mongolie ne m'avait pourtant posé aucun problème et que je doutais que Chicagou puisse être bien pire. Pardonne-moi, Seigneur, d'avoir été dure envers un homme qui ne cherchait qu'à me secourir. Je te demande de m'aider à être patiente avec ceux qui pensent les femmes sans défense.

Je reconnais que je n'étais pas vraiment pressée de faire étape ici. J'ai écrit ce livre il y a si longtemps que mon esprit est déjà passé à autre chose, et j'étais, tout le mois dernier, entièrement concentrée sur la préparation des fouilles en Arisona. Après le courriélectrique du docteur Janssen, je ne pouvais plus penser qu'à ces pointes de lances et à ce qu'elles seraient capables de nous dire. Lorsque mon éditeur m'a organisé une conférence ici, j'ai songé qu'il profitait simplement de mon itinéraire, s'arrangeant pour que je fasse la promotion du livre sans avoir à me payer un billet d'avion ; cela me semblait un dérangement plus qu'autre chose.

Mon humeur s'est améliorée après mon arrivée à l'hôtel, où j'ai été accueillie par une assistante de la salle où aurait lieu mon intervention. Quand elle m'a dit à quel point elle avait hâte de m'écouter parler, j'ai d'abord pensé qu'elle cherchait juste à être polie, mais elle a poursuivi en expliquant à quel point mon livre avait renforcé son admiration pour le travail des scientifiques, et j'ai alors compris que son enthousiasme n'était pas feint. Il était gratifiant d'avoir un tel retour d'une lectrice, mais cela me rappelait avant tout que l'éducation tenait une part aussi importante que le travail de terrain dans le rôle d'un archéologue. Merci, Seigneur, de m'avoir montré que mon égocentrisme m'avait fait considérer une conférence publique comme une corvée.

J'ai pris un dîner léger au restaurant de l'hôtel avant de me diriger vers la salle. C'était, de loin, le public le plus large qui ait assisté à une de mes conférences ; la salle était remplie d'hommes et de femmes comme autant de macareux sur une plage. Je savais bien qu'un tel auditoire n'était pas seulement dû à ma popularité ; le nom « Dorothea Morrell » sur une affiche n'avait jamais attiré les foules. Ils venaient parce que les momies d'Atacama faisaient le tour du pays pour collecter des fonds, et Chicagou était leur première escale. L'archéologie est dans tous les esprits en ce moment, et j'en bénéficiais indirectement. Mais ça ne me dérangeait en rien ; j'étais heureuse de cette affluence, quelle qu'en fût la raison.

J'ai commencé ma conférence en évoquant les cernes sur les troncs d'arbres et le fait que l'épaisseur de chaque cerne dépende des précipitations au cours de l'année de croissance de l'arbre, de sorte qu'une succession d'anneaux de croissance étroits indiquait une période de sécheresse. J'expliquai qu'en comptant à rebours à partir de l'année où l'arbre avait été abattu il était possible de compiler une chronologie des événements météorologiques en remontant sur de nombreuses décennies, bien au-delà de la mémoire de n'importe quelle personne vivante. Le passé a laissé ses marques sur le monde, et il nous faut seulement savoir comment les lire.

J'ai poursuivi en détaillant la technique de datation croisée : trouver les similitudes et correspondances entre les cernes de plusieurs arbres. J'ai présenté un exemple montrant une séquence identique de cernes épais et fins sur deux morceaux de bois : dans l'un des cas la séquence se trouvait près du centre d'un arbre récemment abattu, alors que dans l'autre elle était au bord d'un morceau de madrier trouvé dans un vieux bâtiment. Nous savons que la vie de ces arbres se chevauchait ; le premier n'était qu'une jeune pousse quand le second était déjà mature, mais ils ont subi la même séquence de pluies abondantes puis rares. Nous pouvons ainsi utiliser les cernes d'arbres plus vieux pour étendre notre connaissance des événements météorologiques dans le passé. Grâce à la datation croisée, nous n'avons plus à nous limiter à la durée de vie d'un seul arbre.

J'ai raconté au public que les archéologues ont examiné le bois de bâtiments de plus en plus anciens, faisant correspondre au fur et à mesure les formes de leurs anneaux de croissance. Même sans l'aide de documents écrits, nous savions que le bois au sommet de la cathédrale de Trèves en Allemagne provenait d'arbres abattus dans le courant de l'année 1074, alors que celui de la base provenait d'arbres abattus en 1042, et cela grâce à l'examen de leurs anneaux de croissance. Et nous ne nous sommes pas arrêtés là, leur ai-je dit ; nous pouvions utiliser du bois encore plus vieux, comme les pilotis du pont romain de Cologne et les poutres qui renforçaient les anciennes mines de sel de Bad Nauheim. Chaque morceau de bois était un volume d'une histoire écrite par la nature elle-même, un almanach des précipitations annuelles remontant jusqu'à la naissance du Christ.

Et puis je leur ai dit qu'il était délicat de remonter plus loin. Cela supposait de trouver des troncs d'arbres préservés dans des tourbières, des poutres extraites de fouilles archéologiques, voire de gros morceaux de charbon de bois dans des foyers de feux d'hommes des cavernes. J'ai expliqué que c'était comme un puzzle ; de nombreuses pièces pouvaient parfois s'emboîter les unes dans les autres sans que l'on sache pour autant où elles allaient, jusqu'à ce que nous trouvions la pièce qui les reliait à notre chronologie principale. Au fil du temps nous avons comblé les vides ; notre plus grande suite continue de cernes s'est étendue sur cinq mille ans, puis sur sept mille ans. Je leur ai dit combien il était excitant d'étudier un morceau de bois et de savoir que l'arbre dont il provenait avait été abattu huit mille ans plus tôt.

Mais même ce frisson n'est rien comparé à celui que l'on ressent en examinant des échantillons de bois datés seulement de quelques siècles de plus. Car, dans ces troncs d'arbres, vient un point où les cernes s'arrêtent. En comptant à rebours depuis notre ère, le plus vieil anneau de croissance a été formé il y a huit mille neuf cent douze ans. Il n'existe pas de cernes avant cela, leur ai-je expliqué, car c'est l'année où tu as créé le monde, Seigneur. Au centre de chaque arbre de cette ère se trouve un cercle de bois parfaitement lisse et homogène, et le diamètre de cette partie sans cernes indique la taille de l'arbre au moment de la création. Ce sont des arbres primordiaux, créés directement par ta main au lieu d'être nés d'une graine.

Je leur ai dit que l'absence de cernes sur ces sections d'arbres est aussi remarquable que l'absence de nombril sur les momies d'Atacama. Et que les sections d'arbres nous disent des choses que les restes humains, qu'ils soient osseux ou momifiés, ne peuvent pas révéler. Sans la chronologie des cernes, nous n'aurions aucun moyen de savoir quand ces humains primordiaux sont apparus ; leurs corps nous disent que l'humanité est apparue sur la terre entière, mais ce sont les tranches d'arbres qui nous disent quand cela s'est exactement passé.

Et puis je leur ai dit que, si les arbres sans cernes et les hommes sans nombril sont merveilleux et surprenants, ils sont également logiquement nécessaires. Pour les aider à comprendre pourquoi, je leur ai demandé de considérer la possibilité inverse. Pourquoi, Seigneur, aurais-tu créé des arbres primordiaux dotés de cernes jusqu'à leur centre ? Tu aurais alors créé la preuve d'étés et d'hivers n'ayant jamais existé. Cela aurait été une tromperie, comme si tu avais donné à un homme primordial une cicatrice au front, vestige d'une blessure subie dans une jeunesse jamais vécue. Et pour appuyer ce souvenir fabriqué, il t'aurait alors fallu créer les tombes des parents qui avaient élevé cet homme durant son enfance fictive. Ces parents auraient sûrement mentionné leurs propres parents et il t'aurait alors fallu, Seigneur, créer aussi des tombes pour les grands-parents. Afin d'être cohérent, il t'aurait fallu remplir le sol des ossements d'innombrables générations passées, si nombreuses qu'aussi loin que l'on creuserait, chaque pelletée de terre que nous retournerions viendrait troubler la sépulture d'un ancêtre. La Terre ne serait rien de plus qu'un cimetière sans fond.

Évidemment, ai-je dit, ce n'est pas le monde dans lequel nous vivons. Le monde que nous voyons autour de nous ne peut être infiniment vieux, il doit donc avoir un commencement, et il est simplement logique qu'en regardant d'assez près nous puissions trouver confirmation de ce commencement. Les arbres sans cernes et les hommes sans nombril valident notre raisonnement. Mais surtout, ils nous rassurent spirituellement.

Je leur ai demandé d'imaginer à quoi cela ressemblerait si nous vivions dans un monde où, aussi profond que nous creusions, nous continuions à trouver des traces d'une ère précédente. Je leur ai demandé d'imaginer qu'ils se trouvaient face à la preuve d'un passé s'étendant si loin que les nombres perdent tout sens : cent mille ans, un million d'années, dix millions d'années. Puis je leur ai demandé : ne se sentiraient-ils pas perdus, comme des naufragés à la dérive sur l'océan du temps ? La seule réponse sensée serait le désespoir.

Je leur ai dit que nous n'étions plus à la dérive. Nous avons jeté l'ancre et touché le fond ; nous pouvons être certains que le rivage est proche, même si nous ne le voyons pas. Nous savons que tu avais un dessein lorsque tu as créé cet univers ; nous savons qu'un port nous attend. Je leur ai dit que notre moyen de navigation est la recherche scientifique. Puis j'ai ajouté que c'est la raison pour laquelle je suis scientifique : car je veux découvrir le dessein que tu as pour nous, Seigneur.

Quand j'ai fini de parler ils ont applaudi, et j'avoue en avoir tiré un certain plaisir. Pardonne-moi mon orgueil, Seigneur. Aide-moi à me souvenir que tout le travail que j'accomplis – que ce soit déterrer des os dans le désert ou donner des conférences en public – n'est pas dédié à ma gloire personnelle, mais à la tienne. Permets-moi de ne jamais oublier que ma tâche est de montrer aux autres la beauté de tes œuvres et ainsi de les rapprocher de toi.

Amen.

*

Seigneur, je me livre à toi et te demande d'éclairer mon cœur de ta lumière tandis que je repense à cette journée, aide-moi à mieux voir l'action de ta grâce dans chacun de ses instants.

La journée que je viens de passer m'a apporté de nombreuses preuves de ta majesté, et je t'en suis reconnaissante, mais ce fut également une journée troublante. Tout a commencé au petit déjeuner que j'ai pris avec ma cousine Rosemary et son époux, Alfred. Je ne vois pas Rosemary très souvent, mais j'apprécie toujours les moments que nous passons ensemble. Merci, Seigneur, de m'avoir donné au moins un parent qui pense que l'archéologie est une profession convenable pour une femme, et qui ne me demande pas quand je compte me marier ou avoir des enfants.

Après m'avoir confié les dernières nouvelles de son côté de la famille, Rosemary m'a révélé qu'elle avait une autre raison de me parler. « J'ai acheté une relique la semaine dernière, mais Alfred pense qu'il s'agit d'un faux, m'a-t-elle annoncé.

— C'est à cause du prix qu'elle a payé, a précisé Alfred. Si c'est trop beau pour être vrai, c'est que ça ne l'est pas. Voilà ce que je dis toujours.

— On espérait que tu pourrais trancher pour nous », m'a dit Rosemary et je leur ai répondu que je serais heureuse d'y jeter un coup d'œil. Une fois notre petit déjeuner terminé, elle s'est rendue à l'accueil pour récupérer un colis qu'elle avait laissé aux réceptionnistes, puis nous avons trouvé des sièges vides dans un coin du hall de l'hôtel.

À l'intérieur de la boîte, enveloppé dans un mètre de mousseline, se trouvait le fémur d'un cerf, immensément vieux mais en excellent état de conservation, et j'ai tout de suite vu qu'il n'avait rien d'ordinaire. L'os n'avait pas de ligne épiphysaire, le résidu de la partie mobile de l'os où le cartilage vient s'ajouter lorsque les os d'enfant se transforment en os d'adulte. Le fémur n'avait jamais été plus court qu'il ne l'était maintenant ; le cerf dont il venait n'avait jamais été un faon. C'était le fémur d'un cerf primordial, créé à sa taille adulte par ta main, Seigneur.

J'ai dit à Rosemary et Alfred qu'il s'agissait bien d'un vrai ; elle jubilait et lui était penaud, étouffant tous les deux leurs réactions du fait de ma présence, mais je pouvais voir que le sujet serait longuement débattu plus tard. Rosemary m'a remerciée, et je lui ai répondu que ce n'était rien ; mais où, lui ai-je demandé, l'avait-elle acheté ?

« Je suis allée voir l'exposition sur les momies. Tu as probablement l'habitude de voir ce genre de choses, mais je l'ai trouvée incroyable. Bref, il y a une boutique après la visite. Ce sont essentiellement des cartes postales et des livres sur les momies, mais il y avait aussi quelques reliques à vendre. Des coquilles de palourdes et de moules, évidemment, mais d'autres objets inhabituels aussi : des ossements comme celui-là, des coquilles d'ormeaux. »

Cela a attiré mon attention. Était-elle certaine qu'il s'agissait de coquilles d'ormeaux ?

« Certaine, a-t-elle répondu. Il m'est déjà arrivé d'acheter des reliques, et je n'avais encore jamais vu de coquilles d'ormeaux. J'ai dû m'en assurer auprès du vendeur. J'étais tentée d'en prendre une juste pour la nouveauté, mais on ne voyait pas les lignes. » J'ai compris ce qu'elle voulait dire. Les coquilles de palourdes et de moules ordinaires ont des stries de croissance comme les arbres. Mais les coquilles de bivalves primordiaux sont incroyablement lisses en leur centre ; elles n'ont de stries qu'à la marge, chaque strie indiquant une année de croissance après leur création. De tels coquillages sont parmi les reliques les plus populaires chez les collectionneurs ; elles ne sont pas trop chères car relativement communes, mais elles portent les preuves évidentes de ta main, Seigneur. En revanche, l'ormeau est un univalve, et les couches de croissance sur sa coquille ne sont visibles qu'en perçant un trou et en l'examinant au microscope. À l'œil nu, la coquille d'un ormeau primordial est indiscernable de toute autre coquille d'ormeau.

Mais ce n'est pas pour cette raison que j'étais surprise d'entendre qu'on en vendait dans une boutique de souvenirs ; c'est parce qu'à ma connaissance il n'existait qu'un seul endroit où des coquilles d'ormeaux primordiaux avaient été découvertes, et je n'arrivais pas à comprendre comment elles avaient pu se retrouver mises en vente. Alors, après avoir pris congé de Rosemary et Alfred, je suis montée dans un bus en direction de l'église où les momies d'Atacama étaient exposées.

À l'extérieur, une longue file de visiteurs s'étirait, et peut-être aurais-je dû me rendre directement dans la boutique de souvenirs et éviter l'exposition mais, contrairement à ce que pensait Rosemary, je n'avais en fait encore jamais observé une momie d'humain primordial. Bien sûr, j'avais lu des articles scientifiques sur les momies et feuilleté les photogrammes associés, mais avant aujourd'hui ma connaissance se bornait à ce savoir théorique. Et bien que j'eusse des doutes sur l'exposition elle-même, j'ai décidé de prendre un ticket et de faire la queue.

Dans la file d'attente j'ai entendu deux personnes derrière moi qui parlaient des momies. Un garçon, de dix ans peut-être, a demandé à sa mère si c'était un miracle que ces corps soient restés intacts depuis la création. Sa mère a répondu que non, et précisé qu'ils avaient été préservés par un environnement extraordinairement aride. Elle a expliqué, assez justement, que le désert d'Atacama au Chili connaît si peu la pluie que des empreintes de mules sont encore visibles cinquante ans plus tard, et ce sont ces conditions qui ont empêché le pourrissement du moindre corps enterré là-bas.

J'ai trouvé cela très réconfortant à entendre, car il y a tant de personnes promptes à qualifier les événements de miraculeux que ce mot finit par perdre toute valeur. C'est ce même raisonnement qui incite les gens à se tourner vers les momies pour chercher un remède lorsque la médecine ne peut rien pour eux et, même si l'Église ne célèbre plus le pouvoir guérisseur des reliques, elle ne fait pas encore assez pour dissuader les désespérés. Parmi les gens munis de billets se trouvaient un aveugle et deux personnes en fauteuil roulant, espérant vraisemblablement que la proximité d'un miracle pourrait en déclencher un autre. Je prie pour que leurs souffrances soient atténuées, Seigneur, mais j'adhère au consensus laïque selon lequel il n'y a eu qu'un seul et unique miracle vérifié – la création de l'univers – et nous en sommes tous exactement équidistants.

J'ai dû faire une heure de queue avant d'atteindre les momies, estimation rétrospective, car les voir a été une expérience si profonde que j'en ai complètement oublié l'attente. Elles étaient deux, de sexe masculin, chacune dans son caisson de présentation à température et humidité contrôlées. Leur peau avait l'air aussi délicate que cette espèce de papier qui forme les nids des guêpes, mais se tendait sur leurs crânes comme un tambour ; j'imaginais que le moindre heurt pouvait la déchirer. Les deux momies ne portaient rien d'autre que des peaux de guanaco autour du bassin ; elles gisaient sur les nattes de roseaux avec lesquelles elles avaient été enterrées, leurs abdomens entièrement exposés.

Il m'est déjà arrivé de manipuler des ossements d'humains primordiaux, Seigneur, et, malgré l'émerveillement que j'ai ressenti en tenant dans mes mains un crâne sans sutures ou un fémur sans ligne épiphysaire, rien n'est comparable à la vision d'un corps dénué de nombril. La différence, à mon sens, se trouve dans le fait que nous ne sommes pas conscients de la structure détaillée de nos propres os, quelques connaissances anatomiques sont donc nécessaires pour être en mesure de reconnaître ce qui distingue un squelette primordial. Mais nous sommes tous conscients d'avoir un nombril, ainsi, voir un ventre sans nombril provoque un émerveillement plus viscéral, plus intime même.

Une fois sortie de l'exposition, j'ai de nouveau entendu le garçon et sa mère derrière moi. La mère faisait dire une prière à son fils, où ils te remerciaient, Seigneur, d'avoir fait en sorte que les momies soient découvertes par des archéologues de l'Église plutôt que par des archéologues profanes, car elles étaient désormais exposées au public au lieu d'être dissimulées dans les arrière-salles d'un musée, où seuls quelques scientifiques auraient pu les voir. Et si j'étais moins heureuse d'entendre cela, ce n'est pas tout à fait que j'étais en désaccord avec elle, car j'ai en réalité un avis partagé sur ce sujet.

Je comprends que voir les momies de ses propres yeux puisse être une expérience importante, et cette tournée mènera des dizaines, voire des centaines de milliers de personnes plus près de toi à travers cette expérience, Seigneur. Mais en tant que scientifique, j'estime que la préservation des tissus est la priorité absolue. Quelles que soient les précautions prises par l'Église, exposer ces momies à travers le pays leur causera plus de dommages que si elles étaient conservées dans un musée. Qui sait quelles techniques d'analyse des tissus mous seront développées à l'avenir ? Les biologistes pensent être sur le point d'identifier les particules héréditaires par lesquelles les organismes transmettent certaines caractéristiques à leur progéniture ; peut-être seront-ils un jour capables de lire l'information véhiculée par ces particules. Quand ce jour arrivera, peut-être pourrons-nous voir les plans d'origine pour l'espèce humaine dans leur forme première. Une découverte comme celle-là rapprocherait l'humanité tout entière de toi,

Seigneur, mais cela nous demande de la patience et, entre-temps, il nous faut veiller à ne pas endommager les tissus.

Quoi qu'il en soit, j'ai continué jusqu'à la boutique, où de nombreux visiteurs patientaient pour acheter des cartes postales. En attendant que le vendeur se libère, j'ai regardé les reliques dans la vitrine ; et comme l'avait annoncé Rosemary, des ormeaux se trouvaient au milieu des autres coquillages plus conventionnels en vente. Je m'étais demandé si la boutique affirmerait que les coquilles d'ormeaux étaient arrivées du Chili avec les momies, mais l'étiquette indiquait qu'elles provenaient de l'île de Santa Rosa, au large de la côte d'Alta California, précisant qu'elles avaient été trouvées au fond d'amas coquilliers, les tas d'ordures des communautés préhistoriques.

Une fois la foule des clients dispersée, le vendeur de la boutique de souvenirs est venu s'occuper de moi. Peut-être était-il habitué au dégoût des gens devant l'origine des coquilles ; il a donc entrepris de m'expliquer pourquoi cela les rendait en fait plus intéressantes. « Non seulement elles proviennent de coquillages primordiaux, mais elles ont même été manipulées par des humains primordiaux. Des hommes directement créés par Dieu lui-même les ont tenues entre leurs mains. »

Je lui ai dit que j'étais curieuse de savoir si les coquilles d'ormeaux avaient été trouvées par des archéologues de l'Église, comme c'était le cas pour les momies. « Celles-là ont été offertes par un collectionneur privé. C'est lui qui a donné les informations qui figurent sur les étiquettes. »

Je lui ai demandé si je pouvais avoir le nom du collectionneur, et il m'a demandé pourquoi je voulais le connaître. C'est alors que je me suis présentée, j'ai expliqué que j'étais archéologue ; mon interlocuteur s'appelait M. Dahl. Je lui ai expliqué que les excavations de l'île de Santa Rosa étaient financées par l'université d'Alta California. Toute relique découverte faisait partie des collections des musées de l'université, aucune coquille d'ormeau ne devrait donc se trouver entre les mains de collectionneurs privés.

« Je n'étais pas au courant pour les coquilles d'ormeaux, a-t-il dit. Si je l'avais su, j'aurais posé plus de questions. Vous voulez dire qu'elles ont été volées ? »

Je lui ai répondu que je ne pouvais pas en être certaine, et qu'il y avait peut-être une explication logique, mais que je serais bien curieuse de la connaître.

M. Dahl était évidemment ennuyé. « Nous avons déjà reçu des dons de collectionneurs privés par le passé, et nous n'avons jamais eu de problème de provenance. » Il a regardé dans un registre avant de m'écrire le nom et l'adresse du donateur : un certain M. Martin Osborne, avec une boîte postale à San Francisco. « Il nous a envoyé une large sélection avant le début de la tournée et a demandé que les prix restent abordables, afin que le public puisse se les offrir. C'était une intention si généreuse que j'ai accepté, même si cela voulait dire moins de fonds récoltés pour la cathédrale de Yosemiti. Est-ce qu'il aurait fait ça s'il les avait volées à un musée ? »

Je lui ai répondu que je n'en savais rien. Je l'ai remercié pour son aide et lui ai dit que je lui écrirais une fois que j'aurais vérifié l'origine des reliques données par Osborne ; mais, pour éviter d'autres complications, peut-être devrait-il interrompre la vente jusqu'à ce que je lui donne de mes nouvelles, lui ai-je suggéré. Il a acquiescé.

Il me faut à présent confesser qu'après cette scène j'ai menti. Pardonne-moi, Seigneur, mais je ne voyais aucun autre moyen de rencontrer ce M. Osborne s'il était bel et bien coupable de vol. Je lui ai envoyé un courriélectrique dans lequel j'ai prétendu être M. Dahl. Je lui annonçais que les reliques dont il avait fait donation avaient été volées, et que je les lui retournais donc immédiatement. J'ai ensuite préparé un colis adressé à M. Osborne, qui voyagera jusqu'à San Francisco. J'ai modifié mes billets d'aéroplane afin de prendre le même train que mon colis, et non mon vol pour l'Arisona demain. Une fois à San Francisco, il ne me restera plus qu'à surveiller le bureau de poste et à interroger la personne qui viendra chercher le paquet. Si elle ne peut pas expliquer comment elle est entrée en possession de ces reliques, je la dénoncerai aux autorités. Puis je reviendrai en train à Los Angeles et, de là, je pourrai prendre les dispositions nécessaires pour rejoindre les fouilles en Arisona.

Je sais que c'est peu orthodoxe. Si M. Osborne avait donné une adresse, j'aurais pu simplement frapper à sa porte. Le fait qu'il utilise une boîte postale rend la communication difficile, mais m'amène aussi à penser que mon subterfuge est justifié. J'espère ne pas être en train de tirer des conclusions hâtives.

Guide-moi vers la voie à suivre, Seigneur. Je reconnais que mon désir de trouver des réponses, bien qu'indispensable dans mes entreprises scientifiques, n'est pas toujours le bienvenu en dehors. Aide-moi à voir quand il convient de continuer mes recherches et quand il est préférable d'ignorer mes doutes. Permets-moi d'être toujours curieuse, mais jamais méfiante.

Amen.

*

Seigneur, je me livre à toi et te demande d'éclairer mon cœur de ta lumière tandis que je repense à cette journée, aide-moi à mieux voir l'action de ta grâce dans chacun de ses instants.

Comme je le craignais, les reliques de la boutique ont bien été volées. Mais je ne souhaite pas m'appesantir sur ce point au risque d'exclure tout le reste ; aujourd'hui j'ai eu l'occasion de penser à toi à de nombreuses reprises, et je ne dois pas l'ignorer.

Ma première journée complète à San Francisco a bien commencé ; merci, Seigneur, pour la bonne nuit de repos dans un lit d'hôtel. Les jours de voyage en train avaient eu raison de moi ; ou peut-être devrais-je plutôt dire les nuits. J'ai toujours eu du mal à dormir dans les trains, et ils seront toujours le moyen de transport que j'apprécie le moins. Je préférerais de loin traverser le désert en voiture et passer la nuit à la belle étoile.

San Francisco est une ville où personne ne peut oublier ta présence, Seigneur. J'avais à peine quitté mon hôtel qu'un militant me demandait de faire un don pour la cathédrale de Yosemiti. Ils doivent certainement se tenir à la porte de chaque hôtel et cibler les visiteurs étrangers, car les résidents sont depuis longtemps arrivés à saturation. Je n'ai rien donné, mais j'ai en revanche admiré les peintures sur la pancarte posée à côté du militant. Il s'agissait de très jolies représentations de ce à quoi ressemblera la cathédrale une fois qu'elle sera terminée. J'ai été particulièrement impressionnée par l'une d'elles, qui montrait le vaisseau central illuminé par le soleil couchant. J'ai lu que la nef aura une hauteur de trois cents mètres de haut, du sol au plafond, et la peinture offrait une bonne impression de l'échelle.

Personne ne peut nier, Seigneur, que tu as sculpté la surface de la Terre en un paysage d'une grande beauté. J'ai eu la chance de pouvoir visiter trois continents, et j'ai vu les falaises de craie, les canyons de grès, les piliers de basalte ; tous aussi spectaculaires. Mais le fait de savoir qu'ils ne sont rien de plus qu'une façade décorative gâte mon enthousiasme ; peut-être est-ce mon esprit scientifique qui me donne envie de creuser plus profond. J'ai bien plus de révérence pour le granit qui repose juste sous la surface de tous ces détails, l'océan de pierre dont est faite la Terre. Et c'est en voyant ces endroits où le granit se révèle, où l'essence même de la Terre devient visible, que je ressens un lien plus profond avec ton œuvre.

La vallée de Yosemeti est l'un de ces lieux, et j'aurais aimé pouvoir la visiter il y a un siècle, quand elle était vierge et intacte. J'ai vu des photogrammes de la formation rocheuse avant qu'ils ne commencent à la creuser, et elle était magnifique. Je ne cherche pas à critiquer la décision de l'archidiocèse. Ou peut-être que si. Pardonne-moi, Seigneur. Je sais que la cathédrale de Yosemeti sera une œuvre impressionnante une fois terminée, et j'espère que cela arrivera de mon vivant. Elle rapprochera certainement de nombreuses personnes de toi. Je suis simplement d'avis que la vue du sommet de granit aurait pu avoir le même effet.

Ai-je tort de me demander si la construction de cathédrales, à l'aube du XXIe siècle, est le meilleur usage pour d'innombrables millions de dollars et le labeur de générations entières ? Je comprends bien qu'un projet plus long que toute vie humaine offre à ses participants des aspirations dépassant le domaine du temporel. Je comprends même ce qui les pousse à sculpter une cathédrale en utilisant le substrat de la Terre, c'est un hommage à la grandeur de l'architecture humaine et divine. Mais pour moi, la science est la véritable cathédrale moderne, un édifice de savoir tout aussi majestueux que ceux qui sont faits en pierre. Elle réalise tout ce que la cathédrale de Yosemeti essaie d'accomplir et plus encore, et j'aimerais que nous soyons plus nombreux à y être sensibles.

Peut-être suis-je simplement jalouse de la capacité de l'Église à recueillir des fonds ; je te demande pardon pour ça, Seigneur. Ils essaient de célébrer ta gloire, tout comme nous le faisons dans la communauté scientifique, alors je n'ai pas réellement de raison d'être en désaccord avec eux. Nos points communs sont plus importants que nos différences.

Je me suis rendue au bureau de poste où Martin Osborne recevait son courrier et me suis assise sur le banc d'un arrêt de bus de l'autre côté de la rue. J'avais fermé le colis avec du ruban adhésif de couleur pour le reconnaître facilement lorsqu'il quitterait le bureau de poste, alors j'ai attendu et observé. Je me sentais mal à l'aise de voir les gens arriver et monter dans les bus alors que je restais assise là. Une heure s'est écoulée, puis une autre, et plus d'une fois je me suis demandé si je ne m'y étais pas mal prise. Je suis plus habituée à traquer les os que les proies vivantes, Seigneur, j'en connais bien peu sur la filature ou le camouflage.

Et enfin j'ai vu apparaître le paquet que j'avais préparé. Je l'avais presque raté car je m'attendais à voir un homme et c'était une jeune femme qui l'avait récupéré et déposé sur le trottoir le temps de héler un taxi. Elle était jeune, dix-huit ans pas plus, peut-être moins ; trop jeune pour être une employée du musée. J'ai d'abord pensé qu'il devait s'agir d'une complice de Martin Osborne, peut-être quelqu'un qu'il aurait mêlé à son plan, avant de me rendre compte que je me montrais tout aussi sexiste que les hommes dont les idées préconçues m'irritent constamment.

Je me suis approchée d'elle et lui ai demandé si elle était « Martin Osborne ». Elle a hésité un long moment, puis, reconnaissant qu'elle s'était fait prendre, a affirmé : « Oui, c'est moi. C'est vous qui avez envoyé le courriélectrique ? » Je lui ai dit que oui. Je m'étais préparée à lancer de véhémentes accusations à l'adresse du brigand que je pensais trouver, mais face à une jeune femme je me sentais désemparée. Je me suis présentée et elle m'a dit s'appeler Wilhelmina McCullough. Le nom de famille ne m'était pas inconnu et, prise d'un doute soudain, je lui ai demandé si elle avait un lien de parenté avec Nathan McCullough. Elle m'a répondu : « C'est mon père. »

Tout s'éclaircissait ; cette jeune femme était la fille du directeur du musée de Philosophie naturelle de l'université d'Alta California à Oakland. Aucun membre du personnel ne pouvait s'étonner de la présence de la fille du directeur dans les réserves.

Elle a repris : « J'en déduis donc que ce paquet ne contient pas vraiment les reliques ? » Je lui ai confirmé que non. Alors elle l'a ramassé et jeté dans une poubelle proche. « Maintenant que vous m'avez trouvée, qu'est-ce que vous voulez ? »

Je lui ai répondu qu'elle pouvait commencer par m'expliquer pourquoi elle avait volé dans le musée de son père.

Elle m'a rétorqué : « Je ne suis pas une voleuse, docteur Morrell. Les voleurs volent pour eux. Moi c'est pour Dieu que j'ai pris les reliques. »

Je lui ai demandé pourquoi elle avait voulu que les reliques soient vendues à un prix si modeste, si elle cherchait à soutenir la construction de la cathédrale de Yosemeti. Elle a répliqué : « Vous pensez que je voulais lever des fonds pour la cathédrale ? Je me fiche de tout ça. Je voulais simplement que le plus de gens possible puissent apprécier les reliques. Je les aurais distribuées gratuitement, mais tout le monde les aurait crues fausses si j'avais fait cela. Comme je ne pouvais pas les vendre moi-même, je les ai données à quelqu'un qui le pouvait. »

Je lui ai fait remarquer que les gens pouvaient apprécier les reliques en visitant le musée.

« Personne n'avait accès à ces reliques-là ; elles prenaient la poussière dans des placards. L'université ne devrait pas être autorisée à collectionner autant de choses qu'elle ne peut pas exposer ensuite. »

Je lui ai dit que tous les conservateurs de musée aimeraient pouvoir exposer une plus grande partie de leurs collections. Qu'ils les faisaient tourner.

Elle a rétorqué : « Beaucoup d'objets ne seront jamais exposés », et je ne pouvais pas dire le contraire. Elle a tiré quelque chose de son sac, un coquillage primordial, avec un centre lisse entouré de stries de croissance. « Je le montre aux gens quand je leur parle de Dieu, et tous ceux qui le voient sont impressionnés. Pensez au nombre de personnes qui pourraient voir leur foi renforcée par les reliques dormant dans les arrière-salles du musée. J'essaie d'en faire bon usage. »

Je lui ai demandé depuis combien de temps elle volait des reliques au musée, elle m'a répondu qu'elle avait commencé récemment. « Le monde entier verra bientôt sa foi mise à l'épreuve, et certains auront besoin de réconfort. C'est pour ça qu'il est important de mettre les reliques à disposition. Elles dissiperont leurs doutes. »

J'ai voulu savoir quel événement allait mettre notre foi à l'épreuve et elle m'a indiqué : « Un article est sur le point d'être publié ; j'en ai entendu parler parce qu'on a demandé à mon père d'en faire l'évaluation. Quand les gens le liront, beaucoup perdront la foi. »

Je lui ai demandé si l'article avait ébranlé sa foi, et elle m'a répliqué, dédaigneuse : « Ma foi est totale. Celle de mon père, en revanche… »

L'idée que son père puisse douter de sa foi me semblait incroyable ; en tant que scientifique, il était la dernière personne à avoir des raisons de douter. Je lui ai demandé le genre d'article dont il s'agissait, et elle m'a répondu : « Astronomie. »

Il me faut admettre, Seigneur, que je n'ai jamais eu un grand respect pour l'astronomie ; cette discipline m'a toujours semblé être la plus ennuyeuse de toutes les sciences. Les sciences de la vie sont de toute évidence illimitées ; chaque année nous découvrons de nouvelles espèces de plantes et d'animaux et nous apprenons à mieux apprécier ton ingéniosité dans la création de la Terre. Mais le ciel nocturne est une étendue si finie. Les cinq mille huit cent soixante-douze étoiles ont toutes été répertoriées en 1745, et aucune autre n'a été trouvée depuis. Quand les astronomes en regardent une de plus près, ils confirment que sa taille et sa composition sont identiques à celles de toutes les autres, et dans quel but ? C'est l'essence même des étoiles que d'avoir si peu de caractéristiques ; elles ne sont que la toile de fond sur laquelle repose la Terre, nous rappelant à quel point nous sommes spéciaux. Étudier les étoiles, c'est comme si on préférait manger l'assiette, plutôt que la nourriture qui est dedans.

Je ne suis donc pas complètement surprise qu'un article d'astronomie puisse faire perdre de vue à certains ce qui est important, bien qu'une telle réaction me semble plus normale de la part d'un profane que d'un scientifique. J'ai interrogé Wilhelmina sur le contenu de l'article, et elle m'a répondu : « Des inepties. » Je lui ai demandé de développer, mais tout ce qu'elle a accepté de dire, c'est qu'il s'agissait d'une théorie construite pour semer le doute. « Et fondée seulement sur ce que quelqu'un a vu à travers un télescope ! a-t-elle ajouté. Chacune des reliques que j'ai données était une preuve que l'on peut tenir dans sa main. On sait qu'elles disent la vérité parce qu'on peut les toucher. » Elle a avancé son coquillage vers ma main et a frotté mon pouce d'avant en arrière sur la coquille, le long de la ligne qui séparait la partie lisse de celle qui était striée. « Comment peut-on douter de ça ? »

J'ai dit à Wilhelmina que j'allais devoir parler à ses parents de ce qu'elle avait fait. Elle n'avait pas l'air de s'en préoccuper. « Je ne vais pas m'excuser de rapprocher les gens de Dieu. Je sais que j'ai enfreint des règles en le faisant, mais ce sont les règles qu'il faut changer, pas mon comportement. »

Je lui ai dit que les gens ne pouvaient pas simplement désobéir aux règles juste parce qu'elles ne leur convenaient pas, que la société arrêterait de fonctionner si tout le monde agissait ainsi.

« Ne racontez pas n'importe quoi », m'a-t-elle répondu. « Vous avez menti en envoyant ce courriélectrique sous le nom de M. Dahl, est-ce que c'est parce que vous pensez que nous devrions tous être libres de mentir ? Bien sûr que non. Vous avez réfléchi à la situation et vous en avez conclu que votre mensonge était justifié. Vous êtes prête à assumer la responsabilité de vos actes, n'est-ce pas ? Eh bien, moi aussi. Voilà ce que la société attend de nous, pas que nous suivions des règles sans réfléchir. »

J'aurais aimé avoir son assurance à son âge. J'aurais d'ailleurs aimé avoir son assurance à mon âge. Ce n'est que lorsque je travaille sur le terrain que je suis certaine de bien suivre ta volonté, Seigneur. Quand il s'agit de sujets comme celui-là, mon esprit est toujours hésitant.

« Mon père est à Sacramento aujourd'hui, m'a dit Wilhelmina. Si vous voulez lui parler, vous pouvez passer à la maison demain matin avant 9 heures. » Et elle m'a donné son adresse.

Je lui ai precisé qu'elle avait intérêt à y être, elle aussi, et elle a pris un air insulté. « Évidemment que j'y serai. Je n'ai pas honte de ce que j'ai fait. Vous n'avez rien écouté ? »

Demain je vais parler avec le docteur et Mme McCullough. Rien de tout ça ne s'est déroulé comme je l'avais imaginé en quittant Chicagou. Je pensais traduire un criminel en justice et, à la place, je me retrouve à avertir des parents que leur enfant s'est mal comportée. Ou, devrais-je dire, que leur fille s'est mal comportée. Elle n'est ni une enfant ni une criminelle, bien que je ne sache pas vraiment ce qu'elle est. Si elle avait été une criminelle, j'aurais su à quoi m'en tenir. Mais je suis simplement déconcertée.

Aide-moi à mieux comprendre les opinions des autres, Seigneur, même quand je ne les partage pas. Et donne-moi en même temps la force de ne pas ignorer les actions répréhensibles juste parce qu'elles sont commises par quelqu'un de bien intentionné.

Permets-moi de faire preuve de compassion tout en restant fidèle à mes convictions.

Amen.

*

Seigneur, je suis effrayée par ce que j'ai entendu aujourd'hui. J'ai désespérément besoin de ta lumière. Aide-moi à mieux comprendre ce qui s'est passé.

Ce matin, j'ai pris le ferry pour Oakland et de là j'ai pris un taxi jusqu'à l'adresse que Wilhelmina m'avait donnée. Une femme de ménage m'a ouvert. Je me suis présentée et lui ai dit que j'avais besoin de parler aux McCullough au sujet de leur fille, Wilhelmina. Une minute plus tard ils sont apparus. « Êtes-vous l'un des professeurs de Mina ? » s'est enquis le docteur McCullough.

Je lui ai expliqué que j'étais archéologue au musée de Philosophie naturelle de Boston. Mme McCullough a reconnu mon nom. « Vous écrivez ces vulgarisations scientifiques, a-t-elle dit. Comment se fait-il que vous connaissiez notre fille ? » J'ai proposé que nous en discutions à l'intérieur. Ils se sont tous les deux tournés vers Wilhelmina, qui se tenait dans l'escalier derrière eux, puis ils m'ont laissée entrer.

Une fois dans l'étude du docteur McCullough, je leur ai raconté comment j'en étais venue à suspecter que les reliques sortaient des réserves du musée, et comment j'avais découvert que Wilhelmina était derrière cela. Le docteur McCullough s'est adressé à Wilhelmina et lui a demandé si c'était vrai. « Oui, c'est vrai », a-t-elle déclaré, sans la moindre honte ou animosité.

Le docteur McCullough n'en croyait manifestement pas ses oreilles. « Pourquoi diable ferais-tu une chose pareille ?

— Tu sais pourquoi, a-t-elle répondu. Pour rappeler aux gens ce que, toi, tu as oublié. »

Le visage du docteur s'est empourpré : « Va dans ta chambre. Nous discuterons de cela plus tard.

— Je veux en discuter maintenant, a-t-elle dit. Tu ne peux pas continuer à nier…

— Fais ce que te demande ton père », l'a interrompue Mme McCullough. Wilhelmina s'est éloignée à contrecœur, puis le docteur McCullough s'est tourné vers moi.

« Merci de m'avoir informé, a-t-il fait. Vous pouvez être certaine qu'aucun autre élément de la collection de l'université ne quittera les bâtiments. »

Je lui ai répondu que j'étais heureuse de l'entendre, mais que je voulais savoir ce qui avait pu pousser Wilhelmina à se comporter ainsi. Elle semblait avoir agi en réaction à quelque chose qu'il aurait dit ou fait. Est-ce que c'était vrai ?

« Cela ne vous concerne pas, a-t-il répliqué. Nous réglerons cette histoire en famille. »

J'ai dit au docteur McCullough que je ne cherchais pas à être indiscrète, mais que ces vols pouvaient légitimement préoccuper le conseil d'administration du musée, et qu'il me faudrait une explication plus détaillée si je voulais me sentir à l'aise à l'idée de ne pas l'en avertir. Je lui ai demandé, en imaginant que nos positions soient inversées, s'il accepterait une explication comme celle qu'il venait de me donner. Il m'a lancé un regard noir, et si j'avais été sous ses ordres j'aurais sans doute laissé tomber le sujet. Mais je ne travaillais pas pour lui ; nous étions visiblement dans une impasse.

Alors Mme McCullough lui a dit : « Parle-lui de l'article, Nathan. Elle a fait tout ce chemin ; et puis, tout le monde le saura bien assez tôt. »

Le docteur McCullough a fini par céder. « Très bien », a-t-il fait. Il s'est dirigé vers son bureau et a attrapé un manuscrit. « On m'a prié d'évaluer un article soumis à la publication dans la revue *Philosophie naturelle*. » Il m'a tendu le manuscrit, et j'ai pu lire le titre : « Sur le mouvement relatif du Soleil et de l'éther luminifère. » Je n'ai qu'une compréhension profane de l'éther, le milieu qui transmet les ondes lumineuses : je sais que, tout comme un cri parcourt une plus grande distance s'il voyage avec le vent que contre lui, la vitesse de la lumière varie en fonction du mouvement de la Terre dans l'éther. Et c'est ce que j'ai dit au docteur McCullough.

« Votre compréhension est sommaire mais correcte. Cependant, des mesures plus précises suggèrent que les variations de la vitesse de la lumière ne sont pas seulement causées par le mouvement de la Terre autour du soleil. En fait, un vent éthéré régulier semble souffler dans l'ensemble de notre système solaire. La plupart des physiciens n'y voient aucune signification, mais l'astronome Arthur Lawson propose une autre explication : il suggère que le Soleil n'est en fait pas au repos, mais en mouvement par rapport à l'éther, qui est lui-même au repos. »

Cela revenait un peu à observer un vent incessant soufflant sur le désert et à en conclure que le désert devait être en mouvement et l'atmosphère immobile. Le docteur McCullough avait anticipé mon objection et a dit : « Oui, bien sûr, cela semble un peu tordu, mais soyez indulgente. Lawson émet l'hypothèse qu'il existe une autre étoile dont le mouvement par rapport au Soleil est identique à celui du vent d'éther. Une telle étoile serait ainsi stationnaire par rapport à l'éther luminifère et donc au repos absolu.

« Les astronomes n'ont que récemment commencé à cartographier le mouvement précis des étoiles, mais ils ont déjà pu déceler quelques grands modèles. Lawson s'est penché sur les sections du ciel où les vitesses des étoiles sont similaires à celle du vent d'éther. Il a trouvé plusieurs étoiles dont les mouvements s'en rapprochent, mais aucune qui corresponde exactement.

« Puis il est tombé sur 58 Eridani, une étoile de la constellation de l'Éridan. En s'appuyant sur son effet Doppler, Lawson a mesuré que 58 Eridani avançait dans notre direction à une vitesse de plusieurs milliers de kilomètres par seconde. Ce qui serait déjà extraordinaire en soi, mais d'autres mesures ont indiqué que son mouvement n'était pas constant. L'étoile s'avançait tour à tour dans notre direction puis dans la direction opposée, là aussi à plusieurs milliers de kilomètres par seconde. »

Je lui ai dit que, de toute évidence, il devait y avoir une erreur de mesure.

« Bien sûr, c'était aussi sa première supposition. Mais après avoir éliminé toutes les sources d'erreur auxquelles il pouvait penser, Lawson a demandé à des astronomes d'un autre observatoire de se pencher sur la question, et ils ont confirmé ses conclusions. Ensemble, ils ont pu déterminer que le mouvement de 58 Eridani variait sur une période de vingt-quatre heures exactement. Lawson pense qu'elle tourne en rond. »

Je lui ai demandé si elle était en orbite autour d'un corps plus important, mais il m'a affirmé qu'un objet voyageant de cette manière ne pouvait être sous l'effet d'aucune force gravitationnelle. Cela défie tout ce que nous savons sur la mécanique céleste. Alors je lui ai demandé s'il pensait que c'était un miracle, si c'était enfin une preuve irrévocable de ton intervention active et constante dans l'univers, Seigneur.

« C'est assurément le cas, a répondu le docteur McCullough. Mais c'est la signification de ce miracle qui est la vraie question. Que nous apprend ce phénomène sur le dessein de Dieu ?

« Lawson propose une interprétation. Il suggère que 58 Eridani orbite en réalité autour d'un corps plus petit, trop petit pour que nous soyons en mesure de le détecter, une planète de la taille de la Terre. L'étoile se déplace de manière à fournir un cycle jour/nuit de vingt-quatre heures à une planète stationnaire. Il pense que nous avons affaire à un système solaire géocentrique.

« Il suggère ensuite que la planète autour de laquelle 58 Eridani orbite est stationnaire par rapport à l'éther luminifère, ce qui signifie qu'il s'agit du seul objet de l'univers à être au repos absolu. Sur cette planète, et sur cette planète seulement, la vitesse de la lumière doit être précisément la même dans n'importe quelle direction. Et bien qu'il n'y ait aucun moyen de détecter la présence de vie sur cette planète, Lawson suggère qu'elle est habitée, et que ses habitants sont la raison pour laquelle Dieu a créé l'univers. »

Je suis restée un moment sans voix. Puis j'ai demandé comment Lawson expliquait l'existence de l'humanité et de la vie sur Terre. Le docteur McCullough m'a pris le manuscrit des mains, en a feuilleté les pages jusqu'à trouver la section qu'il cherchait, puis me l'a tendu à nouveau.

J'ai lu que Lawson formait trois hypothèses quant à la présence de l'humanité. La première, c'était que l'humanité résultait d'un acte de création isolé, d'une expérience ou d'un test effectué en préparation de l'œuvre majeure. La deuxième, c'était que la création de l'humanité était un effet secondaire involontaire, une sorte de « vibration sympathique » déclenchée par la similarité de notre système solaire avec 58 Eridani. La troisième, c'était que l'humanité sur Terre était bien l'œuvre majeure, et que la vie sur 58 Eridani n'en était qu'une répétition ou un effet secondaire. Il écartait cette dernière, la jugeant improbable, car si nous supposons que les miracles sont des signes de ton attention, Seigneur, alors un miracle perpétuel comme une étoile en orbite autour d'une planète serait une indication claire de ce que tu considères comme le plus important.

Lawson termine son article en reconnaissant que nombre de ses conclusions sont nécessairement spéculatives ; il admettrait toute autre hypothèse qui pourrait aussi bien ou mieux correspondre aux observations. Les yeux perdus sur la page, j'ai essayé de trouver une autre explication, mais sans y parvenir. Alors j'ai levé les yeux vers McCullough, il hochait la tête comme si j'étais une étudiante sur le point de trouver la bonne solution.

« C'est une théorie convaincante, a-t-il dit amèrement. Surtout si vous considérez qu'elle résout de nombreuses questions restées jusque-là sans réponse. La multiplicité des langues, par exemple. »

Je m'apercevais qu'il avait raison. Pourquoi les langues du monde sont-elles si différentes ? Les philologues se sont battus pour concilier leur diversité avec l'âge de la Terre et le rythme auquel les langues divergent. Seigneur, si tu avais imprégné tous les humains primordiaux de la connaissance d'une langue commune, nous pourrions nous attendre à ce que toutes les langues du monde aient un caractère familier, à la manière des langues indo-européennes. Mais leurs divergences bien plus marquées prouvent qu'une douzaine de langues différentes devaient être parlées immédiatement après la création. Longtemps nous nous sommes demandé pourquoi tu avais fait cela, Seigneur. Mais si les populations disparates d'humains primordiaux avaient chacune indépendamment inventé une langue, il n'y aurait alors plus aucune énigme à résoudre ; la multiplicité des langues aurait été accidentelle plutôt qu'intentionnelle.

« Désormais vous savez, m'a dit le docteur McCullough. L'article sera bientôt publié, et tout le monde le lira. Je voulais recommander qu'il soit refusé, mais je n'ai pu trouver aucun motif valable pour le faire. Mon respect pour la pratique scientifique m'a forcé à l'approuver. » Il s'est renfrogné.

« Et si la pratique scientifique était entièrement fondée sur un faux postulat ? Lorsque j'étais enfant, je désirais tellement que Dieu eût offert aux hommes primordiaux le don de l'écriture car, ainsi, ils auraient été en mesure de prendre note des dates auxquelles les nouvelles étoiles apparaissaient dans le ciel nocturne. Nous saurions alors exactement à quelle distance se trouvait chaque étoile, car nous saurions – au jour près – quand la lumière de chacune d'entre elles a atteint la Terre pour la première fois. Mais les hommes n'ont inventé l'écriture que longtemps après l'apparition des étoiles, obligeant les astronomes à utiliser des techniques plus indirectes pour déduire leurs distances. Mes professeurs me disaient que Dieu voulait que nous raisonnions par nous-mêmes. Et si ce n'était pas vrai ? Et si – sa voix s'est brisée – et si Dieu ne se préoccupait pas de nous ? »

C'était la crise de foi dont Wilhelmina avait parlé. J'ai maladroitement tenté de le rassurer un peu, disant qu'il s'agissait là d'une découverte particulièrement déconcertante, mais que nous pouvions encore avoir foi en Dieu. Le docteur McCullough s'est mis à crier : « Alors vous n'avez rien compris ! »

Sa femme lui a touché la main, et il a attrapé la sienne, luttant pour contenir ses émotions. Ils sont restés silencieux un moment. Puis Mme McCullough s'est tournée vers moi et m'a dit : « Nous avons eu un fils, il avait dix ans de plus que Mina. Il s'appelait Martin. Il est mort de la grippe. »

Je lui ai dit combien j'étais désolée. Je me suis souvenue que « Martin » était le nom que Wilhelmina avait utilisé pour faire don des reliques.

Le docteur McCullough a continué : « Vous n'avez pas d'enfant, vous ne pouvez donc pas comprendre la douleur de perdre un fils. »

Je lui ai répondu qu'il avait raison et que je comprenais désormais pourquoi cette découverte devait être particulièrement difficile pour eux deux.

« Vraiment ? » m'a-t-il demandé.

Je lui ai expliqué ce que j'en avais déduit : que la seule chose qui avait rendu la mort de son fils supportable était de savoir qu'elle faisait partie du grand dessein de Dieu. Mais si tu n'as que faire de l'humanité, Seigneur, alors ce dessein n'existe pas, et la mort de son fils n'a aucun sens.

Le docteur McCullough est resté de marbre, mais sa femme acquiesçait.

« J'ai apprécié vos livres, docteur Morrell, m'a-t-elle dit. Ils me rappellent ce que me disait Nathan quand j'étais son élève, avant notre mariage. Il expliquait dans ses cours que la recherche scientifique a offert à la foi ses fondations les plus solides. Il disait : “Les convictions personnelles peuvent vaciller, mais le monde matériel ne peut être nié”, et je le croyais. Alors quand Nathan s'est plongé dans ses recherches après la mort de Martin, ce n'était pas uniquement pour son réconfort, mais pour le mien aussi.

— Et mes recherches ont été fructueuses, a continué doucement le docteur McCullough. J'ai découvert des ondes oscillatoires à l'intérieur même du Soleil, les échos de la compression initiale exercée par Dieu pour provoquer l'effondrement gravitationnel à l'origine de sa chaleur et de sa lumière.

— C'était comme trouver l'empreinte de Dieu sur notre monde, est intervenue Mme McCullough. À l'époque, c'était le secours dont nous avions besoin.

— Mais je me demande maintenant si cela prouve quoi que ce soit, a-t-il poursuivi. Toutes les étoiles doivent contenir des ondes oscillatoires ; rien ne nous distingue. Rien de ce que la science a découvert n'a de sens. »

Je lui ai dit que la science peut être un remède à nos blessures, mais que ce ne doit pas être la seule raison de s'y intéresser. Je lui ai dit que nous avons le devoir de chercher la vérité.

« La science n'est pas seulement la recherche de la vérité, a-t-il dit. C'est la recherche d'un sens. »

Et je n'avais pas de réponse. J'étais toujours partie du principe que ces deux choses n'en formaient qu'une, mais si ce n'était pas le cas ?

Je ne sais plus quoi penser désormais. J'ai peur d'imaginer que tu ne nous as jamais écoutés.

*

Chère Rosemary,

Ces dernières semaines ont été très difficiles pour moi. Plus que je ne m'y attendais. Je t'écris pour te dire que j'ai temporairement quitté les fouilles en Arisona.

Comme je te l'ai dit dans ma dernière lettre, je pensais être capable de participer aux fouilles car, malgré tout ce qui s'était passé, je croyais que mon attrait pour l'aspect physique du travail archéologique me donnerait la force de continuer. Cela s'est révélé plus difficile que je ne le pensais. Les doutes semés par la découverte de Lawson rongent mon esprit comme autant d'insectes. Il y a quelques jours, en retirant une pointe de flèche de la matrice du sol, je me suis dit : à quoi bon ? Tout ce que nous faisons ici est inutile. J'ai dû m'arrêter de travailler de peur que, de frustration, je finisse par briser un artefact d'un coup de marteau. C'est à ce moment-là que j'ai compris qu'il me fallait quitter le site. Je ne sais pas si le risque était réel, mais le simple fait que cette pensée m'ait traversé l'esprit m'a fait comprendre que je n'étais pas en état d'y travailler.

Je me suis installée dans une cabane de location à une heure environ des fouilles. Je ne pouvais expliquer à personne pourquoi je m'en allais, car il me semble déplacé de parler de l'article de Lawson avant sa publication. Peut-être que cela a contribué à mon sentiment d'isolement lorsque j'étais sur place, mais je pense que la vraie raison est que je ne ressentais plus de contact avec Dieu. J'ai besoin de temps pour décider de ce que je vais faire.

Tu m'as demandé s'il ne faudrait pas que l'Église soit autant troublée par cette découverte que la communauté scientifique laïque, et je te répondrais que si, elle devrait l'être. Mais l'Église en tant qu'institution a toujours été capable de s'appuyer sur les preuves quand elles lui étaient utiles et de les ignorer quand elles ne l'étaient pas. Prends l'histoire d'Adam et Ève, l'Église était d'accord pour admettre qu'elle ne pouvait pas être vraie quand des squelettes d'humains primordiaux ont été découverts à travers le monde, mais elle a maintenu l'idée que l'histoire gardait une importance allégorique fondatrice. Ainsi, toi, moi et toutes les autres femmes continuons à vivre dans l'ombre d'Ève, simplement par habitude. Je m'attends à ce que l'Église trouve un moyen similaire pour expliquer cette découverte et qu'elle l'utilise alors pour persister à défendre ses valeurs.

Il est vrai que la notion de polygénisme existe depuis des siècles et qu'il n'y a donc rien de surprenant à ce que les découvertes archéologiques l'aient confirmée. Les scientifiques de l'Église ont longtemps lutté pour expliquer comment un unique couple avait pu peupler la Terre si rapidement, il leur a donc fallu envisager en privé d'autres théories avant de se voir contraints de modifier leur position officielle. En revanche, pour la première fois avec des arguments sérieux, l'article de Lawson montre que l'humanité n'était pas le but de la création. Peut-être les scientifiques de l'Église seront-ils aussi surpris que moi, avant que leur loyauté envers la doctrine ne reprenne le dessus.

En tant que scientifique laïque, j'ai toujours eu ce problème : ma foi est, avant toute chose, déterminée par les faits. J'admets avoir sous-estimé l'importance de l'astronomie dans la compréhension de notre situation, mais ce n'est plus le cas. Et si nous partons du postulat que l'humanité était le but de la création, alors cela devrait être reflété dans le ciel au-dessus de nos têtes autant que dans la terre sous nos pieds. Si l'humanité est le fait central de l'univers, si notre espèce est l'omphalos, un examen attentif de la sphère céleste devrait pouvoir confirmer ce statut privilégié. Notre système solaire devrait être le point fixe autour duquel tout le reste se déplace ; notre Soleil devrait être au repos absolu. Et si les preuves ne confirment pas ce postulat, il nous faut nous demander dans quel camp nous voulons nous placer.

Rosemary, je comprends si Alfred ou toi n'êtes pas aussi dérangés que moi par tout cela. Je ne sais pas comment la plupart des gens réagiront quand la découverte de Lawson sera révélée au monde. Wilhelmina McCullough avait prévu que d'autres réagiraient comme son père, et dans mon cas elle avait vu juste. J'aurais aimé que cela ne m'affecte pas si profondément. Si seulement nous pouvions choisir les choses qui nous perturbent, mais nous ne le pouvons pas.

S'il se trouve que cela te dérange toi aussi, sache que tu peux discuter de ces appréhensions avec moi, quelles qu'elles soient. Si chacun de nous doit trouver son propre chemin dans cette forêt de doutes, ce n'est qu'avec le soutien d'autrui que nous y parviendrons.

Avec tout mon amour, ta cousine,

Dorothea

*

Seigneur, peut-être n'entends-tu pas mes prières. Mais je n'ai jamais prié dans l'espoir que cela influence ton action ; j'ai prié dans l'espoir que cela influence les miennes. Alors je prie aujourd'hui, pour la première fois depuis deux mois, car même si tu n'écoutes pas j'ai besoin de la clarté de pensée que me procure la prière.

J'ai quitté les fouilles de peur que la découverte de Lawson ne les rende insignifiantes. Si les pointes de lances mises au jour par le docteur Janssen étaient si excitantes, c'est qu'il restait encore assez du manche pour que l'on espère pouvoir utiliser les cernes afin de déterminer avec précision leurs années de fabrication. En essayant d'identifier des tendances dans les techniques de taillage de pierre, nous espérions mieux comprendre si l'expertise des tailleurs de pierre tendait à s'améliorer ou à diminuer chez les premières générations qui ont suivi la création, et de là, Seigneur, nous aurions pu en déduire quelles étaient tes intentions quant aux connaissances de l'humanité. Mais tout cela partait du postulat que les humains primordiaux étaient l'expression la plus directe de ta volonté. Si la création de l'humanité n'était pas une action délibérée de ta part, alors les compétences des humains primordiaux ne nous apprennent rien de tes intentions. Leurs facultés étaient purement accidentelles.

Depuis que je suis ici, à la cabane, j'ai passé beaucoup de temps à penser à ce que devaient savoir les humains primordiaux. Ils n'avaient pas pu voir le jour avec le cerveau vide d'un nouveau-né parce qu'ils seraient alors rapidement morts de faim. Même les bébés tigres doivent apprendre à chasser avec leur mère. Il était de toute évidence impossible que les humains aient le temps d'apprendre à chasser pour se nourrir avant de périr. Les humains primordiaux devaient avoir une certaine connaissance de la chasse et de la construction d'abris. Était-ce là l'une de tes expériences, Seigneur ? Afin de déterminer les compétences minimales nécessaires à la survie de l'espèce ? Ou peut-être s'agissait-il simplement d'un autre effet secondaire involontaire, d'un vague écho de je ne sais quelle information que tu as choisi d'imprimer dans l'esprit des habitants primordiaux de 58 Eridani.

J'avais toujours pensé qu'au moment de leur premier souffle les humains primordiaux disposaient d'une autre information, aussi vitale pour eux que leur capacité de survie : la certitude que leur création avait un but. La possibilité qu'ils ne l'aient peut-être pas su me hante. Au lieu d'être mus par la fierté et l'ambition, ils avaient dû passer leurs premiers jours égarés et terrifiés. J'ai essayé d'imaginer à quoi avait pu ressembler leur réveil dans un corps entièrement formé, alors qu'ils étaient doués de certaines compétences mais sans aucun souvenir de leur passé, perdus dans un monde d'amnésiques. Ça me semble terrifiant, encore plus terrifiant que ce que j'ai pu vivre ces dernières semaines.

Et cela soulève aussi une autre question. Pourquoi les humains primordiaux ont-ils entrepris de construire une civilisation, sinon par désir d'accomplir un dessein divin ? Éviter le froid et la faim les motiverait assez pour se procurer l'indispensable, mais pourquoi ont-ils progressé au-delà ? Pourquoi ont-ils commencé à inventer tout l'art et toute la technologie qui ont fait de l'humanité ce qu'elle est aujourd'hui, sinon pour accomplir ta volonté, Seigneur ?

Je n'en sais rien, mais j'ai une théorie.

L'archéologie n'est peut-être pas une science exacte, mais elle est néanmoins fondée sur la physique. Ce sont les lois de la physique qui permettent d'étudier le passé ; en examinant avec assez de précision l'état actuel de l'univers, il est possible d'en déduire son état à un moment antérieur. Chaque moment découle inexorablement du précédent et se coule inexorablement dans le suivant, ils sont les maillons d'une même chaîne causale.

Mais le moment de la création est celui où toutes les chaînes causales s'arrêtent ; la déduction ne peut nous faire revenir que jusqu'à ce moment et pas plus loin. C'est pourquoi la création de l'univers est un miracle : parce que ce qui s'est passé à cet instant-là n'était pas une conséquence nécessaire de ce qui l'avait précédé. Ce coquillage primordial que Wilhelmina garde avec elle est bien la preuve de quelque chose : non pas du dessein de Dieu pour l'humanité, mais de l'existence des miracles. Cette bordure où les stries se terminent marque la limite du pouvoir explicatif des lois de la physique. Et de cela nous pouvons nous inspirer.

Car je pense qu'il existe des événements d'une autre catégorie qui ne sont pas non plus fixés dans une chaîne causale : les actes délibérés. Le libre arbitre est en quelque sorte un miracle ; lorsque nous faisons un choix sincère, nous obtenons un résultat qui ne peut être réduit au fonctionnement des lois de la physique. Chaque acte délibéré est, comme la création de l'univers, une cause première.

Si nous n'avions aucune preuve du miracle de la création, nous pourrions penser que les lois de la physique suffisent à expliquer tous les phénomènes du cosmos, nous menant ainsi à conclure que nos propres esprits ne sont rien d'autre que des processus naturels. Mais nous savons que le monde observable ne se limite pas à ce que les lois de la physique peuvent expliquer ; les miracles existent, et les choix humains en font certainement partie.

Je crois que les humains primordiaux ont fait un choix. Ils se sont retrouvés dans un monde plein de ressources, mais sans aucune indication de ce qu'ils devaient y faire. Et contrairement à ce à quoi on aurait pu s'attendre, ils ne se sont pas contentés de survivre, au lieu de cela, ils ont cherché à s'améliorer afin de maîtriser le monde dans lequel ils vivaient. Nous, les scientifiques, sommes dans une situation similaire. Les preuves ont toujours été là, attendant d'être trouvées : les arbres sans cernes, les momies sans nombril, le mouvement de 58 Eridani. C'est à nous de décider ce que nous en faisons. Nous les avons toujours vues comme déterminant la valeur de nos vies, mais cette vision n'était pas inéluctable. C'est nous qui avons choisi de les voir ainsi, ce qui signifie que nous pouvons choisir de faire autrement.

J'ai dévoué ma vie à l'étude de ce merveilleux

mécanisme qu'est l'univers, et j'y ai trouvé un sentiment d'accomplissement. J'ai toujours supposé, Seigneur, que c'était la preuve que j'agissais en accord avec ta volonté et avec la raison qui t'a incité à me créer. Mais s'il s'avère que tu n'as aucun dessein pour moi, alors ce sentiment d'accomplissement n'est venu que de moi-même. Ce que cela démontre, selon moi, c'est qu'en tant qu'humains nous avons la capacité de donner un sens à notre vie.

Je ne prétends pas que la route sera facile. Je n'ai rien d'autre à offrir aux McCullough que l'espoir qu'ils parviendront à trouver un sens à leur vie malgré l'absence de leur fils. Mais nos vies ont souvent été difficiles, même lorsque nous croyions en l'existence d'un plan divin, et nous avons persévéré. Si nous avons toujours été seuls, nos succès ne sont que la preuve de nos capacités.

Alors, Seigneur, je vais retourner aux fouilles en Arisona, que ce soit sous ton œil attentif ou non. Même si l'humanité n'est pas la raison qui a motivé la création de l'univers, je souhaite toujours comprendre son fonctionnement. Nous, les humains, ne sommes peut-être pas la réponse à la question du *pourquoi*, mais je continuerai à chercher la réponse au *comment*.

Cette quête est mon but ; non pas parce que tu l'as choisie pour moi, Seigneur, mais parce que je me la suis choisie pour moi-même.

Amen.

L'ANGOISSE EST LE VERTIGE DE LA LIBERTÉ

Nat n'aurait pas dit non à une cigarette, mais il était strictement interdit de fumer dans le magasin, pas d'autre choix, donc, que de laisser sa nervosité monter. Il était quatre heures moins le quart, et Morrow n'était toujours pas revenu. Elle ne savait pas comment elle allait expliquer tout ça s'il n'était pas là à temps. Elle lui envoya un message, lui demandant où il en était.

La porte d'entrée s'ouvrit en faisant tinter le carillon, mais ce n'était pas Morrow. Un type avec un pull orange entra. « Bonjour ? J'ai un prisme à vendre… »

Nat rangea son téléphone. « Voyons ça. »

L'homme s'approcha et posa le prisme sur le comptoir ; c'était un nouveau modèle, de la taille d'une mallette. Nat le fit glisser afin de voir les numéros affichés à l'extrémité : la date d'activation remontait à six mois seulement, avec plus de quatre-vingt-dix pour cent de sa rame encore disponible. Elle déplia le clavier pour révéler l'écran d'affichage, appuya sur le bouton de mise en ligne et attendit. Une minute passa.

« Il est peut-être coincé dans un bouchon, dit Pull Orange d'un air incertain.

— Pas de problème », répondit Nat.

Une minute plus tard, le voyant s'alluma. Nat tapa :

Test clavier.

Quelques secondes plus tard, une réponse lui parvint :

Ça a l'air d'aller.

Elle passa en mode vidéo, et le texte à l'écran fut remplacé par l'image granuleuse de son propre visage en train de la regarder.

Son parallêtre lui fit un signe de la tête et dit : « Test du micro.

— Cinq sur cinq », fit-elle.

L'écran repassa en mode texte. Nat n'avait pas reconnu le collier que portait son parallêtre ; s'ils finissaient par acheter le prisme, il faudrait qu'elle lui demande où elle l'avait trouvé. Elle regarda le type au pull orange et lui donna un prix.

Il était visiblement déçu. « C'est tout ?

— C'est ce que ça vaut.

— Je pensais que ces trucs prenaient de la valeur avec le temps.

— Oui, mais pas immédiatement. S'il avait cinq ans, on aurait pu discuter.

— Et s'il se passe quelque chose de vraiment intéressant dans l'autre branche ?

— Ouais, alors ça aurait de la valeur. » Nat montra le prisme. « Est-ce qu'il se passe quelque chose d'intéressant dans l'autre branche ?

— Je… j'en sais rien.

— Va falloir faire les recherches vous-même, et puis nous le rapporter si vous voulez une meilleure offre. »

Pull Orange hésita.

« Si vous voulez y réfléchir et revenir plus tard, nous, on sera ici.

— Je peux avoir une minute ?

— Prenez votre temps. »

Pull Orange se mit au clavier et échangea brièvement avec son parallêtre. Puis il dit : « Merci, on reviendra plus tard », replia le prisme et partit.

Le dernier client du magasin avait fini de chatter et s'apprêtait à régler. Nat alla vers son box, vérifia les données utilisées sur le prisme et rapporta celui-ci dans la réserve. Le temps qu'elle ait fini de lui établir sa note, les trois clients du rendez-vous de 16 heures étaient arrivés, dont celui qui avait besoin du prisme que Morrow avait emporté.

« Donnez-moi une minute, leur dit-elle, et je vous enregistre. » Elle se rendit dans la réserve et sortit les prismes des deux autres clients. À peine les avait-elle installés dans leurs box que Morrow passa la porte d'entrée, les bras chargés d'une grosse boîte en carton. Elle le rejoignit au comptoir.

« Tu prends des risques, chuchota-t-elle en lui jetant un regard noir.

— Ouais, ouais, je connais le planning. »

Morrow emporta la grosse boîte dans la réserve

et en ressortit avec le prisme. Il l'installa dans un box pour le troisième client, avec à peine quelques secondes d'avance. À 16 heures, les voyants s'allumèrent sur les trois prismes, et les clients commencèrent à chatter avec leurs parallêtres.

Nat suivit Morrow dans la pièce derrière le comptoir. Il s'assit au bureau comme si de rien n'était. « Alors ? demanda-t-elle. Pourquoi t'as mis si longtemps ?

— Je parlais avec un des aides-soignants de la résidence. » Morrow venait de rendre visite à une de leurs clientes. Jessica Oehlsen était une veuve de soixante-dix ans, sans beaucoup d'amis, et dont le fils unique était plus un fardeau qu'un réconfort. Cela faisait presque un an qu'elle venait une fois par semaine pour discuter avec son parallêtre ; elle réservait toujours une des cabines privées pour pouvoir utiliser le chat vocal. Il y a quelques mois, elle s'était fracturé la hanche à la suite d'une mauvaise chute et était désormais en maison de retraite. Comme elle ne pouvait plus venir à la boutique, Morrow lui apportait le prisme chaque semaine pour qu'elle puisse continuer ses conversations hebdomadaires ; c'était une violation du règlement intérieur de ParaTalk, mais elle le rémunérait pour cette faveur.

« Il m'a parlé de l'état de santé de Mme Oehlsen.

— Et alors ?

— Elle vient d'attraper une pneumonie, annonça Morrow. Il m'a dit que ça arrivait souvent après une fracture de la hanche.

— Ah bon ? Comment on passe d'une hanche cassée à une pneumonie ?

— D'après ce type, ils bougent plus trop et sont défoncés à l'oxy, du coup ils prennent plus de grandes inspirations. Bref, Mme Oehlsen en a chopé une, c'est sûr.

— C'est sérieux ?

— L'aide-soignant pense qu'elle sera morte d'ici un mois, deux maximum.

— Ouah. C'est trop bête.

— Ouais. » Morrow se gratta le menton du bout des doigts, qu'il avait épais et carrés. « Mais ça m'a donné une idée. »

Ça n'avait rien de surprenant. « C'est quoi cette fois ?

— J'aurai pas besoin de toi sur ce coup-là. Je peux me débrouiller tout seul.

— Ça me va. J'ai déjà des trucs à faire.

— C'est vrai, t'as une réunion ce soir. Comment ça se passe ? »

Nat haussa les épaules. « Difficile à dire. Je crois que je fais des progrès. »

*

Chaque prisme – le nom était un acronyme approximatif de la désignation d'origine, « Processus Plaga Intermonde à Signalisation Mécanique » – avait deux LED, une rouge et une bleue. Quand un prisme était activé, une mesure quantique était lancée à l'intérieur de l'appareil, avec deux résultats possibles à probabilité égale : un résultat était indiqué par l'allumage de la LED rouge, tandis que l'autre était indiqué par la bleue. À partir de cet instant, le prisme permettait le transfert d'informations entre deux branches de la fonction d'onde universelle. En termes plus familiers, le prisme créait deux lignes temporelles nouvellement divergentes, une où la LED rouge s'allumait et une autre où c'était la bleue, permettant ainsi la communication entre les deux.

L'information était échangée à l'aide d'un réseau ionique, isolé dans des pièges magnétiques à l'intérieur du prisme. Quand le prisme était activé et que la fonction d'onde universelle se divisait en deux branches, ces ions restaient dans un état de superposition cohérente, en équilibre sur le fil du rasoir et accessibles à chaque branche. Chaque ion pouvait être utilisé pour envoyer un seul bit d'information, un oui ou un non, d'une branche à l'autre. L'acte de lire ce oui/non entraînait la décohérence de l'ion, le précipitant de façon permanente de son équilibre précaire vers l'un des deux côtés. Pour envoyer un autre bit, il vous fallait un autre ion. Avec un réseau ionique, vous pouviez transmettre une suite de bits qui encodait du texte ; avec un réseau suffisamment long, vous pouviez expédier des images, du son, et même de la vidéo.

Par conséquent, un prisme n'était pas comme une radio qui connecterait les deux branches ; en activer un n'allumait pas un émetteur dont on pouvait ensuite continuer à capter la fréquence. C'était plus proche d'un bloc-notes partagé entre les deux branches, et chaque fois qu'un message était envoyé une feuille de papier était arrachée de la rame. Une fois la rame de papier épuisée, aucune autre information ne pouvait être échangée et les deux branches continuaient leurs routes séparément, à jamais injoignables.

Dès l'invention du prisme, les ingénieurs avaient travaillé à ajouter plus d'ions au réseau et à accroître la taille des rames. Les prismes commerciaux les plus récents avaient des rames d'un gigaoctet. C'était suffisant pour durer toute une vie si vous n'échangiez que du texte, mais tous les consommateurs ne s'en satisfaisaient pas. Beaucoup voulaient avoir une conversation en direct, de préférence en vidéo ; ils avaient besoin d'entendre leur propre voix ou de voir leur propre visage en train de les regarder. Même une vidéo basse résolution et à faible fréquence d'images pouvait consommer la rame d'un prisme en quelques heures à peine ; les gens avaient tendance à ne l'utiliser qu'occasionnellement, s'appuyant la plupart du temps sur des communications texte ou audio afin de faire durer leur prisme le plus longtemps possible.

*

Le rendez-vous de 16 heures de Dana était une femme prénommée Teresa. Teresa était sa patiente depuis un peu plus d'un an ; elle avait voulu entamer une thérapie à cause de sa difficulté à entretenir une relation amoureuse sur le long terme. Dana avait d'abord pensé que ses problèmes découlaient du divorce de ses parents pendant son adolescence, mais elle suspectait à présent Teresa d'avoir une tendance à essayer de trouver les meilleures options. Pendant leur séance de la semaine précédente, Teresa lui avait annoncé qu'elle était récemment tombée sur un ex dont elle avait refusé la demande en mariage cinq ans plus tôt, et qui était désormais marié et heureux. Dana s'attendait à ce qu'elles continuent à discuter de cela aujourd'hui.

Teresa commençait souvent ses séances par des plaisanteries, mais pas cette fois. Dès qu'elle fut assise elle annonça : « Je suis allée à Boule de Cristal pendant ma pause déjeuner aujourd'hui. »

Soupçonnant déjà la réponse, Dana demanda : « Et quelle question leur avez-vous posée ?

— J'ai voulu savoir s'ils pouvaient me dire à quoi ressemblerait ma vie si j'avais épousé Andrew.

— Et qu'ont-ils répondu ?

— Ils m'ont répondu peut-être. Je n'avais pas compris comment ça fonctionnait, un homme là-bas m'a expliqué. » Teresa ne demanda pas si Dana savait comment ça fonctionnait. Elle avait besoin d'en parler, et ça convenait à Dana ; Teresa était souvent capable de démêler ainsi ses pensées avec seulement un léger coup de pouce de la part de Dana. « Il m'a expliqué que ma décision d'épouser ou non Andrew n'avait pas créé deux lignes temporelles distinctes, que seule l'activation d'un prisme pouvait le faire. Il m'a dit qu'ils pouvaient regarder parmi leurs prismes ceux qui avaient été activés dans les mois précédant la demande en mariage d'Andrew. Ils enverraient des requêtes aux versions parallèles de Boule de Cristal dans ces branches-là, et leurs employés iraient trouver mes versions parallèles pour voir si l'une d'entre elles était mariée avec lui. Si c'était le cas, ils pourraient l'interroger et me dire ce qu'elle leur aurait répondu. Mais il m'a dit qu'il n'y avait aucune garantie qu'ils trouvent une telle branche, que le simple envoi de requêtes coûtait de l'argent et qu'ils devraient donc me le facturer, qu'ils en trouvent une ou non. Si je veux ensuite qu'ils interrogent mon parallêtre, ça entraînera des frais supplémentaires. Et comme ils utilisent des prismes qui ont cinq ans, tout sera plus cher. »

Dana fut heureuse d'entendre que Boule de Cristal avait été honnête sur ce qu'ils vendaient ; elle savait que certains courtiers en données promettaient des résultats qu'ils étaient incapables de fournir.

« Et donc, qu'avez-vous fait ?

— Je n'ai rien voulu faire avant de vous en parler.

— D'accord, dit Dana, parlons-en. Qu'avez-vous ressenti après la consultation ?

— Je n'en sais rien. Je n'avais pas considéré la possibilité qu'ils ne trouvent pas de branche où j'aurais dit oui à Andrew. Pourquoi ne pourraient-ils pas en trouver une ? »

Dana envisagea de pousser Teresa vers la réponse, avant de se raviser. « Ça peut signifier que votre décision de le rejeter ne s'est pas jouée à un rien. Vous avez eu l'impression d'être indécise, mais peut-être n'était-ce pas le cas ; votre décision de le rejeter était fondée sur un sentiment profond, pas sur un caprice. »

Teresa eut l'air pensive. « C'est sûrement une bonne chose à savoir. Je me demande si je ne devrais pas leur enjoindre de simplement commencer par faire les recherches. S'ils ne trouvent pas de version de moi qui ait épousé Andrew, alors je peux juste arrêter.

— Et s'ils trouvent une version qui a épousé Andrew, quelles sont les chances que vous leur demandiez de l'interroger ? »

Elle soupira. « Cent pour cent.

— Et qu'est-ce que ça veut dire, d'après vous ?

— J'imagine que ça veut dire que je ne devrais pas lancer la recherche à moins d'être certaine d'avoir envie de connaître la réponse.

— Et est-ce que vous voulez connaître la réponse ? insista Dana. Non, posons la question autrement. Que voudriez-vous que la réponse soit, et que craignez-vous qu'elle soit ? »

Teresa s'arrêta un moment. Puis elle finit par dire : « Je suppose que j'aimerais savoir si une version de moi a épousé Andrew avant de divorcer parce que ce n'était pas le bon mec pour moi. Ce que je crains de découvrir c'est qu'une version de moi l'a épousé et qu'elle est aujourd'hui parfaitement heureuse. Est-ce que c'est mesquin de vouloir ça ?

— Pas du tout, la rassura Dana. Ce sont des sentiments tout à fait compréhensibles.

— J'imagine que je dois simplement décider si je suis prête à prendre le risque.

— C'est une façon de voir les choses.

— Vous en connaissez une autre ?

— Une autre façon de voir les choses serait de vous demander si ce que vous découvrirez dans l'autre branche vous sera vraiment utile. Il se peut que rien de ce que vous apprendrez d'une autre branche ne change votre situation ici, dans la nôtre. »

Teresa fronça les sourcils en y réfléchissant. « Peut-être que ça ne changerait rien, mais je me sentirais mieux en sachant que j'ai pris la bonne décision. » Elle se tut et Dana attendit. Puis Teresa s'enquit : « Vous avez d'autres clients qui sont allés voir des courtiers en données ? »

Dana acquiesça. « Beaucoup.

— De manière générale, vous pensez que c'est une bonne idée d'utiliser un de ces services ?

— Je ne crois pas qu'il y ait une seule réponse possible. Ça dépend entièrement de l'individu.

— Et vous n'allez pas me conseiller de le faire ou non. »

Dana sourit. « Vous savez que ce n'est pas mon rôle.

— Je sais, ça ne pouvait pas faire de mal de poser la question. » Après un instant, Teresa reprit : « J'ai entendu dire que certaines personnes deviennent obsédées par les prismes.

— Oui, ça peut arriver. J'anime d'ailleurs un groupe de soutien pour des gens chez qui l'utilisation de prismes est devenue un problème.

— Vraiment ? » Teresa sembla brièvement tentée de réclamer plus de détails, mais elle continua : « Et vous n'allez pas essayer de me dissuader d'aller voir Boule de Cristal ?

— Certains ont un problème avec l'alcool, mais je ne vais pas pour autant conseiller à mes clients de ne jamais boire un verre.

— Je suppose que c'est logique. » Teresa hésita, puis lâcha : « Et vous, vous en avez déjà utilisé un ? »

Dana secoua la tête. « Non, jamais.

— Vous n'avez jamais été tentée ?

— Pas vraiment. »

Elle regarda Dana d'un air curieux. « Vous ne vous demandez jamais si vous avez fait le mauvais choix ? »

Je n'ai pas à me le demander ; je le sais. Mais à voix haute Dana répondit : « Bien sûr que si. Mais j'essaie de me concentrer sur le moment présent. »

*

Les deux branches reliées par un prisme sont initialement parfaitement identiques, à la seule exception du résultat de la mesure quantique. Si une personne a l'intention de faire reposer une décision importante sur cette mesure – « Si la LED bleue s'allume, je fais exploser cette bombe ; sinon, je la désarme » –, les deux branches se mettront à diverger de manière flagrante. Mais si personne ne fait rien à la suite de la mesure, à quel point les deux branches vont-elles diverger ? Un seul événement quantique peut-il à lui seul entraîner des changements visibles entre les deux branches ? Est-il possible d'étudier des mouvements historiques plus larges à l'aide de prismes ?

Ces questions avaient fait l'objet de nombreux débats depuis la première démonstration de communication avec un prisme. Lorsque les prismes dotés de rames d'environ cent kilobits furent développés, un scientifique atmosphérique du nom de Peter Silitonga conduisit deux expériences pour régler ces questions.

À l'époque, un prisme était encore un grand réseau d'équipements de laboratoire refroidi à l'azote liquide, et Silitonga en demanda un pour chacune de ses expériences. Avant de les activer, il prit un certain nombre de dispositions. D'abord il recruta dans une douzaine de pays des volontaires qui n'attendaient pas d'enfants, mais qui essayaient d'en avoir ; un an plus tard, les couples qui avaient réussi à avoir un enfant acceptèrent qu'un test ADN de vingt et un loci soit effectué sur leurs nouveau-nés. Il activa ensuite le premier de ses prismes, tapant la commande clavier qui envoya un photon à travers un filtre de polarisation.

Six mois plus tard, il programma un agent logiciel pour récupérer un mois de bulletins météo à travers le monde. Puis il activa le deuxième de ses prismes, et attendit.

*

Nat aimait le fait que les groupes de soutien offrent toujours du café, quoi qu'il arrive. Elle se fichait un peu que le breuvage soit bon ou mauvais ; tenir la tasse occupait ses mains, et c'était ce qu'elle voulait. Et même si la salle où se tenait ce groupe de soutien n'était pas la plus belle qu'elle ait vue – un sous-sol d'église assez classique –, le café était généralement très bon.

Lyle était devant la cafetière électrique en train de se verser une tasse quand Nat s'approcha. « Salut, toi », dit-il. Il lui tendit la tasse et se mit à s'en remplir une autre.

« Merci, Lyle. » Lyle fréquentait le groupe depuis un peu plus longtemps que Nat, trois mois environ.

Dix mois plus tôt, il s'était vu proposer un nouveau travail et n'avait pas réussi à décider s'il lui fallait l'accepter ou non. Il avait acheté un prisme et l'avait utilisé comme on joue à pile ou face : LED bleue accepter l'offre, LED rouge la refuser. La LED bleue s'était allumée dans cette branche, alors il avait pris le nouveau poste tandis que son parallêtre restait à son poste actuel. Pendant des mois ils s'étaient sentis heureux dans leurs situations respectives. Mais une fois que l'excitation initiale des nouvelles fonctions dissipée, Lyle s'était surpris à se sentir déçu par sa charge de travail alors que son parallêtre, lui, obtenait une promotion. La confiance de Lyle en avait été ébranlée. Il prétendait être satisfait lorsqu'il communiquait avec son parallêtre, mais il se sentait envieux et jaloux.

Nat leur trouva deux chaises libres l'une à côté de l'autre.

« Tu préfères t'asseoir devant, non ? demanda-t-elle.

— Ouais, mais t'es pas obligée si t'as pas envie.

— Pas de problème », dit-elle. Ils s'assirent et sirotèrent leur café en attendant que la réunion commence.

L'animatrice du groupe était une thérapeute prénommée Dana. Elle était jeune, environ l'âge de Nat, mais elle semblait maîtriser son sujet. Nat aurait bien eu besoin de quelqu'un comme ça dans ses groupes précédents. Une fois tout le monde installé, Dana commença : « Est-ce que quelqu'un souhaite ouvrir la séance d'aujourd'hui ?

— Je veux bien, dit Lyle.

— D'accord, raconte-nous ta semaine.

— Eh bien, j'ai cherché la Becca d'ici. » La version parallèle de Lyle voyait une femme prénommée Becca depuis des mois, ils s'étaient rencontrés par hasard dans un bar.

« Mauvaise idée, mauvaise idée, fit Kevin en secouant la tête.

— Kevin, s'il te plaît, dit Dana.

— Pardon, pardon.

— Merci, Dana, dit Lyle. Je lui ai envoyé un message en lui expliquant pourquoi je la contactais, et une photo de mon parallêtre avec le sien, je lui ai demandé si je pouvais l'inviter à prendre un café. Elle a dit d'accord. »

Dana lui fit signe de continuer.

« On s'est retrouvés samedi après-midi, et au début on avait l'air de bien s'entendre. Elle riait à mes blagues, je riais aux siennes, et je me disais, je parie que c'est exactement comme ça que ça s'est passé quand mon parallêtre l'a rencontrée. J'avais le sentiment d'être en train de vivre ma meilleure vie. » Il eut l'air embarrassé.

« Et puis ça a mal tourné. Je lui disais combien c'était génial de faire sa connaissance, et comme j'avais l'impression que les choses étaient en train de s'améliorer pour moi, et avant même de m'en rendre compte je lui ai raconté à quel point ça avait tout foutu en l'air pour moi d'avoir utilisé le prisme. Je lui ai raconté comme j'étais jaloux que mon parallêtre ait rencontré l'autre Becca, que je me remettais tout le temps en question maintenant, et ci et ça. Et je pouvais entendre comme j'avais l'air pathétique en expliquant tout ça. Je savais que j'étais en train de la perdre, et donc, par désespoir, je… » Il hésita, puis poursuivit : « Je lui ai proposé d'emprunter mon prisme pour qu'elle parle à l'autre Becca et que celle-ci lui dise à quel point j'étais un type bien. Vous pouvez imaginer comment elle a pris ça. Elle est restée polie, mais elle m'a bien fait comprendre qu'elle ne comptait plus me revoir.

— Merci d'avoir partagé ça, Lyle », dit Dana. Elle se tourna vers le reste du groupe. « Est-ce que quelqu'un souhaiterait lui répondre ? »

C'était une opportunité, mais Nat n'allait pas se jeter dessus tout de suite. Elle préférait que les autres membres du groupe parlent les premiers.

Kevin commença. « Désolé pour ma remarque de tout à l'heure. Je ne voulais pas dire que tu étais bête d'avoir essayé. C'est juste que ça ressemblait à ce que j'aurais pu faire, c'est pour ça que j'ai eu un mauvais pressentiment sur la façon dont ça allait se terminer. Je suis désolé que ça n'ait pas mieux marché pour toi.

— Merci, Kevin.

— En plus, c'était pas une mauvaise idée. Vous devez sûrement être compatibles tous les deux si vos parallêtres sont en couple.

— Je suis d'accord avec Kevin pour dire que vous êtes compatibles tous les deux, intervint Zareenah. Mais l'erreur que nous continuons tous à faire lorsque nous voyons nos parallêtres avoir de la chance, c'est de penser que nous avons droit à la même chance.

— Je ne dis pas que j'ai un droit sur Becca, répondit Lyle. Mais elle cherche quelqu'un, et moi aussi.

Si on est compatibles, ça devrait compter un peu quand même, non ? Je sais que j'ai fait une mauvaise première impression, mais je trouve que notre compatibilité est une raison suffisante pour qu'elle mette ça de côté.

— Ce serait sympa qu'elle le fasse, mais rien ne l'oblige à le faire.

— Ouais, admit Lyle à contrecœur. Je vois ce que tu veux dire. Je me sens si… je sais que je répète ça tout le temps, mais je suis jaloux. Pourquoi je suis comme ça ? »

C'était le moment. Nat dit : « Il m'est arrivé quelque chose récemment qui se rapproche peut-être de ce que vit Lyle…

— Vas-y, l'encouragea Dana.

— En fait, j'ai un hobby, c'est de concevoir des bijoux, des boucles d'oreilles surtout. J'ai une petite boutique en ligne où les gens peuvent les acheter ; je ne fabrique pas moi-même, je télécharge les dessins, et c'est une entreprise qui les fabrique et les envoie aux clients. » Ça, c'était entièrement vrai, c'était mieux comme ça, au cas où quelqu'un voudrait jeter un coup d'œil à sa boutique. « Mon parallêtre venait de me raconter qu'une influenceuse était tombée sur l'un de nos modèles et avait publié un post pour dire à quel point elle les aimait, et la semaine dernière mon parallêtre a vendu des centaines de boucles d'oreilles. Elle a même vu quelqu'un dans un café qui les portait.

« Le truc, c'est que le modèle qui a autant marché n'est pas un modèle qu'elle a fait après que j'ai activé le prisme ; c'est un modèle d'avant. J'ai les mêmes boucles d'oreilles en vente dans ma boutique, mais ici personne ne les achète. Elle gagne de l'argent sur quelque chose qu'on a fait avant que nos branches divergent, mais pas moi. Et je lui en ai voulu pour ça. Pourquoi est-ce qu'elle a autant de chance et moi non ? » Nat vit quelques personnes hocher la tête de compassion.

« Et alors je me suis rendu compte que ce n'était pas le même sentiment que quand je vois d'autres gens vendre plein de bijoux sur leurs boutiques en ligne. C'est différent. » Elle se tourna pour faire face à Lyle. « Je ne crois pas être quelqu'un d'envieux, et je ne crois pas que tu le sois non plus. On ne veut pas systématiquement ce qu'ont les autres. Mais avec un prisme, ce n'est pas les autres, c'est toi. Alors comment ne pas avoir l'impression qu'on mérite ce qu'ils ont ? C'est naturel. Ce n'est pas toi le problème, c'est le prisme.

— Merci, Nat. C'est gentil.

— De rien. »

Des progrès. Enfin des progrès.

*

Disposez des boules de billard dans un triangle et exécutez une casse parfaite. Imaginez que la table n'a pas de poches et qu'elle ne crée aucun frottement, de sorte que les boules continuent à rebondir, sans jamais s'arrêter ; avec quelle précision pouvez-vous prédire la trajectoire d'une bille donnée alors qu'elle entre en collision avec les autres ? En 1978, le physicien Michael Berry a calculé que l'on pouvait prévoir neuf collisions avant d'être contraint de tenir compte de l'effet gravitationnel d'une personne se tenant debout dans la pièce. Si votre mesure initiale de la position d'une bille est fausse ne serait-ce que d'un nanomètre, vos prédictions deviennent inutiles en quelques secondes à peine.

Les collisions entre les molécules d'air sont tout aussi contingentes et peuvent être affectées par l'effet gravitationnel d'un simple atome situé à moins de un mètre de distance. Ainsi, même si l'intérieur d'un prisme est protégé de l'environnement extérieur, le résultat de la mesure quantique qui a lieu au moment où le prisme est activé peut toujours avoir un effet sur le monde extérieur, déterminant ainsi si deux molécules d'oxygène vont entrer en collision ou simplement se frôler. Sans que cela ait été voulu, l'activation du prisme va inévitablement créer une différence entre les deux branches ainsi générées. La différence est tout d'abord imperceptible, une simple divergence au niveau du mouvement thermique des molécules, mais quand l'air est agité il faut environ une minute pour qu'une perturbation au niveau microscopique atteigne le niveau macroscopique, créant des tourbillons de un centimètre de diamètre.

Pour les phénomènes atmosphériques à petite échelle, les effets de perturbations sont multipliés par deux toutes les deux heures. En termes de prédiction, cela signifie qu'une erreur de un mètre dans vos mesures initiales de l'atmosphère entraînera une erreur de un kilomètre dans votre prédiction météorologique du jour suivant.

À plus grande échelle, la propagation des erreurs ralentit en raison de facteurs tels que la topographie et la stratification de l'atmosphère, sans pour autant s'arrêter ; les erreurs d'une échelle de un kilomètre se transforment en erreurs de centaines voire de milliers de kilomètres. Même avec des mesures initiales d'un niveau de détail tel qu'elles contiendraient des données pour chaque mètre cube de l'atmosphère terrestre, vos prévisions météorologiques perdraient toute utilité au bout d'un mois. Augmenter la résolution des mesures initiales n'a qu'un avantage limité ; les erreurs se propageant si rapidement à petite échelle, le fait de commencer avec des données portant sur chaque centimètre cube de l'atmosphère étendrait de quelques heures à peine la précision de la prévision.

L'accroissement des erreurs en prédiction météorologique est identique à la divergence entre les météos des branches des deux côtés d'un prisme. La perturbation initiale est la différence dans la collision de molécules d'oxygène au moment où le prisme est activé, et au bout d'un mois la météo dans le monde entier est différente. Silitonga confirma cela quand il échangea avec son parallêtre des bulletins météorologiques un mois après avoir activé un prisme. Les bulletins météorologiques étaient tous normaux pour la saison – aucun endroit n'avait connu d'hiver dans une branche et d'été dans l'autre – mais, en dehors de cela, ils n'avaient absolument aucun rapport. Sans que personne fasse le moindre effort, les deux branches avaient divergé de manière visible à l'échelle mondiale.

Après que Silitonga eut publié les résultats, dans un article intitulé « Étudier la propagation des erreurs atmosphériques à grande échelle avec le Processus Plaga Intermonde à Signalisation Mécanique », des historiens se lancèrent dans des débats houleux pour déterminer à quel point la météo pouvait affecter le cours de l'histoire. Les sceptiques reconnaissaient qu'elle pouvait impacter la vie quotidienne des individus de différentes manières, mais à quelle fréquence l'issue d'événements historiques était-elle décidée par la météo ? Silitonga ne participa pas à ces débats ; il attendait que son autre expérience sur les prismes, commencée il y a plus d'un an, se conclue.

*

Certains jours, les patients arrivaient juste dans le bon ordre, et c'était le cas le mercredi après-midi. Dana commença avec un de ses clients les plus exigeants, un homme qui voulait qu'elle prenne toutes les décisions pour lui, qui se plaignait quand elle refusait puis la tenait pour responsable quand il passait finalement à l'acte. C'était donc un soulagement de voir Jorge dans la foulée, une bouffée d'air frais qui venait purifier son bureau. Les problèmes qu'il avait n'étaient pas forcément les plus intéressants pour elle, mais elle aimait l'avoir comme client. Jorge était drôle et gentil, et toujours bien intentionné ; il était encore indécis sur l'utilité du processus thérapeutique, mais ensemble ils avaient fait de gros progrès sur la mauvaise image qu'il avait de lui-même et les comportements négatifs qui le freinaient.

Quatre semaines plus tôt, il y avait eu un incident. Le directeur de Jorge était un horrible tyran qui rabaissait tous ceux qui travaillaient pour lui ; un des fils rouges des séances avec Jorge était de lui apprendre à ignorer les insultes de son chef. Un jour, alors qu'il était seul sur le parking, Jorge avait perdu son sang-froid et crevé les quatre pneus de la voiture de son directeur. Il était désormais presque certain de ne pas avoir été repéré et, même si une partie de lui voulait prétendre que tout cela n'était jamais arrivé, une autre partie de lui se sentait encore terriblement mal de ce qu'il avait fait.

Ils commencèrent leur rendez-vous par quelques banalités, et Dana eut l'impression que Jorge avait quelque chose à lui dire. Elle le regarda d'un air interrogateur, et il lui annonça : « Après notre séance de la semaine dernière, je suis allé voir un de ces loueurs de prismes, Lydoscope. »

Dana fut surprise. « Vraiment ? Pour quoi faire ?

— Je voulais voir combien de mes versions avaient fait la même chose que moi.

— Poursuivez.

— Je leur ai demandé d'envoyer des questions à six de mes versions. Comme le point de divergence était très récent, c'était pas très cher, du coup j'ai demandé la vidéo. Ce matin ils m'ont envoyé tout un tas de fichiers vidéo, des enregistrements de ce qu'avaient fait mes parallêtres.

— Et qu'avez-vous appris ?

— Aucun de mes parallêtres n'a crevé les pneus de son directeur. Ils ont tous dit qu'ils l'avaient fantasmé. L'un d'eux a failli le faire le même jour que moi, mais il s'est retenu.

— Et d'après vous, qu'est-ce que cela signifie ?

— Ça veut dire que le fait que j'ai crevé ses pneus était un acte imprévisible. Ça ne dit rien de particulier sur moi. »

Dana avait déjà entendu parler de ce genre d'utilisation des prismes, mais le plus souvent c'était pour chercher à justifier des actions en montrant qu'on aurait pu faire bien pire. Elle n'avait encore jamais vu cette approche-là, une défense fondée sur un meilleur comportement de ses versions parallèles. Elle ne s'y était certainement pas attendue de la part de Jorge. « Donc vous pensez que le comportement de vos parallêtres se reflète sur vous ?

— Les branches qu'ils ont vérifiées avaient toutes un point de divergence un mois pile avant l'incident. Donc ces parallêtres étaient exactement comme moi ; ils n'avaient pas eu le temps de devenir quelqu'un de différent. »

Elle acquiesça ; il avait raison sur ce point. « Pensez-vous que l'acte de vandalisme commis sur la voiture de votre directeur est invalidé par le fait que vos parallêtres se sont abstenus ?

— Pas invalidé, mais c'est un bon indicateur pour savoir qui je suis vraiment. Si tous mes parallêtres lui avaient crevé les pneus, ça voudrait dire quelque chose d'important sur ma personnalité. Le genre de chose que Sharon devrait savoir. »

Jorge n'avait pas avoué à sa femme ce qu'il avait fait ; il avait trop honte. « Mais comme c'est pas le cas, c'est bien la preuve que je suis pas une personne fondamentalement violente, alors si je raconte à Sharon ce qui s'est passé ça risque de lui donner de fausses idées. »

Il faudrait arriver progressivement à ce qu'il avoue tout à sa femme. « Et donc, comment vous sentez-vous, maintenant que vous avez cette information ?

— Soulagé, j'imagine, répondit Jorge. Je m'inquiétais de ce que ça voulait dire d'avoir fait ça. Mais je suis plus vraiment inquiet maintenant.

— Parlez-moi de ce sentiment de soulagement.

— J'ai l'impression que… » Jorge se tortilla sur sa chaise en cherchant ses mots. Puis il finit par lâcher : « Disons que j'ai l'impression d'avoir eu les résultats d'un examen de santé, et que c'est tout bon.

— Comme si vous aviez cru être malade, mais que ce n'est finalement pas le cas.

— Oui ! C'était rien de grave. C'est pas quelque chose qui risque de se reproduire chez moi. »

Dana profita de l'occasion. « Alors prenons cela comme un examen de santé. Vous avez eu des symptômes qui auraient pu indiquer quelque chose de grave, comme un cancer. Mais il se trouve que vous n'avez pas de cancer.

— C'est ça !

— C'est évidemment génial que vous n'ayez pas de cancer. Mais vous avez quand même eu ces symptômes. Est-ce qu'il ne faudrait pas essayer de comprendre ce qui a déclenché ces symptômes ? »

Jorge eut un regard vide. « Si c'est pas un cancer, quelle importance ?

— Eh bien, ça pourrait être autre chose, quelque chose dont la compréhension vous ferait du bien. »

Il haussa les épaules : « J'ai eu la réponse qu'il me fallait. Ça me suffit pour l'instant.

— D'accord, très bien », dit Dana. Inutile

d'insister sur ce point. Elle savait qu'il finirait par y arriver lui-même, tôt ou tard.

*

Une croyance répandue veut que l'on soit né dans n'importe quelle branche où nos parents se sont rencontrés et ont eu des enfants, mais aucune naissance n'est inévitable. Silitonga attendait de son expérience menée sur un an qu'elle montre comment l'acte de conception variait fortement selon les circonstances, dont la météo du jour.

L'ovulation est un processus graduel et régulé, de sorte que c'est le même ovule qui émergera du follicule, qu'il pleuve ou qu'il vente. En revanche, le spermatozoïde qui atteindra cet ovule est comme une boule de loto gagnante ; il est le résultat de forces absolument aléatoires. Même si les circonstances extérieures entourant un rapport sexuel semblent identiques dans les deux branches, une simple divergence imperceptible peut entraîner la fusion d'un spermatozoïde plutôt qu'un autre avec l'ovule. Par conséquent, dès que les conditions météorologiques présentent des différences visibles entre deux branches, tous les cas de fertilisation s'en trouvent affectés. Neuf mois plus tard, chaque mère donne naissance, à travers le monde, à un enfant différent dans chaque branche. C'est immédiatement évident lorsque l'enfant est un garçon dans une branche et une fille dans l'autre, mais cela reste vrai même lorsque les enfants sont du même sexe. Le Dylan nouvellement baptisé dans une branche n'est pas le même Dylan que dans l'autre ; ils sont frères.

C'est ce que démontra Silitonga dans un article intitulé « L'effet des turbulences atmosphériques sur la conception humaine », après avoir échangé avec son parallêtre les tests ADN de bébés nés un an après l'activation d'un prisme. Il avait utilisé un autre prisme que celui de son article sur « La Propagation des erreurs » pour éviter d'avoir à vérifier que la publication des résultats de cette expérience n'avait pas, de quelque façon que ce soit, créé des divergences qui ne se seraient autrement jamais produites. Au moment de la conception de ces enfants, il n'y avait eu aucune forme de communication entre les deux branches. Chaque enfant avait une composition chromosomique différente de son homologue dans l'autre branche, et la seule cause possible était le résultat d'une seule mesure quantique.

Certains soutenaient encore que le cours de l'histoire au sens large ne changerait pas entre les deux branches, mais cela devenait un argument plus difficile à défendre. Silitonga avait montré que le plus petit changement imaginable finirait par avoir des répercussions à l'échelle mondiale. Pour le voyageur temporel qui voulait empêcher Hitler d'accéder au pouvoir, la plus petite intervention ne serait pas d'étouffer bébé Adolf dans son berceau ; il lui suffirait simplement de remonter dans le temps jusqu'à un mois avant sa conception et de perturber une molécule d'oxygène. Non seulement cela remplacerait Adolf par un frère ou une sœur, mais cela remplacerait aussi toutes les personnes de son âge ou plus jeunes, ce qui, en 1920, correspondrait à la moitié de la population mondiale.

*

Morrow avait commencé à travailler à ParaTalk en même temps que Nat, aucun d'eux n'y était donc lorsque la boîte était encore florissante. À l'époque où seules les entreprises avaient les moyens d'acheter des prismes, les gens se contentaient d'aller dans une boutique pour communiquer avec leurs versions parallèles. Maintenant que chacun pouvait acheter son propre prisme, ParaTalk ne comptait plus que quelques magasins, dont les clients étaient, pour l'essentiel, des adolescents à qui leurs parents interdisaient l'utilisation de prismes, et des personnes âgées assez peu au fait de la technologie pour voir encore les parallêtres comme une nouveauté.

Nat s'était bornée à ne pas faire de vagues, Morrow, lui, avait toujours eu des grands projets. Il fut promu gérant du magasin après avoir trouvé un moyen d'attirer de nouveaux clients. Chaque fois qu'ils recevaient un nouveau prisme, il vérifiait les rapports d'accidents un mois après la date d'activation de l'appareil et envoyait des annonces ciblées aux personnes concernées. Ces dernières étaient souvent incapables de résister à la chance d'avoir un aperçu de leur vie si les choses s'étaient passées autrement. Aucune ne se transformait en client régulier – la plupart ressortaient déprimées par ce qu'elles avaient appris –, mais c'était néanmoins une méthode fiable pour générer des revenus à chaque nouvelle acquisition.

À la maison de retraite, Morrow attendait juste derrière la porte de la chambre de Mme Oehlsen pendant qu'elle parlait à son parallêtre. Leurs conversations étaient passées du texte à la vidéo ; elle savait qu'il ne lui restait plus très longtemps à vivre, alors préserver la rame du prisme n'avait plus vraiment de sens. Mais ça ne rendait pas franchement les choses faciles pour l'autre Mme Oehlsen, qui regardait à présent une version d'elle-même mourir. La discussion était tendue – Morrow avait laissé un micro dans la pièce pour pouvoir les écouter avec une oreillette –, mais la Mme Oehlsen mourante ne semblait pas s'en rendre compte.

Quand elles eurent terminé, Mme Oehlsen haussa légèrement la voix pour dire à Morrow de revenir. « Comment s'est passée votre conversation ? demanda-t-il.

— Très bien. » Sa respiration était lourde. « S'il y a bien une personne avec qui vous pouvez parler sans faire semblant, c'est vous-même. »

Morrow prit le prisme sur la tablette du lit et le rangea dans le carton.

« Madame Oehlsen, si ça ne vous dérange pas, j'aimerais vous suggérer quelque chose.

— Je vous écoute.

— Vous avez dit qu'à vos yeux personne ne mérite vraiment votre argent. Si c'est vraiment ce que vous pensez, peut-être devriez-vous donner cet argent à votre parallêtre.

— Ça se fait ? »

Pour faire avaler un mensonge, la confiance en soi était essentielle. « L'argent n'est rien de plus qu'une forme d'information, dit-il. Nous pouvons la transmettre à travers le prisme de la même manière que nous pouvons transmettre de l'information audio ou vidéo.

— Hmm, c'est une idée intéressante. Je sais qu'elle en ferait meilleur usage que mon fils. » Elle prit un air légèrement pincé en pensant à lui. « Comment dois-je m'y prendre ? Dois-je demander à mon avocat de changer mon testament ?

— Vous pouvez, mais régler les détails de votre succession risque de prendre du temps, et vous préférerez certainement transférer votre argent aussi rapidement que possible.

— Pourquoi donc ?

— Une nouvelle loi va entrer en vigueur le mois prochain. » Il sortit son téléphone et lui montra un faux article qu'il avait créé. « Le gouvernement veut décourager les gens de transférer de l'argent hors de cette ligne temporelle en imposant une taxe de cinquante pour cent sur les sommes déplacées vers une autre ligne temporelle. Si vous envoyez l'argent avant que la loi soit appliquée, vous éviterez cette taxe. » Il pouvait lire sur son visage que l'idée lui plaisait. « ParaTalk peut s'en charger pour vous dès maintenant.

— Faites le nécessaire. Nous réglerons cela lors de votre visite de la semaine prochaine.

— Tout sera prêt », dit Morrow.

Une fois de retour à ParaTalk, Morrow utilisa le prisme pour envoyer un message à son parallêtre et lui demander de jouer le jeu. Ensemble, ils allaient informer l'autre Mme Oehlsen que son parallêtre commençait à délirer sous l'effet des analgésiques, qu'elle était persuadée d'avoir envoyé de l'argent à travers le prisme et qu'il serait donc plus sage de ne pas la contredire pour le temps qu'il lui restait à vivre. Cela devrait suffire mais, si nécessaire, ils pourraient toujours mettre un terme aux conversations vidéo en prétextant qu'un autre client avait, contre toute attente, épuisé la rame du prisme.

Une fois cette étape terminée, Morrow se chargea d'ouvrir le faux compte pour recevoir les fonds. Il ne pensait pas en tirer une fortune ; Mme Oehlsen avait probablement de l'argent de côté, mais elle n'était pas riche. Leur gros coup viendrait, s'ils avaient de la chance, du groupe de soutien de Nat.

Dans le cadre de son travail pour ParaTalk, Morrow tenait à jour une liste des groupes de soutien pour les personnes ayant des difficultés avec leurs prismes. Il savait que certaines finiraient par les vendre, et il allait donc régulièrement dans les églises et les centres communautaires où ces groupes se réunissaient pour y déposer des affiches : NOUS ACHETONS VOS PRISMES AU MEILLEUR PRIX. Il y a trois mois, alors que Morrow en agrafait une sur un panneau d'affichage, deux membres d'un groupe de soutien, tasses de café à la main, s'étaient mis à discuter non loin de lui avant que la salle n'ouvre ses portes. Morrow pouvait les entendre parler.

« Tu t'es déjà demandé si t'avais détruit la vie de quelqu'un en activant ton prisme ?

— Qu'est-ce que tu veux dire ?

— Genre : peut-être que quelqu'un va mourir dans un accident de voiture dans l'autre branche, mais pas dans celle-ci, et tout ça parce que t'as activé le prisme.

— Maintenant que tu le dis, tu te rappelles l'accident de voiture à Hollywood, il y a quelques mois ? Dans la branche de mon parallêtre, c'est Scott qui est mort et pas Roderick.

— C'est exactement ce que je veux dire. Le fait que t'aies activé ton prisme a eu un impact énorme sur la vie de quelqu'un d'autre. T'y penses parfois ?

— Pas vraiment. Peut-être que je suis trop égocentrique, mais en général je pense à ma vie à moi. »

Le type parlait d'un couple célèbre, Scott Otsuka, un chanteur de pop, et Roderick Ferris, une star de cinéma. Ils étaient en route pour la première d'un film quand leur limousine avait été percutée par un conducteur en état d'ivresse ; Roderick était mort, et Scott était devenu un veuf éploré. Mais le prisme de ce type était connecté à une branche où Scott avait été tué, et où Roderick avait survécu.

Ce prisme pourrait valoir beaucoup d'argent, mais Morrow ne pouvait pas simplement s'approcher du type et demander à l'acheter, alors il avait chargé Nat d'intégrer le groupe en prétextant vouloir se débarrasser d'une addiction au prisme. Le type s'appelait Lyle, et elle avait pour mission de s'en faire un ami. Rien de sexuel – Morrow était suffisamment intelligent pour ne pas lui demander ça –, juste une copine de groupe de soutien, quelqu'un qu'il aimerait bien et en qui il aurait confiance. Elle pourrait ainsi le pousser doucement à se débarrasser de son prisme. Et une fois qu'il serait prêt à sauter le pas, Nat lui dirait qu'elle aussi était prête à se débarrasser du sien et qu'elle connaissait quelqu'un qui rachetait des prismes d'occasion à bon prix ; elle lui proposerait qu'ils aillent les vendre ensemble. Et puis elle emmènerait Lyle à ParaTalk, où Morrow acquerrait leurs deux prismes.

Morrow arrangerait ensuite une visite à Scott Otsuka et lui offrirait de lui vendre un prisme avec lequel il pourrait parler à son mari défunt.

*

Aucun prisme ne pourrait jamais communiquer avec une branche dont le point de divergence remontait au-delà du moment de son activation, il n'y aurait donc jamais de signalement de branches où Kennedy n'avait pas été assassiné, où les Mongols n'avaient pas envahi l'Europe occidentale. De la même manière, impossible de faire fortune en brevetant des inventions glanées dans des branches où le progrès technologique avait pris une voie différente. Si l'utilisation d'un prisme devait avoir un quelconque bénéfice, il faudrait qu'il découle de divergences ultérieures, et non antérieures, à son activation.

Quelques variations aléatoires ont, occasionnellement, pu permettre d'éviter un accident : une fois, lors du crash d'un avion de ligne, l'administration de l'aviation civile a averti celle d'une autre branche, qui a pu consigner sa version de l'avion au sol et effectuer une inspection approfondie de l'appareil, identifiant un composant du système hydraulique qui se trouvait sur le point de lâcher. Mais ils étaient impuissants face aux erreurs humaines, qui étaient, elles, différentes dans chaque branche. Il n'était pas non plus possible d'envoyer un préavis en cas de catastrophe naturelle : un ouragan dans une branche ne renforçait pas le risque d'ouragan dans une autre, quant aux tremblements de terre ils arrivaient simultanément dans toutes les branches, une alerte anticipée était donc impossible.

Un général de l'armée acheta un prisme en pensant pouvoir utiliser une branche comme une simulation militaire parfaitement réaliste : il voulait demander à son parallêtre d'effectuer un déplacement agressif dans sa branche afin d'observer la réponse de l'ennemi. Il découvrit son erreur à l'instant même où il entra en contact avec son parallêtre, qui avait prévu de l'utiliser exactement de la même manière. Chaque branche était d'une importance capitale pour ses habitants ; personne n'était prêt à servir de cobaye à qui que ce soit.

Ce qu'offraient les prismes, en revanche, c'était un moyen d'étudier les mécanismes derrière les changements historiques. Les chercheurs commencèrent par comparer les gros titres des journaux entre toutes les branches, cherchant des divergences avant d'enquêter sur leurs causes. Dans certains cas, la divergence provenait d'un événement ostensiblement aléatoire, comme l'arrestation d'un fugitif recherché pendant un contrôle routier. Dans d'autres cas, la divergence était créée par une même personne agissant différemment entre deux branches, les chercheurs pouvaient alors lui demander un entretien, bien que, s'il s'agissait d'une personnalité publique, il fût rare qu'elle offre des détails sur les raisons qui l'avaient amenée à faire un tel choix. Pour les cas qui ne rentraient dans aucune de ces catégories, les chercheurs devaient passer au peigne fin l'actualité des semaines précédentes afin d'essayer d'en identifier les causes, ce qui les conduisait en général à scruter les agitations stochastiques de la Bourse ou des réseaux sociaux.

Les chercheurs continuaient alors à surveiller l'actualité pendant les semaines et les mois suivants pour voir comment les divergences se creusaient avec le temps. Ils espéraient rencontrer un scénario classique de type « faute d'un clou, le royaume fut perdu », où les ondulations s'amplifiaient progressivement mais de manière intelligible. Cependant ils découvrirent à la place de nouvelles petites divergences, sans rapport avec la première : la météo entraînait des changements partout, à chaque instant. Le temps qu'une divergence politique importante soit observée, il était difficile de déterminer quelle en avait été la cause. Le problème était exacerbé par le fait que chaque étude devait s'achever une fois la rame du prisme épuisée ; si intéressante une divergence soit-elle, le lien entre les branches était toujours temporaire.

Dans le secteur privé, les entrepreneurs se rendirent compte que, bien que l'information obtenue par les prismes ait une valeur intrinsèque limitée, elle pouvait être vendue en tant que contenu aux consommateurs. Un nouveau type de courtier en données vit alors le jour : une entreprise échangeait des informations sur l'actualité avec ses versions parallèles et les vendait à ses abonnés. Nouvelles sportives et potins de célébrités étaient les plus faciles à caser ; les gens se passionnaient autant pour ce que leurs vedettes préférées faisaient dans les autres branches que pour ce qu'elles faisaient dans la leur. Les grands amateurs de sports récupéraient les données de plusieurs branches et se disputaient pour savoir quelle équipe avait eu la meilleure performance globale, et si celle-ci était plus importante que la performance dans une branche ou une autre. Les lecteurs comparaient les versions d'un même roman dans différentes branches, de sorte que les auteurs durent faire face à la concurrence de copies pirates des livres qu'ils auraient pu écrire. Et lorsque des prismes avec des rames plus importantes furent développés, la même chose se produisit pour la musique, puis le cinéma.

*

Lors de sa première réunion, Nat avait été stupéfaite des sujets discutés par les participants : un homme était obsédé par l'idée de savoir si son parallêtre s'amusait plus que lui, une femme avait sombré dans le doute après que son parallêtre avait voté pour un autre candidat qu'elle. C'était cela que les gens ordinaires considéraient comme des problèmes ? Se réveiller couverte de son propre vomi ; avoir à baiser son dealer parce qu'on n'arrive pas à trouver assez d'argent : voilà des vrais problèmes. Nat avait brièvement envisagé de dire à tous les membres du groupe d'arrêter de se plaindre, mais bien sûr elle ne l'avait pas fait, et pas seulement parce que ça aurait compromis sa couverture. Elle n'avait aucun droit de juger ces gens. Qu'est-ce que ça pouvait lui faire qu'ils s'apitoient sur leurs sorts ? Mieux valait s'apitoyer sur son sort que d'avoir carrément foutu sa vie en l'air.

Nat s'était installée dans la région pour prendre un nouveau départ, loin des personnes et des lieux qui risquaient de la faire replonger. Son boulot à ParaTalk n'était pas génial, mais elle était contente de gagner un vrai salaire, et elle aimait surtout passer du temps avec Morrow. Ses petites magouilles l'amusaient ; elle avait toujours été douée pour ce genre de choses, et elle se disait que ça l'aidait à ne pas replonger, que le plaisir d'arnaquer les gens était un substitut acceptable à la défonce. Mais, dernièrement, Nat avait eu l'impression que tout ça n'était peut-être que des histoires qu'elle se racontait. Même si elle ne dépensait pas son argent en drogues, ces petites escroqueries finiraient probablement par l'y ramener. Il vaudrait mieux pour elle qu'elle s'éloigne de tout ça ; il fallait qu'elle trouve un autre travail, loin de Morrow, et sans doute qu'elle déménage à nouveau. Mais comme elle avait aussi besoin d'argent pour ça, elle devait continuer à bosser avec Morrow jusqu'à ce qu'elle ait gagné assez pour pouvoir arrêter.

Zareenah avait pris la parole. « Ma nièce est en terminale au lycée, et depuis quelques mois c'est la période des candidatures pour l'université. Cette semaine ils ont reçu leurs réponses, et elle s'est plutôt bien débrouillée ; elle a été acceptée dans trois établissements. J'étais assez contente pour elle jusqu'à ce que je discute avec mon parallêtre.

« J'ai découvert que la nièce de mon parallêtre avait été acceptée à Vassar, qui était son premier choix. Mais dans notre branche, c'est une des universités qui ont refusé ma nièce. Toutes les différences entre nos deux branches viennent du prisme que j'ai activé, non ? Donc si ma nièce a été refusée, c'est à cause de moi. C'est ma faute.

— Tu pars du principe que si tu n'avais pas activé le prisme ta nièce aurait été acceptée, rétorqua Kevin. Mais ce n'est pas nécessairement vrai. »

Zareenah se mit à déchirer un mouchoir qu'elle avait entre les mains, un de ses tics quand elle parlait d'elle. « Mais ça veut dire que mon parallêtre a fait quelque chose pour aider sa nièce, quelque chose que je n'ai pas fait dans notre branche. Donc je suis fautive par mon inaction.

— Tu n'es pas fautive, dit Lyle.

— Mais toutes les différences sont causées par mon prisme.

— Ça ne signifie pas que c'est ta faute.

— Comment ça ne le serait pas ? »

Perdu, Lyle se tourna vers Dana pour chercher de l'aide. Celle-ci demanda à Zareenah : « À part Vassar, est-ce qu'il y avait d'autres différences dans les réponses que votre nièce et son parallêtre ont reçues ?

— Non, les autres sont les mêmes.

— On peut donc supposer que le dossier de votre nièce était aussi bon dans les deux branches.

— Oui, répondit-elle d'un ton ferme. C'est une fille intelligente, je ne peux rien faire qui changerait ça.

— Alors réfléchissons une minute. Pourquoi l'université de Vassar accepterait-elle votre nièce dans l'autre branche, mais pas dans celle-ci ?

— Je ne sais pas », dit Zareenah.

Dana regarda la salle. « Quelqu'un a-t-il une idée ? »

Lyle essaya : « Peut-être que le responsable des admissions de cette branche était dans un mauvais jour quand il a examiné sa candidature.

— Et pourquoi aurait-il été dans un mauvais jour ? »

Nat devait avoir l'air de s'intéresser, alors elle prit la parole. « Peut-être qu'on lui a fait une queue de poisson ce matin-là.

— Ou qu'il a fait tomber son portable dans les toilettes, renchérit Kevin.

— Ou les deux », lança Lyle.

À Zareenah, Dana demanda : « Ces exemples sont-ils des conséquences prévisibles de vos actions ?

— Non, admit Zareenah. Je dirais que non.

— Ce ne sont que les résultats aléatoires de différences de météo entre les deux branches. Et n'importe quoi peut changer la météo. Si on cherchait, je suis sûre qu'on pourrait trouver une centaine de personnes dont les prismes sont connectés à une branche où votre nièce a été refusée. Si une même chose se produit dans des branches où vous avez agi différemment, alors vous n'en êtes pas la cause.

— Mais j'ai quand même l'impression que c'est ma faute. »

Dana hocha la tête. « On aime l'idée qu'il y a toujours un responsable pour chaque événement, parce que ça nous aide à appréhender le monde. On aime tellement ça que nous nous tenons parfois nous-mêmes pour responsables, simplement pour avoir quelqu'un à blâmer. Mais nous ne contrôlons pas toujours tout, et les autres non plus.

— Je vois bien que ce n'est pas une réaction rationnelle, mais c'est quand même ce que je ressens, insista Zareenah. Je crois que j'ai tendance à me sentir coupable vis-à-vis de ma sœur… » Elle s'arrêta. « À cause de ce qui s'est passé.

— Est-ce que vous voulez en parler ? » demanda Dana.

Zareenah hésita, avant de poursuivre : « Il y a des années, quand on était adolescentes, on faisait toutes les deux de la danse, mais elle était bien meilleure que moi. Elle a décroché une audition pour intégrer Juilliard, mais j'étais tellement jalouse que je l'ai sabordée. »

Enfin quelque chose d'intéressant : un vrai mauvais comportement. Nat n'avait encore rien entendu de tel dans le groupe ; elle prit garde à ne pas s'avancer sur son siège avec trop d'enthousiasme.

« J'ai mis de la caféine dans sa bouteille d'eau en sachant que ça la déstabiliserait. Elle n'a pas été acceptée. » Zareenah s'enfonça le visage dans les mains. « J'ai l'impression que je ne pourrai jamais me racheter pour ce que j'ai fait. Vous ne pouvez sûrement pas comprendre. »

Une expression douloureuse passa sur le visage de Dana avant de disparaître aussitôt. « Nous avons tous fait des erreurs, dit-elle. Moi aussi, croyez-moi. Mais il y a une différence entre accepter la responsabilité de nos actes et vouloir endosser la faute pour des hasards malheureux. »

Nat observa Dana pendant qu'elle parlait. Son visage avait repris son air calme et approbateur, mais cet instant de panique avait attiré son attention. Elle n'avait encore jamais vu ça chez un animateur. La seule fois qu'elle avait entendu l'un d'entre eux raconter son passé en cure de désintoxication, le type avait eu l'air de l'avoir tellement récité que ça sonnait comme un argumentaire de vente. Elle était intriguée : qu'avait fait Dana pour se sentir si coupable ?

*

Quand des prismes dotés de rames plus importantes se mirent à arriver sur le marché, les courtiers en données proposèrent des services de recherche personnelle pour ceux désirant en apprendre plus sur les autres voies que leur vie aurait pu prendre. C'était une activité bien plus risquée que de vendre l'actualité d'autres branches, et ce pour plusieurs raisons. D'abord, il pouvait se passer plusieurs années avant que les divergences ne deviennent suffisamment importantes pour être intéressantes, et les courtiers devaient faire des réserves de prismes, qu'il leur fallait activer, mais sans échanger d'information, afin de préserver leurs rames pour plus tard. Cela demandait également un très haut niveau de coopération entre les versions parallèles de l'entreprise. Si la cliente Jill voulait en savoir plus sur ses paralêtres, plusieurs versions de l'entreprise devaient faire des recherches dans leurs branches, mais Jill pouvait seulement payer l'entreprise dans sa branche à elle ; il n'y avait aucun moyen d'échanger de l'argent entre les branches. On espérait que la coopération interbranches permettrait à chaque version d'une entreprise d'avoir des clients dans sa branche, ce qui, avec le temps, serait avantageux pour tous : une forme d'altruisme réciproque entre toutes les versions parallèles de l'entreprise.

Comme on aurait pu s'y attendre, la dépression frappa certains lorsqu'ils apprirent que leurs parallêtres avaient connu plus de succès qu'eux. On craignit même un temps que ces requêtes privées ne soient perçues comme un produit qui rendait ses acheteurs malheureux. Mais la plupart finirent par penser qu'ils appréciaient plus de choses dans leur vie que dans celles de leurs parallêtres, et par conclure qu'ils avaient pris les bonnes décisions. Bien qu'il ne s'agît probablement là que d'un biais de confirmation, ce fut une attitude assez courante pour que les services de recherche personnelle continuent à représenter une activité rentable pour les courtiers en données.

Alors que certains évitaient à tout prix les courtiers en données, effrayés par ce qu'ils pourraient découvrir, d'autres devenaient obsédés. Dans certains couples mariés l'un entrait dans la première catégorie et l'autre dans la seconde, ce qui se terminait le plus souvent par un divorce. Les courtiers en données essayèrent tant bien que mal d'élargir leur clientèle, mais sans grand succès. Le produit qui réussissait le mieux à convaincre les sceptiques s'adressait à ceux qui avaient perdu un être cher : les courtiers en données trouvaient une branche où la personne était encore en vie, et transmettaient les dernières actualités de ses réseaux sociaux pour que les proches du défunt puissent voir la vie que ce dernier aurait pu vivre. Cette pratique ne fit qu'appuyer la critique la plus répandue chez les spécialistes : les courtiers en données encourageaient les comportements malsains de leurs clients.

*

Nat pensait que le succès de son plan avec Mme Oehlsen aurait satisfait Morrow un moment. La femme avait transféré de l'argent sur un faux compte deux semaines plus tôt, et son parallêtre avait gobé l'histoire d'une confusion due aux analgésiques. Maintenant que Mme Oehlsen était décédée, tout était plié. Mais au lieu de s'en contenter, Morrow semblait à présent plus désireux que jamais de faire un gros coup.

Ils étaient dans le bureau de ParaTalk, en train de manger des tacos que Morrow avait achetés à un stand à deux rues de là, quand il aborda le sujet. « On en est où avec Lyle ? demanda-t-il.

— Je fais des progrès, répondit Nat. Je peux voir qu'il se dit qu'il serait plus heureux sans prisme. »

Morrow finit son taco et vida sa canette de soda : « On peut pas rester plantés là à attendre qu'il se décide à s'en débarrasser. »

Nat le regarda d'un air noir. « Rester plantés là ? Tu crois que c'est ça que je fais ? »

Il la rassura d'un geste de la main. « Calme-toi,

c'est pas ce que je voulais dire. Mais ça nous sert à rien s'il met encore des années avant de lâcher son prisme. Faut qu'on lui donne envie de s'en séparer.

— Je sais, et c'est exactement ce que j'essaie de faire.

— Je pensais à quelque chose d'un peu plus concret.

— Comme quoi ?

— Je connais un type, il bosse avec des gars qui font dans l'usurpation d'identité. Je pourrais lui demander de cibler Lyle, de lui rajouter des dettes. Après ça, Lyle aura sûrement plus envie de savoir si son parallêtre a une plus belle vie que lui. »

Nat grimaça. « On en est déjà là ? »

Il haussa les épaules. « S'il y avait un moyen de rendre la vie de son parallêtre plus attrayante pour Lyle, je le ferais, mais c'est pas une option. On ne peut que lui montrer que sa vie à lui est pire. »

Ce n'était pas en jouant les âmes sensibles qu'elle ferait plier Morrow ; il lui fallait des arguments plus pragmatiques.

« On ferait mieux de ne pas le rendre trop malheureux, ou il risque de voir son prisme comme sa seule fenêtre sur une vie heureuse. »

Ça eut l'air de marcher. « T'as raison, admit-il.

— Laisse-moi encore quelques réunions avant de te lancer là-dedans. »

Morrow écrasa sa barquette de tacos et sa canette de soda vides et les jeta dans la poubelle. « D'accord, on va continuer à ta façon encore un peu. Mais faut que t'accélères le mouvement. »

Elle hocha la tête. « J'ai une idée. »

*

Dana fut un peu surprise quand Nat annonça au groupe qu'elle avait vendu son prisme ; lors des réunions précédentes, elle n'avait pas eu le sentiment que Nat était prête à franchir le pas, même si elle savait qu'il n'était pas toujours possible de prévoir ces choses-là. Nat semblait heureuse de sa décision, mais c'était classique ; les gens se sentaient tous bien la première fois qu'ils arrêtaient. Elle remarqua aussi que Nat avait très discrètement observé la réaction de Lyle à son annonce, ce qu'elle l'avait déjà vue faire par le passé. Ça ne ressemblait pas à un faible pour lui mais, si c'en était un, elle n'en laissait rien paraître, peut-être pour ne pas compliquer les choses alors qu'elle essayait de régler ses propres problèmes.

Lors de la réunion suivante, Nat parla plus longtemps que d'habitude, décrivant à quel point elle sentait que son attitude s'était améliorée depuis qu'elle avait abandonné le prisme. Même si elle ne semblait pas particulièrement démonstrative, Dana craignait un peu que ses attentes ne soient irréalistes et qu'elle ne se dirige droit dans le mur. Kevin exprima un sentiment similaire, quelque peu maladroitement, et il semblait motivé davantage par la jalousie que par la compassion ; il était dans le groupe depuis bien plus longtemps que Nat, et n'avait fait que de modestes progrès. Heureusement, Nat réagit sans agressivité ; elle était consciente de ne pas avoir réglé tous ses problèmes comme par magie en se débarrassant de son prisme, affirma-t-elle. Le groupe passa le reste de la séance concentré sur Kevin et sur ce qu'il avait vécu la semaine passée, sans que Dana ait à guider les participants.

Elle était plutôt contente du groupe et de son travail à la fin de l'entrevue, mais sa bonne humeur fut de courte durée. Elle avait rapporté la cafetière dans la cuisine de l'église et était en train de verrouiller la salle de réunion quand Vinessa apparut.

« Salut, Dana.

— Vinessa ? Qu'est-ce que tu fais ici ?

— Je suis passée te voir à ton bureau, expliqua Vinessa, mais je t'ai pas trouvée, alors je me suis dit que j'allais essayer ici.

— Qu'est-ce que tu veux ?

— C'est à propos de l'argent. »

Évidemment que c'était à propos de l'argent ; Vinessa avait décidé de reprendre ses études et demandé à Dana de l'aider avec les frais de scolarité. « C'est-à-dire ?

— Il me le faudrait maintenant. La période d'inscription se termine cette semaine.

— Cette semaine ? La dernière fois qu'on en a parlé tu disais cet automne.

— Ouais, je sais, mais j'ai décidé que plus je commençais tôt, mieux c'était. Tu peux me donner l'argent cette semaine ? »

Dana hésita, réfléchissant à la façon dont elle devrait réorganiser son budget.

« T'es en train de changer d'avis ?

— Non…

— Parce que je t'ai crue sur parole la dernière

fois, et j'ai construit tous mes plans là-dessus. Alors si t'es en train de changer d'avis, faut le dire.

— Non, non, je peux te le donner. Je te l'envoie demain, d'accord ?

— Super, merci. Tu ne le regretteras pas, je te promets. Je vais tout faire pour que ça marche cette fois.

— J'en suis sûre. »

Elles restèrent toutes les deux plantées là un moment, mal à l'aise, puis Vinessa s'en alla. En la regardant partir, Dana se demanda quel mot pouvait décrire leur relation.

Elles avaient été meilleures amies au lycée, passant tout leur temps ensemble, se confiant leurs secrets et se faisant mourir de rire. Mais ce qui comptait le plus pour Dana, c'était le fait que Vinessa ne se soucie pas de ce que pensaient les autres, qu'elle refuse d'être mise dans une case ; ses facilités lui permettaient d'avoir des bonnes notes, et elle se moquait ouvertement des professeurs jusqu'à ce qu'ils n'aient pas d'autre choix que de lui imposer une punition. Parfois, Dana aurait aimé être aussi courageuse, mais elle était trop à l'aise dans son rôle de première de la classe pour faire quoi que ce soit qui puisse compromettre sa place.

Puis vint le voyage scolaire à Washington. Elles avaient prévu d'organiser ensemble une fête dans leur chambre d'hôtel pour la dernière soirée, mais il leur fallait trouver une stratégie au cas où un professeur viendrait frapper à la porte : l'alcool était trop difficile à cacher et la marijuana trop facile à sentir. À la place, elles prirent des comprimés de Vicodin dans les armoires à pharmacie de leurs parents, les pilules restantes d'une opération des gencives du père de Dana et de l'hystérectomie de la mère de Vinessa, bien assez pour elles et leurs amis.

Elles ignoraient qu'une des profs avait emprunté une clef magnétique à la femme de ménage pour faire des inspections surprises dans les chambres. La première nuit, Mme Archer était entrée au moment même où elles recomptaient leur stock, deux douzaines de pilules disposées en rangées bien droites sur le dessus de la commode.

« Mais qu'est-ce que c'est que ce bazar ? »

Elles étaient restées immobiles un long moment, figées comme des statues. Dana pouvait voir ses projets d'avenir s'évaporer comme la rosée.

« Est-ce que l'une d'entre vous peut m'expliquer ? »

C'était là qu'elle l'avait dit. « C'est à Vinessa. »

Et Vinessa l'avait regardée ; elle était complètement abasourdie. Elle aurait pu nier, mais elles savaient toutes les deux que cela ne changerait rien, que Dana serait crue et pas Vinessa. Pendant un instant encore, Dana aurait pu revenir sur ce qu'elle venait de dire, avouer la vérité, mais elle ne l'avait pas fait.

Vinessa fut exclue. Quand elle revint à l'école, elle ignora volontairement Dana, et Dana ne pouvait pas le lui reprocher. Mais ce n'était pas tout. Furieuse contre la terre entière, elle se mit à faire n'importe quoi : voler à la tire, faire la fête toute la nuit, fumer ou boire avant les cours et traîner avec d'autres jeunes qui faisaient de même. Ses notes chutèrent et ses chances d'entrer dans une bonne université s'évanouirent. C'était comme si, avant cette nuit-là, Vinessa avait avancé sur le fil du rasoir, oscillant entre ce que la société définissait comme une fille bien élevée et une mauvaise fille. Le mensonge de Dana l'avait poussée du mauvais côté, du côté de la méchanceté, et, ainsi étiquetée, la vie de Vinessa avait changé de cours.

Elles perdirent contact, mais Dana la recroisa par hasard quelques années plus tard. Vinessa lui pardonna, affirmant qu'elle comprenait la réaction qu'elle avait eue. Désormais, après une condamnation à de la prison ferme et une cure de désintoxication, elle essayait de reprendre sa vie en main ; elle voulait prendre des cours du soir, mais elle n'avait pas les moyens de payer les frais de scolarité toute seule, et ses parents l'avaient laissée tomber. Dana avait immédiatement proposé son aide.

Sa première tentative n'avait pas été un succès ; Vinessa avait découvert qu'elle n'arrivait pas à s'impliquer émotionnellement dans ses cours, et avait abandonné. Elle avait ensuite tenté de lancer sa propre entreprise en ligne et avait sollicité Dana pour l'aider à démarrer. Ça n'avait pas marché non plus ; elle avait mal évalué les dépenses nécessaires. Maintenant elle avait une idée pour une autre entreprise, mais ce n'était pas pour ça qu'elle demandait de l'argent à Dana. Vinessa avait l'intention de suivre des cours pour monter un business plan sérieux qu'elle présenterait ensuite à des investisseurs potentiels. Elle demandait donc à nouveau à Dana de financer ses frais de scolarité.

Dana savait que Vinessa profitait de son sentiment de culpabilité, mais ce n'était pas grave. Dana était coupable. Elle lui devait bien ça.

*

Nat revenait des toilettes quand elle entendit Dana qui parlait à quelqu'un à l'angle du couloir. Nat s'arrêta, s'appuya contre le mur et tint son téléphone contre son oreille pour faire semblant. Elle se glissa le long du mur pour mieux écouter : quelqu'un tirait de l'argent à Dana, mais la situation n'était pas claire. Est-ce que cette femme avait monté une arnaque ? Nat se dit qu'il fallait en savoir plus, d'une part pour protéger ses plans et ceux de Morrow, mais surtout parce qu'elle était curieuse.

Elle sortit et rattrapa la femme. « Excuse-moi, tu connais Dana ? »

La femme la regarda d'un air suspicieux. « Pourquoi tu me poses la question ?

— Je suis dans le groupe de soutien qu'elle anime. J'étais en train de partir quand je vous ai vues parler. J'ai pas pu entendre ce que vous disiez, mais t'avais l'air énervée contre elle. Je me demandais juste si t'avais fait partie d'un groupe qu'elle animait, ou si t'avais été une de ses patientes et que t'avais eu une mauvaise expérience avec elle. Je veux pas être indiscrète, je me demande juste s'il y a quelque chose que je devrais savoir sur Dana. »

La femme ricana. « Question intéressante. T'es dans quel genre de groupe ?

— Le groupe de ceux qui ont des problèmes de

dépendance aux prismes », répondit Nat. Devant l'air dédaigneux de la femme, Nat décida de suivre son intuition. « Mais j'allais aux Narcotiques anonymes avant. »

La femme hocha légèrement la tête. « Mais ce groupe-là, c'est pas Dana qui l'anime, pas vrai ?

— Non.

— Tant mieux, parce que je lui ferais pas confiance avec ça. Pour les trucs de prismes je suis sûre qu'elle est très bien, cela dit. T'en fais pas.

— Tu peux me dire pourquoi tu lui ferais pas confiance pour un groupe de NA ? »

La femme réfléchit puis haussa les épaules. « Ouais, pourquoi pas. Tu me paies un verre. »

Elles s'installèrent dans un bar du coin. La femme s'appelait Vinessa, Nat lui paya un Maker's Mark et se contenta d'un soda aux fruits. Nat raconta une version aseptisée de ses antécédents avec la drogue, une version qui pouvait coller avec sa couverture dans le groupe de soutien ; elle ne pensait pas que Vinessa parlerait de cette conversation à Dana, mais il valait mieux être prudente. Lorsqu'elle fut rassurée sur le passif de Nat, Vinessa évoqua sa propre histoire ; elle expliqua qu'elle avait un énorme potentiel au lycée, un chemin tout tracé vers une université prestigieuse et une vie heureuse. Et tout s'était arrêté le jour où sa meilleure amie l'avait trahie, la vendant pour protéger son propre avenir. Depuis lors, Vinessa avait connu une traversée du désert, une longue marche qui se terminait à présent.

« C'est pour ça que je voudrais pas d'elle pour

animer un groupe de NA. Tu peux pas lui faire confiance pour pas te dénoncer.

— Tout ce qui est dit dans ces groupes est censé être confidentiel, fit remarquer Nat.

— Mais un secret entre meilleures amies aussi ! »

Dans le bar, des clients se tournèrent vers elles. Vinessa reprit à un volume normal : « C'est pas qu'elle soit la pire personne au monde ; elle a au moins la décence de se sentir mal après ce qu'elle a fait. Mais il y a des gens sur qui tu peux compter pour tout, et puis il y a des gens sur qui tu peux compter pour certains trucs seulement, et faut savoir qui est qui.

— Tu continues à la voir, pourtant.

— Bah, c'est comme j'ai dit, Dana est bonne pour certains trucs. Faut juste se souvenir qu'elle est pas bonne pour tout. Ça, je l'ai appris à mes dépens. »

Ensuite, Vinessa parla de son projet de création d'entreprise. Nat ne chercha pas à en savoir plus sur l'argent qu'elle recevait de Dana, mais comprit qu'elle ne l'arnaquait pas délibérément. Vinessa ne faisait que se servir de Dana, lui offrant une chance d'expier ses péchés en soutenant financièrement son dernier projet. Nat la remercia, lui promit qu'elle ne mentionnerait leur conversation à personne et rentra chez elle.

Nat avait été comme Vinessa, blâmant sans cesse quelqu'un d'autre pour ses problèmes. Elle avait passé des années persuadée que ses parents étaient responsables de son arrestation pour cambriolage, car s'ils n'avaient pas changé les serrures de la maison elle n'aurait jamais eu besoin de les forcer en venant chercher quelque chose à vendre pour se payer de la drogue. Elle avait mis longtemps à accepter la responsabilité de ses actions. Visiblement, Vinessa n'y était pas encore, peut-être parce qu'elle avait trouvé en Dana quelqu'un qui acceptait de porter la faute à sa place. Dana avait fait un coup merdique à Vinessa, aucun doute là-dessus, mais c'était il y a des années, et si Vinessa ne s'était pas ressaisie depuis elle ne pouvait s'en prendre qu'à elle-même.

*

Lorsque les prismes devinrent abordables pour les particuliers, les revendeurs les présentèrent comme la version privée d'une visite chez son courtier en données. Ils ciblèrent les nouveaux parents et les encouragèrent à en acheter un immédiatement, puis à l'activer et à le conserver jusqu'à ce que l'enfant atteigne l'âge adulte, où il aurait la possibilité de voir en quoi sa vie aurait pu être différente. Cette approche leur apporta quelques clients, mais pas autant qu'ils l'espéraient. Ceux qui avaient assez de moyens pour se payer un prisme les utilisaient, en fait, pour tout autre chose que pour imaginer « ce qui aurait pu advenir ».

Un des usages populaires du prisme était la collaboration avec soi-même, pour augmenter sa productivité en répartissant les tâches d'un projet entre ses deux versions, chacune faisant une moitié du boulot avant de partager les résultats. Certains essayèrent d'acheter plusieurs prismes afin de créer une équipe uniquement composée de versions d'eux-mêmes mais, les différents parallêtres n'étant pas en contact direct les uns avec les autres, l'information devait à chaque fois être relayée de l'un à l'autre, consommant ainsi les rames des prismes plus rapidement. De nombreux projets furent brusquement interrompus quand un utilisateur sous-estimait son utilisation de données et épuisait le prisme avant que le travail effectué dans une branche ne puisse être transmis aux autres, le laissant à jamais inaccessible.

Au-delà des courtiers en données, c'est la disponibilité des prismes privés qui eut le plus d'impact sur l'imagination des gens ; même ceux qui n'utilisaient jamais les prismes se mirent à réfléchir à la place que prenait l'imprévu dans leur vie. Certains souffrirent de crises d'identité, se sentant menacés par ces innombrables versions parallèles d'eux-mêmes. Quelques-uns achetèrent plusieurs prismes et tentèrent de garder tous leurs parallêtres bien en phase, forçant tout le monde à maintenir un seul cap alors même que leurs branches respectives divergeaient. Cela se révéla vite irréalisable sur le long terme, mais les partisans de cette méthode acquirent simplement encore plus de prismes et répétèrent leurs efforts avec un nouveau groupe de parallêtres, affirmant que toute tentative pour réduire leur dispersement en valait la peine.

Ils étaient nombreux à s'inquiéter du fait que leurs choix n'avaient plus aucun sens puisque chaque action effectuée était contrebalancée par le choix inverse dans une autre branche. Les experts essayèrent d'expliquer que la prise de décision chez l'être humain était un phénomène classique plutôt que quantique, de sorte que l'action d'effectuer un choix ne provoquait pas en soi la séparation de nouvelles branches ; c'était le phénomène quantique qui générait de nouvelles branches, et vos choix dans ces branches étaient toujours aussi importants. Malgré ces efforts, beaucoup restèrent persuadés que les prismes invalidaient le poids moral de leurs actes.

Peu allèrent jusqu'à tuer ou à commettre d'autres crimes ; les conséquences de vos actes vous restaient imputables dans votre branche, pas dans une autre. Mais si le taux de criminalité n'explosa pas, un certain glissement dans les comportements fut remarqué par les sociologues. Edgar Allan Poe utilisait la phrase « le démon de la perversité » pour décrire la tentation qui s'empare de soi lorsqu'on a l'occasion de faire le mal, même sans raison, et, pour beaucoup, le démon avait gagné en persuasion.

*

Comme à chaque fois, Nat se dit qu'elle aurait aimé connaître un moyen de savoir ce que Lyle pensait de son prisme, une sorte de mesure visible de ses progrès. Un mois s'était écoulé depuis qu'elle avait décidé d'annoncer qu'elle avait abandonné son prisme et, si elle savait que Lyle était en bonne voie d'abandonner le sien à son tour, elle ignorait combien de temps cela lui prendrait. Encore un mois ? Six mois ? La patience de Morrow s'épuiserait bientôt, et il leur faudrait alors passer à une méthode plus drastique.

Une fois les gens assis, Lyle se porta volontaire pour débuter. Il se tourna vers Dana. « Quand j'ai commencé à participer à ce groupe, vous avez dit qu'un des buts était de construire une relation saine avec son parallêtre.

— Un des buts possibles, oui, précisa Dana.

— L'autre jour je parlais à ce type qui va à la même salle de sport que moi, et il m'a dit que c'était ce qui se passait pour lui. Il m'a expliqué que son parallêtre et lui étaient amis, qu'ils échangeaient des conseils qu'on leur avait donnés et qu'ils s'encourageaient à faire mieux. Ça avait l'air génial. »

Aussitôt, Nat fut en alerte. Est-ce que Lyle voulait en faire son but ? Ce serait un désastre. S'il était déterminé, même le plan de Morrow ne suffirait pas à lui faire vendre son prisme.

« J'ai compris que je n'aurais jamais ce genre de relation avec mon parallêtre. Alors j'ai décidé de me débarrasser de mon prisme. »

Nat fut tellement soulagée qu'elle pensa un moment que les autres avaient forcément dû le remarquer, mais non. Zareenah demanda à Lyle : « Et t'en as parlé avec ton parallêtre ?

— Ouais. Au début il a suggéré qu'on fasse simplement une pause, en gardant nos prismes. J'y avais déjà réfléchi en me disant que, comme ça, j'aurais pu lui montrer quand les choses auraient bien tourné pour moi. Mais il y a deux ou trois semaines, Nat a dit qu'elle n'avait rien à prouver à personne. Je pense que conserver mon prisme me forcerait à rester dans cet état d'esprit de toujours vouloir prouver quelque chose. Alors j'ai expliqué ça à mon parallêtre, et il a compris. On va vendre nos prismes. »

Kevin dit : « C'est pas juste parce que ta relation avec ton parallêtre est pas parfaite que tu dois y renoncer. C'est comme si tu disais que si ton mariage n'est pas un conte de fées tout rose alors ça ne sert à rien de se marier.

— Je ne crois pas que ce soit pareil, répondit Zareenah. Prendre soin de son mariage est bien plus important que de prendre soin de sa relation avec son parallêtre. Tout le monde s'en sortait très bien avant que les prismes ne soient inventés.

— Mais ça veut dire que maintenant on va s'attendre à ce que tous les membres du groupe se débarrassent de leurs prismes ? D'abord Nat, à présent toi. Je sais pas si j'ai envie de me séparer de mon prisme.

— Ne t'inquiète pas, Kevin, intervint Dana. Tu es le seul à décider de ton but. Tout le monde n'a pas besoin d'avoir le même. »

Le groupe passa encore un peu de temps à rassurer Kevin et à discuter des différentes manières de vivre avec les prismes. Une fois la réunion terminée, Nat alla parler à Lyle. « Je pense que tu as pris la bonne décision, lui dit-elle.

— Merci, Nat. Tu m'as vraiment aidé à me lancer.

— Je suis contente. » Et maintenant le moment crucial. Nat fut surprise d'être aussi nerveuse. Aussi nonchalamment qu'elle le put, elle lui déclara : « Tu sais quoi, tu devrais vendre ton prisme là où j'ai vendu le mien. Ils vous feront un bon prix à ton parallêtre et à toi.

— Ah bon ? Ça s'appelle comment ?

— ParaTalk, c'est sur Fourth Street.

— Ah ouais, je crois que j'ai vu une de leurs affiches ici.

— Moi aussi, c'est comme ça que je les ai trouvés. Si tu veux un soutien moral quand t'iras le vendre, je peux t'accompagner, et on pourra se prendre un café ou un truc après. »

Lyle acquiesça. « D'accord, ça marche. »

Et aussi simplement que ça, son plan avait fonctionné. « Pourquoi pas dimanche ? » dit-elle.

*

Nat attendait Lyle devant ParaTalk. Elle savait qu'il y avait un risque qu'il ait changé d'avis, mais il se présenta pile à l'heure, son prisme sous le bras. C'était un peu décevant de le voir enfin ; de voir ce pour quoi elle et Morrow avaient travaillé depuis des mois et qui ressemblait en tout point à n'importe quel modèle de prisme récent, une simple mallette en aluminium bleu. Nat fut soudain frappée par cette situation à la fois extraordinaire et étonnamment banale : chaque prisme était comme quelque chose qui sortait d'un conte de fées, un sac contenant une porte vers un autre monde, et pourtant la plupart de ces mondes n'étaient pas particulièrement intéressants, la plupart de ces portes n'avaient aucune valeur particulière. C'était seulement parce que celle-ci pouvait réunir un prince avec sa moitié qu'elle devenait précieuse.

« Toujours sûr de vouloir le faire ? demanda-t-elle.

— Cent pour cent sûr, dit Lyle. J'en ai parlé avec mon parallêtre ce matin, et il est toujours partant. Il doit être dans son ParaTalk en ce moment même.

— Super. Allons-y. »

Ils entrèrent. Morrow était derrière le comptoir. « Qu'est-ce que je peux faire pour vous ? » demanda-t-il.

Lyle prit une grande inspiration. « Je voudrais vendre ce prisme. »

Morrow fit les gestes habituels, vérifier le clavier, la caméra, le micro. C'était la plus grande inconnue de leur plan : ils ne pouvaient pas savoir qui travaillerait au comptoir de l'autre côté du prisme et ferait une offre au parallêtre de Lyle. Le plus probable était que ce soit l'autre Morrow ou l'autre Nat, auquel cas tout se passerait bien ; bien qu'ils n'aient aucune idée du plan en cours, ils suivraient l'exemple du Morrow d'ici. Mais il y avait toujours la possibilité que quelqu'un d'autre travaille au comptoir de ParaTalk dans l'autre branche, ce qui rendrait les choses plus compliquées.

Nat vit que Morrow tapait plus longtemps que ne l'exigeait une simple vérification de matériel, c'était bon signe. Morrow demandait à la personne d'en face de lui faire confiance, de payer l'autre Lyle au-dessus du prix du marché pour son prisme et de faire comme si c'était parfaitement normal ; il lui expliquerait plus tard. Heureusement, Lyle n'avait aucune idée du temps qu'il fallait habituellement pour inspecter un prisme.

Morrow fit son offre, puis Lyle s'entretint brièvement avec son parallêtre. Comme ils avaient déjà décidé de vendre leurs prismes, ils ne discutaient pas du prix, mais faisaient leurs derniers adieux. Nat fit attention à ne pas échanger de regard avec Morrow pendant qu'ils attendaient, mais elle n'était pas sûre de savoir où poser les yeux. Comme elle trouvait étrange de fixer Lyle, elle regarda simplement à travers la vitrine.

Finalement, Lyle donna le prisme et accepta son argent. Une fois que ce fut terminé, Nat lui demanda : « Comment tu te sens ?

— Un peu triste, un peu soulagé.

— Allons prendre un café. »

Ils bavardèrent un moment au café. Puis ils se dirent au revoir et elle lui promit qu'elle le verrait à la prochaine réunion. Son plan était d'assister à une dernière séance avant d'annoncer qu'elle ne ressentait plus le besoin de venir. Quand elle revint à Para-Talk, il ne restait plus qu'une demi-heure avant la fermeture, et seulement quelques clients dans le magasin. Elle trouva Morrow dans son bureau, en train de pianoter sur le prisme de Lyle. « T'arrives juste à temps, dit-il. Je suis avec mon parallêtre. » Il lui fit signe de regarder l'écran pendant qu'il tapait.

Salut mec.

Tu peux me dire pourquoi
je viens de payer aussi
cher pour ce prisme ?

Un accident de voiture,
il y a six mois. Scott Otsuka
et Roderick Ferris.
Qui a survécu dans ta branche ?

Roderick Ferris.

Ici c'était Scott Otsuka.

Pigé ! Belle prise, mec !

Ouais, c'est ton jour de chance.
Maintenant, voici ce que tu vas faire.

Morrow avait déjà déniché une copie d'un journal daté de six mois auparavant, avec en titre l'accident de voiture qui avait causé la mort de Roderick Ferris et auquel Scott Otsuka avait survécu. Désormais, la tâche de l'autre Morrow était de trouver dans sa branche un journal ayant couvert le même accident. Ils prirent rendez-vous pour dialoguer à nouveau quelques jours plus tard.

Morrow replia le clavier et rangea le prisme sur une étagère au fond de la réserve. Il sourit à Nat en revenant dans le bureau. « Tu pensais pas qu'on y arriverait, pas vrai ? »

Elle avait eu des doutes, et encore maintenant elle y croyait à peine.

« On n'y est pas encore tout à fait arrivés, dit-elle.

— Le plus dur est fait. Le reste sera facile, fit-il en riant. Détends-toi, tu vas être riche.

— J'en ai bien l'impression. » Et c'était précisément ce qui l'inquiétait ; pour une personne dépendante, une soudaine manne financière risquait autant de déclencher une rechute qu'un événement traumatisant.

Comme s'il lisait dans ses pensées, Morrow lui dit : « T'as peur de retomber dans tes vieux démons ? Je pourrais te garder ton argent, le mettre en sécurité pour que tu ne le dépenses pas n'importe comment. »

Nat eut un petit rire. « Merci, Morrow, mais je crois que je vais récupérer ma part.

— J'essaie juste d'aider. »

Nat pensa à la version d'elle-même de l'autre côté du prisme. Elle et cette autre avaient été la même personne jusqu'à il y a un peu moins d'un an, à l'activation du prisme. Et bientôt Nat serait riche, mais pas son parallêtre. L'autre Morrow serait riche, mais il n'était pas du genre à partager l'argent avec l'autre Nat. Non pas qu'elle l'ait particulièrement mérité ; l'autre Nat n'était pas allée aux réunions du groupe de soutien, elle n'avait pas participé. L'autre Morrow n'avait pas participé non plus ; il avait seulement eu la chance de se trouver au comptoir quand ils avaient pris contact. Si ç'avait été l'autre Nat qui s'était trouvée au travail à ce moment-là, elle aurait sûrement partagé sa part avec son Morrow – c'était lui le patron –, mais elle aurait quand même gagné beaucoup d'argent, simplement en étant au bon endroit au bon moment. Tant de choses ne reposaient que sur le hasard.

Quelqu'un venait de passer la porte du magasin, un homme d'une quarantaine d'années vêtu d'un coupe-vent. Nat s'avança vers le comptoir. « Est-ce que je peux vous aider ?

— Est-ce qu'il y a un Morrow ici ? »

Morrow sortit du bureau. « C'est moi. »

L'homme le regarda. « Je suis Glenn Oehlsen. T'as volé vingt mille dollars à ma mère. »

Morrow avait l'air perdu. « Il doit y avoir une erreur. J'ai aidé votre mère à garder le contact avec son parallêtre…

— Ouais, et tu l'as persuadée de se débarrasser de son fric. Il m'appartenait, ce fric !

— Il appartenait à votre mère, répondit Morrow. Elle avait le droit d'en faire ce qu'elle voulait.

— Ouais, ben je suis là maintenant, et je veux le récupérer.

— Je l'ai pas, cet argent, il a été transféré dans l'autre branche. »

Le visage d'Oehlsen se teinta de mépris. « Arrête, je sais très bien qu'on ne peut pas envoyer d'argent dans une autre ligne temporelle. Je suis pas idiot !

— Si vous me laissez quelques jours, je peux essayer de voir si le parallêtre de votre mère serait prêt à retourner…

— Rien à foutre de tout ça. » Oehlsen sortit un pistolet de sa veste et le pointa sur Morrow. « Donne-moi le fric ! »

Morrow et Nat levèrent les mains en l'air. « OK, on va se calmer, dit Morrow.

— Je me calmerai quand tu m'auras donné le fric.

— Je n'ai pas ce que vous cherchez.

— Te fous pas de ma gueule ! »

De là où elle se tenait, Nat pouvait voir que dans un des box un client avait remarqué ce qui se passait et appelait la police.

« Il y a de l'argent dans la caisse, dit-elle. Vous pouvez le prendre.

— Je suis pas un putain de voleur, je veux ce qui m'appartient, c'est tout. Ce que ce type a volé à ma mère. » De sa main libre, Oehlsen sortit son téléphone et le posa sur le comptoir. « Maintenant sors le tien », ordonna-t-il à Morrow.

Lentement, Morrow sortit son téléphone et le posa à côté de celui d'Oehlsen.

Oehlsen activa d'un doigt son portefeuille électronique. « Et maintenant tu vas me faire un virement. Vingt mille dollars. »

Morrow secoua la tête. « Non.

— Tu crois que je plaisante ?

— Je ne vais pas vous payer. ».

Nat le regarda, incrédule. « Mais…

— Ferme-la », la coupa Morrow en lui lançant un regard noir. Il retourna son attention vers Oehlsen. « Je ne vais pas vous payer. »

Oehlsen était visiblement déconcerté. « Tu crois que j'en suis pas capable ?

— Je crois que vous ne voulez pas aller en prison.

— Tu bosses dans les prismes. Tu sais qu'il y a une ligne temporelle où je suis sur le point de te mettre une balle.

— Ouais, mais je crois pas que ce soit la nôtre.

— Si c'est inévitable, pourquoi ce serait pas moi qui m'en chargerais ?

— Vous me tuez et vous allez en prison. Et comme je vous l'ai dit, c'est pas ça que vous voulez. »

Oehlsen le contempla un moment. Puis il abaissa son pistolet, prit son téléphone et sortit du magasin.

Nat et Morrow poussèrent chacun un énorme

soupir de soulagement. « Bon Dieu, Morrow ! explosa Nat. Mais tu pensais à quoi, putain ? »

Morrow sourit faiblement. « Je savais qu'il en était pas capable.

— Quand un type te braque un flingue dessus, tu fais ce qu'il te dit. » Nat se rendit compte que son cœur battait à toute vitesse ; elle essaya de respirer profondément pour se calmer. Son tee-shirt était trempé de sueur. « Je ferais mieux d'aller voir si les clients… » Oehlsen se tenait à nouveau dans l'entrée.

« Et puis merde, lâcha-t-il. Quelle différence après tout ? » Il leva le pistolet, abattit Morrow d'une balle dans la tête et s'en alla.

*

La police arrêta Glenn Oehlsen quelques kilomètres plus loin. Les policiers interrogèrent Nat, les clients qui s'étaient trouvés dans la boutique et un cadre de ParaTalk venu du siège. Nat expliqua aux enquêteurs qu'elle n'avait pas la moindre idée de ce qu'avait pu faire Morrow, et ils semblèrent la croire. Elle avoua au cadre qu'elle savait que Morrow sortait un prisme du magasin et rendait visite à Jessica Oehlsen à la maison de retraite, et elle fut réprimandée pour avoir omis de signaler une violation du règlement de l'entreprise. Le lendemain, un nouveau directeur arriva ; il demanda un inventaire de tous les prismes en stock avant d'établir de nouvelles procédures pour les entrées et les sorties de la réserve, mais Nat avait déjà emporté chez elle le prisme que Morrow avait acheté à Lyle.

Au rendez-vous suivant avec l'autre Morrow, elle se mit au clavier :

Salut, mec.

C'est pas Morrow. C'est Nat.

Salut, Nat. Pourquoi t'es sur le prisme ?

On a eu un problème ici.
Morrow est mort.

Quoi ? T'es sérieuse ?

Il a arnaqué une femme, Jessica Oehlsen.
Son fils Glenn est venu ici et l'a flingué.
Je sais pas si tu l'arnaques aussi dans ta branche, mais si c'est le cas arrête tout de suite. Son fils est instable.

Merde. Ça craint.

T'imagines même pas. Du coup tu veux faire quoi maintenant ?

Il y eut une longue pause. Et finalement une réponse apparut à l'écran.

On peut encore continuer notre plan. Faudra que tu t'occupes de tout toute seule, de ton côté. Tu crois que tu peux y arriver ?

Nat réfléchit. Vendre le prisme à Scott Otsuka voulait dire aller à Los Angeles, un trajet de plusieurs heures en bus, aller et retour. Il lui faudrait sûrement passer par un entretien préalable avant que la vente puisse avoir lieu, ce qui voulait dire au moins deux voyages.

Oui, j'y arriverai.

Pour la première fois, Nat n'était pas l'acheteuse mais la vendeuse. Il lui faudrait fournir des preuves de ce qui rendait son prisme si précieux. Nat et Morrow échangèrent des photos de leurs journaux respectifs, le papier étant plus dur à truquer que des captures d'écran de leurs sites Internet.

À présent, il lui restait à contacter quelqu'un qui travaillait pour Scott Otsuka, à lui expliquer ce qu'elle avait à offrir et à envoyer la photo comme preuve.

*

Ornella avait été l'assistante personnelle de Scott pendant dix ans, bien avant qu'il ne rencontre et n'épouse Roderick. L'assistante de Roderick avait déménagé en France deux ans plus tôt et, bien qu'il y ait quelqu'un pour l'accompagner sur les tournages en extérieur ou les tournées, quand Roderick était à la maison, Ornella était leur assistante à tous les deux. Jusqu'à il y a six mois, lorsqu'un conducteur ivre avait tout changé. Désormais, elle ne travaillait plus que pour Scott à nouveau.

Avant l'accident de voiture, Ornella n'avait jamais vraiment prêté attention aux prismes. Elle savait que les fans de Scott faisaient circuler des copies piratées d'autres versions de ses chansons, mais il n'en avait jamais écouté aucune, et donc elle non plus ; c'était la même chose pour Roderick et ses films. Mais depuis l'accident, elle avait l'impression d'être bombardée de publicités pour des courtiers en données prismatiques : « Abonnez-vous dès maintenant et soyez le premier à voir les films que Roderick Ferris aurait faits s'il avait survécu. »

Et puis il y avait les offres des fans qui avaient des prismes et voulaient en faire cadeau à Scott. Ils avaient appris dans les interviews que Scott et Roderick n'avaient pas de prisme et, même s'il aurait été facile pour Scott de s'en acheter un chez un courtier en données, de nombreux fans espéraient ainsi créer un lien avec lui, être celui qui soulagerait sa douleur. Ornella savait que Scott avait pensé à en acquérir un ; il aurait tout donné pour revoir Roderick vivant. Mais le problème était évident : dans chacune des branches où l'accident de voiture n'avait pas eu lieu et où son mari était toujours vivant, son parallêtre était là, lui aussi. Scott serait un veuf endeuillé s'immisçant dans la vie d'un couple heureux, comme un rappel que le désastre pouvait surgir de nulle part, une ombre planant sur leur idylle. Ce n'était pas ce qu'il souhaitait. Si Scott entrait en contact avec un autre Roderick, il ne voulait pas être une source de pitié ou de peur.

Cette nouvelle offre était différente : un prisme connecté à une branche sans Scott, avec un Roderick endeuillé. Voilà quelque chose qui pourrait intéresser Scott. Mais elle n'allait pas lui en parler sans s'assurer auparavant qu'il s'agissait d'une proposition sérieuse.

Évidemment, Ornella avait demandé à un expert d'examiner l'image qu'elle avait reçue. Il avait déclaré qu'il ne s'agissait pas d'une contrefaçon visible, mais qu'il pouvait aisément en fabriquer une tout aussi bonne, et donc que l'image en elle-même ne prouvait rien. Elle avait dit au vendeur qu'elle voulait d'abord parler à l'Ornella de l'autre branche, et ils avaient fixé une date.

Elle fut quelque peu surprise quand le vendeur arriva. Elle avait pensé que « Nat » était un homme, mais ce fut une femme qui se présenta au portail de l'entrée, prisme à la main. Nat était mince et aurait pu être jolie si elle s'en était donné la peine, mais elle laissait transparaître une certaine tristesse. Après des années à travailler pour Scott, Ornella avait acquis un sixième sens pour reconnaître les opportunistes, mais Nat ne lui fit pas cette impression, du moins pas au premier abord.

« Je vais être claire, lui dit Ornella en la faisant entrer. Vous ne verrez pas Scott aujourd'hui. Il n'est même pas à la maison. Si ce que je vois me convient, nous fixerons un autre rendez-vous.

— Bien sûr. C'est ce que j'avais pensé », répondit Nat. Elle semblait presque s'excuser de ce qu'elle faisait.

Ornella lui fit installer le prisme sur une table basse. Nat commença par une conversation écrite avec la personne dans l'autre branche, puis elle passa en vidéo et fit glisser le prisme vers Ornella. Un visage apparut à l'écran, mais ce n'était pas la version parallèle de Nat, c'était un homme, maigre et dégingandé. Un opportuniste. « Qui êtes-vous ? demanda-t-elle.

— Appelez-moi Morrow. » Il s'écarta et une autre version d'elle-même apparut à l'écran. Ornella pouvait voir à l'arrière-plan que son parallêtre et elle se trouvaient dans la même pièce, et elle reconnut également la tenue qu'elle portait.

« Est-ce que c'est vrai ? demanda-t-elle, hésitante. Roderick est vivant dans ta branche ? »

Sa parallêtre avait l'air d'avoir du mal à y croire, elle aussi. « Oui. Et Scott est vivant dans la tienne ?

— Oui.

— J'ai quelques questions.

— Les mêmes que les miennes, certainement. » Les deux Ornella échangèrent des informations sur l'accident. Il était survenu de la même manière dans les deux branches : même première de film, même chauffeur ivre. Juste un rescapé différent.

Elles convinrent qu'Ornella parlerait à Scott et que son parallêtre parlerait à Roderick. En supposant qu'ils seraient tous les deux ouverts à cette proposition, les Ornella fixèrent une date la semaine suivante pour qu'ils essaient les prismes et décident s'ils voulaient les acheter.

« Parlons du prix maintenant, dit Ornella.

— On ne parle pas de prix tout de suite, rétorqua Morrow fermement, de l'autre côté. Une fois que vos patrons auront essayé le produit, je vous donnerai un prix. Soit vous payez, soit on arrête tout. »

C'était une stratégie intelligente ; si Scott et Roderick voulaient acheter, ils ne seraient pas du tout d'humeur à marchander. Il était clair que c'était ce Morrow qui dirigeait l'opération. « Entendu, convint Ornella. On en parlera à ce moment-là. » Elle refit glisser le prisme vers Nat, qui s'entretint brièvement avec Morrow avant de le refermer.

« Bon ben voilà, dit Nat. Je reviendrai la semaine prochaine.

— Bien », répondit Ornella. Elle accompagna Nat jusqu'à la porte d'entrée et lui ouvrit. Alors que Nat descendait les marches, Ornella lui demanda : « Comment ça se fait que c'est à vous que j'ai affaire ici ? »

Nat se retourna. « Quoi ?

— Mon parallêtre a affaire à ce type, Morrow. Pourquoi moi j'ai affaire à vous plutôt qu'à une version de Morrow ? »

La femme soupira. « Longue histoire. »

*

Nat se servit une tasse de café et trouva une place. C'était sa deuxième réunion depuis qu'elle avait récupéré le prisme de Lyle ; la semaine dernière elle avait prévu d'annoncer qu'elle ne reviendrait plus, mais finalement elle n'avait presque pas ouvert la bouche. Il lui fallait donc assister à une toute dernière séance avant d'annoncer qu'elle allait faire une pause ; plus tard les gens se demanderaient si elle avait simplement arrêté.

Dana sourit au groupe et demanda : « Qui voudrait débuter aujourd'hui ? »

Sans le vouloir, Nat se retrouva à parler au

moment où Lyle commençait à dire quelque chose. Ils s'arrêtèrent tous les deux.

« Vas-y, dit Nat.

— Non, vas-y toi, dit Lyle. Je ne crois pas que tu aies déjà ouvert une réunion. »

Nat se rendit compte qu'il avait raison. Qu'est-ce qui lui avait pris ? Elle ouvrit la bouche, mais sans trouver de mensonge. Elle finit par dire : « Un type avec qui je travaille, j'imagine qu'on peut l'appeler mon superviseur, s'est fait tuer récemment. Assassiner, en fait. »

Le groupe était choqué, on entendit des « oh, mon Dieu » murmurés faire le tour de la salle.

« Est-ce que vous voulez nous parler de votre relation avec lui ? demanda Dana.

— Ouais, intervint Kevin. C'était un ami ?

— Plus ou moins, admit Nat. Mais c'est pas ce qui m'occupe l'esprit. Je sais que c'est pas un groupe d'accompagnement au deuil… je crois que j'en parle parce que j'aimerais avoir votre avis sur un truc.

— Bien sûr, dit Dana. Allez-y.

— J'arrête pas de penser que ce meurtre était un pur hasard. Je ne veux pas dire que le tueur l'a choisi au hasard. Je veux dire qu'en braquant son flingue sur mon superviseur il a expliqué qu'une version de lui allait appuyer sur la détente, alors pourquoi pas lui ? On a tous déjà entendu cette phrase, mais je n'y avais jamais fait attention. Et maintenant je me demande, est-ce que les gens qui la prononcent n'ont pas raison, en fait ?

— C'est une bonne question, répondit Dana. C'est vrai que nous avons tous entendu des gens affirmer des choses de ce type. » Elle s'adressa au groupe.

« Est-ce que quelqu'un aimerait dire un mot là-dessus ? Est-ce que vous pensez que, chaque fois que quelqu'un vous énerve, il existe une branche où vous prenez une arme et où vous le tuez ? »

Zareenah prit la parole. « J'ai lu que les crimes passionnels sont en augmentation depuis que les prismes sont devenus populaires. Pas une augmentation énorme, mais quand même significative, statistiquement.

— Ouais, dit Kevin, et c'est pour ça que la théorie ne tient pas, elle est invalidée par cette augmentation, même petite.

— Comment ça ? » demanda Zareenah.

« Les branches sont générées par n'importe quel événement quantique, pas vrai ? Même avant les prismes, les branches se séparaient déjà constamment ; on n'y avait simplement pas accès. S'il était vrai qu'il existe toujours une branche où on prend un flingue et où on tue quelqu'un sur un coup de tête, le nombre de ces meurtres aléatoires quotidiens aurait dû rester le même après l'invention des prismes. L'invention des prismes n'aurait pas provoqué une recrudescence de ces meurtres dans notre branche en particulier. Donc si on a plus de gens qui s'entretuent depuis que les prismes sont devenus populaires, ça ne peut pas être parce qu'il existe toujours une branche où l'on tue quelqu'un.

— Je comprends ton raisonnement, répliqua Zareenah, mais alors c'est quoi la cause de cette augmentation du nombre de meurtres ? »

Kevin haussa les épaules. « C'est comme une mode du suicide. Les gens entendent parler d'autres personnes qui le font, ça leur donne des idées. »

Nat y réfléchit. « Ça prouve que l'argument ne peut pas être vrai, mais ça n'explique pas pourquoi il est faux.

— Si tu sais que la théorie est fausse, qu'est-ce qu'il te faut de plus ?

— Je veux savoir si mes décisions comptent ! » C'était sorti avec plus de virulence qu'elle ne l'aurait voulu. Nat reprit son souffle, puis continua. « Oublie le meurtre ; c'est pas vraiment de ça que je parle. Mais lorsque j'ai le choix de faire le bien ou le mal, est-ce que je choisis toujours de faire les deux dans différentes branches ? Pourquoi il faudrait que je me donne la peine d'être gentille avec les autres si, à chaque fois, ailleurs, je suis aussi une enfoirée avec eux ? »

Les membres en discutèrent entre eux un moment. Enfin, Nat se tourna vers Dana. « Vous pouvez me dire ce que vous en pensez ?

— Bien sûr », répondit Dana. Elle fit une pause pour réfléchir. « De manière générale, je crois que nos actions sont en cohérence avec notre personnalité. Il peut y en avoir plus d'une qui nous corresponde, puisque notre comportement varie selon notre humeur, mais il y en a bien plus qui ne nous correspondent pas du tout. Si vous avez toujours aimé les animaux, il n'y a pas de branche où vous frappez un chiot juste parce qu'il a aboyé. Si vous avez toujours respecté la loi, il n'y a pas de branche où vous braquez soudainement une épicerie au lieu d'aller au travail le matin. »

Kevin demanda : « Et qu'est-ce que vous faites des branches qui ont divergé quand on était bébé, et où notre vie a pris une direction complètement différente ?

— Je m'en fous de ça, dit Nat. Je parle des branches où, ayant vécu la vie que j'ai vécue, je me trouve confrontée à un choix.

— Kevin, nous pourrons parler des plus grandes divergences plus tard, si vous voulez, proposa Dana.

— Non, ça va. Continuez.

— D'accord, alors imaginons que vous êtes dans une situation où vous avez le choix entre deux options, et que les deux choix possibles soient en adéquation avec votre personnalité. Supposons par exemple qu'un caissier vous ait donné de la monnaie en trop ; vous pouvez la lui rendre, ou bien la garder. Supposons que vous puissiez envisager de faire l'une ou l'autre de ces actions, selon la journée que vous êtes en train de passer. Dans ce cas, je dirais qu'il est tout à fait possible qu'il y ait une branche où vous gardez la monnaie en trop et une branche où vous la rendez. »

Nat prit conscience qu'il n'existait probablement aucune branche où elle rendait la monnaie en trop. D'aussi loin qu'elle se souvienne, elle avait toujours considéré qu'une bonne journée était encore meilleure si un commerçant se trompait en sa faveur.

Kevin demanda : « Alors ça veut dire que c'est pas grave si on agit comme des ordures ?

— C'est grave pour la personne dans cette branche avec qui tu agis comme une ordure, répondit Zareenah.

— Mais plus globalement alors ? Est-ce qu'être une ordure dans cette branche accroît le pourcentage de comportement ordurier dans toutes les branches ?

— Je ne suis pas sûre d'être en mesure de faire ce calcul, dit Dana. Mais je pense vraiment que vos choix importent. Chaque décision que vous prenez vient se greffer à votre personnalité et façonne le genre de personne que vous êtes. Si vous voulez être quelqu'un qui rend toujours la monnaie en trop au caissier, ce que vous faites maintenant va déterminer votre possibilité de devenir cette personne.

« La branche où vous passez une mauvaise journée et où vous gardez la monnaie en trop est une branche qui s'est séparée dans le passé ; vos actions ne peuvent plus l'affecter. Mais si vous agissez avec compassion dans votre branche, cela reste important, car cela aura un effet sur les branches qui se sépareront dans le futur. Plus vous faites de choix empathiques, moins il y a de chances que vous fassiez des choix égoïstes dans le futur, même dans les branches où vous passez une mauvaise journée.

— C'est très bien tout ça, mais… » Nat pensa aux ornières qui finissaient par se créer dans le cerveau lorsqu'on répétait les mêmes comportements pendant des années, forçant les mêmes habitudes, sans laisser le choix. « Mais c'est pas facile, conclut Nat.

— Je sais, dit Dana. Mais la vraie question, étant donné que nous connaissons l'existence d'autres branches, est de savoir si ces bons choix en valent la peine. Et je suis persuadée que oui. Nous ne sommes pas des saints, mais nous pouvons tous essayer d'être meilleurs. Chaque fois que vous faites quelque chose de généreux, vous augmentez vos chances d'être quelqu'un de plus généreux la fois suivante, et ça compte.

« Et vous ne changez pas seulement votre comportement dans cette branche : vous l'inoculez à toutes les versions de vous qui divergeront dans le futur. En devenant quelqu'un de meilleur, vous vous assurez que de plus en plus de nouvelles branches seront peuplées de meilleures versions de vous. »

De meilleures versions de Nat. « Merci, dit celle-ci. C'est ce que je voulais entendre. »

*

Ornella savait que la rencontre entre Scott et Nat serait embarrassante, mais elle n'avait pas imaginé qu'elle le serait à ce point. Scott n'avait parlé à personne depuis des mois, en dehors de sa famille et de ses amis proches, et il n'avait plus l'habitude de faire bonne figure ; la perspective de voir Roderick vivant le rendait particulièrement anxieux. Quant à Nat, elle semblait distante, ce qui n'était pas ce à quoi Ornella s'attendait de la part de quelqu'un qui s'apprêtait à gagner beaucoup d'argent.

À nouveau, Nat posa le prisme sur la table basse. Ornella le mit en mode vidéo et vit le visage de Morrow ; puis celui de sa parallêtre qui la regardait, aussi nerveuse qu'elle. Pendant une seconde, Ornella eut envie de tout annuler, de peur que Scott n'en ressorte encore plus meurtri, mais elle savait qu'elle ne pouvait pas laisser passer une telle opportunité. Elle fit signe à Scott de s'asseoir à côté d'elle sur le canapé au moment même où son parallêtre faisait signe à quelqu'un de l'autre côté de l'écran, puis Ornella tourna le prisme face à Scott.

Sur l'écran apparut un visage doublement familier, d'abord parce que c'était celui de Roderick, ensuite parce qu'il avait les traits tirés par des mois de deuil, cette même usure physique qu'Ornella mesurait tous les jours sur le visage de Scott. Scott et Roderick durent avoir la même impression car ils éclatèrent tous les deux en sanglots, et jamais Ornella n'avait autant eu le sentiment que ces deux hommes étaient faits l'un pour l'autre, avec cette façon qu'ils avaient de contempler le visage de l'autre et de s'y voir.

Scott et Roderick se mirent à parler, leurs mots s'entrelaçant. Ornella ne voulait pas que des étrangers entendent ce qu'ils avaient à se dire, et elle se leva. « On peut leur laisser un peu d'intimité ? »

La femme, Nat, acquiesça et s'apprêta à quitter la pièce, mais Ornella entendit Morrow s'exprimer, de l'autre côté du prisme. « Ils pourront avoir toutes les conversations privées qu'ils souhaitent une fois que les prismes seront à eux. Mais ils doivent d'abord les acheter. »

Les deux Ornella demandèrent en même temps : « Combien ? »

Morrow énonça un prix. Ornella vit Nat réagir, comme si le prix était plus élevé qu'elle ne l'avait imaginé.

Scott et Roderick n'eurent pas l'ombre d'une hésitation. « Payez-les. »

Ornella prit la main de Scott et le regarda, le questionnant en silence, *tu es sûr ?* Il lui serra doucement la main et hocha la tête. Plus tôt dans la journée, ils avaient parlé de la finitude de ce qu'offrait un prisme. Peu importe à quel point Roderick et lui essaieraient de les conserver, les données de la rame ne dureraient pas éternellement. Ils ne se contenteraient pas de simples messages écrits, ils voudraient entendre leurs voix respectives et voir leurs visages, alors la rame finirait par s'épuiser, et il leur faudrait se dire au revoir. Scott était déjà prêt ; le moindre instant supplémentaire en valait la peine à ses yeux, et quand la fin arriverait au moins ce ne serait pas par surprise.

Ornella se leva et se tourna vers Nat. « Venez avec moi, je vais vous régler. » Elle pouvait s'entendre dire la même chose à Morrow. L'écran passa du visage de Roderick à celui de Morrow avant de s'éteindre ; il n'allait pas laisser son prisme hors de vue tant que l'argent n'était pas sur son compte.

Nat, en revanche, se contenta de laisser le sien sur la table avec Scott. Elle le regarda un instant d'un air gêné, puis dit : « Mes sincères condoléances.

— Merci », répondit Scott, essuyant ses larmes.

Nat suivit Ornella dans la pièce où se trouvait son bureau. Ornella déverrouilla son téléphone professionnel et ouvrit son portefeuille numérique. Elles échangèrent leurs numéros de compte, puis posèrent leurs téléphones l'un à côté de l'autre sur le bureau. Ornella entra le montant en dollars et appuya sur « envoyer ». L'appareil de Nat confirma le virement, mais Nat ne toucha pas le bouton « accepter ».

« J'imagine que Scott a beaucoup de fans qui lui auraient donné ce prisme gratuitement », dit Nat, les yeux fixés sur l'écran.

Ornella acquiesça de la tête, même si Nat ne la regardait pas. « Oui, répondit-elle. Beaucoup le lui auraient donné.

— Il y a même certainement des gens qui auraient fait la même chose sans être des fans.

— Probablement. » Ornella était sur le point de dire qu'il y avait encore des bons Samaritains dans ce monde, mais elle ne voulait pas offenser Nat en lui laissant entendre qu'elle n'en faisait pas partie. Après un long moment, Ornella demanda : « Puisque l'argent est là, est-ce que je peux faire une observation personnelle ?

— Allez-y.

— Vous n'êtes pas comme Morrow.

— C'est-à-dire ?

— Je comprends pourquoi il fait ça. » Comment pouvait-elle formuler ça avec tact ? « Il voit une personne en deuil comme une opportunité de faire du profit. »

Nat acquiesça à contrecœur. « Ouais, c'est vrai.

— Mais vous n'êtes pas comme ça. Alors pourquoi êtes-vous là ?

— Tout le monde a besoin d'argent. »

Ornella se sentit incitée à la franchise. « Si je peux me permettre, il y a de meilleurs moyens de gagner de l'argent que ça.

— Vous pouvez vous permettre. C'est ce que je me dis aussi. »

Ornella n'était pas sûre de savoir quoi répondre. Elle finit par lui dire : « Scott est heureux de vous payer pour ce que vous avez fait. Mais si vous ne vous sentez pas bien à l'idée de prendre l'argent, personne ne vous y oblige. »

Le doigt de Nat effleura le bouton.

*

Au cours des dernières semaines, Dana avait veillé à ne pas effleurer l'épisode de vandalisme dans ses séances avec Jorge. Ils évoquèrent ses efforts pour reconnaître ses propres qualités et ignorer ce que les autres pensaient ou non de lui. Elle sentait qu'ils progressaient et estimait qu'elle serait peut-être en mesure d'aborder le sujet dans peu de temps.

Elle fut donc surprise lorsque Jorge commença la séance en disant : « Je me demandais s'il faudrait pas que je retourne à Lydoscope pour les prier de recontacter mes parallêtres.

— Vraiment ? Pourquoi ?

— Je veux savoir s'ils ont pété un câble depuis la dernière fois où j'ai vérifié.

— Est-ce qu'il y aurait une raison à cela ? »

Jorge décrivit une interaction récente avec son directeur. « Et j'ai vraiment ressenti de la colère, comme si j'étais prêt à péter des trucs. Ça m'a fait penser à ce dont on a parlé l'autre fois : qu'en allant à Lydoscope c'était comme si j'avais reçu les résultats d'un examen médical. Je commence à penser que l'examen n'était peut-être pas assez précis.

— Et si vous apprenez que vos parallêtres ont bien piqué une colère récemment, ça voudrait dire qu'il y a quelque chose de plus sérieux, quelque chose que l'examen n'avait pas décelé ?

— J'en sais rien, répondit Jorge. Peut-être. »

Dana décida de le pousser un peu plus loin.

« Jorge, je voudrais vous suggérer quelque chose.

Même si vos parallêtres n'ont pas laissé cours à leur colère dernièrement, il serait peut-être intéressant de réfléchir à ce qui s'est passé ici, dans cette branche.

— Mais comment je peux savoir si c'était un simple accident ou pas, si je vais pas voir mes parallêtres ?

— Ce n'était visiblement pas un comportement ordinaire pour vous, déclara Dana. Il n'y a aucun doute là-dessus. Mais c'est tout de même une chose que vous avez faite, vous, et pas vos parallêtres.

— Vous êtes en train de dire que je suis horrible.

— Ce n'est absolument pas ce que je suis en train de dire, le rassura-t-elle. Je sais que vous êtes quelqu'un de bien. Mais même quelqu'un de bien peut s'énerver. Vous vous êtes énervé et vous avez laissé échapper cette colère. Ce n'est pas grave. Et ce n'est pas grave non plus de reconnaître que c'est une facette de votre personnalité. »

Jorge resta assis en silence un moment et Dana s'inquiéta de l'avoir poussé trop loin. Puis il reprit : « Peut-être que vous avez raison. Mais vous ne pensez pas que c'est quand même important de savoir que c'était inhabituel pour moi, que c'était pas un geste qui me ressemblait ?

— Évidemment que c'est important. Mais même si votre geste ne vous ressemblait pas, vous devez en assumer la responsabilité. »

Elle put lire la peur sur son visage. « Vous voulez dire qu'il faut que j'avoue à mon patron ce que j'ai fait ?

— Je ne parle pas de responsabilité légale, le rassura une nouvelle fois Dana. Je me fiche que votre patron l'apprenne un jour. Ce que j'entends par responsabilité, c'est vous avouer à vous-même ce que vous avez fait, et en tenir compte à l'avenir dans vos décisions. »

Il soupira. « Pourquoi je peux pas simplement oublier tout ce qui s'est passé ?

— Si je pensais sincèrement que vous pourriez être plus heureux en oubliant ce qui est arrivé, ça me conviendrait. Mais le fait que vous y ayez consacré tant d'énergie m'indique que c'est un point qui vous dérange. »

Jorge baissa les yeux et hocha la tête. « Vous avez raison. Ça me dérange. » Il releva les yeux vers elle. « Alors qu'est-ce que je dois faire maintenant ?

— Que diriez-vous de parler à Sharon de ce qui s'est passé ? »

Il marqua une longue pause. « J'imagine que… si je lui révèle aussi que mes parallêtres n'ont pas fait la même chose, peut-être qu'elle verra que ça ne dit rien sur ma personnalité. Et comme ça, elle se fera pas de fausses idées. »

Dana s'autorisa un petit sourire ; il venait de faire une grande avancée.

*

Une nouvelle ville, un nouvel appartement ; Nat n'avait pas encore dégoté de nouveau travail, mais il était encore tôt. En revanche elle n'avait eu aucune difficulté à se trouver un groupe de narcotiques anonymes. À l'origine, elle avait voulu aller une dernière fois au groupe des prismes pour tout leur raconter, mais plus elle y pensait, plus elle était certaine que ça n'aurait été que dans son intérêt à elle, et pas dans celui des autres. Lyle allait bien maintenant ; il n'aurait pas aimé apprendre qu'elle avait eu des intentions cachées tout le temps qu'ils s'étaient connus. Pareil pour le reste des participants. Il valait mieux pour eux qu'ils continuent à penser que la Nat qu'ils connaissaient était la vraie Nat.

Voilà pourquoi elle se trouvait aujourd'hui à une réunion des NA. Le groupe était plus grand que celui des prismes – les prismes ne seraient jamais capables de rivaliser avec les drogues en termes d'attraction – et composé d'un mélange habituel de personnes que vous n'auriez jamais soupçonnées d'être toxicomanes et d'autres qui, au contraire, avaient l'air bien à leur place. Elle ne savait pas du tout si ce groupe jouait à fond la carte du travail des étapes ou s'ils étaient plutôt du genre à se soumettre à une puissance supérieure. Elle n'était même pas sûre de vouloir assister à des séances régulières ; elle verrait le moment venu.

La première personne à parler fut un homme qui expliqua que, lorsqu'il s'était réveillé après une overdose, il s'était rendu compte que sa fille de treize ans avait dû lui faire une injection de naloxone. Ce n'était pas facile à écouter, mais Nat trouva quelque chose de vaguement réconfortant dans le fait de faire à nouveau partie d'un ensemble de gens dont elle pouvait comprendre les expériences. Une femme parla ensuite, puis un autre homme ; ni l'un ni l'autre ne raconta quoi que ce soit de particulièrement pénible, ce qui était un soulagement. Nat ne voulait pas prendre la parole juste après une histoire horrible.

L'animateur était un homme à la voix douce et à la barbe poivre et sel. « Je vois de nouveaux visages ici ce soir. Est-ce que vous aimeriez dire quelque chose au groupe ? »

Nat leva la main et se présenta. « Je ne suis pas allée à l'une de ces réunions depuis quelques années. J'ai réussi à rester clean sans venir. Mais il y a des choses qui me sont arrivées dernièrement… et c'est pas que je pense avoir besoin d'un groupe pour ne pas replonger, mais y a des trucs qui me trottaient dans la tête, et j'imagine que j'avais besoin d'un endroit pour en parler. »

Nat resta silencieuse un moment – elle n'avait pas fait ça depuis longtemps –, mais l'animateur pouvait voir qu'elle avait encore des choses à dire et il attendit patiemment. Alors elle poursuivit : « J'ai blessé des gens auprès de qui je ne pourrai sûrement jamais réparer mes torts. Ils ne me laisseront jamais le faire, et je ne peux pas leur en vouloir pour ça. Mais j'imagine que d'une certaine façon j'ai commencé à penser que, si je n'avais pas été capable de bien me conduire avec ceux que j'avais heurtés, je n'avais aucune raison d'être gentille avec les autres. Et donc je suis restée sobre, mais j'ai continué à mentir, j'ai continué à tromper. Rien d'horrible, rien d'aussi cruel que lorsque j'étais droguée. Je m'occupais seulement de moi-même sans trop me poser de questions.

« Mais récemment j'ai eu une… une occasion de faire quelque chose de vraiment bien pour quelqu'un. Pas quelqu'un à qui j'avais fait du mal, juste quelqu'un qui souffrait. Ça aurait été facile pour moi de me comporter comme je l'ai toujours fait. Mais au lieu de ça, j'ai imaginé ce que quelqu'un de meilleur aurait fait, et j'ai fait pareil.

« Je me sens bien de l'avoir fait, mais je mérite pas une médaille pour autant. Parce que d'autres font plus facilement preuve de générosité que moi, et ils n'ont pas besoin de se forcer. Et si c'est si facile pour eux, c'est parce que, par le passé, ils ont souvent choisi de faire preuve de générosité. C'était plus difficile pour moi, parce que j'ai plus souvent choisi de faire preuve d'égoïsme. Alors c'est ma faute si j'ai du mal à être généreuse. C'est quelque chose qu'il faut que je corrige. Ou plutôt que j'ai envie de corriger. Je ne sais pas trop si c'est le bon groupe pour ça, mais c'est le premier endroit auquel j'ai pensé.

— Merci, dit l'animateur. Tu es la bienvenue dans ce groupe. »

L'autre nouveau, un jeune homme qui semblait tout juste sorti du lycée, se présenta et commença à parler. Nat se tourna vers lui pour l'écouter.

*

Un colis attendait Dana à son retour chez elle. Une fois dans son appartement, elle l'ouvrit et trouva à l'intérieur une tablette personnelle ; aucun emballage d'origine, seulement un post-it collé sur l'écran : « Pour Dana. » Elle vérifia le paquet, mais il n'y avait pas le nom ni l'adresse de l'expéditeur.

Dana alluma la tablette ; sur l'écran, il y avait une demi-douzaine d'icônes de fichiers vidéo, chacun titré par son nom suivi d'une série de chiffres. Elle appuya sur la première pour la regarder, et une image basse définition de son visage envahit l'écran. Mais ce n'était pas elle, c'était une autre version d'elle-même, en train de parler de son passé.

« Mme Archer est entrée dans notre chambre et nous a surprises en train de compter les pilules. Elle nous a demandé ce qui se passait, et pendant un instant je suis restée paralysée. Et puis j'ai dit que c'était à moi, que Vinessa n'avait rien à voir avec ça. La prof était méfiante, parce que je ne m'étais jamais attiré d'ennuis jusque-là, mais j'ai réussi à la convaincre. Je me suis fait exclure de l'école, mais ça n'a pas été aussi terrible que ça aurait pu l'être ; ils m'ont mise en probation ; si j'évitais les ennuis, ça n'apparaîtrait pas dans mon dossier. Je savais que ça aurait été bien pire pour Vinessa, vu ce que les professeurs pensaient d'elle.

« Mais Vinessa s'est mise à m'éviter et, quand je lui ai finalement demandé pourquoi, elle m'a dit qu'elle se sentait coupable chaque fois qu'elle me voyait. Je lui ai expliqué qu'elle n'avait pas à se sentir coupable et que je voulais être avec elle, mais elle a dit que je ne faisais que rendre les choses plus difficiles. Je me suis énervée contre elle ; elle s'est énervée contre moi. Elle s'est mise à traîner avec d'autres filles, qui faisaient n'importe quoi, et tout a mal tourné à partir de là. Elle s'est fait prendre en train de dealer dans l'enceinte de l'école, ils l'ont renvoyée, et elle a passé son temps à faire des allers-retours en prison.

« J'arrête pas de me dire que tout aurait été différent si j'avais pas dit que les pilules étaient à moi.

Si j'avais laissé Vinessa prendre sa part de responsabilité, il n'y aurait jamais eu ce fossé qui nous a séparées. On aurait vécu ça ensemble, elle se serait pas collée avec ces filles à problèmes, et sa vie aurait pris une autre direction. »

Mais putain, c'est quoi? Les doigts tremblants, elle appuya sur la deuxième vidéo.

Une autre Dana : « Un des professeurs est entré dans notre chambre pile au moment où on comptait les pilules. J'ai tout avoué tout de suite ; je lui ai dit que Vinessa et moi les avions volées à nos parents pour faire la fête. L'école a fini par nous punir et nous menacer d'exclusion ; je crois qu'ils voulaient faire pire à Vinessa, mais ils devaient nous traiter pareil toutes les deux.

« Vinessa était furieuse contre moi. Elle disait que j'aurais simplement dû raconter à la prof qu'on venait de trouver les pilules, que quelqu'un les avait glissées dans notre sac à l'aéroport, et qu'on était sur le point d'en parler à un prof. Elle a dit qu'ils n'auraient pas pu nous mettre ça sur le dos. Mais comme j'avais tout avoué, elle se retrouvait à risquer une exclusion, et les professeurs qui la détestaient pouvaient la faire tomber quand ils le voudraient. Elle n'allait pas leur donner ce pouvoir. Dès que notre période de sursis a pris fin, Vinessa s'est pointée saoule à l'école. Une fois, puis plusieurs. L'école l'a renvoyée, et elle a commencé à se faire arrêter.

« Et à chaque fois je me dis, si seulement je n'avais pas avoué, tout aurait été différent. Si on s'en était juste tirées à un cheveu, ça aurait servi de leçon à Vinessa et elle aurait cessé de chercher les ennuis.

C'est seulement parce qu'elle était en colère contre moi qu'elle s'est mise à faire n'importe quoi. Sans moi, elle aurait intégré une bonne université et sa vie aurait pris une autre direction. »

Les autres vidéos ne mentionnaient pas l'épisode où elles avaient été surprises avec les pilules, mais elles suivaient toutes un même schéma. Dans l'une, Dana se sentait coupable d'avoir présenté à Vinessa un garçon qui avait fait d'elle une droguée. Dans une autre, c'était un vol à l'étalage réussi qui l'avait incitée à tenter des opérations plus spectaculaires. Toutes ces Vinessa qui se retrouvaient enfermées dans des comportements autodestructeurs. Toutes ces Dana qui se faisaient des reproches, quelles que soient leurs actions.

Si une même chose se produit dans des branches où vous avez agi différemment, alors vous n'en êtes pas la cause.

Elle avait menti en disant que les pilules étaient à Vinessa, mais ce n'était pas son mensonge qui avait fait basculer Vinessa dans la délinquance. C'était le chemin que Vinessa prenait à chaque fois, peu importe ce que faisaient les autres. Et Dana avait passé des années et des milliers de dollars à tenter de réparer ses torts, à tenter d'arranger la vie de Vinessa. Peut-être qu'elle n'en avait plus besoin à présent.

Dana jeta un coup d'œil aux métadonnées des fichiers vidéo. Chaque fichier contenait des informations sur le prisme dont il provenait ; les dates d'activation des prismes remontaient à quinze ans en arrière.

Cela faisait quinze ans que Vinessa et elle avaient fait cette sortie scolaire. Les courtiers en données existaient à peine à l'époque, et les rames des prismes d'alors étaient bien plus petites que celles d'aujourd'hui. Elle était surprise que des courtiers puissent encore avoir des prismes aussi vieux, sans même parler de prismes datant de cette époque avec encore assez de données disponibles pour transmettre de la vidéo. C'étaient les prismes les plus chers que les courtiers en données possédaient, et en transmettant ces vidéos leurs rames s'étaient probablement épuisées.

Qui avait bien pu payer pour ça ? Ça avait dû coûter une fortune.

NOTES
SUR LES TEXTES

LE MARCHAND ET LA PORTE DE L'ALCHIMISTE

Au milieu des années 1990, le physicien Kip Thorne faisait une tournée pour un livre, et je l'ai entendu donner une conférence où il expliquait qu'il était – en théorie – possible de créer une machine à voyager dans le temps qui obéisse à la théorie de la relativité d'Einstein. J'ai trouvé ça absolument fascinant. Le cinéma et la télévision nous ont encouragés à considérer les machines à voyager dans le temps comme des véhicules dans lesquels on s'installait, ou comme des sortes de téléporteurs capables de nous transporter dans une autre époque. Mais ce que Thorne décrivait ressemblait plus à deux portes, où tout ce qui entrait ou sortait de l'une sortait ou entrait de l'autre à un moment postérieur fixé dans le temps. Plusieurs questions soulevées par les machines à voyager dans le temps pensées comme des véhicules ou des moyens de transport quelconques – quid du mouvement de la Terre, pourquoi n'avons-nous pas encore vu des visiteurs du futur – ont trouvé leurs réponses dans le type de machine évoqué par Torne. C'était d'autant plus intéressant que ce physicien avait effectué une analyse mathématique pour démontrer qu'il était impossible de changer le passé avec une telle machine, et que seule une unique ligne temporelle était possible.

La plupart des histoires de voyage dans le temps partent du principe que le passé peut être modifié, et celles où c'est impossible sont souvent tragiques. Même si nous pouvons comprendre ce désir de remanier notre histoire, je voulais essayer d'écrire un récit de voyage dans le temps où la permanence du passé, l'impossibilité de le changer, ne serait pas forcément source de tristesse. J'ai pensé qu'un contexte musulman pouvait fonctionner, puisque l'acceptation du destin est l'un des éléments fondamentaux de la foi dans l'Islam. Il m'est ensuite venu à l'esprit que la nature même des histoires de voyage dans le temps pourrait bien s'intégrer dans l'usage que *Les Mille et Une Nuits* font de contes à l'intérieur de contes, et ça m'a semblé une expérience intéressante.

EXPIRATION

Cette histoire a deux sources d'inspiration très différentes. La première est une nouvelle de Philip K. Dick intitulée « La Fourmi électrique », que j'avais lue adolescent. Le protagoniste va voir un médecin pour une visite de routine et on lui annonce, à sa grande surprise, qu'il est en fait un robot. Plus tard, il ouvre sa poitrine et voit une bobine de bande perforée se dérouler lentement afin de produire son expérience subjective. J'ai toujours gardé en tête cette image d'une personne observant littéralement son propre esprit.

La seconde, c'est un chapitre du livre de Roger Penrose *L'esprit, l'ordinateur et les lois de la physique*, où il aborde l'entropie. Il souligne qu'il est, dans un sens, inexact de dire que nous mangeons de la nourriture parce que nous avons besoin de l'énergie qu'elle contient. La conservation de l'énergie signifie qu'elle n'est ni créée ni détruite ; nous rayonnons constamment de l'énergie, à peu près au même rythme que nous en absorbons. La différence, c'est que l'énergie thermique que nous rayonnons est une énergie à haute entropie, c'est-à-dire désordonnée. L'énergie chimique que nous absorbons est une énergie à basse entropie, c'est-à-dire ordonnée. En réalité, nous consommons de l'ordre et générons du désordre ; nous vivons en augmentant le désordre de l'univers. C'est seulement parce que l'état originel de l'univers est hautement ordonné que nous sommes capables d'exister.

L'idée est assez simple, mais je ne l'avais jamais vue exprimée ainsi avant de lire l'explication de Penrose. Je voulais voir si je pouvais l'exprimer sous forme de fiction.

CE QU'ON ATTEND DE NOUS

Il y a un sketch des Monty Python à propos d'une blague si drôle que celui qui l'entend ou la lit meurt aussitôt de rire. C'est un exemple d'un vieux concept qui a pris le nom de *motif of harmful sensation* : l'idée qu'une chose puisse nous tuer simplement parce que nous l'avons regardée ou entendue. Ou, selon les versions, parce que nous l'avons comprise ; dans le sketch des Monty Python, les anglophones pouvaient réciter la version allemande de la blague sans risque, tant qu'ils ne comprenaient pas ce qu'ils disaient.

La plupart des variantes de ce concept impliquent une part de surnaturel ; la fiction d'horreur, par exemple, comporte souvent des livres maudits qui rendent les gens fous. Je me suis demandé si une version non surnaturelle était possible, et j'ai pensé qu'un argument indiscutable prouvant que la vie n'a aucun sens pouvait jouer ce rôle. Ça ne pouvait pas fonctionner instantanément ; l'argument devrait être assimilé peu à peu mais, au fur et à mesure que les gens se le répéteraient les uns aux autres en y réfléchissant, il se répandrait un peu plus.

Évidemment, le problème avec cette idée, c'est que même un argument irréfutable ne peut convaincre la totalité de ceux qui l'entendent. Les arguments sont tout simplement trop abstraits pour persuader la plupart des gens. Une démonstration physique, en revanche, serait bien plus efficace.

LE CYCLE DE VIE DES OBJETS LOGICIELS

La science-fiction est remplie d'êtres artificiels qui, comme Athéna sortant de la tête de Zeus, émergent pleinement formés ; mais je ne crois pas qu'une conscience fonctionne réellement ainsi. D'après notre expérience de l'esprit humain, il faut au moins vingt ans d'efforts constants pour produire une personne utile, et je ne vois aucune raison pour que l'éducation d'un être artificiel soit plus rapide. Je voulais écrire une histoire sur ce qui pouvait arriver pendant ces vingt années.

J'étais également intéressé par l'idée de relations émotionnelles entre humains et IA. Et je ne parle pas d'humains s'entichant de robots sexuels, car ce n'est pas le sexe qui rend une relation réelle, mais notre capacité à nous y consacrer pour la faire vivre. Certains couples se séparent dès leur première dispute ; certains parents ne font que le strict minimum pour leurs enfants ; certains propriétaires d'animaux les ignorent lorsqu'ils deviennent encombrants. Dans toutes ces situations, les gens refusent de faire un effort. Entretenir une vraie relation, que ce soit avec un amant, un enfant ou un animal de compagnie, exige d'être prêt à trouver un équilibre entre vos besoins et vos désirs, et ceux de l'autre.

J'ai lu des articles où des gens défendent l'idée que les IA méritent des droits, mais en se focalisant sur cette grande question philosophique les auteurs ignorent une réalité plus ordinaire. Cela fait penser à ces films où l'amour n'est que grands gestes romantiques, alors que sur le long terme, l'amour, c'est aussi des problèmes d'argent ou du linge sale qui traîne par terre. Évidemment, il est important d'obtenir des droits pour les IA, mais il est également capital que les gens fassent de réels efforts dans leurs relations personnelles avec les IA.

Du reste, même si nous sommes indifférents à leurs droits, il y a de bonnes raisons de traiter les machines conscientes avec respect. On n'a pas besoin de penser que les chiens renifleurs d'explosifs méritent le droit de vote pour admettre qu'il ne faut pas les maltraiter. Même si la seule chose qui vous importe est leur capacité à détecter des bombes, il est dans votre intérêt qu'ils soient bien traités. Peu importe qu'on veuille des IA pour prendre la place de nos employés, de nos amants ou de nos animaux de compagnie, je suis convaincu qu'elles feront un meilleur boulot si, au cours de leur développement, quelqu'un est prêt à s'occuper d'elles.

Enfin, permettez-moi de citer Molly Gloss, qui a prononcé un discours évoquant les conséquences de la maternité sur son travail d'écrivain. Élever un enfant, dit-elle, « vous met, profondément, inéluctablement, quotidiennement, face à de lourds questionnements : qu'est-ce que l'amour et comment l'atteindre ? Pourquoi le monde a-t-il créé le mal, la douleur et le deuil ? Comment pouvons-nous découvrir la dignité et la tolérance ? Qui a le pouvoir et pourquoi ? Quelle est la meilleure façon de résoudre un conflit ? » Si nous voulons donner à une IA des responsabilités majeures, il lui faudra des réponses claires à ces questions. Ça ne se fera pas en téléchargeant les œuvres de Kant dans la mémoire d'un ordinateur ; il lui faudra l'équivalent d'une bonne éducation.

LA NURSE AUTOMATIQUE BREVETÉE DE DACEY

En général, je suis incapable d'écrire une histoire autour d'un thème précis mais, en de rares occasions, ça fonctionne. Jeff VanderMeer éditait une anthologie autour d'expositions de musée, où étaient présentés des artefacts imaginaires : les représentations de ces œuvres étaient données par des artistes, et les textes descriptifs qui les accompagnaient, par des écrivains. L'artiste Greg Broadmore proposa l'idée d'une « nurse automatique », une « machine subrobotique, conçue pour s'occuper d'un nourrisson », et j'ai senti que je pouvais faire quelque chose avec ça.

Le psychologue comportementaliste B. F. Skinner a conçu un berceau spécial pour sa fille, et un mythe tenace voudrait qu'elle en soit sortie psychologiquement meurtrie avant de finir par se suicider. C'est complètement faux ; elle a grandi en bonne santé et heureuse. D'un autre côté, prenez le psychologue John B. Watson, connu comme le fondateur du behaviorisme. Son conseil aux parents était : « Lorsque vous êtes tentés de câliner votre enfant, souvenez-vous que l'amour maternel est un instrument dangereux », et il a influencé l'éducation des enfants pendant toute la première moitié du XXe siècle. Il croyait que son approche était dans l'intérêt de l'enfant, mais les siens ont tous souffert de dépression à l'âge adulte, et plusieurs ont tenté de se suicider ; un y est parvenu.

LA VÉRITÉ DU FAIT, LA VÉRITÉ DE L'ÉMOTION

À la fin des années 1990, j'ai assisté à une présentation sur l'avenir de l'informatique, où l'intervenant a fait remarquer qu'il serait un jour possible de garder un enregistrement vidéo continu de chaque instant de notre vie. C'était une affirmation audacieuse – à l'époque, la mémoire des disques durs était trop chère pour être utilisée pour stocker des vidéos –, mais sur le moment j'ai compris qu'il avait raison : nous finirions un jour par être capables de tout enregistrer. Et même si je ne savais pas quelle forme cela prendrait, j'étais certain que cela aurait un impact profond sur la psyché humaine. Intellectuellement, nous sommes conscients que nos mémoires sont faillibles, mais nous ne sommes que rarement confrontés à ce fait. Quelles seraient pour nous les conséquences d'une mémoire parfaitement exacte ?

Cette question me revenait régulièrement au fil des années et à chaque fois j'y réfléchissais à nouveau, mais je n'avais jamais essayé de construire une histoire autour de ça. Les mémorialistes ont déjà traité avec beaucoup d'éloquence de la malléabilité de la mémoire, et je ne voulais pas me contenter de répéter ce qu'ils avaient déjà dit. Et puis j'ai lu *Oralité et écriture* de Walter Ong, un livre qui évoque l'impact de la langue écrite sur les cultures orales ; bien que certaines des affirmations les plus importantes de l'ouvrage aient été remises en question, je l'ai néanmoins trouvé révélateur. Il m'a semblé qu'un parallèle pouvait être tracé entre la dernière fois qu'une technologie avait changé notre cognition et la fois suivante.

LE GRAND SILENCE

Il y a en fait deux œuvres intitulées « Le Grand Silence », et une seule avait sa place dans ce recueil. Cela mérite une petite explication.

En 2011, je participais à une conférence intitulée « *Bridge the Gap* », qui cherchait à favoriser le dialogue entre les arts et la science. Jennifer Allora, du duo d'artistes Allora & Calzadilla, était l'une des participantes. Je n'étais absolument pas familier de son travail – un mélange d'art vivant, de sculpture et de son –, mais j'ai été fasciné par la façon dont Jennifer expliquait les idées qu'elle avait en tête.

En 2014, elle m'a contacté, envisageant une collaboration avec elle et son partenaire, Guillermo. Ils voulaient créer une installation vidéo multiécran sur l'anthropomorphisme, la technologie et les liens entre le monde des humains et celui des non-humains. Ils souhaitaient juxtaposer des images du radiotélescope d'Arecibo avec les images d'une espèce de perroquets portoricains menacée qui vivait dans la forêt voisine, et ils m'ont demandé si je voulais écrire le texte des sous-titres, une fable racontée du point de vue d'un des perroquets, qui apparaîtrait sur un troisième écran, « une forme de traduction interespèces ». J'ai hésité, non seulement parce que je n'avais aucune expérience en art vidéo, mais aussi parce que je n'écris habituellement pas de fable. Mais après qu'ils m'eurent montré quelques images, j'ai décidé de tenter le coup, et au fil des semaines suivantes nous avons échangé des idées sur la glossolalie et l'extinction des langues.

L'installation vidéo qui en résulta, intitulée *Le Grand Silence*, fut présentée au Fabric Workshop and Museum à Philadelphie, dans le cadre d'une exposition des œuvres d'Allora & Calzadilla. Je dois avouer qu'après avoir vu l'œuvre finie j'ai regretté une des décisions que j'avais prises. Jennifer et Guillermo m'avaient invité à venir visiter l'observatoire d'Arecibo, mais j'avais décliné, pensant que ce n'était pas nécessaire pour écrire le texte. Mais après avoir vu les images d'Arecibo sur un écran mural, j'aurais préféré avoir dit oui.

En 2015, Jennifer et Guillermo ont été invités à contribuer à un numéro spécial de la revue d'art *e-flux*, dans le cadre de la cinquante-sixième Biennale de Venise, et ils ont suggéré de publier le texte de notre collaboration. Je n'avais pas écrit le texte comme une œuvre indépendante, mais il s'est avéré qu'il fonctionnait bien, même sorti de son contexte d'origine. C'est ainsi qu'est née la nouvelle « Le Grand Silence ».

OMPHALOS

Ce que nous appelons aujourd'hui le créationnisme Jeune-Terre était autrefois la pensée courante ; jusque dans les années 1600, il était communément admis que le monde était d'origine récente. Mais à mesure que les naturalistes commençaient à examiner leur environnement de plus près, ils trouvèrent des indices qui remirent en question cette hypothèse et, au cours des quatre cents dernières années, ces indices se sont multipliés et entrelacés pour former la réfutation la plus concluante que l'on puisse imaginer. À quoi devrait ressembler le monde, me suis-je demandé, pour qu'il confirme cette hypothèse initiale ?

Certains aspects furent faciles à imaginer : des arbres sans anneaux de croissance, des crânes sans sutures. Mais lorsque j'ai commencé à penser au ciel nocturne, il m'a été bien plus difficile de répondre à cette question. Une grande partie de l'astronomie moderne repose sur le principe de Copernic, l'idée que nous ne sommes pas au centre de l'univers et que nous ne l'observons pas d'une position privilégiée ; c'est à peu près l'inverse du créationnisme Jeune-Terre. Même la théorie de la relativité d'Einstein, qui présuppose que la physique devrait rester inchangée, peu importe la vitesse à laquelle vous vous déplacez, est une conséquence du principe de Copernic. Il m'a semblé que, si l'humanité était vraiment la raison de la création de l'univers, alors la relativité ne devrait pas être vraie ; la physique devrait se comporter différemment selon les situations, et ce phénomène devrait être détectable.

L'ANGOISSE EST LE VERTIGE DE LA LIBERTÉ

Dans les discussions autour du libre arbitre, beaucoup affirment que, pour qu'une de vos actions apparaisse comme librement choisie – que vous en assumiez la responsabilité morale –, il vous faut avoir eu la possibilité d'agir autrement dans des circonstances parfaitement identiques. Les philosophes se sont disputés sans fin sur la signification exacte de cette idée. Certains ont souligné que, lorsque Martin Luther a défendu ses actions devant l'Église en 1521, il aurait dit : « Me voici donc en ce jour. Je ne puis faire autrement », c'est-à-dire qu'il lui était impossible d'agir autrement. Mais faut-il en déduire que Luther ne peut pas être reconnu maître de ses actes ? Assurément, nous ne pensons pas qu'il aurait été plus digne d'éloges s'il avait dit : « J'aurais pu faire autrement. »

Ensuite, il y a l'interprétation de la mécanique quantique selon la théorie des mondes multiples, qui est communément comprise comme signifiant que notre univers se divise constamment en un nombre quasi infini de versions divergentes. Je suis pour l'essentiel sceptique face à cette idée, mais je pense que ses partisans rencontreraient moins de résistance si leurs déclarations sur ses implications étaient plus modestes. Par exemple, certains affirment que cette interprétation rend nos décisions dénuées de sens, parce que, quoi que vous fassiez, il existe toujours un autre univers où vous faites le choix contraire, annulant ainsi le poids moral de votre décision.

Je suis assez confiant dans l'idée que, même si la théorie des mondes multiples est correcte, cela ne signifie pas pour autant que toutes nos décisions s'en trouvent annulées. Si nous pensons que la personnalité d'un individu est révélée par les choix qu'il fait dans le temps, alors, de la même manière, elle serait aussi révélée par les choix qu'il fait dans ces différents mondes. Si, d'une manière ou d'une autre, vous pouviez examiner une multitude de Martin Luther dans ces mondes, je crois qu'il vous faudrait aller très loin pour en trouver un qui ne défie pas l'Église, et cela en dirait long sur le genre de personne qu'il était.

REMERCIEMENTS

Merci à tous les participants des ateliers d'écriture de Sycamore Hill et de Rio Hondo d'avoir lu mes premières versions. Merci à Karen Joy Fowler, Molly Gloss, Daniel Abraham, Benjamin Rosenbaum, Meghan McCarron, Geoff Ryman, Moses Tsenongu, Richard Butner et Christopher Rowe pour leurs retours sur plusieurs nouvelles. Merci à Jennifer Allora et Guillermo Calzadilla pour leur invitation à collaborer ensemble. Merci à Tim O'Connell d'avoir cru en ce livre, et à Kirby Kim d'avoir cru en moi. Et à Marcia Glover, merci pour tout.

DU MÊME AUTEUR

Aux Éditions Denoël

Dans la collection Lunes d'encre

LA TOUR DE BABYLONE (Folio Science-Fiction n° 358)

EXPIRATION (Folio Science-Fiction n° 702)

Dans la même collection

453. Jean-Claude Marguerite	*Le Vaisseau ardent*
454. Jean-Philippe Depotte	*Les jours étranges de Nostradamus*
455. Walter M. Miller Jr.	*L'héritage de saint Leibowitz*
456. Carol Berg	*Le vengeur* (Les livres des rai-kirah, III)
457. Philip K. Dick	*Question de méthode*
458. Leandro Ávalos Blacha	*Berazachussetts*
459. Alden Bell	*Les faucheurs sont les anges*
460. Pierre Pevel	*L'Alchimiste des Ombres* (Les Lames du Cardinal, II)
461. Xavier Mauméjean	*Rosée de feu*
462. Arkadi et Boris Strougatski	*Stalker*
463. Ian McDonald	*Le fleuve des dieux*
464. Barry Hughart	*La magnificence des oiseaux* (Une aventure de Maître Li et Bœuf Numéro Dix)
465. Serge Brussolo	*Trajets et itinéraires de la mémoire*
466. Barry Hughart	*La légende de la Pierre* (Une aventure de Maître Li et Bœuf Numéro Dix)
467. Jack McDevitt	*Seeker*
468. Glen Duncan	*Moi, Lucifer*
469. Barry Hughart	*Huit honorables magiciens* (Une aventure de Maître Li et Bœuf Numéro Dix)
470. Daniel Polansky	*Le baiser du rasoir*
471. Thomas Geha	*Le sabre de sang*, 1

472. Thomas Geha	*Le sabre de sang*, 2
473. Pierre Pevel	*Le dragon des Arcanes* (Les Lames du Cardinal, III)
474. Alain Damasio	*Aucun souvenir assez solide*
475. Laurent Genefort	*Les opéras de l'espace*
476. Roger Zelazny	*Dilvish le Damné*
477. Thomas Day	*Dæmone*
478. Philip K. Dick	*Ne pas se fier à la couverture*
479. Léo Henry	*Le casse du continuum* (INÉDIT)
480. Frank M. Robinson	*Destination ténèbres*
481. Joël Houssin	*Le Temps du Twist*
482. Jean-Marc Ligny	*La mort peut danser*
483. George R. R. Martin	*Armageddon Rag*
484. Lewis Shiner	*Fugues*
485. Collectif	*Alternative Rock*
486. Arnaud Duval	*Les Pousse-pierres*
487. Christian Léourier	*Le cycle de Lanmeur*, I
488. Lisa Tuttle	*Ainsi naissent les fantômes*
489. Pablo de Santis	*La soif primordiale*
490. Norbert Merjagnan	*Treis, altitude zéro*
491. Robert Charles Wilson	*Julian*
492. Patrick Ness	*La voix du Couteau* (Le Chaos en marche, I)
493. Patrick Ness	*Le Cercle et la Flèche* (Le Chaos en marche, II)
494. Patrick Ness	*La guerre du Bruit* (Le Chaos en marche, III)
495. S.G. Browne	*Comment j'ai cuisiné mon père, ma mère… et retrouvé l'amour*
496. Glen Duncan	*Le dernier loup-garou*
497. Christian Léourier	*Le cycle de Lanmeur*, II
498. Mira Grant	*Feed* (Feed, I)

499.	Richard Matheson	*Par-delà la légende*
500.	Dan Simmons	*L'échiquier du mal*
501.	Mira Grant	*Deadline* (Feed, II)
502.	Robert Holdstock	*Avilion*
503.	Graham Joyce	*Lignes de vie*
504.	Mira Grant	*Red Flag* (Feed, III)
505.	Jean-Philippe Jaworski	*Même pas mort* (Rois du monde, I)
506.	Arkadi et Boris Strougatski	*Il est difficile d'être un dieu*
507.	Laurent Genefort	*Omale*, 1
508.	Laurent Genefort	*Omale*, 2
509.	Laurent Whale	*Les étoiles s'en balancent*
510.	Robert Charles Wilson	*Vortex*
511.	Anna Starobinets	*Je suis la reine*
512.	Roland C. Wagner	*Rêves de Gloire*
513.	Roland C. Wagner	*Le train de la réalité*
514.	Jean-Philippe Depotte	*Le chemin des dieux*
515.	Ian McDonald	*La maison des derviches*
516.	Jean-Michel Truong	*Reproduction interdite*
517.	Serge Brussolo	*Anges de fer, paradis d'acier* (INÉDIT)
518.	Christian Léourier	*Le Cycle de Lanmeur*, III
519.	Bernard Simonay	*Le secret interdit*
520.	Jean-Philippe Jaworski	*Récits du Vieux Royaume*
521.	Roger Zelazny	*Les princes d'Ambre* (Cycle 1)
522.	Christopher Priest	*Les insulaires*
523.	Jane Rogers	*Le testament de Jessie Lamb*
524.	Jack Womack	*Journal de nuit*
525.	Ray Bradbury	*L'Arbre d'Halloween*
526.	Jean-Marc Ligny	*Aqua*™
527.	Bernard Simonay	*Le prince déchu* (Les enfants de l'Atlantide, I)

528. Isaac Asimov *Fondation 1*
529. Isaac Asimov *Fondation 2*
530. J. G. Ballard *La forêt de cristal*
531. Glen Duncan *Talulla*
532. Graham Joyce *Les limites de l'enchantement*
533. Mary Shelley *Frankenstein*
534. Isaac Asimov *Les vents du changement*
535. Joël Houssin *Argentine*
536. Martin Millar *Les petites fées de New York*
537. Mélanie Fazi *Le jardin des silences*
538. Graham Joyce *Au cœur du silence*
539. Bernard Simonay *L'Archipel du Soleil* (Les enfants de l'Atlantide, II)
540. Christopher Priest *Notre île sombre*
541. Bernard Simonay *Le crépuscule des Géants* (Les enfants de l'Atlantide, III)
542. Jack Vance *Le dernier château*
543. Hervé Jubert *Magies secrètes* (Une enquête de Georges Hercule Bélisaire Beauregard)
544. Hervé Jubert *Le tournoi des ombres* (Une enquête de Georges Hercule Bélisaire Beauregard)
545. Hervé Jubert *La nuit des égrégores* (Une enquête de Georges Hercule Bélisaire Beauregard, INÉDIT)
546. L. L. Kloetzer *Anamnèse de Lady Star*
547. Paul Carta *La quête du prince boiteux* (Chroniques d'au-delà du Seuil, I)
548. Bernard Simonay *La Terre des Morts* (Les enfants de l'Atlantide, IV)

549. Jo Walton — *Morwenna*
550. Paul Carta — *Le Siège des dieux* (Chroniques d'au-delà du Seuil, II)
551. Arnaud Duval — *Les ombres de Torino*
552. Robert Charles Wilson — *La trilogie Spin*
553. Isaac Asimov — *Période d'essai*
554. Thomas Day — *Sept secondes pour devenir un aigle*
555. Glen Duncan — *Rites de sang*
556. Robert Charles Wilson — *Les derniers jours du paradis*
557. Laurent Genefort — *Les vaisseaux d'Omale*
558. Jean-Marc Ligny — *Exodes*
559. Ian McDonald — *La petite déesse*
560. Roger Zelazny — *Les princes d'Ambre* (Cycle 2)
561. Jean-Luc Bizien — *Vent rouge* (Katana, I)
562. Jean-Luc Bizien — *Dragon noir* (Katana, II)
563. Isaac Asimov — *Cher Jupiter*
564. Estelle Faye — *Thya* (La voie des Oracles, I)
565. Laurent Whale — *Les damnés de l'asphalte*
566. Serge Brussolo — *Les Geôliers* (INÉDIT)
567. Estelle Faye — *Enoch* (La voie des Oracles, II)
568. Marie Pavlenko — *La Fille-Sortilège*
569. Léo Henry — *La Panse* (INÉDIT)
570. Graham Joyce — *Comme un conte*
571. Pierre Pevel — *Les enchantements d'Ambremer* (Le Paris des Merveilles, I)
572. Jo Walton — *Le cercle de Farthing*
573. Isaac Asimov — *Quand les ténèbres viendront*

574. Grégoire Courtois	*Suréquipée*
575. Pierre Pevel	*L'Élixir d'oubli* (Le Paris des Merveilles, II)
576. Fabien Cerutti	*L'ombre du pouvoir* (Le Bâtard de Kosigan, I)
577. Lionel Davoust	*Port d'âmes*
578. Pierre Pevel	*Le Royaume Immobile* (Le Paris des Merveilles, III)
579. Jean-Pierre Boudine	*Le paradoxe de Fermi*
580. Fabrice Colin	*Big Fan*
581. Fabien Cerutti	*Le fou prend le roi* (Le Bâtard de Kosigan, II)
582. Jo Walton	*Hamlet au paradis*
583. Robert Charles Wilson	*Les Perséides*
584. Charles Yu	*Guide de survie pour le voyageur du temps amateur*
585. Estelle Faye	*Un éclat de givre*
586. Ken Liu	*La ménagerie de papier*
587. Chuck Palahniuk et Cameron Stewart	*Fight Club 2*
588. Laurence Suhner	*Vestiges* (QuanTika, I)
589. Jack Finney	*Le voyage de Simon Morley*
590. Christopher Priest	*L'adjacent*
591. Franck Ferric	*Trois oboles pour Charon*
592. Jean-Philippe Jaworski	*Chasse royale – De meute à mort* (Rois du monde, II-1)
593. Romain Delplancq	*L'appel des illustres* (Le sang des princes, I)
594. Laurence Suhner	*L'ouvreur des chemins* (QuanTika, II)
595. Estelle Faye	*Aylus* (La voie des Oracles, III)
596. Jo Walton	*Une demi-couronne*

597.	Robert Charles Wilson	*Les affinités*
598.	Laurent Kloetzer	*Vostok*
599.	Erik L'Homme	*Phænomen*
600.	Laurence Suhner	*Origines* (QuanTika, III)
601.	Len Deighton	*SS-GB*
602.	Karoline Georges	*Sous-béton*
603.	Martin Millar	*La déesse des marguerites et des boutons d'or*
604.	Marta Randall	*L'épée de l'hiver*
605.	Jacques Abeille	*Les jardins statuaires*
606.	Jacques Abeille	*Le veilleur du jour*
607.	Philip K. Dick	*SIVA*
608.	Jacques Barbéri	*Mondocane*
609.	Romain d'Huissier	*Les Quatre-vingt-un Frères* (Chroniques de l'Étrange, I)
610.	David Walton	*Superposition*
611.	Christopher Priest	*L'inclinaison*
612.	Jacques Abeille	*Un homme plein de misère*
613.	Romain Lucazeau	*Latium I*
614.	Romain Lucazeau	*Latium II*
615.	Laurent Genefort	*Étoiles sans issue*
616.	Laurent Genefort	*Les peaux-épaisses*
617.	Loïc Henry	*Les océans stellaires*
618.	Romain d'Huissier	*La résurrection du dragon* (Chroniques de l'Étrange, II)
619.	Romain Delplancq	*L'Éveil des Réprouvés* (Le sang des princes, II)
620.	Jean-Philippe Jaworski	*Chasse Royale – Les grands arrières* (Rois du monde, II-2)
621.	Robert Charles Wilson	*La cité du futur*
622.	Jacques Abeille	*Les voyages du fils*
623.	Iain M. Banks	*Effroyabl Angel*

624.	Louisa Hall	*Rêves de Machines*
625.	Jean-Pierre Ohl	*Redrum*
626.	Fabien Cerutti	*Le Marteau des Sorcières* (Le Bâtard de Kosigan, III)
627.	Elan Mastai	*Tous nos contretemps*
628.	Michael Roch	*Moi, Peter Pan*
629.	Laurent Genefort	*Ce qui relie* (Spire, I)
630.	Rafael Pinedo	*Plop*
631.	Jo Walton	*Mes vrais enfants*
632.	Raphaël Eymery	*Pornarina*
633.	Scott Hawkins	*La Bibliothèque de Mount Char*
634.	Grégory Da Rosa	*Sénéchal*
635.	Jonathan Carroll	*Os de Lune*
636.	Laurent Genefort	*Le sang des immortels*
637.	Estelle Faye	*Les Seigneurs de Bohen*
638.	Laurent Genefort	*Ce qui divise* (Spire, II)
639.	Ian McDonald	*Luna – Nouvelle Lune* (Luna, I)
640.	Lucie Pierrat-Pajot	*Les mystères de Larispem, I* (Le sang jamais n'oublie)
641.	Adrian Tchaikovsky	*Dans la toile du temps*
642.	Karin Tidbeck	*Amatka*
643.	Jo Walton	*Les griffes et les crocs*
644.	Grégory Da Rosa	*Sénéchal II*
645.	Saad Z. Hossain	*Bagdad, la grande évasion !*
646.	Al Robertson	*Station : La chute*
647.	Peter Cawdron	*Rétrograde*
648.	Fabien Cerutti	*Le Testament d'involution* (Le Bâtard de Kosigan, IV)
649.	Yoon Ha Lee	*Le gambit du Renard*
650.	Sabrina Calvo	*Toxoplasma*
651.	Karoline Georges	*De synthèse*
652.	George R. R. Martin / Lisa Tuttle	*Elle qui chevauche les tempêtes*
653.	Katherine Arden	*L'Ours et le Rossignol*

654. Laurent Genefort — *Ce qui révèle* (Spire, III)
655. Léo Henry — *Thecel* (INÉDIT)
656. Grégory Da Rosa — *Sénéchal III*
657. Romain d'Huissier — *Les Gardiens célestes* (Chroniques de l'Étrange, III)
658. Thomas Spok — *Uter Pandragon*
659. Estelle Faye — *Les nuages de Magellan*
660. Chris Vuklisevic — *Derniers jours d'un monde oublié* (INÉDIT)
661. Annalee Newitz — *Autonome*
662. Nicolas Texier — *Opération Sabines* (Monts et merveilles, I)
663. Ray Bradbury — *Le Pays d'octobre*
664. Patrick K. Dewdney — *L'enfant de poussière* (Le cycle de Syffe, I)
665. Mary Robinette Kowal — *Lady astronaute* (INÉDIT)
666. Lucie Pierrat-Pajot — *Les mystères de Larispem, II* (Les jeux du siècle)
667. Lionel Davoust — *La messagère du ciel* (Les dieux sauvages, I)
668. Thibaud Latil-Nicolas — *Chevauche-Brumes*
669. Nicolas Texier — *Opération Jabberwock* (Monts et merveilles, II)
670. Ernest Callenbach — *Écotopia*
671. Adam Roberts — *Jack Glass, l'histoire d'un meurtrier*
672. Élisabeth Vonarburg — *Chroniques du Pays des Mères*
673. Pierre Alferi — *Hors sol*
674. Alain Damasio — *Les Furtifs*
675. Michael Roch — *Le livre jaune*
676. Yoon Ha Lee — *Le stratagème du corbeau*
677. Ian McDonald — *Luna – Lune du loup* (Luna, II)
678. Gareth L. Powell — *Braises de guerre*

Tous les papiers utilisés pour les ouvrages
des collections Folio sont certifiés
et proviennent de forêts gérées durablement.

Composition IGS-CP à L'Isle-d'Espagnac (16)
Impression Novoprint
à Barcelone, le 22 mars 2022
Dépôt légal : mars 2022

ISBN 978-2-07-297190-7 / Imprimé en Espagne

430870